愛と惜別の果てに

落合信彦

集英社文庫

愛と惜別の果てに　目次

主な登場人物

佐川丈二——日本人の父とイスラエル人の母をもつイスラエル陸軍特殊部隊ゴラニ大尉
エスター・グッドマン——佐川丈二の母
藤島正也——佐川丈二の親友、ゴールドディッガー社CEO
マーカス・ベンジャミン——オメガ計画を進める若き天才科学者
イツハク・ワイゼッカー——モサド長官
メイヤー——イスラエル陸軍将軍
サム・ドッド——元アメリカ陸軍レンジャー部隊隊員、佐川の部下
イーライ・ウォリアー——元アメリカ陸軍レンジャー部隊隊員、佐川の部下
マイク・ストール——元SAS隊員、佐川の部下
篠田次郎——藤島が所有するプライヴェート ジェットの操縦士、元航空自衛隊
篠田裕作——次郎の弟、副操縦士

クラレンス・デンヴァー――アメリカ統合参謀本部議長

テッド・コンラッド――アメリカ統合参謀本部副議長、オメガ計画の責任者

トム・グレイ――国防次官補、オメガ計画のナンバー2

チャック・ヘイドン――ゴースト・センター司令官

スタン・ベイラー――CIAナンバー3

グレン・パグリアーノ――FBI防諜部部長

フリオ・ゴンザレス――FBI野良猫部隊責任者

クエンティン・ザブロフスキー――〝キャピトル・グローブ〟紙記者

エディ・チャン――マカオ在住の実業家、藤島の友人

クリス・ブレナン――テクノジャイアンツ社ワシントン支社長

ヴィセンテ・エストラーダ――コロンビアン マフィア、殺人請負人

愛と惜別の果てに

フォー ザ レコード

一九九八年十一月、アメリカのＮＡＳＡはあるプロジェクトに取りかかった。地球温暖化の原因究明のためのプロジェクトだった。

科学者の多くは、石油や石炭などの化石燃料から出る二酸化炭素が地球を覆い、太陽の熱を閉じ込める温室効果の結果、地球の温暖化が進んでいると指摘する。一方、化石燃料を使う企業側に立つ科学者もいて、温暖化は自然がもたらしているもので、それほど憂慮すべきものではないと主張する。

これらの議論に終止符を打つためＮＡＳＡが立ち上がったのだった。アイディアはシンプルかつ効果的だった。地球と太陽の間にある装置を設置して、常時地球の気候や温暖化の状況を監視する。

その装置はディスク状のもので、地球から約百五十万キロのところに置かれ、片面は太陽から出る光を受け、もう一面はその光で照らし出される地球をとらえる。このポイントはラグランジュ1と命名され、ディスクはトリアナと名付けられた。トリアナとは中世の航海者コロンブスの船の乗組員のひとりロドリゴ・デ・トリアナのことで、彼が最初に船上から新大陸を見たといわれる。

総コストが一億ドルと安いことから、当時のクリントン政権はNASAにゴーサインを与えた。

プロジェクトは順調に進み二〇〇一年には打ち上げ準備が整った。しかしそのとき政権が交替しジョージ・ブッシュが大統領となった。彼の最大の支持者は企業、特に石油会社である。地球温暖化の原因がはっきりと化石燃料からくると決めつけられて、一番困るのは彼らだった。そこで彼らはブッシュ政権にプロジェクトをスクラップするよう要請した。政権側に異論はなかった。ブッシュ自身かつてはオイルマンだったし、副大統領チェイニーも石油業界に友人が多かった。

こうしてプロジェクトは破棄されたが、当時マスコミはこの話をまったく取り上げなかった。話自体が地味でニュース バリューがないと思ったのか、それともプロジェクトの存在にすら興味がなかったのかは定かではない。

プロジェクトの破棄は、石油関連企業にそれまで以上のフリーハンドで利益を上げる結果をもたらした。地球温暖化の原因究明のチャンスは失われた。

しかしそこで話は終わったわけではない。

プロジェクト・トリアナの破棄に喜んだのは企業だけではなかった。一九九八年より以前から大統領にさえ知らされなかった極秘研究が、ペンタゴンのあるシークレットチームによって続けられていた。

プロジェクト・トリアナの破棄はその研究に大きな弾みをつける結果となった。

第一章　密　命

はるか地平線の彼方から巨大な太陽が昇り始め、今日も灼熱の砂漠の一日を約束していた。

夜間訓練を終えたイスラエル陸軍特殊部隊ゴラニの一隊は、ここネゲヴ砂漠のラモン渓谷にあるヨブス基地に帰ってきた。疲れと飢えのためか口をきく者はほとんどいない。

機械的な音が周囲の静けさを破った。兵士たちは反射的に空を見上げた。一機のヘリコプターが近付いてくるのが目に入った。ローターが回転しているのは見えるが、ボディは強烈な太陽の光に反射して色がはっきりしない。隊員たちがいっせいに自動小銃をヘリに向けた。

「撃つな！　味方だ！」

隊の中央にいた兵士が怒鳴った。

ヘリは駐機場に向かって急速に下降し始めた。駐機場の近くにある管理事務所から、ひとりの兵士が出てきた。ヘリが猛烈な砂ぼこりをたてながら着地した。二人の男が降り立って、早足で管理事務所へと向かった。ひとりはジャケットとスラックス姿で、もうひとりは肩章に四つ星をつけた軍服姿。

「メイヤー将軍、ようこそ！」

待っていた兵士が敬礼した。

将軍が軽く返礼して、

「相変わらずゴラニは徹底しているな、中尉。もう少しで撃墜されるところだったよ」

「すみません。将軍の来訪は告げるなという参謀総長からの命令でしたので」

「それでいいんだ」

「でもご安心ください。一発目は必ずそらすように日頃から言ってありますから」

将軍はジャケット姿の男を中尉に紹介しなかった。二人は中尉に従《つ》いて事務所に入った。

「どうぞ、こちらへ。彼は来てますから」

奥の部屋に入った。

ソファに座っていた男が立ち上がった。背丈は百八十センチ強で頭髪は五分刈り、全身筋肉のかたまりのような体付き、日焼けした顔は野性そのもの。典型的なゴラニ隊員といった感じだ。

「将軍、こちらは佐川大尉です。大尉、メイヤー将軍です」

大尉が敬礼をした。

「君のことはよく耳にしているよ」

将軍が中尉に座を外すように命じた。中尉が敬礼をして出ていった。

佐川大尉はまだ立ったままだった。

「大尉、紹介しよう。こちらイツハク・ワイゼッカー氏。モサドの長官だ」

ワイゼッカーが手を差し出した。佐川がぎこちない動作でそれを握った。

「モサドがどういう機関かは知っているな」

将軍が腰を下ろしながら言った。

「はい、世界に類を見ない諜報《ちょうほう》機関であります」

「今日はワイゼッカー氏が君に話があるとのことなので、こうしてお連れしたんだ」

将軍がかたわらのワイゼッカーにうなずいた。

ワイゼッカーは背筋を伸ばしてじっと佐川を見つめた。その灰色がかったブルーの瞳は突き刺すような冷たさを帯びている。

「われわれが集めた記録によると君は日本で生まれた。父上は佐川丈太郎、母上はエスター・グッドマンというイスラエル人だった。君が三歳のとき父上は胃癌《いがん》のため他界。

母上は君を連れてイスラエルのエルサレムにある彼女の弟の家に帰った。その弟、ということは君の叔父上だが、彼の名前はレヴィ・グッドマン。敬虔《けいけん》なユダヤ教徒で職業は宝石の装飾人。中学校まで君はイスラエルで学んだが、高校、大学は日本。日本の大学を出てからすぐにまたこの国に戻った。一年間はキブッツ・ダンで働き、二年目から陸軍に入った。すぐにゴラニにスカウトされて今日に至る。国籍は日本とイスラエルの二重国籍。趣味は文学、特に聖書を読むこと。あらゆる武器に通じ、射撃の腕はゴラニでもトップ　クラス。ＩＱは百六十。友人は少ない。ただひとり心を許せるソウル　メイトは、大学時代同じ空手部にいた日本人藤島正也。ここまでは間違いないかね？」

「間違いありません」

佐川は感心していた。モサドの情報収集力にではなく、ワイゼッカーが何のメモも見ずにすらすらと語ったことに対してだった。

「そこで質問だが、君はダブル国籍を持っている。日本にいれば裕福な暮らしもでき、毎日生と死の狭間《はざま》で戦う必要もない。それなのになぜこの国に住み、ゴラニのメンバーとして働いているのかね？」

佐川の顔に一瞬皮肉っぽい笑いが浮かんだ。子供の頃から何度同じ質問をされたことだろう。ゴラニに入ってからも、仲間になぜ日本人のお前がイスラエルのエリート部隊にいるのかとよく訊《き》かれた。そういうときは自分にはピット　ブルの血が入っているからと答えることにしている。大抵の人間は恐れをなして遠ざかる。

しかし今質問をしているのはモサドの長官である。悪い冗談を言えるような相手ではない。

「ここイスラエルが自分の唯一の祖国だからです。祖国とは命を懸けるに値するものだと思っております。その祖国に自分は戦士として貢献しているつもりです。自分にわずかでも才能があるとすれば、それは戦うことですから。それに物質的に豊かな生活は自分には合いません。豊かさは緊張感を奪うと思っております。緊張感のない人生など自分には考えられません」

「じゃ日本は？」

「国籍は持っていますが、それはあくまで便宜上のものです。あの国のために命を捧《ささ》げることなどこれまで考えたこともないし、これからもないでしょう。だいいちあの国は自分のような人間を必要としていませんし、逆に戦い好きの異端者として疎《うと》んじられるでしょう。平和な村社会ですから、自分のような人間は厄介者として扱われます」

「君の母上は、君が五歳のとき突然消えたね。それ以後は叔父上が君の面倒を見ていたが、その叔父上は君が日本の大学に入った直後に亡くなった。その後、母上の居所はわかったのかね」

「いいえ、方々手を尽くして捜しましたが、結局見つかりませんでした」

イスラエルに帰ってから母は国防省で働いていたことを、後に叔父から聞いた。武器買い付けやそのネゴのために外国へ行くことが多かった。一度出張すると二カ月間戻らないときもあった。だが帰ってくると、それまでの失われた息子との時間を埋め合わせるため、懸命の努力をしていたことは子供心にもわかった。だからいくら彼女が外国に出張しても、佐川は母の愛と温もりをいつも感じていた。

五歳の誕生日が過ぎ、ユダヤ教最大の祭りであるヨム キップル《—贖罪の日—》が近付いていたある日、母エスターは出張に赴くことになった。玄関口で別れを告げる佐川を抱き締めて母は言った。

「叔父さんの言うことをよく聞いて、体を鍛えて立派な人間になるのよ」

幼いながらも佐川は不思議に感じていた。母の目から涙があふれ出ていたからだ。

「ママ、なぜ泣いてるの」

「あなたと離れるのが寂しいから」

「でも今までは泣いたことなんかないじゃないか」

「そうよね。今日のママちょっとおかしいわね」

母はお守り袋を取り出して、それを佐川の首にかけた。そして自分の首にかけている同じお守り袋を指して、

「あなたとはいつも一緒よ」

そのときを最後に母は、佐川と叔父の前から消えた。

半年が過ぎても母からは何の連絡もなかった。叔父は国防省や外務省などを訪れて、エスターについて尋ね回った。だが彼女の行方はわからずじまいだった。しかし佐川はいつか必ず母は戻ると信じていた。

一年が過ぎて佐川は地元の小学校に入学した。学校が終わると毎日、彼は寄り道もせず真っすぐ家に帰った。母が戻っているかもしれないとの思いからだった。

七歳の誕生日が過ぎたある晩、夕食をとっているとき叔父がぽつりと言った。

「お母さんはもう帰ってこないかもしれない」

「なぜ？　なぜそんなこと言うんだい」

「エスターが去ってからもう二年もたってる。いくら政府に問い合わせてもわからないの一点張りだ。毎日〝嘆きの壁〟で神に祈りを捧げているが答えはいただけない」

「じゃママは僕を見捨てたの？」

「それはあり得ないよ。あれほどお前を愛してたのだからね。どこかで事故に遇《あ》ったということも考えられる」

「事故なら政府に知らせがくるはずじゃないか。やっぱりママは僕を見捨てたんだ！」

その夜、彼はベッドで一晩中泣いた。翌日は何も食べず学校にも行かなかった。それが三日間続いた。心配した叔父が病院に連れていったほどだった。

「長官」

佐川が言った。

「ひとつお訊きしてよろしいでしょうか」

「何だね？」

佐川はちょっと言葉に詰まった。モサドのネットワークを通じて母を捜すことは可能であるか訊きたかった。しかし長官も将軍もそのような私的な話を聞くために自分に会っているわけではない。

「いいえ、何でもありません。失礼しました」

「ひとつ君に訊きたいのだが」

「……？」

「君は極秘作戦でイラク偵察に行ったね」

「はい、偵察および準備です。イラク戦争が始まる前でした」

あのときの作戦目的は、せまりくる戦争に備えてアメリカや連合国のために、イラクとその首都バグダッドの防衛体制を調べ、重点箇所に電子誘導装置を植え付けることだった。そのために三十人のゴラニが送り込まれた。そして目的は達成した。そのおかげで戦争が始まったとき、アメリカやイギリスの爆撃は世界が驚くほどの正確さと破壊力を見せた。

「あのとき君はチームワークを無視して単独行動をとったらしいが、なぜかね?」

佐川がうなずいた。確かに三人一組で行動するはずだった。だが彼はひとりでの行動に固執した。

「複数では危険だったからです。もしもの場合、死ぬのは自分ひとりでたくさんですから」

「それは本音ではないな」

長官がきっぱりと言った。

「君はチームワークを信用していないのだ。そうじゃないかね?」

この際、屁理屈を言っても通じまいと佐川は思った。

「ひとりでないと不安なのです。誰かの失敗でこっちが死ぬのは御免ですから。チームワークとは超一流の腕を持った本当のプロフェッショナル同士が組んだときにだけ成り立つものだと考えます」

「じゃゴラニのメンバーは超一流ではないと言うのかね」

「自分の基準から言わせていただければそうです」

と言って将軍に目をやって、

「傲慢《ごうまん》な男のたわごととお受けになってお許しください」

メイヤー将軍が苦笑いしながら、

「サダムの情報機関や国防省のビルに三十以上の電子誘導装置をつけた実績を持つ君のことだ。アメリカの友人は爆弾を無駄にしなかったことに感謝している。少しぐらいの言いすぎは許そう」

「佐川大尉」

　ワイゼッカー長官が改まった口調で言った。

「君は私が考えていた通りの人物だ。経歴といい、人間性といい、申し分ない。そこでだ……」

　と言って一息ついた。

　次に長官の口から出る言葉はまったく予想できなかった。

「君にあるミッションを遂行してもらいたい。超極秘任務だ」

「…………」

　長官がジャケットの内ポケットからマニラ封筒を取りだした。その中から一枚の写真を抜いて佐川の前に置いた。

「ターゲットはその男だ。名前はマーカス・ベンジャミン、二十二歳、科学者。ペンタゴンが彼につけたニックネームはドクターG。Gはgeniusのだ。この男が世界を破壊して人類を絶滅に追い込むかもしれないのだ」

　佐川が写真を見た。色白で金髪、にこやかに笑っている表情はオールアメリカンボーイそのものといった感じだ。

「まだ子供ではないですか」

「写真に騙《だま》されてはだめだ。確かに子供のようだがそれはあくまで表面的なもの。実際はIQが二百以上、MIT（マサチューセッツ工科大学）を十五歳で卒業、十七歳で大学院を終えた。専攻はアストロフィズィックス《―宇宙物理学―》、ニュークリアフィズィックス《―核物理学―》、マセ《―数》マティックス《学―》、バイオケミストリー《―生化学―》、それにミーティオロロジー《―気象学―》と五つの博士号を得ている。三年間MITで研究のかたわら教鞭をとっていたが、今はペンタゴンのためにある研究をしている。その研究を狙って西側や中国、ロシアの諜報機関が暗躍している。もし中国のような国に研究成果が渡りでもしたら、人類の未来は限りなく暗い。だから今アクションを起こさねばならないのだ」

「彼が行っている研究とは何なんです？」

長官がちょっと間を置いて、

「今の世界で最終兵器といったら君は何を思い浮かべるかね？」

「核爆弾でしょうね」

長官がうなずいた。

「正しい答えだな。しかしベンジャミンが研究開発しているのはまったくの新兵器、原爆や水爆などが子供のおもちゃに見えるような兵器だ。私が言えるのはそれだけだし、君が知り得るのもそこまでだ。すべては〝ニード トゥ ノウ《——必要以上のことは知るな——》〟ベースで運ばれているからね」

「しかし彼を殺《や》ったとしても、他の誰かがその研究を継ぐのではないですか」

長官が首を振った。

「彼ほどの頭脳の持ち主はおそらく他にはいない。現に中国もロシアも同じような研究を進めようとしたらしいが、肝心な人材がいなかった。ベンジャミンに比べたら、合衆国大統領の科学顧問など幼稚園児のレヴェルらしい」

佐川がちょっと考えてから、

「今ベンジャミンはどこにいるのです」

「ヴァージニア州の山の中にあるゴースト・センターと呼ばれる陸軍の秘密基地だ。研究所もそこにある。周囲を対空ミサイルが囲んでいて核シェルターもある」

長官が再び封筒に手を入れた。

「これが基地の図だ。われわれのエージェントが作ったものだから正確さは保証する」

「ミッションは彼を除去するだけでいいのですか」

「除去する前に研究がどこまで進んでいるのかを探らねばならない」

「拉致《らち》するわけですね」

「尋問のためのセイフ ハウスは用意してある。専門的知識を持つ者が尋問する。そのためにどれぐらいの時間が必要かは未知数だが、尋問が終わったら彼を処分する」

「ひとつお訊きしてよろしいですか？」

「……？」

「こういうミッションのためにモサドは特殊部隊を持っていると聞きましたが、なぜ彼らにやらせないのでしょうか」

「二つ理由がある。第一は私の口から言うのも残念だが、近年のモサド特殊部隊は信じられないほど腕が落ちている。ついこの間はスイスの敵方エージェントのアパートに侵入したとき、向かいのアパートに住むばあさんに見つかって警察ざたになった。その前はあるハマス・メンバーを追ってヨルダンに行ったのだが、暗殺直前にヨルダンの官憲に捕らえられてしまった。モサドが小市民の集まりになってしまったのでレヴェルが落ちてしまったのか、それともハードルを低くしたためレヴェルの低い連中しかいないのか、そこのところを現在チェック中なのだ。このような重要なミッションを今の彼らには絶対に任せられないんだ」

「二つ理由があるとおっしゃいましたね」

「このミッションはモサド、アマン《軍情報部》、シンベット《秘密警察》などのイスラエル機関が関係してはならない。ミッションに少しでもイスラエルの存在が匂ったら、アメリカとわが国の関係は断絶に陥るからだ。断絶どころか戦争になる可能性だってある。だからわれわれは完全なアウトサイダーでいなければならないのだ」

「しかし自分もイスラエル人ですが」

「君は失敗しないと信じている。それに」

と言って長官が少々躊躇《ちゅうちょ》した。

「このミッションを受けたら、君はイスラエル人ではなくなる」

「……？」

「まず君はゴラニから脱走する。数々の秘密作戦を知る立場にある君が脱走したら、陸軍は逃亡兵という烙印《らくいん》を押し、イスラエル国籍を剥奪《はくだつ》する。さらにわれわれは関係国の法的機関に君について手配状を回すことになる」

佐川が苦笑いを浮かべて、

「まさかモサドのヒット　チームが自分を追うなんてこともシナリオに入っているんではないでしょうね」

長官はあくまで真顔だった。

「より現実性を持たせるには味方をも騙さねばならないときがある。このケースがそれだ」

佐川の顔に厳しさが戻った。

「ミッションはソロでしょうか」

「いや、部下として三人を用意している。皆、腕は確かだ。アメリカ人が二人、イギリス人がひとり。レンジャー《米陸軍特殊部隊》とＳＡＳ（イギリス陸軍特殊部隊）出身だ。三人ともイラク戦争で死んだことになっている。だからこの世には存在していないのだ」

佐川は考えた。ミッションに失敗すれば多分死しかないだろう。汚名を着るというより、イスラエル人としてのアイデンティティが消されるということが引っ掛かった。

彼の考えていることを長官は察していた。

「君は私の頼みを拒否することができる。拒否して当然とも思う。しかし私は君がこのミッションをやり遂げることができると信じている。今回のミッションにはイスラエル国家だけでなく、全人類の未来がかかっているのだ。ミッション完遂の暁には再びゴラニのメンバーに戻れることは保証する。その上、一気に中佐に昇進させることもメイヤー将軍とは決定済みだ。そうでしたな、将軍？」

将軍が佐川を見据えた。首を振り振り静かな口調で言った。

「佐川大尉、ワイゼッカー長官には悪いが、私が君ならこの任務は受けない。こういうことに関しては契約書など書けないからね。栄光のゴラニ隊員がイスラエル国家に対する裏切り者としての烙印を押されるんだ。さらには市民権まで取りあげられる。人類や国家のためとはいえ、あまりに厳しい話だ。君が払わねばならない犠牲は大きすぎる。その価値が果たしてあるかだ。私はないと思う」

ワイゼッカー長官が将軍を一瞥《いちべつ》した。しかしその能面のような表情からは何も探り出せない。

佐川は将軍の思いやりに満ちた言葉に心の中で感謝していた。さすが名将軍とうたわれている人物だ。部下に対する惻隠《そくいん》の情が深い。将軍の言う通りにするのが正解かもしれない。

しかし彼の頭の中で何かがクリックした。次に彼の口をついて出た言葉はその思いとは逆だった。

「このミッションやらせていただきます」

「本当にいいんだな」

佐川がうなずいた。

「失うものといえば命だけです」

それから三十分間、ワイゼッカー長官による詳細な説明が行われた。その日の晩、佐川はヨルダンに潜り込むことになった。アンマンにあるセイフ ハウスで三人と落ち合う。そこからは彼の工夫と判断に任せられた。

長官がある数字を書いたメモ用紙を佐川に渡した。

「私の電話番号だ。頭にたたき込んでくれ。これから君が連絡するのは私だけ。誰が接触してきても絶対に信じるな。イスラエル大使館員やモサドを名乗る者がいても決して信じてはならない」

佐川はうなずいてそのメモ用紙を破った。数字、特に電話番号は頭にメモるという規則はゴラニも同じである。

長官のブリーフィングが終わると、将軍が立ち上がって佐川に手を伸ばした。将軍と握手をしたことなど今までなかった。

「君はゴラニのベストだ。武運を祈る。シャローム」

佐川が出ていったあと長官が、

「将軍、あなたの援護射撃に感謝するよ。見事な心理作戦だった」

「私は別にあんたを援護したわけじゃないよ」

将軍がぶっきらぼうな口調で言った。

「リース代は高くつくよ」

ワイゼッカーがにやっと笑った。

「ご心配なく。いつか倍にして返すよ」

第二章　オメガ計画

その夜の九時過ぎ、ペンタゴンの一室に三人の男が集まっていた。

「まったくドクターGには困り果てました。医者によると、このままだと躁鬱症《そううつしょう》がエスカレートするとのことです」

国防次官補のトム・グレイが言った。

コンラッド中将が顔をしかめて舌打ちした。

「どんな対処法がいいと、医者は言っているのか」

「環境を変えるのが一番と言っています。スポーツをしたり、ロック　コンサートに行くことを勧めています」

「しかしあそこにはスポーツ設備はそろっているし、部屋ではどんな音楽でも聴けるだろう。ジョギング　コースだってあることだし」

「それはそうですが、彼にしてみればカゴの中に入れられた鳥のような感じなのでしょう。閉塞感で窒息死しそうだと言っているんです。何しろまだ二十二歳ですから。医者はある程度の女っ気も症状改善に役立つとも言っています」

「馬鹿を言うな。Gがわがままを言うのは今に始まったことじゃないだろう。かなり神経質だし、プレッシャーやストレスには決して強くはない。要はアメとムチをうまく使うことだ」

「もうアメは使い果たしました」

「ならばムチを使え」

「そうは言っても、今回はハンストも辞さないほど強硬です。自分がやっていることに対して、科学者としてまたひとりの人間として、モラル上の責任を感じ始めたと言っているんです」

グレイがため息をついた。

「そんな贅沢《ぜいたく》を言っている場合ではない。彼の責任はただひとつ。合衆国国家と国民の安全と未来に貢献することだけだ。オメガ計画が成功すれば彼はわが国の救世主になる。こんな名誉は誰もが得られるものではない。彼のような天才にして初めてでき得ることだ。彼の体と才能はもはや彼自身のものではない。合衆国政府の所有物なのだ」

「しかし本人がやる気をなくしているわけですから。ここはひとつ医者のアドヴァイスを実行してみたらどうでしょうか」

「君がそんな弱気でどうする。オメガ計画には合衆国の未来がかかっているのだ。マンハッタン計画を思い出してみるがいい。あの研究開発でニューメキシコに集められた科学者たちのひとりでもやる気をなくしたから辞めるなどと言ったか。尊敬する先輩たちの話によると、科学者たちは夜寝るのも惜しんで研究に没頭した。その結果、研究を始めてから三年弱で原爆を完成させた。あれは太平洋戦争を終わらせるための決定的兵器だった。だが今ドクターGが取りかかっているのは、合衆国のスプレマシー《覇権》を未来永劫保証する文字通りの最終兵器なのだ。マンハッタン計画が三年で成功したのなら、オメガ計画は最悪でも四年で実用化に持っていきたい。それを単なるセンティメンタリズムと甘えで中断させるなどもってのほかだ」

「でもハンストなんかやられたらやばいと思いますよ」

中将が少し考えてから、

「近々あそこに行くことになっているから、私が直接ドクターに話してみよう」

グレイがほっとした表情でうなずいた。

「いずれにしても」

中将の口調に力がこもった。

「ここまで来たのだ。失敗してたまるか」

中将は軍人として一時代を作った人物だった。仲間の将軍たちは彼を〝フィアレス・《——怖いもの知らずの》テッド《テッド——》〟と呼ぶ。二十一歳でウエストポイントを出て、陸軍レンジャー部隊に入り中尉としてヴェトナムで戦い、パープルハートを含めた十個以上のメダルを受章。戦争が終了した七五年には中佐に昇進していた。その後ソマリア内紛や湾岸戦争に参加して武勲をたてた。

ソマリア内紛では傷を負った陸軍レンジャー部隊の十名を救出するため、数人の兵士を引き連れて自らヘリを操縦したことがあった。そして超低空飛行による機銃掃射で敵を一掃した。レンジャーは決して傷ついた仲間を見捨てないというモットーを身をもって実践したのだった。

現在は統合参謀本部の副議長のポストにあるが、いずれは議長となると目されている。物事をはっきりと言う性格と自己犠牲の精神は、軍人の鑑《かがみ》として部下たちに圧倒的な人気と人望がある。だがその性格が逆に災いして、ペンタゴンの文民派には彼を敬遠する者も多い。

しかし、グレイは特別だった。プロジェクトのナンバートゥに就いて以来、日々中将と会ってきた彼は、中将の人格に触れていた。そしていかに中将が清廉潔白で本物の愛国心を持っているかを知り、それを心から尊敬していた。

「将軍」

　それまで黙っていたトロイ・ジョーンズ中佐が口を開いた。中佐はこの五年間、参謀本部と政府の各省庁や軍事企業とのリアゾン《―連絡―》部門の責任者としてコンラッド中将に仕えてきた。

「近頃ラングレー《―ＣＩＡ―》が嗅《か》ぎ回っているようです。もちろんプロジェクト自体の具体的なポイントについては知らないと思いますが、今日もベイラーから電話があって探りを入れてきました」

「ベイラーが？」

　中将の顔が一瞬曇った。スタン・ベイラーはＣＩＡ一筋に歩んできた生え抜きであり、今ではナンバースリーの地位にある。その実力は、政治的任命でポストを得た長官に勝るといわれている。

「もちろんこっちは相手にしませんでしたが、いろいろとかまをかけてきました。ひとつ気になったのは〝キャピトル・グローブ〟紙のクエンティン・ザブロフスキーという記者がベイラーに会見を申し込んできていて、あるプロジェクトのことで質問したいと言っているらしいのです」

「プロジェクトにもいろいろある。具体的には言わなかったのだな」

「聞き出そうとしましたが、どうもベイラー自身知らないのではという感じでした。ただザブロフスキーは、そのプロジェクトはペンタゴンとつながりがあると匂わせたらしいですが」

中将の眉間にしわがよった。ペンタゴンは常時いろいろな新兵器を開発している。それらの兵器開発は議会にも通告されるし、マスコミにも知らせている。ただ〝プロジェクト・オメガ〟だけはかつてのマンハッタン計画同様、超トップ シークレット扱いのため、CIAはもとよりNSA（国家安全保障局）にさえも知らせていない。それについて知らされているのは機関単位というより個人単位で、中将が信頼するごく少数の人間に限られていた。それでもその数は三十人あまりにのぼる。トップ セキュアリティクリアランスを得ている人間ばかりだが、それだからといって百パーセント信頼できるとは限らない。かつてCIAの現役幹部だったオルドリッチ・エームズという男がソ連のスパイだったことがあった。同じことはNSAや海軍情報部内でも起きた。大部分は金や女でころぶが、たまに思想的な理由で寝返る者もいる。だからセキュアリティクリアランスを得ているからといって絶対大丈夫とは言えない。

「リークされているのでしょうか」

ジョーンズ中佐が心配げな表情で言った。

「それは多分ないと思うが油断は禁物だ。監視体制をダブル、トリプルチェックしてみることだな。大丈夫という言葉は禁句だ」

「わかりました。そうします」

中将が首をかしげながら、

「待てよ、ザブロフスキー？　どこかで聞いた名だな」

「アブグレイブ刑務所での件を最初にすっぱ抜いた記者です」

「あいつか」

吐き出すように言った。

中将の脳裏に苦い思いがよみがえった。

イラク戦争が終わって約一年後、アブグレイブ刑務所に収監されていたイラク人テロリストや犯罪者がアメリカ兵によって虐待を受けているという報道が、ザブロフスキーという記者によってなされた。イラク戦争に批判的だった大部分のリベラルなマスメディアは、これに飛びつき連日大々的に報じた。ことがこれだけ大きくなると、議会としても何らかのアクションを取らざるを得なかった。結局、議会の公聴会が開かれ関係者が呼ばれた。このときの様子はテレビを通じて全世界に伝えられた。

コンラッド中将は軍の代表のひとりとして公聴会に引っ張り出された。中将自身は事件と何ら関わりはなかったが、軍を統率する責任者のひとりとして、議員たちから執拗《しつよう》なつるし上げを食らった。中将にとっては屈辱以外の何ものでもなかった。

「当時、奴はフリーランスじゃなかったのか」

「確かにそうでしたが、公聴会後〝キャピトル・グローブ〟が採用したらしいです」

「ベイラーはあのプリック野郎とのインタヴューに応じると言っているのか」

「その点についてははっきりと言いませんでした。しかし彼自身何も知らないとしたら応じようがないでしょう」

「揺さぶりだな」

「ベイラーがですか」

「両方がさ。ベイラーは以前からわれわれが何をしているかを知りたがっていた。ザブロフスキーはベイラーを使って知ろうとしている。ラングレーとわれわれの関係が決して良いものではないと知った上でだ」

「いやな感じですね」

「ザブロフスキーからこっちに連絡は入ってないのか」

「報道や広報にチェックしましたが、まったくありません」

「問題は奴が〝プロジェクト・オメガ〟について多少とも知ってるかどうかだ。私の勘では知らないと思う。知っていたらこっちに直接アプローチしてくるはずだ。ラングレー経由でブラッフして、揺さぶれば何かが出てくると期待しているのだろう」

「どうしましょうか」

中将がちょっと考えてから、

「アリの一穴ということもある。ＦＢＩに奴を監視させろ。奴の過去も徹底的に洗わせるんだ。ああいう左翼は過去に何かの汚点を残しているはずだ。軍の経歴も調べたほうがいい。それから奴とラングレーの関係もチェックしろ。アブグレイブの件ではかなりの情報がエージェンシーから出ていたようだからな」

第三章　親　友

真っ赤なフェラーリ・テスタロッサが、丸の内にある六十階建てのゴールドビルの地下駐車場に滑り込んで、ナンバーワンとマークされたスポットに停まった。運転席から男が降りた。フェレのジャケットとジェイコブ・コーエンのデニムがなかなか似合っている。ゆっくりとした足どりで駐車場の奥にあるエレヴェーターに向かった。藤島正也、二十八歳、今をときめく金融グループ、ゴールドディッガー社のオーナーにしてCEOである。

藤島を乗せたエレヴェーターはノンストップで六十階まで上がった。六十階建てのゴールドビルは四十九階までは他の企業にリースしているが、五十階から六十階まではゴールドディッガー社が占めており、社長室は六十階にある。

社長室のとなりにある会議室に入ると、すでに四人の役員が彼を待っていた。

このスケールの会社なら役員は最低十人以上はいるものだが、ゴールドディッガー社は藤島を入れて五人しかいない。しかし五人がそれぞれ十人分の仕事をする。そして給料も十人分取る。いきおい皆若く体が頑健。ひとりは藤島より若い。

その会議室にはテーブルはあるが椅子はひとつもない。テーブルの上にはミネラルウォーターのペットボトルとコーヒーのポットや紙コップが置かれている。

会議は立ったままやるというのが社の習慣になっていた。座っていたら血のめぐりが悪くなり、会議自体がだらける。日本の会社は会議が多すぎるし長すぎる。弁当つきの会議までやる会社があるが、そういうところに限って繁文縟礼《はんぶんじょくれい》に縛られ、社員は防御的で社全体が動脈硬化寸前に陥っている。そんな企業を藤島はいやというほど見てきた。だから会社を起こしたとき、藤島はどんな会議でも出席者は立ったままで一時間以内で終えると決めていた。ただし動き回るのは自由である。

「桜田さん、例の神田ドックのＴＯＢはどうなってる？」

藤島がコーヒーを紙コップに注ぎながら常務の桜田に訊いた。

「順調にいってます。今日あたり決着がつくと思うのですが」

「先ほど神田社長が電話してきて、ぜひ会って話がしたいと言ってました。都合が悪くて会えないと言っておきましたが」

専務の伊藤が言った。彼が最年長だがまだ四十歳である。

「おかしいな。どこから情報が漏れたのだろうか」

「多分、株屋からでしょう」

「現在のうちの持ち株はどのくらいになってる？」

「二十パーセントですが、シェアープライスが暴落していますからあと十パーセントを手配済みです。こちらの指し値よりかなり低いラインにあります。今日マーケットが閉じる頃にはわが社が神田ドックの発行済み株式の三十パーセントを持つことになります」

「株価は下がるわ借金は膨らむわであちらさんも大変ですね。社長が夜逃げしてないのが不思議なくらいですよ」

役員のひとりが笑いながら言った。

「真田君、口に気をつけろよ」

藤島が言った。

真田は二十七歳で、藤島より若いただひとりの役員である。

「相手の身にもなってみろ。われわれにはただのＴＯＢにすぎないが、神田一族と八百人の従業員たちにとっては生死の問題なんだ」

「でもＴＯＢをかけられるほうが悪いんでしょう。われわれは法律を犯しているわけでもないし」

「法律に違反してないこととイコール正しいこととは限らないんだ」

「ビジネスは倒すか倒されるかです。弱い者は淘汰《とうた》されるんです。以前、社長があるビジネス誌のインタヴューでおっしゃった言葉です」

藤島が苦笑しながら、

「当時のおれは今の君と同じだった。マネー　ゲームの罠《わな》にはまっていたんだ。だから何でも理屈で通した。しかしそういう考えが行き着くところは巨大なネガティヴィティの穴だ。金が金を生む。そのシステムに踊らされ、気がついてみると人間としてもっとも大切なモラリティを見失っている。それが今のわれわれなんだ」

と言ってから一同を見回し、

「よく聞いてくれ、今回もし神田ドックをテイクオーヴァーできたら再建することにしたい。あの会社は技術力は非常に優秀なものを持っている。やり方次第で必ず生き返る。それに造船業は十分に将来性がある。われわれとしても虚業から実業に移るいいチャンスだと思う」

役員たちが驚きの表情で藤島を見つめた。皆思っていることは同じだった。モラルや再建などという言葉が藤島の口から出ること自体驚きだった。

このところの社長はちょっとおかしいと皆が感じていた。以前の彼は利益至上主義でビジネスにかける情熱は他の誰をも圧倒していた。M&Aでも敵対的買収でも嬉々《きき》としてやっていたものだ。ある会社をテイクオーヴァーしても再建などということは一切考えなかった。狙ったターゲットの株を市場で買いあさり、タイミングを見計らってそれらの株を市場にダンプ《投げ売り》する。株価は当然暴落する。底値をヒットしたとき、大量に押し目買いをする。株価が十分に上がったところを見計らってTOBを宣言し、株を買い取るか会社の経営権を手放すか相手にせまる。傾きかけた会社に株を時価で買い取る余裕などなく、経営権を手放すしかない。テイクオーヴァーに成功するとその会社の持つ不動産、技術、特許などを切り売りして、会社を解体してしまう。従業員についてなどは一切考えない。ビジネスにおいては、効率と利益だけが唯一のバロメーターであるとよく言っていたものだった。

その彼が今、神田ドックの再建を主張したのだ。役員たちにとってはまさに青天の霹《へき》靂《れき》だった。なぜ社長はこれほどメローになってしまったのか、役員全員の表情にその疑問が映し出されていた。

「今、社長がおっしゃった事項に私は反対です」

真田が真っ先に言った。

「わが社はファイナンシャル分野専門で製造業のノウハウは持ち合わせておりません。それにもうひとつ……」

そのとき秘書が入ってきて藤島に一枚の名刺を手渡した。

「警察庁外事課？」

「会議中と言ったのですが、終わるまで待つとおっしゃるので第一応接室にお通ししておきました」

ちょうど良かったと藤島は思った。自分がいないほうが役員たちが話しやすい。

「伊藤さん、会議を続けてくれ。議題は今おれが出した提案について、役員会として賛成か反対か。十分に話し合って結論を出してくれ」


応接室には二人の男が待っていた。ひとりは日本人で年の頃は藤島よりちょっと上の三十代初めか、地味な感じだがメガネの奥のつりあがった目が神経質そうにまばたきをしている。もうひとりは小柄な白人だった。背広姿だがかなりの時代物で、お世辞にもスタイリッシュとはいえない。

「突然お邪魔して申し訳ありません。小田切です。こちらカネハ氏、イスラエル大使館の方です」

「アミール・カネハと申します。どうぞよろしくお願いします」

流暢《りゅうちょう》な日本語で言ってカネハが握手を求めた。柄に似合わずグリップが強い。

「お忙しいのはじゅうじゅう承知です」

小田切が言った。そのトーンには役人独特の慇懃《いんぎん》無礼さが感じられる。

「それにしてもすごいオフィスですねぇ。皇居を見下ろすオフィスなんてそうざらにあるもんじゃない。さすが現代の勝ち組のトップといわれる藤島さんですね」

「ご用件をうかがいましょうか」

藤島がそっけない口調で言うと、小田切は、

「これは失礼」

と言ってから小さく咳《せき》払いをして、

「実はですね、あなたの友人に関して少々お尋ねしたいのです」

「……？」

「佐川丈二氏はお友達ですよね？　しかもごく親しい」

藤島が黙ったままうなずいた。

「現在彼がどこにいるか、ご存じですか」

「佐川が何かしたのですか？」

と言ってカネハを見て、さらに問いかけた。

「佐川がイスラエルで何かしでかしたのですか」

カネハはそれには答えず、となりに座った小田切に目をやった。

小田切は内ポケットから手帳を取り出して開いた。

「入国管理によると、佐川氏が最後に日本に入国したのは昨年の十二月二十日。その三

日後、佐川氏は日本を発った。このときあなたは氏に会ってますか？」

「ええ。ここを訪ねてきましたが」

「その後、氏からの連絡は何度ぐらいありましたか？」

「なかったですね」

「そんなことはないでしょう。一度ぐらいは連絡があったはずなんですが」

「どこから得た情報かは知りませんが間違ってますよ。私が言ってるんだから確かです。実は彼からの連絡を心待ちにしているのですが、残念ながら今のところないのです」

「そうですか。佐川氏の連絡先はどうなっているんです？」

「知りません。彼のほうから連絡してくることになっているので。いずれはしてくるでしょう」

小田切が探るような目付きで藤島を見据えて、

「そう願いたいですね」

「どういう意味です？」

「実は佐川氏は消えてしまったらしいのです」

「消えた？」

「ええ、蒸発してしまったようなのです」

「いつ、どこからです？」

「それはちょっと言えません。極秘ですから」

藤島が笑った。佐川は六年前、大学を出てからすぐに世界放浪の旅に出た。自称探検家だがその具体的活動については藤島は知らなかった。

「小田切さん、佐川は探検家ですよ。いちいち行く先を人に言うようなことはしないでしょう」

小田切が不思議そうな表情で藤島を見た。

「〝探検家〟ですか。具体的に何をやってるんですか?」

「さあ、訊いたこともないのでわかりませんが、せいぜい古代遺跡の発掘や秘境の探検などじゃないですかね」

小田切がちょっと考えてから、

「藤島さんは本当に佐川氏が探検家だと思っていらっしゃるんですか?」

妙に引っ掛かる言い方だと藤島は思った。

「大学時代から佐川は探検家になって世界中を旅するという夢を持っていましたからね。何ものにも束縛されない自由な生き方にあこがれてたんです」

小田切は口元に小さい笑みを浮かべて黙ってうなずいた。

藤島がまじまじと小田切を見つめて、

「違うんですか?」

「それについては実のところ、われわれにもはっきりわからないのです」

「それも極秘事項とかいうやつですか」

「いえ、本当にわからないのです」

「しかしおかしいじゃないですか。私の友人についてあなた方はいろいろ調査している。なのに彼が何をしているのかさえわかっていないという。何のための調査なんです？　佐川が何か罪でも犯したのですか？」

「いや、そういうことでは……」

「じゃなぜ調べているんです」

「それは勘弁してください。極秘事項なので」

藤島がフンと鼻を鳴らした。

「あなたは私に質問している。なのに私が質問すると極秘事項を盾に答えない。話になりませんね。これじゃ協力したくてもできませんよ」

しばしの沈黙のあと藤島がうなずきながら言った。

「なーるほど。納得しましたよ」

「……？」

「極秘事項云々《うんぬん》はただの言い逃れにすぎない。そう言うしかないんだ。なぜならあなた自身、佐川が何をしているかまたは何をしたか知らないからだ。そうでしょう？」

小田切が困ったという面持ちで藤島を見据えていた。

藤島が続けた。

「イスラエル政府が日本の警察庁に佐川についてチェックしてくれと言ってきた。だがその明確な理由はあなた方に告げていない。それこそ極秘事項を理由にして。そうですね、小田切さん」

最初の勢いはどこへやら、今や小田切は防御一方になっていた。その顔が心なしか青ざめている。カネハは相変わらず黙ったまま藤島を見つめていた。

「小田切さん、何かばかにされていると感じませんか。仁義も礼節もない失礼な話だと思いますよ。佐川について調べるためイスラエル政府は日本の警察に援助を頼んできた。しかし肝心な情報は極秘を理由に明かさない。まったく失礼な話じゃないですか」

小田切に向かって話しているのだが、内容はカネハにぶつけられていた。

「これじゃまともな捜査などできるわけがないでしょう。イスラエルという国が秘密主義を重んじるということは聞いているが、そういう連中にわざわざ日本の警察が付き合う。しかも彼らのルールで。気が知れませんね。アロガンス《傲慢》を絵に描いたような話じゃないですか。それに小田切さん、佐川は日本人だがイスラエル市民でもあるんですよ。これ以上ばかにされることはありませんよ」

今の一発が効いたかどうかは、次にカネハが見せる態度と発言でわかると藤島は思った。

「藤島さん」

カネハが口を開いた。

「佐川はもうイスラエル市民ではありません」

「……!?」

「彼の市民権は剝奪されたのです」

これには小田切もショックの色を隠さなかった。

藤島が小田切に向かって、

「あんた方はこんなことも聞かされていなかったのか」

「少なくとも私は聞いてませんでした」

「カネハさん、いいですか。佐川は生まれたときからイスラエル市民だったのですよ。敬虔なユダヤ教徒として育てられ割礼まで受けているんです」

「それは今回のこととは関係ありません」

藤島が身を乗り出した。

「私は佐川の親友です。話してください。彼に何があったのかを」

「話をしたら協力していただけますね」

「私にできることなら」

「実はですね、佐川丈二は探検家などではなかったのです」

「……！」

「彼はイスラエル軍の軍人、しかも超エリート部隊ゴラニのメンバーです。ゴラニという組織はご存じですか」

藤島が呆然《ぼうぜん》とした表情のまま首を横に振った。

「ゴラニはアメリカのデルタ部隊とグリーンベレーとレンジャーをひとつにしたような組織です。ただ腕と頭は桁外れです。佐川氏はこれまでゴラニとして数々の武勲をたてました。ベストの中のベストでした。その彼が一カ月前、突然消えたのです。これは昨夜、本国から送られてきたのですが」

と言ってポケットから何やら取り出した。英字新聞の切り抜きのコピーだった。それを藤島の前に置いて、

「昨日の〝エルサレム・ポスト〟に載ったものです」

藤島がそれを手にして目を通した。

記事はそれほど大きくはなかった。ヘッドラインは〝ディフェクション《逃亡》　オアー《か》　アブダクション《誘拐か》？〟。

〝ＩＤＦ（イスラエル軍）スポークスマンによると、約一カ月前ひとりの兵士がいなく

なった。陸軍ゴラニ部隊に所属するジョージ・サガワ大尉である。彼はイスラエルと日本の国籍を持つ。ゴラニに所属し数々の作戦に参加、現在二十八歳。基地の彼の部屋はきちんと整理整頓されユニフォームやトレーニングウエア、迷彩服などは残されていた。上官は彼が脱走するような理由は考えられないと言う。佐川を知るゴラニ　メンバーも、彼がある程度のローナー《孤独を好む者》であることは認めるが、仕事を愛しゴラニのメンバーであることを誇りにしていたと証言している。さしあたって陸軍は逃亡と誘拐の線で捜査を続けるという。参謀本部の要請によってアマンとモサドの追跡隊が動員されているという〟

「彼が消えたことを軍はずっと秘密にしてきたのですが、どうやら漏れてしまったようです。残念です」

「これによると誘拐の可能性もあると言ってますね」

「それは読者の興味をひくためにポスト紙が加えたものでしょう。ゴラニ　メンバーを誘拐するなど虎を素手で捕まえるに等しいことです。誘拐などまずあり得ません」

「どこかで事故に遇ったということは？」

「それもあり得ない話です。当時、彼は特別訓練に参加していました。その期間中は司令官も含めて誰も基地から出ることは許されないのです。三日のうちに連絡がなければ脱走兵とみなされるのですが、十日たっても彼は帰らなかった。普通の兵士ならそれほど心配はしないのですが、何しろ彼はゴラニです。これまでの極秘作戦の数々を知り得る立場にありました。彼自身も随分と参加してますから。対ＰＬＯ幹部工作やベッカー高原での対シリア特殊部隊工作など重要な作戦には必ず関係していました。またゴラニがこれからやろうとしている特殊作戦の多くについても彼は知っています。もし彼がそういうことについてしゃべったら国際世論は黙っていません。イスラエルは不必要なトラブルを抱えることになります」

藤島はまだ信じられなかった。これでは話がまったく違う。佐川は自分が探検家であるとずっと言っていたし、それを疑う理由もなかった。頭の中で濃い霧がうずまいている感じがした。

「私はてっきり彼が探検家だと……」

「考え方によってはゴラニは究極の探検家ということもできますがね。そこで訊きたいのですが、日本で彼が立ち寄るような場所、たとえば恋人とか学校時代の恩師の元とか考えられるところはありませんか」

「ということは佐川は日本に入っているということですか」

「そこのところはわかりません。ゴラニ メンバーはいざというときに備えて何通もの偽装パスポートを持っていますから。可能性としてはフィフティフィフティとみています」

「恋人の線はあまり考えられませんね。大学時代から女性には随分ともてましたが、彼のほうが寄せ付けないようなところがありました。女嫌いと言っては言いすぎでしょうが、女性に対して抜き難い不信感を持っているようです」

「女性不信……ですか？」

「彼の履歴はわかってるんでしょう」

「ええ、本国から送られてきましたから。幼いときに母親が彼を置いて去っていったという事実は知っています。それがメンタル　ブロックになって残っている可能性ありと書いてありました」

「女性には非常にもてたのですが」

「大学時代の友人や恩師などはどうです」

「友人といえば私ぐらいでしょうし、恩師と呼べるほどの恩師はこれといっていないと思います。しかし」

と言って小田切にするどい視線を投げた。

「日本国内のことなら小田切さんたちに調べてもらったほうがいいでしょう。そのための警察ですから。そうでしょう、小田切さん」

小田切は必死にショックから立ち直ろうとしているようだった。

「言い訳するつもりはありませんが、佐川氏が探検家でないとうすうす感じたのは、ここに来るタクシーの中でカネハ氏と話しているときでした。ゴラニ メンバーであるなどとは全然……」

「でも知った以上は何とか頑張ってもらわねばなりませんね。日本国民のひとりが大変な状況にあるかもしれないんですから」

小田切が亀のように首をすぼめながらうなずいた。

「早速全国の警察に手配します」

「藤島さん」

カネハが言った。

「佐川氏には特別気にいった場所などがありましたか」

藤島がちょっと考えて、

「地中海沿岸にあるカエザリアが好きだと言ったことがありましたね。小さいとき母親に何度か連れていってもらったらしいですよ」

「あそこはイスラエル国内です。国外でどこか言いませんでしたか」

「言ったかもしれませんが思い出せませんね。ただひとつ言えることは、もし日本にいるなら必ず私に連絡してきます」

「そのときは小田切氏か大使館のほうに連絡すると約束していただけますね」

「それはいいですが、私にはまだ彼が本当に軍から逃亡したのか信じ難いのです。人の信頼を裏切るような男ではないですから。もし事実なら何かのっぴきならない理由があったはずです」

　カネハが肩をすくめた。

「理由なしであんな大それたことをする人間はいないでしょう。だが私は一介の大使館員です。本国からの指令にもとづいて動いているにすぎませんので」

　カネハが立ち上がった。

「今日のところはこれで失礼します」

　言い残してそそくさとドアーに向かった。小田切があわてて彼に従《つ》いた。

「カネハさん！」

　藤島が呼び止めた。

「仮に彼が日本にいて、身柄を拘束されイスラエルに送り返されたとしたらどうなるんです」

「当然、軍法会議にかけられるでしょうね」

「そしてどうなるんです」

「容疑は脱走罪でしょうから重罪です」

「死刑になる可能性は？」

「最高で終身刑です。イスラエルに死刑制度はありませんから。唯一の例外はかつてのナチス幹部だけです。それではシャローム」

藤島は立ち上がって窓辺に近付いた。体中にけだるさを感じた。

眼下に皇居のほぼ全貌が見える。ここ三年間、毎日のように目にしてきた景色だが、言いようのない閉塞感と圧迫感を覚えるのはなぜだろう。近頃落ち込みを感じているのは、この景色のせいかもしれないと思った。外から見ている自分でさえそう感じるのだから、中に住んでいる人々はさぞかし息が詰まる毎日を送っているのだろう。藤島はブラインドを下ろして机に戻った。

親友佐川丈二が大きなトラブルの渦中にあることは確かだ。カネハの言ったことを頭の中で再生してみた。市民権剝奪、ゴラニ、逃亡、エルサレム・ポスト紙、アマン、モサド、まるで別世界だ。佐川がそのような世界と関わりを持つこと自体、藤島のイマジネーションの域を超えていた。藤島の知る佐川とはまるで合致しなかった。

去年の暮れ、佐川が訪ねてきたときのことが思い出された。二人は同じ大学の同期生だったが、藤島は工学部、佐川は法学部で、唯一のつながりは空手部に属していたということだけだった。卒業時には、小学生のときから空手をやっていた佐川が五段でキャプテンになっていた。藤島は二段だったが、二人とも全国大会に出て団体戦で準優勝を果たしたこともあった。

　五年半ぶりに見る佐川はひとまわり体が大きくなったように見えた。ひきしまった筋肉質の体付き、混血独特の彫りの深い顔は日焼けしていて精悍《せいかん》さを絵に描いたようだった。充実した人生を送っている人間だけが持ち得るはつらつとしたエネルギーが全身からあふれ出ている。それを言うと佐川がはにかみ笑いを見せながら、

「好きなことをやってるからだろうな。精神的にも肉体的にもストレスがないからだ」

「探検にはストレスや危険はつきものだと思っていたよ」

「危険はつきものさ。だがそれは自分の工夫でいかようにも乗り越えられる。ジャングルの中で毒蛇に咬《か》まれたときもあるが、誰も助けてくれない。毒が体に回る前に自分で対処しなけりゃならない。時間との勝負だ。最初は恐怖心を感じたものだが、今じゃスリルのほうが大きいね」

「これまでの経験を本にしてみたらどうだい。ぬるま湯に浸かった日本の若者たちに刺激を与えるのもいいことだと思うぜ。何ならおれの出版社で出してもいいが」

「出版社も持ってるのか」

「大手とは言えないが、半年前買い取ったんだ。雑誌は五誌しかないが、ハードカヴァーの出版ではかなりのベストセラーを出してる。その気があるなら編集長を紹介するよ」

　佐川が首を振った。

「やめとこう。おれの経験なんて活字にできるような高尚なものじゃない。もっと経験を積んだら頼むよ」

「いつでも言ってくれ」

「それにしてもお前は出世したものだ。海外にいてもCNNやBBCのインタヴュー番組で何度も見たよ。まさに時代の寵児《ちょうじ》だな」

「運がよかっただけだよ。だが今のおれはお前が羨ましい」

「よく言うよ。嫌みにしか聞こえないぜ」

「いや、嫌みでも何でもない。心底そう思ってるんだ」

「おれにはわからん」

「だってそうだろう。お前は何にも縛られないで自由に生きてる」

「お前だって自由だろうが。しかも金は山ほどある」

「だが今のおれにはそれが重荷になってしまっている。五百人の従業員に対する責任もある。儲《もう》ければ儲けるほど重荷はでかくなっていく。単純なマネーゲームと思って始めたことが、自分よりはるかに大きくなってしまった。はっきり言って窒息死する寸前という感じなんだ」

佐川が笑いながら、

「人間成功すると悩みも贅沢になるということだな」

藤島は笑わなかった。

「いや、本当に苦しいんだ。医者は燃え尽き症候群とか言っていた。このままいったら重度の鬱病になる可能性が大とのことだ」

「鬱病の億万長者なんてブラック　ユーモアにもならんぜ」

「これまでＭ＆Ａや株で稼ぎまくってきたが、所詮は虚業のメリーゴーラウンドに乗っちまったんだ。気がついてみると目がまわりすぎて、自分が生きてるのか死んでるのかもわからなくなってしまった。金は必要だが、それだけじゃ十分じゃないっていうことが身に沁《し》みてわかったよ」

「卒業以来六年もしないうちにお前は帝国を築き上げた。すべてがうまくいきすぎたんじゃないかな。並みの人間ならもっともっと儲けるべく必死になる。現にお前と同世代で成功した奴らは、社会の認知を求めて自己宣伝にやっきになっている。しかしお前は並みじゃない。人一倍感性が鋭い。同じことの繰り返しに飽きてしまった。退屈極まりなく感じてるんだ。気分転換に休暇でもとって、しばらく外国で過ごすのが一番いいと思うぜ」

「医者にもそれを勧められているんだが、とにかく時間がとれない。メリーゴーラウンドは回転が速すぎて降りようにも降りられないような状態なんだ。この状態をストップさせるには会社を売り払ってしまうしかないとも思っているんだ」

「売り払ってどうしようというんだ」

「まったく別の道を歩んでみたい。自分が本当に生きてると感じられるような人間らしい道かな」

「たとえば？」

「お前のように探検家になるのもひとつのオプションだろう」

「おいおいマジかよ」

「これほどマジだったことはない。ラットレースから降りて新しい世界を経験したいんだ。こんな退屈な仕事を続けるには人生は短すぎる」

佐川がちょっと間をおいて、

「お前はスランプに陥っているだけだよ。一生懸命生きる奴は必ずスランプに直面するものだ」

「お前に言わせると何でも簡単だな。だが所詮お前は外部の人間だ。おれの心の中までは理解できない」

「おれはお前の友人だぜ。お前の心を少しはのぞくことができるつもりだ。たとえばお前は最近ドラスティックなことを経験した」

「なぜそんなことが言える」

「ただの疲れでそこまで落ち込むようなお前じゃないからさ。何があったんだ？」

「別にないよ」

「いや、ある。それをメリーゴーラウンドとか責任の重圧とかいった言葉で避けているだけだ」

藤島が佐川を見据えた。重い沈黙が垂れ込めた。

「今のお前は明らかに苦しんでる。苦しみというものは分かち合うことによって少しは軽くなるものだよ」

藤島は目頭が熱くなるのを感じた。こんな気持ちになったのはいつ以来だろうか。涙を止めるため空を見つめた。

「お前、あるシーンが頭にこびりついて離れないという経験をしたことがあるかい」

藤島がゆっくりと話し始めた。

「あれは二カ月ほど前のことだった。ある会社にＴＯＢをかけて成功した。鉄鋼会社だったが、そこの創立者兼オーナー社長がおれを訪ねてきた。八十を越した老人だった。彼は戦後すぐに蹴っ飛ばし機械を買い入れて会社を始めた。従業員は奥さんだけだったらしい。一九五〇年に勃発した朝鮮戦争が日本に特需景気をもたらした。機械を一蹴りすれば一万円といわれたガチャマン時代だった。その後六〇年代から始まった高度成長の波に乗って、会社は鉄鋼メーカーとして確実に成長していった。従業員は三百人から五百人に増え、八〇年代後半のバブル期には七百人となった。押しも押されもせぬ中堅鉄鋼会社となり、東証一部上場も果たした。そんな優秀な企業を銀行がほっとくわけがない。多くの銀行が融資を申し入れてきた。しかし彼は必要ないと言って断った。余計な融資に縛られたくはないという古風な考えを持っていたんだ。結果として設備投資に後れをとった。大手や他の中堅がロボットやコンピューターを使った最新の設備を整えて合理化したのにその会社はしなかった。さらにバブル崩壊とともにリストラの嵐が襲った。しかしその社長は従業員はひとりも解雇しないとがんばったらしい。そして遂にXデーを迎えることになった。

　おれを訪ねてきたその老人は開口一番言った。〝何とか会社の存続をお考えになっていただけないでしょうか〟と。おれが乗っとったら、会社のアセット《資産》をばらばらにして売りさばいて会社を解体してしまうということを老人は知っていた。それがそれまでのおれのやり方だったからだ。老人はおれの前で土下座した。〝お願いでございます。会社の経営から私は黙って手をひきます。しかし七百人の従業員とその家族がおります。会社解体だけは思いとどまってください〟と。だがおれは言った。会社が今のようになったのは、あんたの経営感覚が今の時代に通用しないからだ。ろくな設備投資もせず、古いやり方に固執し世間の流れに乗れなかった。もしこっちがＴＯＢをかけなくてもどこかがやっていたはずだ。責めるなら自分の無能さを責めることだ、と。その老人は泣きながら土下座を続けた。そこでおれは言った。もしわれわれが買った御社の株を買い取り時の倍の値段で引き取るならＴＯＢをやめる、と。すると老人は言った。〝今のわが社には従業員に正規の給料を払う金もありません。しかし従業員はそれでも働いてくれています。会社は従業員の命なのです。私が無能であったというあなたのお言葉はその通りだと思います。TOBには降参します。でも従業員と家族が路頭に迷うようなことは何としてでも止めたいのです。どうかこの年寄りの願いを聞いてください。勝利者であるあなたの情におすがりします。お願いします〟と。次におれの口から出た言葉が老人にとどめを刺した。そんなセンティメンタルなことを言ってるから会社が傾くのであって、ビジネスに情の入る余地はない。情などキャッシュ ヴァリューをもたらすわけではないし、企業価値を高めるわけでもない。いちいち敗者に対して情をかけていたら、こっちの利益率が下がるだけだ。

老人はよろよろと立ち上がって、おれに一礼して出口に向かった。ドアーのところで振り向いておれを見た。その眼差しに恨みや憎悪はなかった。あるとすれば悲しみと哀れみだった。老人は言った。〝お互い切ないですねぇ。未練断ち難しの世の中ではなくなってしまいました〟

その晩、老人は自宅の風呂場でカミソリで頸動脈《けいどうみゃく》を切って自殺した。一応通夜に出たんだが、驚いたのは彼が古びたアパートの一室に奥さんと住んでいたことだった。てっきり豪邸に住んでいると思っていたおれにはショックだった。出席したのは大部分が従業員で、皆泣いていた。号泣していたのもいた。彼らの涙は本物だった。献花もあまりなくさみしい通夜だった。小さな体を喪服に包んで人々に挨拶していた奥さんの姿が印象的だった。新聞やテレビでおれを知ってたが、何の嫌みも言わなかった。逆にこんな大事なときに主人がご迷惑をおかけして申し訳ないとおれに謝ったのだ。おれは恥ずかしくなって逃げ出したい思いに駆られた。あの日以来、あの老人が最後におれに向けた眼差しが脳裏に焼き付いて離れないんだ。思い起こせばあのときビジネス界で初めてまともな人間に会ってたんだ。しかしその人間をおれは殺してしまった」

再びの沈黙。佐川が首を振った。

「きつい一発だったな。無責任に聞こえるかもしれんが、ここはひとつ苦しみ抜いたほうがいいかもしれないな。その老人の死に報いるためにも。そうすればお前は経営者としてより大きくなるだろう。すでにお前はビジネスは人間と社会のためにあるのであって、その逆ではないと悟りつつあるはずだ。今のお前は自分の置かれた立場を再認識する過程にあるんだ。いかに重要な立場にあるかをね」

「認識はしているつもりだよ」

「でも十分じゃない。よく考えてみろ。ごく短期間のうちにお前はビジネスの天才であることを証明した。その才能はおれなんかがいくら努力しても到底持ち得るものじゃない。富の責任という言葉があるように、才能の責任というのもある。残念ながら今の日本では、そんなのは時代遅れの戯《ざ》れ言《ごと》とか負け組の恨み節と受け取る風潮がある。しかし人間が尊厳や常識を持ち続ける限り、その真実は決して消えるものじゃない。同じように成功した者には社会的責任がつきまとう。それがビジネスであろうが政治であろうが、ルールのひとつなんだ。その責任が重すぎる。だから降りたいとお前は言っている。あの老人に申し訳ないと思わないか。大学の倫理学の授業では決して得られない人間のエッセンスを彼はお前に教えてくれたんだ。そこのところをよーく考えたほうがいいんじゃないか。熟考して、それでもビジネス界を去りたいという結論に達したら、およばずながらおれも力を貸そう」

「話を聞いてくれて感謝するよ。考えてみればこういう話をできる相手はお前しかいないもんな」

「そのための友達だろう」

「お前に連絡するにはどうしたらいい？」

「だいたいは電波の届かない場所にいるから、おれのほうから連絡するよ」

あれから五カ月が過ぎた。佐川からの連絡は一度もなかった。藤島は別に心配もしていなかった。昨年の末に会うまで五年半も連絡がなかったのだ。半年や一年連絡がなくても不思議なことではない。とはいっても彼と話したい気持ちは日々募っていた。

佐川と別れてから藤島はビジネスに全力を傾注することに努力した。しかし意識すればするほど本心は逆の方向に傾き続けた。今ではただの惰性で働いているにすぎなかった。一刻も早く佐川に会いたいと藤島は願っていた。

第四章　拉　致

マーカス・ベンジャミンは窓際に近寄って遮光カーテンを開けた。周囲を森に囲まれた研究所の建物が月の光にぼんやりと照らし出されている。

窓を開けようとすると、ドアーのそばの机に座った護衛官が読んでいた雑誌から目を離した。

「やめてください、博士！」

「大丈夫だよ、サイモン。ちょっと新鮮な空気がほしいだけだ」

「だめです。危険です」

「息が詰まりそうなんだ」

「規則は規則ですから」

護衛官が素早く立ち上がって窓辺に近付き遮光カーテンを閉めた。その巨体のわりには動きが速い。サイモン・クイグリーはマーカスの身辺警護のためＦＢＩから送り込まれた十名のカウンターインテリジェンス《―防諜活動―》部門のスペシャルエージェントのひとりだった。

　マーカスが首を振り振り、

「やれやれ、ここには新鮮な空気をエンジョイするという基本的人権もないのか」

アームチェアーに身を沈めた。心身ともに疲れが頂点に達していた。ここに来てから半年たつだろうか。それとも一年か。いや確か二年だった。そんなことはどうでもいい。わかっているのはここがヴァージニアの山中にあるゴースト・センターと呼ばれる陸軍の秘密基地で、自分にとっては刑務所と変わりないということぐらいだ。ここの存在は一般にはまったく知られていない。基地とはいっても兵士の数はそれほど多くはない。現在の軍部にはトップ セキュアリティ クリアランスを与えられる兵士がそれほど多くないからだろう。

　ごく久しぶりにフィアンセのエセルのことを思い出した。彼女には全然会っていない。それは別にかまわない。ここに連れてこられるとき、今度のプロジェクトの関係者であるペンタゴンの将校が、エセルにペンタゴン経由の手紙はいいが面会は厳禁と言い渡した。彼女は何の質問もせずそれを受け入れた。そして手紙は一通も来ていない。

　彼女は二歳年上で、婚約した当時は大学の管理局でプログラマーとして働いていた。

当時、自分はＭＩＴの宇宙物理学研究所に所属していたが、婚約と同時に彼女がアパートにころがり込んできて同棲生活が始まった。お互いひとりで住むより二人のほうが安上がりというのが彼女の言い分だった。

エセルがその本性を現すにはそれほど時間はかからなかった。まず彼女は二人の銀行口座を共同名義にした。それによってＭＩＴから入るマーカスの給料をコントロールできるようになった。マーカスは反対しなかった。好きな研究に没頭できれば幸せだったからだ。

ただ彼女の性格が見えてきたときにはすぐに嫌気がさした。ヒステリックで自我が強く、何でも自分が支配しなければ気がすまない。見栄っ張りで虚栄心が人一倍強い。その上金遣いが荒い。ふた言目にはＭＩＴからの年俸が安いことをこぼしていた。マーカスの当時の年俸は十五万ドル、プラス彼女の年俸は八万ドル、合わせて二十三万ドル。アメリカ社会ではハイクラスに入るはずだが、彼女はいつも低所得層の一員と嘆いていた。結局、何をしてやっても彼女は十分とは感じなかった。

今でこそ一刻も早く抜け出したいが、最初にここゴースト・センターに来ることになったときはほっとした気持ちになったのを覚えている。ここに来てから合衆国政府からの年俸は百万ドル。自分は閉じこもりの生活を強いられているから金などほとんど使えない。銀行口座は共同名義になったままだから彼女は自由に引き出せる。今頃、彼女得意の衝動買いをしまくっていることだろう。

せめてもの救いは結婚しなかったことだった。しかしその代償は十分に払わされた。

あるときスパーム　バンク《——精子銀行——》が精子提供を依頼してきた。こういった依頼はＩＱがずば抜けて高い人間に対してよく行われることだ。エセルは反対しなかった。それどころか積極的に話を進めた。話といっても金についてだけである。スパーム　バンク側としては基本的にはドナーによる寄付という姿勢で、ほんの小遣い銭を支払う程度にしか考えていなかった。しかしエセルはマーカスのＩＱや科学的実績を強調して高額を要求した。そして相手は支払った。これが彼女にさらなる馬力を与えた。スパームが金になると確信した彼女は、他のスパーム　バンクにアプローチした。商談は次々とまとまった。

しかしスパームを提供するほうはたまったものではなかった。毎晩セックスを強いられ、クライマックスに達する寸前彼女が離れ、紙コップに精子を絞り出す。精子はせいぜい生きて三十分。そのため家の外ではバンクの係員が精子用コンテナーを持って待っている。彼女が生理のときはマスターベーションまでやらされた。まったく悪夢のような日々だった。エセルの元から逃げられただけでもよしとすべきなのか。しかし思い出すとどこかコミカルな同棲だった。物欲に凝り固まった女と研究を唯一の生きがいとする科学者。

マーカスの口からくすくすという笑い声が漏れた。護衛官が不思議そうな顔付きで彼を見た。マーカスが声を出して笑うなど珍しいことだった。さすがの護衛官も不気味に感じたのだろう。

「大丈夫ですか、博士？」

マーカスがにやにやしながら、

「サイモン、あんたは悪夢のような現実を生きたことがある？」

護衛官が怪訝《けげん》な表情で首を横に振った。

「僕は二度あったよ。一度目は婚約者と一緒に住んでいたとき。二度目は今だ。でも今のほうがいいかもしれない。自由を剝奪されてはいるけど、精子まで奪われてないからね」


サーチライトが鉄製のゲートの前に停まった大型トラックを照らし出した。肩からM16をさげた衛兵が詰め所から出てきて運転席に近付いた。

フラッシュライトを運転手の顔に当てた。いつもの顔ではない。

「トレントはどうしたんだ？」

「へえ、奴は風邪さひいて寝込んじまったんで、あっしが代わりやした」

かなりきつい南部なまりだ。

「クライド・ペックと申しやしてトレントのイトコでやんす。ぜひお見知りおきさおねげえします」

「一応身分証明書を見せてもらおうか」

運転手が免許証を手渡した。

「これはフロリダ州の発行じゃないか」

「へえー、一週間前にこっちさついて二日前から会社に入ったんで、まだ免許証さ書き換える時間がねえんでやんすよ」

衛兵がうなずきながら免許証を返した。

「はるばるタンパから来るとは、向こうはかなり不景気なんだな」

「トレントがいねえかったら、あっしと家族はまだ向こうでアンクル サムからもらう小遣いさにすがってなきゃならんかったすよ」

衛兵が笑った。アンクル サムとは合衆国政府。そこからもらう小遣いとは生活保護を意味する。

「それにしても今年のデヴィルレイズは調子が悪いな。どうしちゃったんだ」

「毎度のことでやんすよ。銭こっさ遣わねえで、ええ選手が集まるわけねえっす。あっしはヤンキース一筋だからどうでもいいんすけど」

「荷物を見せてくれ。規則なんでな」

運転席から下りて衛兵とともにトラックの後ろにまわって扉を開けた。

「いつもとおんなじもんすよ」

衛兵がフラッシュライトを中に向けた。生鮮野菜などの食料、ペットボトル、缶詰、トイレットペーパーや下着類などの品がそれぞれ段ボール箱に詰められて山のように積まれている。基地内で一週間で消費する生活必需品である。

「オーケー、ストックルームに前進してよし。向こうには連絡しておく」

衛兵が詰め所にいるもうひとりの衛兵に向けてフラッシュライトを数度ウインクさせた。巨大な鉄の扉が開いた。トラックはゲート内に入って徐々にスピードを上げていった。道路の両側にきちんと刈られた芝生が続く。芝生の向こうが鬱蒼《うっそう》とした森になっているが、多分地雷や地対空ミサイルが置かれているのだろう。ゲートから三百メートルほど行ったところにチェックポイントがあったが、そこの衛兵は詰め所の中からトラックを確認しただけで遮断機を上げた。

「職務怠慢もいいところだ」

運転手がつぶやいた。

そこから約百メートル行ってトラックは右に曲がり、一軒の館の前を通り過ぎて脇道に入ると停止した。ヴィクトリア朝様式の重々しい二階建てだった。正面玄関の前だけが芝生になっていて、両脇と後ろ側は大きな木々に囲まれている。一階に電気がついている。

私服姿の二人の男がどこからともなくトラックに近付いてきた。きちっとした身なりからして多分FBIだろう。

運転手が荷台との仕切りを小さくノックしてささやいた。

「二人です。私に任せてください」

二人が運転席と助手席の両側からフラッシュライトを当てた。

「やあFBIのだんな方でやんすね」

「どこへ行くんだ」

「ストックルームへ日用品をデリヴァリーに行きやすんで」

「なぜここに停まってるんだ？」

「へえ、エンジンの野郎が急につむじを曲げちまったようなんで」

「直せるのか」

「フードの中を見てみねえと」

「よし、早くやれ」

運転手が下りてフードを上げた。そのときトラックの荷台のドアーが開いて三人の男が音もなく出てきた。

「すんませんがライトを当ててもらえねえかね」

運転手が前かがみになって右手を伸ばした。

「こんなもんが入ちょったわ」

右手に細長い棒のようなものを持っていた。次の瞬間その棒が宙に舞った。二人の男たちは体を震わせてその場に倒れた。運転手がにやっと笑った。ＦＢＩは銃ばかり気にする。スタン　ガンのような初歩的なものを想定しない。

いつの間にか三人の男がそばに立っていた。三人ともスキーマスクを被りアメリカ陸軍レンジャー部隊の迷彩服に身を包んでいる。そのうちの二人はすでに気絶しているＦＢＩ要員を森のほうに引きずっていった。

「隊長」

運転手が言った。

「一分無駄にしました。九分後にピックアップします。もしいなかったら打ち合わせ通り作戦失敗とみなして私は去ります」

隊長と呼ばれた男がうなずいて彼の前から消えた。トラックが走り去った。

男は猫のような動きで館のドアーに忍び寄った。ドアーをノックした。

「リッチか？」

中から声がした。

「交替時間にはまだ三十分あるぞ」

ドアーが開いた。

護衛官が片手に銃を持って立っていた。

「ホワット　ザ　ファック！……」

護衛官の声が止まった。首のあたりを両手でかきむしる仕草をした。その頸動脈に小さなダーツが突き刺さっていた。

「サイモン！　サイモン！　しっかりしてくれ！」

マーカスがひざまずいて護衛官の身を揺すりながら叫んだ。

「あんたはＦＢＩだろう！　ＦＢＩは不死身じゃないか！」

「ドクター・ベンジャミンですね」

静かな声だった。マーカスが声の主を見上げた。

「マーカス・ベンジャミン博士ですよね」

マーカスは呆然として男を見つめていた。

男が片手でマーカスの首をつかんで引き上げた。ものすごい力だ。

「は、は、離してく、く、くれ……」

「質問に答えてください。あなたはマーカス・ベンジャミン博士ですか」

「そ、そ、そうだ。く、く、苦しい！」

男が手を離した。その反動でマーカスは床に倒れた。恐怖の眼差しで男を見上げた。

スキーマスクをしているのでなおさら不気味に見えた。股間がぐっしょりと濡れているのに気づいた。

「一緒に来てもらいます」

男の声はあくまで静かだった。

「あ、あなたは……誰なのです？」

マーカスの声はかすれ、体は小刻みに震えていた。

「一緒に来ていただけますね」

「わかりません。出たら衛兵に撃たれるかも。ＦＢＩの護衛官もいますから」

「われわれといれば安全です。さあ出ましょう」

「いやな気分がします」

マーカスが立ち上がった。

「他のパンツに替えていいですか」

「早くしてください」

マーカスが部屋の隅にあるクロゼットに行ってブリーフとＧパンを穿《は》き替えた。

マーカスは混乱していた。牢獄のようなこの基地からは出ていきたい。この男が連れ出してくれるという。しかし彼が何者なのかはわからない。

「あなたはロシア人ですか？」

「違います。さあ急ぎましょう。もうすぐ交替要員が来ることになってるんでしょう」

「ちょっと待ってください。僕は今、非常に迷っているんです。ここからは出たい。でも出たら撃たれる可能性は高い。あなたは大丈夫だと言う。しかしあなたを知らない。どこに連れていかれるのかもわからない。困ったなぁ」

ちょっと考えてから、

「やっぱりここに残ります」

「ではこの場で死んでもらいます」

男が腰のベレッタを抜いてマーカスの額にねらいを定めた。再びマーカスの股間が濡れ始めた。

「ちょ、ちょっと待ってください。抵抗はしません」

恥ずかしそうな顔をしてクロゼットに行ってまた着替えてきた。

「どうやら僕にはオプションがなさそうですね」

足元に倒れている護衛官に目をやった。

「それにしてもサイモンまで殺すことはないのに。いい人だったんだ」

「大丈夫、彼は眠ってるだけですから」

「でもあなたは僕を殺そうとしたでしょう」

「あなたは重要人物ですからね」

マーカスが机に近付いてメモ帳に何か書き始めた。

「何をしてるんです」

男が近付いた。

「ここの責任者に手紙を残していくんです。黙って出ていくのは心苦しいので」

男がその手紙を奪い取って破った。

「さあ行きましょう」

「でもここから出るのは非常に難しいですよ。カオス数学より難しい。なにしろフォー《―連邦》トノックス《金塊貯蔵所―》より警備が厳重ですからね」

「その心配は無用。出るつもりで入ってきたのですから」

ドアーが少し開いて同じようなスキーマスクを被った男が顔を覗《のぞ》かせた。

「隊長、時間です」

二人がドアーに近付いた。

「ちょっと待ってください。行く前にひとつ聞かせてください。あなたは合衆国兵士なのですか、それとも外国の……」

その瞬間、強烈な当て身がマーカスの鳩尾《みぞおち》に炸裂《さくれつ》した。声も出さずにマーカスはその場に崩れ落ちた。

トラックが近付いてくる音が聞こえた。

隊長と呼ばれた男が気絶しているマーカスの体を両手で軽々と抱き上げて外に出た。

気を失っていた三人のＦＢＩが発見され基地全体にサイレンが鳴ったのは、それから十五分後だった。しかしその頃すでに四人の兵士とマーカスを乗せた車は首都ワシントンＤＣに向かう高速道路を突っ走っていた。

第五章　決　断

　ドアーが開いて専務の伊藤が入ってきた。藤島がコンピューター画面から目を離した。

「例の件についての会議が終わりました」

「それで結論は？」

「二対二のドローです。社長の票で決まります」

「おれの考えはさっき言った通りだ」

「では神田ドックは再建に決まりですね」

「ちなみに反対したのは誰と誰だった」

「真田君と梶山君です」

「ということは、あんたと桜田さんが賛成したということか」

「いろいろと検討しましたが、やはり社長の言われたことが正しいと思いましたので」

「今朝、神田ドックの社長から面会の要請があったと言ってたな」

「ええ、断りましたけど」

「電話しておれが会うと言ってくれ」

「社長がですか」

「どんな人物か見てみたいんだ。ひょっとしたらこれから一緒に働くことになるかもしれないし。もしだめだったら切ればいい」

「しかし現状を見ると経営者としてはたいしたことないんじゃないですかね」

「おれが見たいのは人間性だ」

伊藤はその場で相手に電話をかけた。

「神田社長とのミーティングには真田君も出席するよう伝えておいてくれ」

伊藤の顔が曇った。

「社長、真田君はあの会社の再建に強硬に反対してるのですよ」

「わかってる。だがなぁ、あいつはまだ若い。頭もそこそこに切れる。製造業を経験させてやりたいんだ。ビジネスについての視野が大きく変わると思うんだ」

伊藤が納得したという表情で、

「社長にそこまで考えてもらえる真田君は果報者です」

伊藤が一礼して社長室を出ていこうとした。

「ああそうだ。例の神田ドックの株、あと十パーセントを買い集める件だが、至急ストップをかけておいてくれ」

「いいんですか？」

「すでに二十パーセントで筆頭株主なんだ。これ以上集めたって意味はないよ」

「しかし社長、もし現状のまま暴落が続いたらどうなるかわかりませんよ。なにしろ連日のストップ安ですし、世間はうちのＴＯＢが成功したら会社はなくなると思ってるわけですから。でももしうちが十パーセント買えば株価は一時的とはいえ急反発します」

「そんなことする必要はないよ」

「しかし用心には用心を重ねないと。たとえばうちが筆頭株主として経営参加したら、他の誰かが神田ドックに将来性ありと見て株を買いまくり、逆にＴＯＢをかけてこないという保証はありません。うちが三十パーセントを持ち、そこに神田が持ってる七パーセントを加えれば絶対的コントロールを握れるわけです。そうすれば誰もテイクオーヴァーなど考えないでしょう」

「うちが再建に加わると発表すれば株価は自然と上がるさ。それにうちを相手に誰がＴＯＢなど考えると思う？」

　神田純之介は専務の平井裕三を伴って約束の時間より十五分ほど早くゴールドディッ

ガー社に到着した。受付嬢が二人を応接室に案内した。

「こりゃ応接室というよりハリウッドのゴージャスな邸宅の一室といった感じですね」

平井が感心して言った。

優に百平方メートル以上はあり、家具もカーペットも壁も白で統一され、中央にスカンディナヴィア風の超モダンな応接セットがある。壁にはセザンヌやマチスの絵が掛けられている。

「絵は本物なんでしょうかね」

それには答えず神田はタバコを口にした。

「こんなとこ借りたらどのぐらいするんでしょうかね」

神田が嫌な顔をした。

「きょろきょろするなよ、平井君。田舎っぺ丸出しじゃないか」

「どうせ私は田舎っぺです。だからすごいものはすごいと素直に言えるんです」

「大事なときにその素直さを発揮してほしかったね」

「何の話です？」

「三年前のことだよ。あのとき君は他の役員と組んで私の案に大反対した」

あの頃は造船業にとってはまだ景気のいいときだった。日本のビジネス界ではＴＯＢやＭ＆Ａがさかんに行われていた。神田はその流れに危機を感じ、新株を発行して敵対的買収にそなえることを考えた。大手企業数社から新株の受け皿になるという内諾も得た。それによってＴＯＢは不可能となり、設備投資は充実してビジネスのアップにつながるはずだった。しかしこの案に平井が大反対した。自社以外の大株主を認めてはならないというのが彼の反対理由だった。彼の反対に煽《あお》られて大部分の役員が反対した。結果として神田の提案は没となった。

「昔の話の蒸し返しですか」

平井がむっとして言った。

「確かにあれは私たち役員の責任です。だから恥を忍んでこうして敵に頭を下げに来たんじゃないですか」

神田が吸っていたタバコを消してもう一本つけた。

「こういうときは何と言えばいいのだろうかねぇ」

「素直に敗北を認めることでしょう。泣き落としが通じるような相手じゃないでしょうから。何しろ情のかけらもない人間らしいですからね」

ドアーが開いて、藤島が真田を従えて入ってきた。神田があわててタバコを消して立ち上がった。

「神田純之介です。よろしくお願いします」

名刺を出しながら神田が言った。平井も同じように従《つづ》いた。

藤島が自らを紹介して二人に名刺を渡した。

「こちらはうちのＴＯＢ担当の常務、真田です」

「お二人ともお若いですな。私の息子より若い」

神田が言った。

「お若いが、ことビジネスにかけてはヴェテランの域を超えてますね」

と平井。

神田が改まった口調で、

「今回は本当に勉強させてもらいました。ビジネスの厳しさ、包括的戦略の必要性、先を読む能力、すべての面で私は劣りました。碁で言えば私が次の一手を考えているときに、あなたは終わりの局面を考えていらっしゃった。もう私の時代ではなさそうです」

藤島がじーっと神田を見据えた。神田もきちっとした姿勢で藤島を見ていた。真っ白な髪と眉毛、邪気のない眼差し、無数のしわが刻まれた顔、そこには苦々しさのかけらもない。

「それにしても若さとは素晴らしいものですね。新しい考え、新しい戦略を次々に考え出してそれを実行に移す勇気をお持ちだ。私には持ちたくても持ち得ない要素です」

こうまで持ち上げられると背筋がかゆくなる。藤島が神妙な口調で、

「勝負は時の運です。今回はわれわれがラッキーだっただけです」

「ちょっとよろしいでしょうか」

平井が言った。

「実はひとつお願いがあるのですが」

神田がびっくりした表情で平井を見つめた。

「弊社が持つ自社株は全体の七パーセントです。当然御社に譲渡しますが、価格を少し考えていただけないでしょうか」

「平井君、この期におよんでみっともないことは言うな」

「いや、この際言わせていただきます。藤島社長、弊社には八百人の従業員がおります。多少なりとも彼らには退職金に準じた金を払いたいのです。われわれ役員は要りません。こんな状態になったのはＴＯＢに対して無防備だったわれわれの責任ですから」

藤島は考えるふりをして黙ったまま神田と平井を見据えていた。真田がちらっと藤島を見た。何か言いたそうだが藤島に余計なことは言うなと釘を刺されていた。

しばらくの沈黙のあと平井が再び言った。

「わが社の株価は高値のときは千七百五十円でした。しかし今は三百三十円です。千七百五十円で買ってくれとは言いません。今の株価に百円乗せていただけませんでしょうか。厚かましいお願いであることは承知です」

「やめなさい、平井君。藤島社長には関係のないことだ。藤島さん、こんな醜態をさらして申し訳ありません。これで失礼します」

神田が立ち上がろうとした。

「ちょっと待ってください、社長。話はまだ終わってません」

藤島が声をかけた。

平井を見つめる藤島の目は軽蔑に満ちていた。

「平井さん、今あなたが言ったことは株譲渡の条件ですか」

「いえ、そういうことでは……」

「じゃお断りします」

平井がちょっと躊躇してから、

「そう言われたら仕方がありませんね」

顔をこわばらせながらもにやにやと笑っている。

藤島が笑った。

「破産手続きでしょう」

「役員会では全会一致しています」

「私はそんなこと聞いてないぞ、平井君」

神田社長が声を震わせた。その顔は怒りで紅潮していた。

「社長はおられなかったので、私の一存で昨日緊急役員会を招集したのです。今、裁判所に提出する書類を作成してるところです」

　藤島はあきれ返って言葉も出なかった。

　平井が続けた。

「社長は近頃、会社にいる時間が極めて短いのです。一体何をやってるのか、われわれ役員にさえ話してくれません」

「ちょっと待った」

　それまで黙っていた真田が口を開いた。

「神田社長は従業員の再就職先を求めていろいろな企業を回っておられたのですよ。そうでしょう、神田さん？」

　神田の顔がゆがんだ。

「人様に言えるようなことではありません」

「社長が社員のために奔走しているのに、あんたがた役員は会社を潰《つぶ》しにかかってる。何という連中なんだ。あんたがたが出す書類など裁判所が受け付けるはずはないんだ。だいいち大株主であるわれわれの承諾さえ得ていないじゃないか」

「それはやってみなければわかりませんよ。弁護士は、こっちの言い分は十分に通ると言っているんだ。どうせお宅はわが社を解体してばら売りするんだろう。そんなことをさせるぐらいなら会社の葬式はわれわれでやる。それが会社へのせめてもの忠誠心だ」

「葬式は三年前あんたの音頭取りでやったじゃないか」

「……？」

「当時神田社長がＴＯＢに対する防御として新株発行に動いたが、あんたが役員たちを煽って反対した。あのとき神田ドックは棺桶《かんおけ》に入れられたも同然だったんだ」

「そんな話、誰から聞いたんだ」

「誰でもいい。それぐらい知らないではＴＯＢなんてかけられない。神田社長の提案通りにやっていれば、新株五百万株とすでに持っていた自社株七パーセントとを合わせて三分の一以上になっていた。そうなっていたらＴＯＢは無理だった。それをサボタージュしたあんた方役員は万死に値すると思うがね」

「われわれは社長の暴走を止めただけだ。今でも正しかったと信じている。だいち法に触れたわけではない」

「じゃ法に触れる話をしようか」

「どういう意味だ？」

「このまま筋の通らないことを言い続けるなら、あんたを背任横領で告訴するということさ」

「背任横領？　言うにこと欠いて……！　名誉毀損で訴えてやる！」

「事実の裏付けなしにこんなことを言えると思うか。ちゃんと調べてるんだ」

「ほう、それはおもしろい。TOBをかけた上にわが社にさらなる泥を塗ろうというのか」

「会社に対してじゃない。あんた個人に対してだ。渋谷商事という会社を知ってるかね」

平井の顔がみるみる青白くなった。

「うちの取引先だが」

「渋谷とはあんたの奥さんの結婚前の苗字だな」

「それがどうした。女房がその渋谷商事に関係してるとでも言うのか」

「あんたはそこまでばかじゃない。その会社をやってるのはあんたの奥さんじゃなく彼女の弟だ。その弟の二人の息子も役員として名を連ねてる。渋谷商事は神田ドックが買い付ける家具や事務用品、はては従業員の作業着の業者や社員食堂の仕入れなどを行う業者から、仲介料の形でコミッションを取っている。そうだな？」

平井の額から汗がしたたり落ちていた。

「仲介してコミッションを取るのは当たり前の話だ」

「確かにそうだ。しかしそれは神田ドックが個人の持ち物だったらの話だ。オーナーが親戚を使ってそういった会社を持つのは許容されている。だが神田ドックはれっきとした一部上場企業だ。そこの専務一族がよってたかって会社を食い物にしていると世間が知ったら黙ってはいまい。獅子身中の虫とはあんたのような人間を言うんだ」

「私は渋谷商事とはいっさい関係ない」

「それは私にではなく地検のだんな方に言ったほうがいいだろうね」

平井ががっくりとうなだれた。

藤島がちらっと真田を見た。その口元に小さな笑いが浮かんでいた。藤島にとっては別に驚きではなかった。真田は若いとはいえゴールドディッガー社のTOB担当役員である。その分野で成功するにはまず徹底した情報収集を行わなければならない。彼は三十人の部下を持っているが、そのうち二十人はTOBのターゲットとなる会社についてあらゆる情報を得る。あとの十人がそれらの情報を分析して彼に報告する。ターゲットとなった会社はTOBが始まる前にすでに真っ裸にされてしまっているのだ。

「貴重なお時間をいただきながらこんな話になってしまい、本当に申し訳ありませんでした」

神田が立ち上がった。

「平井さんは出ていってください。神田社長は残ってください」

藤島が言った。

「まだ何か?」

「神田ドックの再建について話しましょう。そのために来ていただいたのですから」

「な、な、なんですと！」

「神田ドックの再建についての話をしようと言っているのです。詳しいことはこちらの真田と話してもらいますが、こちらの条件は二つ。まず真田を神田ドックに新社長として送り込みます。再建は二年、長くても三年でめどがつくと思います。そうなったら真田はこっちに戻します。こちらの社長になってもらうことになってますので」

あまり物に動じない真田だが、これには驚いた表情を露《あらわ》にした。

「二つ目は現役員全員に辞めてもらいます。新役員はお宅の社内からピックアップします。若くて有能でチャンスさえ与えたら化けるような人材がいるはずですからね。これでいかがでしょう」

神田はまだ信じられないという面持ちで目をしばたたかせていた。

「どうです、神田さん」

「もったいないほどの条件です。これで従業員は救われます。私自身も含めた役員全員の辞任は当然です」

「いや、あなたには会長として残っていただきたいのです」

「……!?」

「あなたがいるといないとでは、新体制に対する従業員の気持ちが違うと思うのです。あなたが残れば彼らは安心します」

神田の目から涙があふれ出た。しわだらけの顔がなおさらくしゃくしゃになっていた。

「私は一度死んだ男です。そんな私にこれほどまでの慈悲の心であなたは接してくださった。こんな命でいいのならあなたに捧げます」

藤島が両手で膝を叩《たた》いて立ち上がった。

「あとは真田と話してください」

言い残してドアーに向かった。

「藤島社長！」

神田の声に振り返った。

「まるで夢を見てるようです」

「覚めない夢を真田と一緒に築いてください」

そう言って藤島がにっこりと笑った。

第六章　エ　ラ　ー

時計はすでに真夜中の十二時をまわっていたが、ペンタゴンのオフィスはいずれも煌々《こうこう》と明かりがついていた。ここには休みはない。

コンラッド中将の机の前にグレイ国防次官補が座っていた。グレイは少し前までチャック・ヘイドン大佐と一緒だった。大佐はゴースト・センターの司令官で、マーカス・ベンジャミン博士が拉致されたことを伝えにきたのだった。本来なら大佐が直接中将に報告するのだが、今回のプロジェクトのナンバートゥはグレイである。グレイを通さねば何もできないことになっている。

報告を聞く中将の顔は青白く、目は冷たい光を放っていた。

「オプション　プランを考えねばならんな」

「ドクターGが戻らない場合ですね？」

「すでに最悪の状況に陥ったということも考えられる」

「それはないでしょう。殺すのならあの場で殺していたはずです。わざわざ拉致したのはドクターGを必要とするからですよ」

「それならメモリー　カードを狙ったほうが簡単ではなかったのかね」

「研究所はセキュアリティがきつすぎます。なにしろ地雷で二重、三重に囲まれている上、赤外線探知機でがんじがらめですから」

「メモリー　カードが残ったのがせめてもの救いだったな」

「研究は三分の二まで終わっています。初めからなら無理でしょうが、現時点からなら優秀な人材を投入すればフォローできるかもしれません」

「しかしそんな人材はいるかな」

「スタンフォードのホイットマン博士、キャルテック《——カリフォルニア工科大学——》のミラン博士、ＭＩＴのキューザック博士などどうでしょうか。皆それぞれの分野で第一人者とされています。ドクターGに言わせれば皆凡人になってしまいますが」

　中将がうなずいた。

「一応連絡をしてみてくれ。ただし一週間後だ。その前にドクターGを取り戻せる可能性もなきにしもあらずだからな」

「もしドクターGをリカヴァーできない場合、三人をゴースト・センターに連れていってよろしいですね」

「やむを得まい」

ドアーが開いて男が入ってきた。中将に近付いて手を差し出した。

「FBIカウンターインテリジェンスを担当するグレン・パグリアーノです」

「こんな遅くにすまんね。君の協力が必要と思ったのだ」

パグリアーノに続いてもうひとり軍服姿の男が入ってきた。ゴースト・センター基地の司令官チャック・ヘイドン大佐だった。

「大佐」

中将の口調はビジネスライクだった。

「君は三時間もの間、何をしていたのかね」

「事件に関しての詳細を把握するため関係者を尋問しておりました」

「拉致が起きたのは何時だ？」

「21：00時から21：15時の間であります」

「君が報告を受けたのは？」

「22：00時ちょっと前でした」

「拉致を知ったとき、なぜすぐに連絡をしてこなかったのだ」

「電話やEメールでは危険と思いました。CIAやDIA（国防情報局）にインターセプトされる可能性がありますので。こうして直接将軍に報告するのが一番と思いました」

　これには中将も怒る訳にいかなかった。プロジェクト・オメガはウルトラ トップシークレットで絶対に外部に漏れてはならない。たとえスクランブラー《—周波数変換機—》を使ってもＣＩＡやＤＩＡはスクランブラー ブレーカーを使える。ＥメールなどＮＳＡが簡単に解読してしまう。ＤＩＡもＮＳＡもペンタゴンの管轄下にあるが、ことプロジェクト・オメガに関しては敵と思わねばならない。そういう考えを徹底させるために、中将は常々電話やＥメールはできるだけ避けるよう命じていた。

「最初から説明してもらおうか」

「博士を拉致した犯人は基地への出入り業者のトラックを使いました」

　そのトラックはゲートをクリアーして真っすぐ博士の住む館に向かった。館の脇道に停車したときＦＢＩの護衛官が二人トラックの運転手に近付いたが、スタン ガンで気を失った。館の内部にも護衛官はいたが、彼はダーツを喉にくらってやはり失神してしまった。ＭＰや地元警察を動員して付近一帯をサーチしたが、ときすでに遅かった。ヘイドンが軍人らしいてきぱきとした口調で説明した。

「トラックを奪われたのはどこらへんだったのだ」

「高速道路から出て基地への山道を十マイルほど入ったところと言っています」

道路をふさぐようにSUVが停まっていた。運転手がトラックを降りて近付くと、突然背後から襲われて口と目にダクト テープを巻かれ、素っ裸にされてSUVに閉じ込められた。そのSUVは近くの森に隠された。運転手は逃げようがなかった。しばらくの後、犯人たちが戻ってきて彼はトラックと服を返してもらったが、三十分は動くなと言われた。もし車を動かしたら自動的に爆発すると脅されて動きようがなかった。携帯も取り上げられトラックの無線も壊されていたので誰にも連絡のしようがなかった。

ダクト テープをはがしてもらったとき、四人の姿は確認できたが顔はスキーマスクをしていたため見えなかった。しかし犯人のひとりがトラックからSUVの後部に人間をほうり込んだ。ぐったりしていたので、最初は人形か何かに見えたが確かに人間だった。痩せていて小さく学生のように若かったとその運転手は語ったという。

「それが多分ドクターGだな」

「ほぼ間違いないと思います」

「高速道路や一般道路での非常線は張らなかったんだな」

「先ほども申しました通り一応MPや警察が付近を捜索しました。しかしあまり騒ぎ立てるとマスコミがどんな反応を示すかが心配でした。ですから非常線のような大事には踏み切れなかったのです」

「基地に近い大都市といえばワシントンDCとボルティモアだな」

「アレキサンドリアもあります。それぞれ地元の警察にはすでに通達してあります」

「だが犯人の顔は誰も見ていないというのでは、警察だってどこから捜査を始めていいかわからんだろう」

「いえ、ひとりだけ顔を残してます。トラックを運転していたクライド・ペックという男です。まさかスキーマスクをしてゲートの衛兵と話すわけにはいきませんからね」

ヘイドン大佐がブリーフケースの中から一枚の写真を取り出して中将の前に置いた。

「監視カメラがとらえた奴の顔写真です」

「役に立つのかね」

「彼の身元がわれました」

国防次官補のグレイが大佐に取って代わった。

グレイによると過去のファイルや写真を探ってみたところ、その男は陸軍レンジャー部隊に所属していたランドルフ・キーチという男と判明したという。キーチはイラク戦争で奥地に侵入して敵の軍事施設を破壊する特殊任務についていた。そのとき彼は命を落とした。だから彼はこの世に存在していないはずなのだと言った。

中将がわからないといった表情で、

「どういうことなのだ？」

「そういう兵士は意外に多いのです。戦場でどさくさにまぎれて死んだ人間のドッグ《認識》タグ《票》と自分のを替えてしまう。ドッグ　タグに刻まれた番号はＩＤですから、チェックすればすぐにわかります。そうやって自分を死んだ人間にしてしまいます。それによって軍と永久に手を切れるわけです」

「軍を離れてどうやって生きていくのだ？」

「彼らには訓練で得た特殊なスキルがあります。飛行機の飛ばし方や爆弾の作り方とその使い方のような基本的なことから、銃やナイフ、弓の使い方、さらには毒殺の技術や肉弾戦などでは信じられないようなハイレヴェルの技術を持っています。殺しの機械です。彼らはそのスキルを最も高い金を出す客のために提供するんです。マフィアのボディガードやヒットマン、政府に雇われてテロリストのハント＆キルなど、大部分は外国で活動しているらしいです。国内ではどこで誰に会うかしれませんから」

「ということは、犯人たちは外国機関に雇われているとも考えられるな」

「アメリカのマフィアはあんなことはしないと思います。一昔前の彼らならやったかもしれませんが、今では合衆国政府を敵にまわすことを最も恐れていますから」

「ロシアかフランスかな？」

「中国という線もあります」

この間ＦＢＩのパグリアーノはひと言も挟まず、中将とヘイドン、グレイの会話に耳を傾けていた。こんな夜中にペンタゴンに呼び付けられ迷惑な思いだった。

バーガーFBI長官から電話が入ったのはベッドの中でうつらうつらしているときだった。長官は緊急事態が発生したので、すぐにペンタゴンのコンラッド中将のオフィスに行くよう彼に命じた。そのとき知らされたのはヴァージニアの山中にある基地から重要人物が何者かによって拉致されたということだけだった。

「パグリアーノ君」

中将が言った。

「君はどう思う？」

パグリアーノが肩をすくめた。

「申し訳ありませんが答えようがありませんね。この件に関しては先ほど長官から初めて聞かされたんですから。一体拉致されたのは誰なんです？」

中将がちょっとためらいを見せた。プロジェクト・オメガについては絶対に知らせてはならない。

「重要な研究に携わっているある研究者だ」

「国家の安全に関わる研究でしょうか」

中将が大きくうなずいて、

「悪いが君にも明かせないようなウルトラシークレットなんだ」

「外国政府やテロリストが狙うような代物なんですね」

「もし嗅ぎつければね。それ以上は言えん」

「そういう性質のものなら外国政府が今回の拉致に関与しても不思議はありませんね」

「君の部門はメジャーな大使館や領事館を監視しているだろう。最近怪しい動きを見せているところはないか」

「それは怪しさの度合いによります。ある大使館の一等書記官がＣＩＡのエージェントと会っていたらおかしい部類に入ります。しかしジャーナリストに会って話しているなら普通のことです。そのジャーナリストが他の国のエージェントであれば別ですが。それにメジャーな大使館といっても、われわれがカヴァーしているのは中国、ロシア、それにアラブが主です。西側諸国に対しての監視はごくルーティーンなものですし」

と言ってから思い出したように国防次官補のグレイに向かって、

「先日あんたから頼まれた例のジャーナリストの件だけど、ちょっとおかしいんで監視レヴェルをＩＳ（インテンスィヴ《集中》　サーヴェイランス《監視》）に上げたよ」

「何かわかったのか」

「行動に不自然なところがあるんだ。ラングレーに出入りしたり、ロシア人や中国人のビジネスマンと頻繁に会ってるんだ」

「しょっぴかないのか」

「おかしいだけではブレスレット《―手錠―》ははめられないよ。これまでわかったことといえば彼がホモ行為で軍隊を不名誉除隊になったことぐらいだ」

「まだ現役のゲイなのか」

「筋金入りさ。だが連邦法には違反していない。だからしょっぴけない」

「ひとつ君に頼みたいのだが」

中将が改まった口調で言った。

「もしあのザブロフスキーを逮捕したら、ＦＢＩではなくわれわれに身柄を渡してもらえないだろうか」

パグリアーノが厳しい表情になった。

「中将、おっしゃることに気をつけてください。ＦＢＩは法を守る機関であって破る機関ではありません。もしそんなことをしたら一大スキャンダルを抱えることになります」

中将がパグリアーノをにらみつけた。もしザブロフスキーが研究の内容を知って、それを中国やロシアに明かしたらアメリカは国家的危機に直面する。きれいごとを並べている場合ではないのだ。

しかし中将は口をつぐんだ。パグリアーノはＦＢＩカウンターインテリジェンスの部長とはいえ、所詮はマシーンの部品にすぎない。そのマシーンを動かす長官であるバーガーに話せば済むことだ。

「中将」

　パグリアーノが言った。

「拉致についてですが、ロシアや中国、フランスなど名前が出てきましたね。しかし思考が逆になっているのではないでしょうか」

「どういう意味だ」

「ロシアのSVR（対外情報庁）、フランスのDGSE（対外治安総局）、そして中国の国家安全部などはわが国で活発な活動をしています。しかしはっきり言ってこれらの機関は今ひとつ実力に欠けます。かつてのKGBのほうがまだ能力的には冴《さ》えていました。FBIの上層部にいる私さえクリアーされない〝研究〟についての情報を彼らがつかめるはずはないと思います。その〝研究〟のセキュリティクラスィフィケーション《機密区分》は多分マキシマムの五だと思います。だが今回の拉致犯人たちはその研究がなされている場所を知っていた。そして大胆かつ水際立った作戦を展開して成功した。ロシアや中国の諜報機関ではなし得ません」

「君が言いたいのは、各国の名前をあげつらうよりそれができる能力を持った機関に光を当てるべきだ、そういうことだな」

「その通りです」

「では訊くが、そのような能力を有する機関を持つ国はどこだね？」

パグリアーノが苦笑いしながら、

「百万ドルのクイズですか」

しかしすぐに真顔になって、

「これはあくまで私の個人的意見として受け取ってください。これまでの諜報の世界での実績と祖国への貢献をベースとして考えると、そのような機関は三つあります。イギリスのＭＩ６、イスラエルのモサド、そしてヴァティカン情報部です。誤解しないでください。彼らがやったとは言ってません。ただ彼らならやる能力を持っていると言っているだけです。能力を持っていることとイコール実行したことにはつながりませんから」

「そりゃそうだな。イギリスはわが国と最強の絆で結ばれた同盟国、イスラエルは最も頼りがいのある友邦国、そしてヴァティカンは非人間的アクションはとらない」

「いや、中将。ヴァティカンも随分と人を殺しますよ。宗教組織のアンブレラをかぶっているとはいえ諜報組織ですから。その情報ネットワークは世界的でＭＩ６やモサド以上とも考えられます。何しろ中世から近代にかけて、カトリック教会はその力を常に政治に使ってきましたから」

中将が首を横に振りながら、

「君が挙げた三つの機関のひとつがやったなどあり得ない話だ。プロバビリティは限りなく低い」

「しかしポッスィビリティはあります。一パーセントでも可能性があればチェックするのがわれわれのやり方ですので」

「ということは？」

「大使館の監視レヴェルを上げます」

と言って、パグリアーノが携帯を取り出してＦＢＩ本部のカウンターインテリジェンス部に連絡を入れ、イギリス、イスラエル、ヴァティカンの大使館や代表部、領事館などの監視をＩＳに上げるよう指令を出した。

「もう遅いんじゃないのかね」

電話を終えたパグリアーノにトム・グレイが言った。

「ベター　レイト　ザン　ネヴァー《やらないよりはまし》だよ。それよりあんたに訊きたいんだが、ウルトラシークレットとやらについて知らされているのは何人ぐらいいるんだ？」

グレイが困ったという表情で中将を見た。

「それは極秘だ」

中将がぴしゃりと言った。

パグリアーノの眉間にしわが寄った。

「中将、私は好奇心でこんなことを訊いているわけじゃないんです。いいですか。今挙げた三つの諜報機関のどれかが今回の件とつながっているとしても、誰かが情報を与えねばいかに彼らでもアクションはとれないわけです。無から有は生まれ得ません。ということは研究についての知識を持っている者がリークした可能性があります」

「まさか、それはあり得ない」

「なぜそう断定できるのです。かつて海軍に所属したジョナサン・ポラードという男を覚えておられるでしょう。上官や仲間は彼を模範的かつ愛国的兵士として見ていた。しかし実際はイスラエルのモサドのスパイとして働いていたじゃないですか」

「しかし……」

「もう一度訊きます。何人が研究について知らされているのですか」

中将がため息をついた。

「全部で三十一人だ」

「内訳は？」

「軍関係者二十一人、政府関係者五人、民間人五人」

五人の民間人というのはディフェンス コントラクター《――国防関連契約業者――》で、このプロジェクトの製造面を担当している企業のメンバーだろうが、その企業名を尋ねても中将が言うはずはない。

「政府関係者が五人とは随分少ないですね」

「ニードトゥ　ノウが基本だからな」

パグリアーノにはピンときた。軍関係者二十一人ということは、参謀本部議長以下将軍たちは知らされている。しかし政府関係者では大統領や副大統領には知らされていない。なぜなら彼らに知らせれば首席補佐官や顧問などにも知らされることになるからだ。大統領や副大統領だけがウルトラシークレットを知り得るということはまずない。取り巻きがクッション役となりいざというとき彼らが責任を取るという図式だ。大統領や副大統領は四年か八年で去っていく。だから軍部が決めた彼らのセキュアリティ　クラスィフィケーションは最高の五ではなく四なのだ。軍部としてはそういう人間を完全に信用することはできない。それは今では一種の伝統ともなっている。

パグリアーノの背筋に寒気が走った。中将たちはとんでもない〝研究〟をやっているのかも……。

「まさかひとりひとりをポリグラフにかけるなんて考えているのじゃないだろうね」

「中将の許可さえおりればやりたいですね」

「それはだめだ」

「ヴァージニアの山中にある基地の兵士たちはどうなのですか。拉致された博士に助手のような人間は何人ぐらいいましたか」

「基地の兵士たちは何も知りません」

ヘイドン大佐が答えた。

「博士には助手はひとりもいませんでした。研究について知っていたのは副司令官と私だけです。それに二人ともこの二年間は基地に住んでいましたから、外部との接触はほとんどありませんでした」

不思議なことだとパグリアーノは思った。ウルトラシークレットの研究に助手がひとりもいないなどちょっと考えられない。

「中将、せめて拉致された博士の名前ぐらい教えてください」

中将が拒否するような眼差しでヘイドン大佐を見た。

「名前は地元の警察に明かしました」

中将の顔がこわばった。

「なんとばかなことを！　それではまるっきり頭隠して尻隠さずではないか！　極秘もへったくれもあったもんじゃない！」

「しかしあの際仕方なかったと思います。司令官である私が、自分の基地からさらわれた人物の名前も知らないなどと言ったら、逆に怪しまれますから」

大佐は悪びれる様子もない。

「彼のカラー写真も与えたんだろうな」

強烈な皮肉にも大佐は動じない。

「一枚だけ渡しました」

「ダッム！」

中将ががっくりと椅子に身を沈めた。

「しかし中将」

パグリアーノが慰めるように言った。

「犯人たちが捕まれば、どのみちウルトラシークレットは明るみに出てしまいますよ」

中将が恨めしそうな目付きでパグリアーノをにらんだ。

「でもこれだけの仕事をひとりも殺さずにやってのけた犯人たちですから、そう簡単には捕まらないとは思いますがね」

第七章　セイフ ハウス

「グッド モーニング」

マーカス・ベンジャミンが目をこすりながらダイニングルームに入ってきた。佐川丈二は三人の隊員たちとともにすでに朝食を食べ始めていた。つけっぱなしのテレビではCNNの〝アメリカン モーニング〟をやっている。

「何か僕の話は出てませんか」

マーカスが訊いた。

「残念だな」

元SASのマイク・ストールが言った。潰れた左目を縦に切るような傷跡に凄《すご》みがある。

「近頃の芸能界はターンオーヴァー《―入れ替え―》が激しいんでね。昨日売れてると思ったら今日はもう消えてる」

マーカスが憤然として、

「僕は芸能人ではありません。重要な研究をしている学者です。その僕がさらわれたらアメリカ政府は一丸となって速やかに動くはずなんです」

「それはお前が勝手に考えていることだろう。お前のことなんか奴らはもう忘れちまってるよ」

ジム・イーグルバーガーが入ってきた。この屋敷のオーナーとなっているが、本当のオーナーが誰かはわからない。屋敷といっても三階建ての赤レンガのタウンハウスだ。佐川が知っているのは、以前はホスピスだったこの屋敷が、ワイゼッカー長官がいくつものクッション《仲介》を使って今回の作戦のために得たセイフ ハウスということだ。この事実を知っているのは佐川だけである。ワシントンＤＣに駐在する大使館員やモサドメンバーもこの屋敷の存在は知らないとワイゼッカーは保証していた。ジム・イーグルバーガーはマーカスの尋問者だったが、彼の本当のアイデンティティについてはワイゼッカーは明かしていなかった。

佐川たちがこの屋敷に来てから五日がたった。ワシントン市内でしかもウォーターゲート・ホテルの近くにあり、ホワイトハウスから千二百メートルしか離れていない。ＦＢＩ本部やワシントン市警からは二千メートルの距離にある。

ワイゼッカーがなぜここをセイフハウスに選んだのか佐川にはわかっていた。ゴラニと同じ考えだからだ。敵地で活動する場合、隠れ家とするのは敵が最も多くいる場所が望ましい。ライオンを避けるには、ライオンの懐の中に入ってしまうのが一番いいということだ。

この五日間マーカスはもちろん、佐川と隊員は一歩も屋敷を出なかった。唯一イーグルバーガーが食料や日用品の買い物のため、近所のスーパーに出るだけだった。あとはイーグルバーガーが一日五時間のペースでマーカスの尋問にあたるだけ。佐川たちは二十四時間四シフトで警備にあたる。

「イーグルバーガーさん、坊やの尋問はあとどのくらい続くんです？」

佐川が訊いた。

「はっきりとは言えませんね。何しろすごい研究です。彼の言ってることを聞いてると、ときどきこっちの頭がおかしくなってしまう。ドクター・ジーニアスとはよく言ったものです」

マーカスが鼻を鳴らした。

「あなたの頭は初めからおかしいんです。僕はそんなに難しいことを言ってるとは思いませんがね。実に簡単なことなんです。それがわからないのはあなたの無能さ故です」

「これでもMITとスタンフォードでダブル　ドクトレイト《—二つの博士号—》を取ってるんだがね」

「払った授業料を返してもらうんですね」

イーグルバーガーがこの野郎という目付きでマーカスをにらんだ。

「イーグルバーガーさん、この坊や、まだあんたの前でパンツを濡らしたことはないかい」

マイク・ストールがからかうようにマーカスを見据えた。マーカスが顔を赤くして黙ってしまった。

「そうさ。こいつはすぐにパンツを濡らすんだ。昔おれが飼ってた犬はおれが帰宅すると飛びついてきて小便をしたものだ。だがそれは嬉《うれ》しくて興奮して出した小便だった。この坊やは少なくともおれたちを見て喜ばなかった。だが小便だけはした」

「あんたのような獣を見たら、正常な人間は皆びっくりしますよ」

マイクがギャオ！　と唸《うな》って、両手でマーカスに飛びかかるふりをした。マーカスが椅子からころげ落ちた。ストールを見上げた。その目には恐怖と嫌悪感が入り交じっていた。

「ユー　ドッグ　ゴーン　アニマル！」

「ジーニアスは罵るのにも品のある言葉を選ぶんだな。パンツは自分で替えろよ」

ストールと二人の隊員は大笑いだったが、佐川は笑わなかった。

マーカスは確かにずば抜けた頭の持ち主なのだろう。だが二十二歳の男にしては精神年齢が若すぎる。一体どんな子供時代を過ごしたのだろうか。

イーグルバーガーは顔色を変えてマーカスを起こした。尋問が終わる前にマーカスに何かあったら彼の責任である。ストールのからかいは続いた。

「坊や、よく女と間違えられるだろう」

「あんた今度動物園に行くがいい。ゴリラたちが大歓迎をすると思うよ」

「お前は男も女も経験してないな。何なら一発ぶち込んでやろうか」

「ケダモノ！　僕だって婚約していたんだぞ」

「ママとかい」

その言葉はマーカスを一変させた。彼はストールに飛びかかってその顔を引っ掻《か》こうと爪を立てた。ストールが笑いながら彼を振り払った。マーカスはなおもばたばたしながらマイクにしがみついた。

イーグルバーガーが二人を引き離して、マーカスを三階の尋問室へと連れていった。

「ストール、少しはやさしくしてやれ」

「すみません。ああいうのを見るとついからかってみたくなっちまうんです」

「隊長、どのぐらいこの生活は続くんでしょうか」

サム・ドッドが訊いた。

「一カ月かそこらだろう。残りの金はその前に払われるようにしておく」

「金について訊いたんじゃないんです」

「……？」

「尋問が終わったら、あの坊やどうなっちゃうんでしょうね」

まだ彼らには言ってなかった。今言っておくのがちょうどいいかもしれない。佐川が三人の顔を見渡してゆっくりと言った。

「尋問が終わったらあの坊やを消さねばならないんだ」

「…………」

「ああ見えてもあの坊やは危険なんだ。生かしておいたら誰が利用するかわからんからな」

それ以上佐川は言わなかった。部下たちも訊かなかった。彼らが知らねばならないことは、ヨルダンのセイフ ハウスで会ったときに話した。それもターゲットの顔写真を見せ名前を告げただけ。あとは作戦についてのディテールだけにしぼった。余計なことはいっさい言ってはならないのが、こういう仕事のルールである。仕事が成功しても、もし部下のひとりでも捕まったら、知っていることをすべて吐いてしまうという前提で考えねばならない。だから彼らが知っていることは少なければ少ないほどいいのだ。これは部下の側に立ってもいえる。彼らは今回の雇い主が誰かはわからない。何人ものクッションマンが間に入ってはいるが、連絡は電話だけで顔を合わせた者はいない。もし捕らえられたら、まず訊かれるのがクライアントについてである。知っていたらしゃべってしまう可能性はある。いくら意志が強く体が鍛えられていても生身の人間である。厳しい拷問を加えられたり、司法取引などをオファーされたら心にがたがくる。そしてクライアントに迷惑をかけてしまう。

「それにしてもおかしいですね、隊長」

サム・ドッドが言った。奪ったトラックの運転手役をやっていたのが彼だった。本名はランドルフ・キーチ。しかしその名前とは永遠に別れを告げている。

「この五日間、新聞でもテレビでもゴースト・センターでの拉致事件はまったく扱われていないじゃないですか」

「マスコミには隠しているんだろう。だがフェズ《FBI》は動いているさ。お前の正体がばれていてもおかしくはないよ。監視カメラにばっちり映っていただろうからな」

「残念ですねえ。おれは写真写りがあまりよくないんです」

「おれよりはいいぜ」

マイク・ストールが左目の傷を指しながら言った。

「おれは見られてたらおしまいだった。今度の仕事でもらう金で何とか治そうと思ってるんだ」

「整形でもしようってのか」

とドッド。

「この傷がなくなるのならな」

「個性的でいいと思うがな。女はそういう傷に弱いんだ。なにかロマンティックに感じるらしいぜ」

「じゃなぜおれは女にもてないんだ」

「それはおれの責任じゃないよ」

「おれにはわかってる。この傷が大きすぎるんだ。だいたいの女はぎょっとした目付きで見るからな」

「それは傷のせいじゃないよ」

それまで黙って聞いていたイーライ・ウォリアーが口を挟んだ。

「お前の笑顔がひどいからだ。笑わなきゃどうってことはない。ちょっと笑ってみな」

マイクが笑ってみせた。ボクサーのように曲がった鼻と大きく裂けた口。前歯が一本欠けている上、左目の傷。知らない人間にとっては非常に不気味に見える。

「まるでオペラ座の怪人だな」

「だが戦いでは最高の武器になる。その笑顔を見せたら敵は恐れをなすんじゃないか。今までにそんなことがあったろう？」

「そういえば何度かあったよ」

ストールが得意気に言った。イラクである弾薬庫を襲ったとき、まず衛兵を片付けなければならなかった。忍び足で建物に近付いて壁に沿って前進していくと、曲がり角でイラク兵とぶつかってしまった。彼は笑いながらヘローと言った。その途端相手は気絶してしまったという。

「ナイフを使うまでもなかったな」

たわいない話を聞きながら、佐川は初めて三人に会ったときのことを思い出していた。ついこの間のことだった。あのときはこんなに打ち解けて会話をするなど想像もしなかった。ともに戦うことで互いに抱く心のバリアーが取り払われるという金言には真実があると思えてきた。

四人が落ち合ったセイフ　ハウスはヨルダンのアンマンにあった。いろいろな店がひしめくダウンタウンのど真ん中で、宝石屋の二階だった。多分、その宝石屋はモサドのフロント《出先機関》であろうと佐川は思った。情報機関がフロントやカヴァーを持つのは当然だからだ。CIAなどは航空会社まで経営しているし、モサドはツーリスト会社や土産物店、レストランなどをヨーロッパや中東に持っていると聞いたことがあった。

佐川がそのセイフ　ハウスにチェックインした翌日の午後、まず二人のアメリカ人が着いた。サム・ドッドとイーライ・ウォリアーである。もちろん〝生き返って〟からの名前であり、本名を訊くなどやぼなことだ。二人ともアメリカ陸軍レンジャー部隊に所属していて、軍籍にあったのは十六年。ソマリア内戦や湾岸戦争などに参加。しかしイラク戦争を機にアメリカの軍籍を離れた。出身地や年齢、学歴などはこの商売に関係ない。問題は技術だけだが、十六年間レンジャー部隊にいたということは、数々の修羅場を乗り越えて生き残ったことを意味する。それが唯一最高の推薦状である。マイク・ストールが着いたのはその日の晩だった。特殊部隊の基準からいっても巨大な男だった。部屋に入った途端、太いダミ声で彼が言った。

「SASブラック・ランサー部隊の生き残り、マイケル・ストールであります」

スコットランドなまり丸出しだった。Tシャツと半ズボンにダッフェル バッグをかついだその姿は、観光客には見えないし、もちろん戦士にも見えない。あえて言えばアルプスの山奥から都会を探検に訪れた洞穴住居人といった感じだ。

ドッドとウォリアーが互いに顔を見合わせた。佐川が自己紹介をして手を差し出した。ストールがグローヴのような手でそれを握った。だがドッドとウォリアーは彼とは握手しなかった。

翌日は丸一日、作戦の説明に費やされた。ターゲットの写真をひとりひとりが頭に焼き付けた。基地の状況やセキュアリティに関しても、微に入り細を穿《うが》ち佐川が説明した。普通ならそれだけの詳細な情報を得ること自体驚きに値するが、三人はそれを顔に出さなかった。

「何か質問はあるか？」

「これは質問ではありませんが」

とドッド。

「作戦ターゲットがアメリカ軍の基地と聞いて、ますますやる気が出てきました」

「イッツ ア ブラッディ ピース オブ ケーク《おちゃのこさいさいですよ》」

ストールが言った。

「油断は最大の敵だ。ライオンはウサギを捕まえるのにも全力を尽くすという諺《ことわざ》が日本にはある」

「隊長は日本人ですか」

ドッドが訊いた。

「いや、イスラエル人だ。ゴラニだった」

ゴラニと聞いて三人の表情が変わった。この一発は必要だった。明らかに三人は佐川より年上である。しかし彼らのリーダーとして絶対的な服従と信頼を得ねばならない。それにはゴラニの名前が最も効き目がある。

「もっとも今のおれはドロップアウトだがね」

「おれだってドロップアウトですよ」

ウォリアーが言った。

「だけどレンジャーで培ったスキルは本物です。ゴラニならもっと本物でしょう」

「報酬については聞いてるな」

「代理人という人物からはひとりあたり五十万ドルと言われましたが」

「その通りだ。まず十五万ドルを作戦始動前に支払う。銀行の名前と口座番号を言ってくれれば、明日かあさってには振り込まれるようにしておく」

それぞれが紙に書き込んで佐川に渡した。さすがにアメリカやイギリスの銀行はない。ドッドとウォリアーがモナコの銀行で、ストールはルクセンブルクの銀行だった。

ストールがしんみりとした口調で、

「これでレストランを始められます」

「レストラン？」

「はい、スコットランドの町でレストランを始めるのがおれの長年の夢だったんです」

三人の笑い声が佐川を現実に戻した。

「ストール」

「イエス サイアー」

「お前は整形なんてすることないよ。不精髭《ぶしょうひげ》をそってそれなりの服装をすれば立派なジェントルマンだ」

「本当にそう思っていただけますか」

「こんなことでうそをついてもしょうがないだろう。おれだったら整形などに無駄金は使わないね。レストランを始めるんだろう」

「小さなイタリアン　リストランテです。故郷の町にはイタリアンはないんです」

「お前のその体格とイタリアンなんてぴったりだよ。ピッツァのベースをこねながら空中に投げて、オー　ソレ　ミーオを歌ったら客に受けること間違いなしだ」

「夢は膨らみますねぇ。おれはやりますよ」

「ただしあまり笑うなよ」

ウォリアーの言葉に一同が笑った。

第八章　罠

その日の午前、ＦＢＩカウンターインテリジェンス部のスペシャル エージェント数人が、ジョージタウンにある〝キャピトル・グローブ〟記者、クエンティン・ザブロフスキーのアパートを急襲した。ザブロフスキーは恋人とベッドの中だった。エージェントのひとりが逮捕状を見せてミランダ条項を読み上げた。〝ユー ハヴ ア ライト トゥ リメイン サイレント。エニースィング ユー セイ キャン アンド ウイル ビー ユーズド アゲインスト ユー イン ザ コート オブ ロウ……〟この条項を読まずに逮捕したら逮捕は無効となる。

「容疑は何なんだ？」

「レイプおよびペドフィリア《小児性愛》、傷害、脅迫、セクシュアル ハラッスメント、それに未成年者誘拐容疑だ」

「誰に対して？」

「ボビー・サンダーズ」

「そんなばかな！　ボビー・サンダーズなんて聞いたこともない名前だ」

「昨夜〝ドリーム・ファクトリー〟というロックのディスコであんたは黒人の子を拾って車でメリーランド州のモテルに連れ込んだろう。その子はカイルという名前を使ったが、ボビー・サンダーズが本名だ」

「あれはお互い了解した上でのことだ。それに自分は十八歳と彼は確言していたんだ。アルコールも飲んでいたし」

「ボビーはそうは言っていない」

ザブロフスキーのベッド パートナーがベッドを下りて彼の前に立った。ラテン系の中年男だった。突然、彼に往復ビンタを食らわせた。

「あんたという人はちょっと目を離すと誰とでも寝るんだから。私もう知らない！」

「つい弾みだったんだよ、ハニー。私は酔っ払っていたんだ。勘弁してくれよ。もう二度としない。誓うよ」

「あんたという男は……ああ、私たちもうおしまいだわ」

片手の甲を額に当ててドラマティックな口調で言うや、次の瞬間ベッドに身を投げて激しく泣き始めた。捜査官のひとりが素っ裸のザブロフスキーにバスローブを引っ掛けてやった。

ザブロフスキーは両手に手錠をかけられ、未練がましくパートナーを見た。

「セディ、弁護士に電話してくれ。大丈夫だよ。すぐに戻ってくるから」

「そんな約束はしないほうがいいぜ」

エージェントのひとりが言って、彼の背中を押すようにして出口に向かった。

車の後部座席に乗せられても、ザブロフスキーは憤懣《ふんまん》やるかたないといった表情だった。

「あんた方は重大な過ちを犯している。名誉毀損、プライヴァシーの侵害、誤認逮捕などでいくらぐらい取れるか楽しみだよ」

助手席に座ったエージェントが振り返った。

「ブレスレットをはめられるのはどういう気分だい。ええ？　キャピトル・グローブの花形記者さんよ」

「恥をかくのはあんた方だ。今どき同性愛を逮捕の対象にするなんて、あんた方の常識が疑われるよ。私がゲイであることは会社だって知ってるんだ。誤認逮捕で訴えてやる。全米ゲイ協会の同志が毎日ＦＢＩの本部前でデモをするシーンが目に浮かぶよ。会社だって全面的に応援してくれるに決まっているし。ついでにあんたの名前を訊いておこうか」

「エージェント・ハントレーだ。ジェームス・ハントレー」

「あんたを個人的に訴えることも考えてるんだ」

「へー、何の容疑でかね」

「暴力行為だ。私に手錠をかけたとき腕をねじ曲げた。手錠が手首に食い込んで大きな痛みを感じた。それに私のパートナーに精神的ダメージを与えた」

「おかまのたわごとを本気にするほどこの国の警察は腐っちゃいないよ」

「その言葉はゲイに対する差別と侮蔑だ！　それも訴訟の対象になる。忘れるな。徹底的に叩いてやる」

「そういきがるなよ。それよりお前がこれから直面する事態にどう対処するのか考えたほうがいい。楽じゃないぜ」

「私は潔白だ。何の罪も犯してはいない。百歩譲って犯したとしても、こういうケースはＦＢＩの管轄ではない。地元警察の縄張りだ。それにセックスは双方同意のもとになされた。だからすぐに釈放さ」

「おあいにくさまだな。お前の昨夜の相手は十五歳だった。向こうが同意しようがしまいが未成年をやればスタチュートリー《――制定法上の――》　レイプで犯罪が成立するんだ。それになぜＦＢＩが出てきたのか、これを聞いたら震え上がるぜ」

「…………」

ザブロフスキーが急におとなしくなった。

「お前は十五歳の子を連れて首都ワシントンからメリーランド州のモテルに行った。州境を越えてしまった。インターステート犯罪を働いてしまったんだ。州から州をまたいだということは連邦犯罪だ。誘拐罪も成立する。こりゃ重いぜ。せっかくいい新聞社に就職したのに残念だったな。お前のキャリアーもこれでおしまいだ」

今やザブロフスキーは真っ青になっていた。

「カイルに会わせてくれ」

「誰だいそりゃ？」

「昨晩私が会った男だ」

「サンダーズのことか。会ってどうしようというんだ」

「お互いの弁護士立ち会いのもとでよく話せばわかる。補償もする」

「彼はお前には会いたくないと思うよ。両親がカンカンだしな。親父さんはお前を殺してやるといきまいていたよ」

ザブロフスキーが大きなため息をついた。

ふと窓の外に目をやった。車はポトマック川沿いを走っていた。左側にリンカーン記念館が見える。ＦＢＩ本部はペンシルヴァニア通りにあるはずだ。しかしあの通りは交通渋滞が激しいから回り道をしているのだろうと思った。そこから一・五キロほど行ったところにジョージ・メイソン記念橋がある。そこを左に曲がれば十四番通りにつながり、真っすぐ行けばペンシルヴァニア通りに出る。そこを右に曲がればＦＢＩ本部はすぐだ。

車は橋のところで左に曲がった。しばらく行くと連邦印刷局の建物が目に映った。その手前で車は右に曲がってループに入った。十四番通りの延長だが方向は逆だった。

「おい、行き先が違うんじゃないのか」

「ちょっと寄り道せねばならないんでね。お前に会いたいという人たちが待ってるんだ。お前も会いたいはずだよ」

「今の私に対してそんな冗談は言ってほしくないね」

車は橋のほぼ真ん中を走っていた。ザブロフスキーが前方に目をやった。はるか向こうに五角形の巨大な建物が見えた。

「まさか！」

助手席に座ったハントレーが振り返ってにやっと笑った。その建物はペンタゴンだった。

地下のその部屋は冷たく薄暗かった。隅にテーブルがひとつ、その上にライトと電話が一台置かれている。椅子はテーブルを挟んで二つだけ。警察の取調室と地下牢を合わせたようなところだった。ペンタゴンになぜこんな部屋があるのだろうとザブロフスキーは不思議に思った。

ハントレーが椅子に座るよううながした。

「手錠ははずしてくれないのか」

「今のお前にはそれがお似合いだ。ブレスレットをはずしたらバスローブが冴えなくなるだろう」

ドアーが開いて二人の男が入ってきた。ひとりは背広姿でもうひとりは軍服を着ていた。

「エージェント・ハントレー、ごくろうでしたね」

背広姿の男がハントレーと握手を交わした。

「できるだけ手短にお願いしますよ。今日中に取り調べを始めたいので」

と言って片目をつぶった。

「ミスター・ザブロフスキー、日頃あんたの記事を読ませてもらっているよ」

背広姿が言いながらザブロフスキーの向かいに腰を下ろした。軍服のほうはハントレーと並ぶようにザブロフスキーの後ろに立った。

「あなたは！」

ザブロフスキーが妙な声を上げた。

「国防次官補……？」

「知ってくれたとは光栄だね。そう、私は国防次官補のトム・グレイだ。君の後ろにいるのは参謀本部付きのトロイ・ジョーンズ中佐」

ザブロフスキーが振り返った。ハントレーの横にジョーンズが立っている。演出効果は十分だ。

グレイがじっとザブロフスキーを見据えた。

「な、なぜ私はここに連れてこられたのでしょうか」

「君はここに来たかったのじゃないかね」

「ご冗談を」

「あるプロジェクトについてラングレーのベイラーに訊いてたらしいじゃないか」

「正当な記者活動ですよ」

「そのプロジェクトとはわれわれが関係してるものかね」

「してたと言ったほうがいいでしょう」

グレイは内心ほっとしていた。過去形なら多少知られてもダメージは最小限にくい止められる。

「じゃなぜわれわれに直接言ってこない」

「直接訊いてもノーコメントがおちでしょう。ですからまず情報を集めてからと思ったのです。外堀を埋めるのが基本ですからね」

「で、情報は集まったかね」

「難しいです。ＣＩＡもＮＳＡもまったく知らぬと言い続けてます。私の勘では本当に彼らは知らないのだと思います。ＮＡＳＡも担当者は皆辞めてしまってますし、彼らの住所さえ機密として教えてくれません」

「ＮＡＳＡ？」

「彼らが当事者でしたから」

グレイは一瞬当惑した。一体ザブロフスキーは何について話しているのだろう。過去にＮＡＳＡと組んだプロジェクトは数多くあった。成功したものもあれば失敗したものもある。

「ＮＡＳＡの代わりといっては何だが、私が答えてやってもいいよ」

「いや、もういいんです。今の私は記者生命を失うかもしれない立場にあります。残念ながらプロジェクト・トリアナなどに関わってはいられません」

「トリアナ？」

聞いたことがある。

「九八年にＮＡＳＡが研究を開始した地球の温暖化監視装置ですよ」

プロジェクト・トリアナ……思い出した。当時自分はまだプロジェクト・オメガに参加していなかったが、ペンタゴンはあらゆる手段を使ってトリアナを闇に葬るため動いていた。その中心的人物がコンラッド中将だった。

「あれに関して何が知りたいんだ」

ザブロフスキーがため息をついた。

「今さら知っても何のプラスにもなりませんから」

「拘置所でも記事は書けると思うがね」

ザブロフスキーが黙ったまま首を振った。

「情けない男だな。もう少しバックボーンがあると思っていたよ。だからこうしてFBIに特別に頼んで君を連れてきてもらったんだ。うちの中将を上院公聴会に呼び付けるほどインパクトのある記事を書いた人物だからさぞかし記者魂のかたまりと期待していたんだが、迫力不足もいいところだ」

グレイが押したボタンは正しかった。ザブロフスキーの目が次第に精気を帯びてきた。

「おっしゃる通りかもしれませんね。記事は拘置所でも書けるしベイル《保釈金》を払えば保釈の身にもなれる。改めてお訊きしますが、トリアナは二〇〇一年に完成しましたよね。でもブッシュ政権がスクラップしてしまった。オイルロビーの圧力があったことは確かです。これはリタイアーしたオイルマンたちへのインタヴューで明らかになっています。彼らがトリアナを潰したかったわけは単にグリード《強欲》からです」

グレイの記憶がはっきりとよみがえってきた。ホワイトハウスへの説得はオイル　ロビーで十分だった。問題はＮＡＳＡだった。彼らはトリアナ打ち上げを強力に主張した。彼らにはプロジェクト・トリアナが地球のためであるという大義名分があった。コンラッド中将はペンタゴンのコントロール下にある基地を持つ各州の上院、下院議員を総動員してＮＡＳＡに圧力をかけさせた。そのかいあってＮＡＳＡの長官はトリアナ打ち上げ反対派にまわった。首がかかっていれば仕方ない選択だった。

ザブロフスキーの次の言葉は予想できた。

「オイル　ロビー以上にトリアナを葬り去ることに力を入れたのはペンタゴンでした。なぜです？」

「単純にプライオリティ《優先順位》の問題だったんだ。当時はほかにもプロジェクトがあった。機密軍事衛星の打ち上げもあったしね」

「しかしトリアナの総経費はたったの一億ドルですよ。しかも開発は終わり、あとは打ち上げるだけとなっていた。プライオリティもへったくれもないでしょう」

「いや、今言った通りだ」

「ここからは私の推測なのですが、いいでしょうか？」

「何なりと。言論は自由だ」

「なぜペンタゴンがあれほどトリアナ打ち上げに反対したのか。それはトリアナが地球観測を始めたら、ペンタゴンが困る状況に陥るからです。違いますか？」

「素晴らしい想像力だが具体性に乏しいな」

「じゃ具体的に言いましょう。当時ペンタゴンはあるプロジェクトを進めていた。しかしトリアナはそのプロジェクトを妨害する役目を果たす」

グレイはドキッとした。わきの下が汗で濡れていくのを感じた。

「それでそのプロジェクトとは何なんだ？」

「わかりません。多分新兵器の開発だとは思うのですが」

「それをラングレーのベイラーにぶつけてみたんだな」

ザブロフスキーがうなずいた。

「わからないとは言ってましたが、彼も私と同じような〝想像力〟を持っていることを確信しました」

「君はその想像の産物を商品として売りに出してるんじゃないのか」

「どういう意味ですか」

「君がロシア人や中国人と接触しているのはわかっているんだ」

「記者活動の一環です」

「うそをつけ！」

グレイのオクターヴが上がった。

「誤解しないでください。私が彼らに接触したのではなく、彼らが私にアプローチしてきたんです」

「記者はごまんといるのになぜお前なんだ」

「さあ、多分アブグレイブの件で名を上げたからでしょう」

「あんなことは世間はもうとっくに忘れちまってるよ」

「なるほど。あの件で私を恨んでるのですね」

「お前など恨むに値しないよ。それよりなぜロスケやチンクがお前に近付いてきたか教えてやろうか。それはだな、お前がこれ見よがしにラングレーやNSAに出入りしてるからだ。お前には情報の匂いがするんだ。これまで奴らにどんな話をしたんだ？」

ザブロフスキーがためらった。

「言えないのか？」

「職業上の秘密というものがありますから」

「職業上の秘密だと？」

グレイがドンとテーブルを叩いた。

「お前は未成年強姦などよりはるかに重い罪を犯してるかもしれないんだぞ」

「おっしゃっていることの意味がわかりませんね」

グレイがにやっとした。

「じゃ教えてやろう。強姦は長くて二十五年だが、国家反逆陰謀罪は死刑だ」

「何を言うんです！　反逆罪なんてとんでもない。彼らが嗅ぎ回っている情報は私が求めているものと同じなんです」

「その情報とは？」

「ペンタゴンの新兵器プロジェクトについてです」

「やっぱりお前が売ったんじゃないか」

「絶対に違います。両親の魂に誓います」

「じゃなぜ奴らが嗅ぎ回ってるんだ」

「彼らも私同様、推測で動いているのだと思います。両者とも出発点はトリアナだと言ってましたから」

「何を約束されたんだ」

「約束などありません」

グレイが笑った。

「ペンタゴンのプロジェクトのファン　クラブの仲間同士というわけか」

「そのぐらい浅い関係と言えますね」

「なるほど」

うなずきながらグレイがにこにこと笑った。ザブロフスキーもつられて笑い出した。

こいつはもう少しプッシュしたほうがいいとグレイは直感した。

「エージェント・ハントレー、どうですかね？　国家反逆陰謀罪は成立すると思いますか？」

「本部の法律顧問に訊いてみなければ確かなことは言えませんが、私の経験則からいえばこのケースは十分に成り立つと思いますね」

「ちょ、ちょっと待ってください。国家反逆陰謀罪なんて冗談じゃありませんよ！」

「法律の問題で冗談など言えると思ってるのか」

「法律が聞いてあきれますよ」

「グレイ次官補」

ハントレーが言った。

「われわれの記録によると、彼はこれまで中国人と三度、ロシア人とは五度ランデヴーをしています。会って株価や天気の話をしてるわけではないでしょう。しかも相手はアヴェレージ・ジョーではない。敵方諜報機関員ですから、コンスパイラスィ《陰謀》の状況証拠は十分です。あとは会話の内容ですね。ついでにスパイ罪も適用できます。しかし問題がひとつあります。ボビー・サンダーズの件です。すでに告訴はなされていますから、優先的に扱わねばならないと思います」

「しかしこちらの件は国家安全に関わることです。私のロー　スクール時代の記憶が正しければナショナル セキュアリティは何ものにも優先する。そうじゃありませんか?」

「おっしゃる通りです。サンダーズの両親もそれを歓迎するかもしれません。懲役刑より死刑のほうが彼らにしてみれば好ましいでしょうからね。まあそこのところは上の判断に任せましょう」

ハントレーがザブロフスキーの肩を叩いた。

「行くぞ」

あわてたのはザブロフスキーだった。勝てるかもしれないサンダーズの件がいつの間にか国家反逆陰謀罪に格上げされてしまったのだ。

「立て!」

ハントレーが再びザブロフスキーの肩を叩いた。

「いやだ! 国家反逆陰謀罪などでっちあげもいいところだ。天下のペンタゴンとFBIがそんなことをしてもいいのか!」

「われわれはお前のような売国奴とは違うんだ。愛する国家をお前のようなハイエナから守るためなら、でっちあげだろうが拷問だろうが何でもやる」

われながら少々オーヴァーな演技とグレイは感じていた。しかしザブロフスキーはそれまで見せなかった恐怖の眼差しでグレイを見つめた。

「私は売国奴などではありません」

「じゃ証明してみろ」

「わかりました。中国とロシアのエージェントから聞いたことを話します。これはCIAもからんでることなんです。そもそもマウとミーシャ、これは二人のコードネームなのですが、彼らを私に紹介したのはベイラー氏なんです」

ぺらぺらと話し始めた。ザブロフスキーの話は興味深いものだった。棚からぼたもちとはまさにこういうことを言うのだろう。彼によると二人のエージェントはダブルスパイでそれぞれの国の諜報機関員だが、実際にはCIAのために働いているという。

ソ連邦崩壊以来ロシアと中国はずっと蜜月関係を維持してきた。善隣友好条約を結んで合同軍事演習まで行った。そして中国は経済的にジャイアントと成り上がり、GDPではイギリスを抜いて世界四位となった。現在の成長率を続ければドイツと日本を抜くのは時間の問題となった。

以前からCIAは中国とロシアの関係が良好に保たれるのを苦々しく思っていた。西側にとって非常に危険であるとの判断からだ。そのため何らかのクサビを両国の間に打ち込むことを模索してきた。

なぜ中露の良好な関係が西側にとって危険なのか。理由は簡単かつ明瞭である。地球上最大規模といわれるロシアの石油をはじめとするもろもろの天然資源の存在だ。

中国の経済発展は多少のアップダウンはあろうが、おそらく今の調子で二〇二五年までは続くとＣＩＡは分析していた。その発展の原動力となるのはエネルギーである。しかしエネルギーというパイのサイズは小さくはなっても大きくはならない。世界人口の五人に一人が中国人という現実を考えれば、中国が現在のアメリカ以上に石油をがぶ飲みする日は必ずやってくる。となると中国がロシアのオイルや天然ガスなどの最大の顧客になる。結果として西ヨーロッパや旧東欧諸国などへのロシアの供給がドラスティックに減ることになる。西側にとっては生死の問題である。西側諸国が中国発展の犠牲になるわけだ。このような事態に陥る可能性を西側のリーダーとしてアメリカが見過ごすわけにはいかない。何としてもストップせねばならない。それには中国とロシアの仲を引き裂くことが最も望ましい。ここでＣＩＡはサボタージュ《破壊》工作とディスインフォメー《情報撹》ション《乱》工作が効き目のあるオプションであるという結論に達した。

オペレーションのコードネームは〝イヤーゴ〟。オセロと彼の妻デスデモーナの仲を引き裂いた旗手イヤーゴの名にちなんだものだ。この作戦を実行するためＣＩＡはキルギス、カザフスタン、タジキスタンなどの地元ＮＧＯに資金を提供し人員も送り込んだ。さらにシベリアのヤクーツクやオリョークミンスク、スンタルなどでも同様の戦術を展開した。

新疆《シンチアン》や内モンゴル、チベットでの少数民族による暴動は以前にも増して激しくなった。マウは北京の党中央情報部に、それらの暴動を後ろで操っているのはロシアであるとの報告を送った。裏付け資料としてウイグル族の反政府団体が集めた情報や、さらにはカザフスタン政府やタジキスタン政府の諜報機関によって作成された内部資料が送られた。無論これらの資料はすべてＣＩＡが偽造したものであるが、党中央情報部はこれに食らいついた。

一方ロシアのエージェント・ミーシャは同じようなことをロシア政府に対して行った。こちらもやはり恒常的に起きている暴動を利用した。シベリアで木材伐採の仕事に携わる北朝鮮人労働者による暴動である。北朝鮮人労働者は何万という単位でシベリアで働いているが、彼らは北朝鮮政府がロシアからの借金のかたとして送り込んだ労働力であり、この返済方法はすでに十年以上実施されてきた。彼らはほんの些細《ささい》なことに対しても不平不満をぶつける。それが暴動に発展する。ミーシャはやはりＣＩＡが作り上げた中国と北朝鮮の内部資料をモスクワのＳＶＲに送って、暴動は中国と北朝鮮の政府がたきつけていると報告した。

ＣＩＡによる戦術は見事に当たった。しかし当たりすぎた。ロシアと中国の関係が危険度五に匹敵するレヴェルまで上がってしまったのだ。

両国は何度か会議を持って話し合ったが、らちがあかずロシアはついに中国に対して石油と天然ガスの供給をストップすると脅しをかけた。これに対して中国は中露善隣友好条約の破棄も辞さないと伝えた。両国は一九六〇年代から七〇年代の初めに起きたのと同じような一触即発の状況に直面した。あのときモスクワは北京に原爆を落とすという噂《うわさ》をワシントンで流して、アメリカの出方を探った。アメリカの答えは中国との便宜上の〝結婚〟だった。それによって中国は救われた。

しかし今回はあのときよりはるかに危険性があった。なぜなら当時と違って中国もモスクワを狙えるＩＣＢＭ（大陸間弾道ミサイル）やＩＲＢＭ（中距離弾道ミサイル）を保有しているので、やられっぱなしではいないということ。あわてたのはＣＩＡだった。もし両国がホットウォーに陥ったら、ユーラシア大陸はとんでもないことになり、それが世界におよぼすネガティヴなインパクトは計り知れない。かといって中露両国が以前のような良好な関係に戻るのも好ましくはない。

ここでＣＩＡはディスインフォメーション工作に出る。ワシントンに駐在する外交官たちの間にある噂を広めたのだ。〝中国とロシアが不穏な関係にあるという話が西側外交関係者の間でささやかれている。もしそういうことが本当だとしても、アメリカ政府としては仲介役をつとめるということはしない。むしろ中露が少しぐらいの武力衝突を起こすことをアメリカは歓迎する。北太平洋から東シナ海に至るまでの制海権を一手に握るチャンスだからだ〟

マウとミーシャはＣＩＡの指示のもとそれぞれの本国に噂はかなり信憑性《しんぴょうせい》が高いと伝えた。この噂はモスクワと北京の政治家の頭を冷やす特効薬となった。そして中露の外務大臣がひそかに緊急会談を行い、手打ちとなった。

だが両者が互いに相手に対して抱く不信感は拭いされるものではなかった。その証拠に危機が去った今でも、中国はロシアとの国境に瀋陽《シエンヤン》軍管区の半分の兵士を張り付けている。ロシアはロシアで、強い中国は自国に対する脅威と悟り、中国に輸出する石油や天然ガスの量をそれまでの約七十パーセントにまで減らし、これからさらに段階的に減らす計画を進めている。東南アジアや日本に供給せねばならないとロシアは主張しているが、それが単なる言い訳にすぎないことを中国は十分にわかっている。結局、〝オペレーション・イヤーゴ〟はCIAの思惑通りに運ばれ成功したわけだ。

しかし歴史的に覇権主義的思考と被害妄想的性格を持つ両国のことである。いつまた関係がボイリング　ポイント《沸点》に達するかもしれない。とりあえずホット　ウォーにさえならねば、緊張した中露関係が続くことが望ましいというのがCIAの下した結論である。

「どうですか、次官補。これはついこの間あった話ですよ」

グレイにとっては初めて耳にする話だった。しかし中露が戦争の瀬戸際までいったのならペンタゴン内で当然話題になるはずだ。それはまったくなかった。

「今いちクレディビリティ《信頼性》に欠けるな」

「何がです?」

「〝オペレーション・イヤーゴ〟の話だよ。中露がそれほど切羽詰まった状況にあったなんてひと言も聞いてないしな」

「それは私の責任じゃありませんよ。しかし他の誰に聞いてもおそらく知らないと思います。CIAがトップ シークレット扱いしていますから。でも一九六九年ウスリー川のダマンスキー島で中ソが初めて武力衝突したとき、アメリカの衛星はその事実をつかむことができなかったと聞いています。CIAさえも気づかなかった。あの衝突についてアメリカ側が知ったのは、情勢不利だったソ連軍の中尉がモスクワに増援を要請した無線を日本の自衛隊がキャッチして、知らせてきたからじゃないですか」

「デキスター長官は〝イヤーゴ〟について知ってるのか」

「CIA長官といっても彼はお飾りです。ジョージ・テネット以下と言われてますし、何もわかっちゃいません」

「ベイラーが知らせなかったんだな」

「長官に知らせるのはセキュアリティ リスクと考えたのでしょう」

CIAも大分ガタがきているとグレイは思った。ナンバースリーがナンバーワンをリスクと考えるようでは組織として先が見えている。少なくともペンタゴンはそうではない。縦の関係も横の関係もはっきりしていて皆がそれを守っている。

「残念なのは」

ザブロフスキーが言った。

「これほどのスクープを報道できないことです」

「なぜ？」

「ＣＩＡのベイラー氏は私を信用して二人のダブル　エージェントを紹介してくれたのです。話を暴露したら、彼を裏切ることになります」

「アブグレイブについてすっぱ抜いたお前の言葉とは思えないな」

「あれは国家安全に関わる話ではありませんでした」

「だがアメリカの威信はいたく傷ついた」

「私だってアメリカを愛してます。愛してるからこそ事実を報道したのです。アメリカという国が事実を受け入れる度量があると信じたからです」

「そんなのはお前たちリベラルがよく使う詭弁《きべん》だ。ところでベイラーがなぜお前に二人のダブル　エージェントを紹介したのか考えたことはないのか」

「いざというときの場合、信頼できるジャーナリストがほしいからでしょう。もちろん私は御用記者にはなりませんがね」

「いや、お前はもうなってるよ。ベイラーはお前に恩を着せたんだ。〝キャピトル・グローブ〟紙のスタッフの中でいつでもＣＩＡのナンバースリーと話ができて、その上ダブル　スパイにも知り合いがいる記者なんてお前をのぞいてはいないだろう。お前が追ってるプロジェクトの話に戻るが、本当のところ中露のダブルはどのくらい知ってるんだ」

「さっき話した通りです」

「うそはつくなよ。まだ国家反逆陰謀罪の容疑が消えたわけじゃないからな」

「彼らが本国からプロジェクトについての情報を得るよう指令されているのは事実らしいです。偽の情報でも何でもいいから教えてくれと私に言ってましたから」

「間違いないんだな」

「この期におよんでうそを言って何になりますか」

グレイが二、三度うなずいた。プロジェクト・オメガの存在は、自分たちが考えていたほど絶対的セキュアリティのヴェールに包まれているわけではなかった。

そのときザブロフスキーの後ろに立っているハントレーの携帯電話が鳴った。彼が部屋の隅に行った。二言、三言話してテーブルに近づいてきた。携帯をグレイに渡した。

「本部のパグリアーノ部長からです」

さぞかし怒っているのだろうとグレイは感じていた。今回の逮捕劇にパグリアーノは関与していなかった。直接グレイがバーガー長官に掛け合ってオーケーを取っていたからだ。

「やあトム、元気かね」

意外にもパグリアーノの明るい声が響いてきた。

「相変わらずだよ」

「見事なセットアップ《罠》だったらしいな」

「何が？」

「まあそんなことは私に関係ないことだ。電話したのはちょっと気になる情報が入ってきたからだ」

「……？」

「実はイスラエルのシンベットから国際手配書が回されてきたんだ」

「国際手配書？」

「その男はイスラエル軍から脱走したということだ」

「別に珍しいことじゃないだろう」

「ところがこの男はゴラニのメンバーなんだ」

「ゴラニ？　そりゃ何だい？」

「イスラエル陸軍の最精鋭特殊部隊だ。その脱走兵はこれまで対イラクも含めていろいろな秘密作戦に参加してきた。軍事的機密のかたまりのような人物ということだ。だからイスラエルとしてはどうしても彼を捕まえたいと考えているらしい」

　グレイの頭の中で何かがスパークした。

「グレン、ひょっとするとあんた、私が感じていることを？」

「だからこうして電話してるんだ。あの件でただひとり顔が割れているのは運転手になりすましたランドルフ・キーチだった。彼も特殊部隊出身だった。オーヴァーゲッスィング《考えすぎ》かもしれんが万にひとつということもある。その男の写真や経歴をメッセンジャーに届けさせる」

「指名手配はするのか？」

「それをあんたに訊こうと思ったんだ。中将は何と言うだろうか？」

　グレイはちょっと考えた。今のところ顔がわかっているのはキーチひとりだけだ。もし脱走兵の顔が加われば二人となり、それだけ捕まえるチャンスが増す。

「中将には私から話す。ぜひ指名手配をしてくれ」

「具体的な容疑が必要になるが？」

「密入国と強盗容疑でどうだろうか」

「わかった」

　携帯をハントレーに返して小さく耳打ちをした。ハントレーがうなずいた。

　グレイがザブロフスキーを見つめた。このままＦＢＩに連行させてもいいが、そうなるとＣＩＡのベイラーが出てくる可能性もある。また〝キャピトル・グローブ〟紙も何かと騒ぎだすだろう。そんなことに関わっている場合ではない。

「クエンティンという名前だったな」

ザブロフスキーがうなずいた。

「クエンティン、今日はお前のラッキー デイだよ」

「ラッキー デイ⁉　こんな格好でこんなところに連れてこられてですか」

「国家反逆陰謀罪の容疑は一応晴れた」

「当たり前です」

「おいおい、こっちは親切と寛容の精神で話してるんだぞ」

ザブロフスキーは不服そうな表情を見せたが口をつぐんだ。

「ボビー・サンダーズの件は告訴延期ということにしてもらうよう私のほうからＦＢＩに頼んでやろう」

ザブロフスキーがぽかんとした顔付きでグレイを見据えた。

「聞いてるのか？」

まだ信じられないといった表情だった。

「いかがでしょう、ハントレーさん？」

ザブロフスキーが後ろのハントレーを見た。ハントレーがストレートな顔でうなずいた。

「……⁉」

「よし」

グレイが立ち上がった。

「私の運転手に送らせよう」

ザブロフスキーが催眠術から解けたようにぴんと立ち上がった。グレイとハントレーを代わる代わる見つめた。

「これはセット アップだ！ 国防次官補、あなたは私をはめたのだ！」

グレイが冷ややかに笑った。

「クエンティン、つけあがるなよ。何ならこのままＦＢＩ本部に連行してもらってもいいんだぞ」

「でもセット アップだ」

蚊のなくような声で言った。

「いいかクエンティン、お前はこれまで通り記者活動ができるんだ。しかしわれわれの神経に障るような言動をしたら、ＦＢＩはいつでもお前を告訴する。それを忘れるなよ」

第九章　指名手配

セイフ ハウスに移って十日がたつが、ジム・イーグルバーガーによるマーカス・ベンジャミンに対する尋問はあまり速いペースで進んではいなかった。この分でいくと一カ月たっても終わらないとイーグルバーガーは佐川にこぼしていた。できればもうひとり科学者がほしいと彼は言った。尋問が長引けば長引くほど佐川たちが発見される可能性も高くなる。そう考えた佐川はワイゼッカー長官に電話を入れて、イーグルバーガーが言ったことを伝えた。

「それはだめだ」

長官が即座に言った。佐川はあえて理由は訊かなかった。上官の言うことは絶対であるというのが規律だ。現在はワイゼッカーがその上官である。

「しかし長官、ここでの滞在が長引けば、われわれに手がまわるリスクは高くなります。

そうなればベンジャミンを取り返される状況も生まれます」

「そのリスクは想定済みだ。とにかく尋問を早く終えてベンジャミンを消すことだ」

三人の隊員はごくリラックスしていた。普通の人間なら一ヵ所にこれだけの期間閉じ込められたら、いらついて神経をすり減らしてしまうが、彼ら三人にそんなムードはいささかも感じられなかった。それが特殊部隊出身者の強みだった。彼らは洞穴やジャングル、砂漠などで待つことを訓練される。だからどこにどれだけ長くいようが、食欲は旺盛で不眠症などにはかからない。

これはマーカス・ベンジャミンについても言えた。セイフ ハウスに来たばかりのときは顔色が悪く精神的にも著しく不安定だったが、今ではよく食べよく眠る。たまにわがままを言うこともあるが、それは彼が置かれた立場を考えればごく自然なことだった。

つい昨日、夕食をとっているときマーカスが佐川に言った。

「ここについてから休みを一日ももらってません。どうなってるのでしょうか?」

「尋問が終わったらいくらでも休みはやるよ」

「でも今のペースでいったら、いつ終わるかわかったものではありません」

「じゃもっとイーグルバーガー氏に協力することだな」

「協力はしてます」

と言ってかたわらのイーグルバーガーをあごで指した。

「このナックルヘッド《バカボン》が僕の協力姿勢に応えていないだけです。一を言ったら十のことを説明せねばならないのですから、本当に疲れます」

イーグルバーガーがまた始まったといった表情で両手を広げた。

「私はベストを尽くしてるんだがね」

「だけどごく初歩的なことさえあなたはわかっていないじゃないですか。ＩＣＢＭの弾道や宇宙空間での軌道を説明するにも、アストロフィズイックス《宇宙物理学》の基本から説明しなきゃならない。いちいちつきあってたらたまったものではありません。それだけ無知蒙昧《もうまい》になるにはよほどの努力が必要だったでしょうね」

「坊や、そりゃちと言いすぎだぞ」

マイク・ストールが割って入った。

「少しは目上の者に対する尊敬の念を持て」

マーカスが嫌悪と侮蔑に満ちた眼差しでストールを見据えた。

「あなたに言いたいことが二つあります。まず僕を坊やと呼ぶのは止めてください。僕は成人であり、あなたがたの何倍もの税金を合衆国政府に納めてきました。二つ、尊敬というものは勝ち取るものであって、与えられるものではないと僕は考えます。ただ年上だから尊敬に値するなどという思いは傲慢《ごうまん》であり空虚です」

「勝手にのたまってろよ、坊や。だがな、尊敬は腕っぷしで勝ち取ることもできるんだ。

おれがお前の尋問官だったらまず二、三発その可愛い顔を張ってやるんだがな」

「残念でした。あなたには幼稚園児を尋問する能力もありません。ましてや僕を尋問するなど五百年生きてもあり得ないでしょう」

「だがおれができることをお前は五百年生きてもできない」

「人殺し、拉致、破壊でしょう。僕は五百年生きてもそんなことはやりません。これ以上あなたと話すことを僕は拒否します。あなたの自尊心を打ち砕きたくはないからです。もちろん自尊心が少しは残っているという前提でのことですが」

「お前という奴は本当に生意気だな」

ストールがあきらめたという口調で言った。マーカスが佐川に向かって、

「結局こういうことになるんです」

「……？」

「この人は単純で知性はないけど素直ないい人です。議論で僕が相手をすべき人間ではありません。しかし僕は今、彼をけなした。なぜでしょうか？　それはストレスが原因なのです。ここに閉じ込められて一歩も外に出られないからです。これではゴースト・センターと変わりはありません。どうか僕に外出を許してください」

「それは無理だよ、博士。君の顔写真はどこの警察にもまわっているはずなんだ」

「変装します」

「そんなリスクは冒せない。さっきも言ったように、外に出たかったら尋問を一日も早く終えることだ」

「堂々巡りですね。でもあなたのそのプロフェッショナルに徹した頑迷さは尊敬に値します。これが終わったらこの町のどこかで一緒に食事でもしたいですね」

食事が終わり、皆がシャワーを浴びてベッドに入った。

午前三時までの見張り役はサム・ドッドだった。佐川は珍しく眠りにつけなかった。頭の中で何かが引っ掛かっていた。ここまではうまく運んできた。だがこのままスムースに進むと思ってはならないと彼の第六感は警告していた。これまでゴラニとして何度も修羅場をくぐり抜けてきた彼は、自分の第六感を信じていた。そうでなければ何度も殺されていたはずだった。

ベッドから出て階下に降りた。

薄暗い中でドッドがベレッタを構えて立っていた。佐川とわかって銃をホルスターに戻した。

「隊長、どうしたんです」

「眠れないんだ。神経過敏だな」

と言ってソファに腰を下ろした。

「隊長にもそんなことがあるんですか」

佐川が小さな笑いを浮かべた。

「それにしても静かだ」

「おれはこういう静けさが好きです」

「お前、こうして見張りについてるとき何を考えてるんだ」

「そうですねぇ。家族のことや若い頃の思い出とか、かつて軍隊にいたときのことなどいろいろです」

「家族がいるのか」

「女房と娘がいます。娘の名はジェニーというんです。おれの人生のただひとつの光です。ミシガンのデトロイトに住んでいるんですが」

「彼らに会うことはあるのかい」

「まさか。おれは死んだ身です。会いにいったら幽霊と思われます。女房は再婚してるらしいですし」

「厳しいな」

「再婚して当然と思います。おれが死んだことになってからもう三年以上たってますから」

「娘さんはいくつなんだ」

「十二歳です。考えてみれば女房にもジェニーにもろくなことをしてやれませんでした。

軍人恩給が払われているのがせめてもの慰めです。ときどき近くに行って、ジェニーが学校から帰る姿を見るんです。それが今では少ない楽しみのひとつなんですが、同時に苦しみでもあります。そばに行って抱きしめてやりたい衝動にかられますが、そんなことができるわけがありません。それがつらいですね」

　ドッドの眼差しは悲しみに満ちていたが、その口調は淡々としていた。それゆえに佐川にはなおさら彼の苦悩が感じられた。

　初めてヨルダンのアンマンで会ったとき、ドッドが口にした言葉を思い出した。作戦ターゲットがアメリカ軍の基地と聞いてやる気が出たと彼は言っていた。それについて訊くと、

「そんなことを言いましたか。もし言ったとしたらそれは本心からです」

　イラクで特殊任務に就いたとき、司令官がノンキャリアーの大佐だったという。あるときその大佐がドッドの父親の名前を確かめて話しかけてきた。彼は父親と一時ヴェトナムで一緒に戦ったことがある戦友だったと言った。

「それまで親父はＭＩＡ（ミッシング　イン　アクション《行方不明兵士》）として扱われていました。だから家族には政府からのペンション《恩給》も支払われなかったのです。その大佐は親父はＭＩＡなどではなかったと言うのです。おれには驚きでした」

　その大佐によると、ドッドの父親はある極秘作戦を命じられて十五人の特殊部隊員と

ともにヴェトコンを追ってカンボジアに侵入した。ヴェトコンはカンボジアが一応中立国であることを利用して、アメリカ軍から追われるとそこに逃げ込んでいた。しかしそれまでアメリカ軍は教科書通りに国際法を解釈して、手が出せなかった。ヴェトコンにとってカンボジアは便利な避難所だった。

　ところがあまりに多くのヴェトコンが逃げ込んで、それに対してカンボジア政府は何もできないという状況が続いた。そこでサイゴンのアメリカ軍司令部はある決定を下した。ヴェトコンを追ってカンボジアに侵入し、空からも彼らを爆撃するという決定だった。その作戦についてペンタゴンから知らされた議会の政治家たちは震え上がった。中立国カンボジアにアメリカ軍が侵入すれば、国際法違反であり、世界中の非難にさらされると恐れたのだ。政治家たちはペンタゴンにカンボジア侵入をストップするよう猛烈な圧力をかけた。だが一部の部隊はすでにカンボジアの奥深くに入ってしまっていた。それがドッドの父親の部隊だった。呼び戻せないと知ったサイゴンの司令部はペンタゴンに相談した。ペンタゴンはサイゴン司令部にその部隊に無線連絡をして呼び戻せと命じた。しかもその無線の周波数帯をヴェトコンのそれに合わせるよう命じたのだ。その結果、ヴェトコンは部隊を待ち伏せして、皆殺しのアンブッシュ《待ち伏せ》を仕掛けたと大佐は言った。カンボジアで殺されたからには表に出せなかった。そしてドッドの父親とその部隊はＭＩＡとして片付けられてしまった。

「おれはにわかに信じ難く何度も確認しましたが、大佐は間違いないと言明しました。親父と彼の仲間には葬式さえなかった。アーリントンはなかったんです。だからおれはイラクで死んだんです。アメリカ軍がおれの親父とその仲間を裏切った。そんな軍に未練はありませんでした」

ひどい話だと佐川は思った。イスラエルではまずあり得ないことだろう。そこがアメリカとの違いだ。イスラエルでは国民皆兵制があり、政治家もみな軍の経験がある。だから軍のやることを監視はするが、政治的介入は控える。しかしアメリカは文民コントロールの名のもとに、政治家が戦いに介入しすぎる。戦争は一万五千キロ離れた東南アジアのジャングルで行われていた。ワシントンでエアコン付きの快適なオフィスにいる政治家たちに何がわかるのだろう。しかもその政治家たちの言いなりになって、ペンタゴンは自分たちの仲間を殺す挙に出た。そのペンタゴンに対してドッドが憎しみを抱いてもごく当然といえるだろう。

「できればあのゴースト・センターで、司令官と何人かの将校をぶっ殺してやりたかったです」

「気持ちはわかるが、彼らはたかがチェスの駒にすぎない。殺したところで何の意味もないと思うがね」

「しかしこの手をアメリカ軍の誰かの血で染めない限り、親父の霊が安らかに眠ることができないと感じてるんです。間違ってますかね」

「わからん。おれはお前じゃない。お前の苦しみの一パーセントも感じていないかもしれないしな」

しばらくの沈黙のあと、

「こんなことを話したのは隊長が初めてです。何だかすっきりしたような気がします」

「ところで報酬のほうはどうするんだ？　奥さんに送るわけにはいくまい」

「今までに得た金はモナコの銀行に入れてあるんです。娘が成長して結婚となったら、どこかの〝足ながおじさん〟からのプレゼントとして贈りたいんです。でも今回は五十万ドルという大金です。マイクと話してたんですが、彼がやろうとしているイタリアンレストランに投資しようと思ってるんです」

「そりゃいいじゃないか。この商売ともおさらばだな」

「できればそうしたいのです」

「お前には幸せになる権利も価値もある。お前が幸せになることがペンタゴンに対する最高の復讐になるんじゃないかな。親父さんもそれを一番喜ぶと思うぜ」

しみじみとした口調で言った。ドッドは何度もうなずいた。その目がわずかに潤んでいた。

「隊長の言う通りかもしれません。人生の最後に帳尻が合ったと納得したいですからね」

佐川は改めて感じていた。人は皆、心の中に何らかの破壊の爪痕を持っている。それを癒すことなどできない。その傷とともに生きていくしかないのだ。

佐川がつとめて明るい口調で、

「レストランのオープニングにはぜひ駆けつけさせてもらうよ」


マイク・ストールの額がわずかに汗ばんでいた。ウールワースの入り口にFBI指名手配リストが貼ってある。そのリストに佐川とドッドの顔写真とともに彼らの特徴が細かく説明されている。容疑は佐川のほうが密入国と強盗、ドッドは強盗および殺人未遂。拳銃を所持していて〝きわめて危険〟と付け加えられている。ドッドの顔写真は少し前のものとの印象を受けるが、佐川の写真はごく最近撮られたものだ。多分ゴラニにいたときのものだろう。

アメリカではウールワースのような大手小売店にも指名手配リストを貼るとはストールは知らなかった。しかし考えてみれば大手小売店にはいろいろな人が出入りするからかなり効果的だろう。

ストールが突然ウールワースに出掛けることになったのは今朝方だった。

朝食中マーカスが佐川に言った。

「佐川隊長、ひとつお願いがあるのですがいいでしょうか」

「できることなら」

「着替えがほしいんです。ずっとこの格好なので気持ちが悪くなりました」

「しらみやノミがいるとでも?」

「それはないですよ。毎日シャワーを浴びてますから。でも衛生に非常に悪いです。隊長は気持ち悪く感じませんか?」

「いや、別に感じないね。ストール、お前はどうだ?」

「これほど清潔に感じたことはないですな。だいいち毎日シャワーを浴びられるなんて考えられません」

「だめですよ、隊長」

マーカスが口をとがらせた。

「その人に訊くのは間違ってますよ。この惑星出身ではないんですから。衛生観念なんかあるわけないんです。香水に関してブタに訊くことなどしないでしょう」

「イーグルバーガー氏に借りればいいじゃないか」

六人の中でただひとり着替えを持っているのはイーグルバーガーだけだった。

「もう何度も借りました。何しろサイズが大きすぎるんです。パンツなんて膝の下まできちゃうんですから」

「そんなことぐらい我慢しろ。お前が小さいのが悪いんだ」

「そういえば皆さん」

イーグルバーガーが遠慮しながら言った。

「正直言いますと、私は日々皆さんの発するフレグランス《香り》に少なからぬ抵抗を感じます」

あえて〝スメル〟とまで言わないところが奥ゆかしい。

「そんなに匂いますか」

イーグルバーガーが重々しくうなずいた。

彼やマーカスが言っていることはごく当然のことだろうと佐川は思った。正常な人間なら誰しもそう感じるはずだ。自分たちは戦場なれしているため匂いや見てくれなどということには無頓着でいられるが、ノーマルな人間にとってはたまらないことかもしれない。

「わかりました。衣類は新しいのを買いましょう。イーグルバーガーさん、行ってくれますか」

「残念ですが私は行けません。尋問が一日八時間になりましたので。でも外出用の衣服は貸しますよ」

佐川が少し考えた。四人の中で面が割れている可能性があるのは、まずサム・ドッド、そしてすでにイスラエル側は各国の警察に自分に関する指名手配手続きをし始めたであろうから、自分の顔も知られているだろう。となるとストールかウォリアーしかいない。しかし今着ている迷彩服姿で行くのは危険だ。イーグルバーガーの服を借りるほかない。となると彼と同じぐらいの背の高さがあるストールのほうがいい。

ストールが着替えた。背丈は同じだが、イーグルバーガーが極端に痩せているため、ワイシャツの首回りが細く一番目と二番目のボタンははずしたままで、背広のボタンもまったくはまらない。しかしほかにオプションはない。佐川がストールに現金を手渡した。

「買うのは下着、靴下、四人の靴、スラックスとジャケットだ。靴はおれたち四人の分だけでいい。余計な寄り道はせず買い物が終わったら真っすぐ帰ってこいよ」

「ちょっと待ってください、隊長」

マーカスが言った。

「僕の靴はどうなるんです」

「君には必要ない。今履いてるのがあるじゃないか」

「でもアスリーツ　フット《水虫》になりそうなんです」

どうせ死ぬ男に新しい靴など必要はないと言うわけにもいかない。

「水虫で死ぬわけじゃない。我慢しろ。おれたちは軍靴しかないんだ。ジャケット姿に軍靴だったら誰でもおかしいと思うだろう」

「坊や、お前はちょっとおかしいよ」

ストールが言った。

「水虫は男の象徴だ。匂いといい痒《かゆ》みといい素晴らしいもんだ」

「じゃ僕の足の匂いを嗅いでみますか」

「なんならなめてやるよ」

と言ってストールが舌を出した。

「ビースト！」


ストールが訪れたのは、ニューヨーク通りがチャイナタウンにぶつかるところにあるウールワースだった。多分ほかのウールワースにも指名手配リストが貼ってあるのだろうか。

気軽な気持ちでショッピングに来たのだが、いきなり佐川とドッドが載っている指名手配書を見せつけられては、さすがのストールも緊張を強いられた。心理的には周囲から見られているという気持ちになる。その結果きょろきょろと周りを見てしまう。紳士物衣類や下着を売っているのは五階だったが、レジの後ろにも手配書が貼ってある。さらには靴を売っている六階も同じだった。さすがはＦＢＩ、やることは徹底しているとストールは半ば感心した。

早々と買い物を終えてストールは一目散にセイフハウスに戻った。尾行されていないかを確認するため、一度通り過ぎてブロックをひとまわりして帰ってきた。

真っ先にウールワースの入り口の壁にあった手配書について佐川に報告した。

「出てるのは二人だけなんです。ほかにも指名手配されてる連中は多いのに、隊長とドッドはセレブリティですよ」

思った通りだ。ＦＢＩは自分たちをトップ プライオリティとして扱っている。彼らの護衛官に恥をかかせたことも手伝っているのだろう。彼らにしてみればはなはだしくメンツを傷つけられたのだ。

「しかしおかしいですね」

とストール。

「ドッドが出ているのはわかりますが、なぜ隊長が載ってるんでしょうか」

「イスラエルのシンベットあたりがＦＢＩに知らせたんだろう」

「脱走に関してですか」

「そうとしか考えられないだろう」

「しかし脱走はあくまでイスラエル国内で行われたことでしょう。ＦＢＩとは関係ないんじゃないですか」

佐川が小さく笑った。

「ＦＢＩの連中を甘く見てはいけない。おれの脱走と今回のゴースト・センターの件をとっくに結び付けてるはずだ」

「そうでしょうか」

「他に何か気づいたようなことはなかったか？」

「気のせいかもしれませんが、デカがそこら中をうろついている感じを受けました。一歩でも出たらやばいと思いますよ」

「どうせ外に用事はないんだ。じっとしてればいい」

「でもフェズがローラー作戦に出たらどうします？」

「それはないだろう。ハウス　トゥ　ハウス《——ローラー作戦——》をやったら、それこそマスコミが飛びついてくるからな。ペンタゴンもＦＢＩもそんなことを欲してるわけがない」

「でも連中も人間ですから、デスパレットになったら何をやるか……」

「この周辺はどうだった？　怪しい奴とか車は見なかったか」

「それはありませんでした。ですが隊長、できるだけ早くここを引き払ったほうがいいと思うのですが」

佐川はしばし考えた。引き払うといっても、マーカス・ベンジャミンに対する尋問が終わらねば動くに動けない。しかし隊員たちには関係ない。彼らはミッションを終えたのだ。

ストールにウォリアーとドッドを呼ぶように命じた。三人が集まったところで佐川が言った。

「ドッドとおれは指名手配されていることが確実となった。いつここがフェズに急襲されるかもわからない。ベストの方法はここから出て外国に逃れることだが、イーグルバーガー氏の尋問は終わっていない。そこでだ、お前たちはすでに任務を完了した。報酬分だけの働きは終えたんだ。だからお前たちはここから出ていってくれ。残るのはおれひとりでたくさんだ。残りの三十五万ドルはそれぞれの銀行にすぐ振り込まれるようにはからっておく。いいな？」

三人は黙ったまま佐川を見つめていた。

「よし、そうと決まれば今晩出発したほうがいい」

「隊長、そう簡単に決めないでください」

マイク・ストールが言った。

「おれは行きませんよ」

「……？」

「おれはSAS出身です。SASのモットーは仲間同士互いにカヴァーし合うことです。隊長は仲間です」

「そんなのはただのセンティメンタリズムだ。おれにはお前のカヴァーなんて必要ない。逃げられるうちに逃げろ。これは命令だ」

「いや、おれたちは互いのカヴァーが必要です。もし今フェズが十人で突入してきたら、隊長ひとりでは何もできません。だがおれがいれば弾よけにはなれます」

「それこそ命を無駄にすることだ」

「おれも行きませんよ」

ドッドが言った。

「絶対に仲間を置き去りにしないのがレンジャーの信条ですから」

「おれもレンジャーです」

とウォリアー。

「おれはお前たちに置き去りにされるなんて毛頭思っちゃいない」

「隊長が何を言おうとおれは行きません。今はだめです」

ドッドの言葉にはうむを言わせぬ迫力のようなものがあった。

「やっと心を開ける人に会ったんです。もう少しつきあわせてもらいます」

佐川がひとりひとりの顔を見て、

「お前たちはばかだ。命知らずのばかだよ。まあ好きにするがいいさ」

その日の朝一番にワイゼッカー長官は参謀本部のメイヤー将軍を訪れて、事態の経過について説明を行った。説明とはいっても詳しいことは言えなかった。将軍が知らねばならない最低限のことだけにしぼった。

博士の拉致がうまくいき、佐川が無事と聞いて将軍は大いに喜んだ。

「これで佐川の昇進は確実なものになったな」

「いや、それを考えるのはまだ早いよ。拉致の部分はうまくいったが、オペレーション自体が終わったわけじゃない。佐川はＦＢＩの指名手配リストに載った。これからが勝負だろう」

「あんなことをする必要があったのかどうか、今でも私は納得していないがね。よりによって佐川を脱走兵に仕立てるなんて」

「ではあなただったらどうしていた？」

将軍がちょっと言葉に詰まった。

「私があんたの立場にいたら、モサドの全力をもって佐川を援護するね」

長官が皮肉っぽい笑いを浮かべた。

「そうやってもしオペレーションが失敗して、何人かのモサド要員がＦＢＩに捕らえられたらどうなると思う。アメリカとわが国は著しくまずい関係に陥るんだ」

「だからといって、佐川を罪人に仕立て上げてもいいわけではあるまい。あんたはモサド長官で、あんたの愛国心には一点の疑問もない。しかしだからといって、人間としての基本的なモラリティを無視することは許されないと思うがね」

「あなたと私は視点が違うのだからしょうがない。ＦＢＩはアメリカ国内でのわれわれの動きを逐一見張っているんだ。現に昨夜もワシントンの大使館からＦＢＩによる監視態勢がＩＳレヴェルに達したという報告があった」

「ＣＩＡの友人にコンプレイン《苦情申し立て》すればいいんだ。彼らがＦＢＩに、イスラエルは第一の友邦国だから大使館監視は無用と言えば済むことじゃないか。ＣＩＡとモサドは親しい友人のようなものだと聞いているが」

「諜報機関には友人などいない。本件はアメリカの国内問題だからＣＩＡには管轄権がない。あくまでもＦＢＩの管轄だ。もし私がＣＩＡ長官に今あなたが言ったことをＦＢＩに言ってくれと頼んでも、彼が聞き入れるわけはないんだ。ＦＢＩが反発して両者の間に確執が起きるのを知っているからだ。これまでそのようなことは何度もあった。そのたびに情報機関の関係の強化が言われてきたが、結局国防情報局ができただけでＣＩＡとＦＢＩの関係改善はなされていない。モサドとシンベットの関係とは大違いなんだ」

「それで佐川は今どこにいるんだ？」

「セイフ　ハウスだ」

「ワシントン市内かね」

長官が首を振った。

「それは言えない。あなたは知る必要がないからね」

「オペレーションはいつ頃終わるんだ」

「博士からプロジェクトについてすべて聞き出してからだ。もう少し時間がかかるだろう」

「佐川とはときどき話すのかね」

「一度だけ電話があった。いつものようにクールだったよ」

「佐川の電話番号は教えてくれないだろうね」

当然という表情で長官が首を振った。

「悪く思わないでくれ。すべてはオペレーションの成功と佐川の安全のためなのだ」

わずかに開いたドアーの向こうから、スペシャル エージェント、ジェームス・ハントレーが顔をのぞかせた。

「部長、ちょっとよろしいでしょうか」

「入ってくれ」

「あの指名手配に関して最初の反応がありました。やはり部長のにらんだ通りかもしれません」

　グレン・パグリアーノが真向かいに置かれた椅子を指して、

「説明してくれ」

「さきほどチャイナタウンの近くにあるウールワースの店員から電話がありまして、不審な人物が店に来たというのです。五人分の服と四人分の靴を買っていったというのです。その男は背広を着ていたが、どうもぎこちなく、サイズも横幅が極端に足りないので、他人のを着ているように見えたらしいです。その上履いてた靴は軍靴だったとのことです。白人で背は百九十センチ以上。体格はフットボールのタックルのように堂々としていて、姿勢がよく軍人のようだったと言っています。大きなサングラスをかけていたため目の色はわからないが、左の目の上から下にかけて傷痕があるのはわかった。話し方になまりがあるが、どこの国のなまりかはわからなかったということです。ただの一般市民かもしれないが、指名手配のこともあるので一応連絡したのだとその店員は言っています」

「モンタージュを作れそうだな」

「そう思いまして、彼女に来てもらうことになっています」

「その男が乗っていた車を見たとは言わなかったか」

「残念ながらそれは無理でした。彼女が働いているのは五階ですから」

「しかしかなりいい線かもしれんな」

「もしその男が店員が言うように軍人だったら、追っかける価値は十分にありますね」

「いや、軍人でなくとも追っかける価値はあるだろう。わからんのはなぜ服が五人分で靴が四人分なんだろうか」

「多分、四人は軍靴であとのひとり、即ち博士は上等なナイキのスニーカーでも履いているのでしょう。だから新しい靴など彼には必要ないのでは」

「説得力はあるな。それにしても不敵な奴らだ。われわれの目と鼻の先でショッピングなどするとは。必ず挙げてやる」


「私です」

受話器を通して低く押し殺した声が聞こえてきた。

「そっちの様子はどうだ」

ワイゼッカー長官が訊いた。

「私はいつでも準備オーケーですが、なにしろ尋問に時間がかかっています」

「あとどのくらいかかると思う？」

「わかりません。イーグルバーガーは大分苦労しているようです。こればかりは私の力ではどうにもなりませんので」

「ここまで来たんだ。慎重にタイミングを計れよ」

「そうはおっしゃってもＦＢＩは必死らしいですし、皆いつ踏み込まれてもおかしくはないという覚悟でいます」

「佐川はどんな様子だ？」

「相変わらず冷静です。われわれに逃げろと言いました。もちろん断りましたが」

「なぜ逃げろと言ったんだ」

「われわれを助けるためです。自分は多分死ぬつもりでいるんだと思います。あの達観した態度はさすが元ゴラニ。称賛に値する人間ですよ」

「同情やセンティメンタリズムは禁物だよ」

「佐川もそんなことを言っていました。ところで長官、イスラエル大使館の科学者をこっちにまわしてもらえませんか。イーグルバーガーにはアシスタントが必要です」

「佐川もそれを言ってきたが断ったよ。そんなことをしたらＦＢＩの道案内をしているに等しい。大使館は今、完璧な監視下にあるのだ」

「しかしとどめのアクションに入るときには何人かのバックアップ要員が必要になるのではないかと思いますが」

「最初からそれはプランに入ってはいなかった。プラン通りに君が二人を切り離さなかったのがわるかったんだ」

「私は提案しましたが、佐川が却下したんです」

　プランではゴースト・センターからワシントン市内に入ったとき、六人では目立ちすぎるので、二人の兵士とは別れたほうがいいと提案した。しかし佐川は即座にノーと言った。多分二人がインフォーマー《通報者》となるのを恐れたのだろう。

「それは君の失敗だった。だが今でも君はモサドのベストだ。クリーンに皆を片付けてみせてくれ」

「なんとかやってみますが……」

「君らしくないな。佐川がベンジャミンを殺す。その佐川を君が殺す。二人の隊員は地下室にでも呼んで消せる。簡単なことだ。大事なのはベンジャミンと佐川を殺ることだ」

　藤島がにらんだ通り、再建計画を発表した途端、神田ドックの株は急上昇を始めた。ビジネス界はゴールドディッガー社がそれまでのやり方を百八十度変えたことに驚きを隠さなかった。

　経団連の会長や日商の会頭は、藤島のギアーチェンジを日本経済発展のためのひとつの道しるべになる英断であると褒めたたえた。新経営陣の平均年齢が会長の神田純之介を除けば三十八歳であること、そして社長の真田が弱冠二十七歳だが、ＴＯＢのエキスパートということも市場に好感された。

自社の株価が上がれば、当然社員の士気も上がる。真田は徹底したインセンティヴシステム《報奨制度》をとった。ストック オプション《自社株購入権》も取り入れた。研究開発や営業などの部門に対しては、それまでの減点主義を一掃して加点主義に切り替えた。真田の金融マンとしてのバックグラウンド、経営陣の若さ、斬新な発想、そしてバックにつくゴールドディッガー社の鉄壁ともいえる経営姿勢。神田ドックの株は連日のストップ高で一週間で千五百円を超した。

しかし藤島にしてみればアンティクライマックス《拍子抜け》の感があった。こんな結果は初めから見えていたからだ。それよりも彼の心と頭の大部分を占めていたのは親友佐川丈二のことだった。警察庁の小田切とイスラエル大使館のアミール・カネハが訪ねてきてからすでに半月がたった。あれから小田切は二度ほど電話をしてきた。佐川から藤島に何か連絡があったか探るためだった。

二度目の電話で小田切が言った。

「佐川氏にとって状況は非常に悪そうです。アメリカのＦＢＩが彼を指名手配リストに載せたのです」

「容疑は？」

「アメリカへの密入国と強盗罪です」

「そんなばかな！」

「われわれはイスラエル政府がアメリカに頼んだとみています。実を言うと警察庁にもイスラエルのシンベットから指名手配のノーティス《通知》が来ているんです」

「ということは警察庁も佐川を指名手配するということですか」

「いいえ、そんなことはできません。罪状は脱走罪だけですから、イスラエルの国内法と軍法が適用されるだけです。日本には関係ありません」

「しかしアメリカＦＢＩはあえて指名手配に踏み切ったというわけですね」

「ええ、密入国はともかく強盗罪はでっちあげでしょう」

「アメリカにいるという証拠はあるんですか」

「ＦＢＩが指名手配する以上、それなりの根拠はあると思います」

もし佐川から連絡があったら、何とか日本に帰ってきて警察に出頭するように説得してくれと小田切は言った。藤島は承諾したが、本心ではそんな気はさらさらなかった。日本の警察に出頭したらイスラエルに送還されるかＦＢＩに引き渡されるのがおちだろう。まず佐川からの話を聞くのが先決である。しかし肝心な佐川からの連絡は今もってない。トラブルにあるなら、絶対に連絡をしてくるはずだと祈る気持ちで藤島は自分に言い聞かせていた。だがその待ちの姿勢も限界に達しつつあった。

食料品の詰まった買い物袋を数個抱えて、イーグルバーガーが激しく息を切らせながら戻ってきた。

「佐川隊長、ＦＢＩの指名手配書がスーパーにも貼ってありました」

「ドッドも一緒か」

「それだけじゃありません。ストール氏のモンタージュもありました」

「ウールワースの店員がＦＢＩに知らせたんでしょう。それしか考えられません」

ストールが言った。

「これで三人の面が割れたわけか。なんだかクローズィング《包》　イン《囲》されつつあるようだな」

「割れてないのはウォリアーだけですか」

「マーカスもだ。それにしてもなぜマーカスの顔写真が出回らないのだろうか」

佐川が言いながらマーカスを見た。

「理由は簡単です」

マーカスが言った。

「僕の写真が出回ったら、当然あなた方と僕をリンクすることになります。となると僕が何をしているかが話題になる。困るのはペンタゴンです」

「イーグルバーガーさん、はっきりと答えてほしいのだが、あと何日ぐらいかかるんです？」

「それは一昨日も言った通りです。答えられません」

「そんなに時間がかかるなら、いっそのことこの坊やに論文形式で説明してもらったほうがいいんじゃないですかね」

ドッドが言った。マーカスが笑いながら、

「それをやったら一カ月はかかります。僕の脳にはあなたと違ってものすごい量の知識が詰まっているんです。あなた方はドジったのです。僕を拉致したなら、ついでにメモリーカードもあそこの研究所から盗むべきだった。カードにはこれまでの研究と実験の成果が収められていたのですから。そうすれば」

と言ってイーグルバーガーに目をやりながら、

「このミスター・ニンカンプープ《うすのろ》は必要なかったのです。あなた方は今頃高飛びできていた。どうせ中国かロシアあたりに買い手がいるんでしょう」

「一体何の研究なんだ」

ストールが訊いた。

「余計なことは訊くな！」

佐川がストールをにらみつけた。

マーカスがせせら笑った。

「大丈夫ですよ、隊長。どうせこの人には一千年勉強しても理解できませんから」

ストールがいまいましそうにマーカスを見据えた。

「マーカス」

佐川が改まった口調で言った。

「君から見て現在どのぐらいまでいってるんだ」

「うーん、三十五パーセントといったところでしょうか。これからはもっと複雑になっていきますから、あと二十五日は必要でしょうね」

マーカスが勝ち誇ったように言った。佐川が頭の中で計算した。今は一日八時間のペースで尋問を進めている。ということは掛ける二十五日で二百時間必要となるわけだ。もし一日十六時間のペースでやれば、半分の十二日で終われることになる。

「よしこうしよう。今日から尋問に一日十六時間を費やす。それでいいですね、イーグルバーガーさん？」

「私はかまいませんが、博士が耐えられるかどうか……」

「十六時間なんてとんでもない！」

「大丈夫だ」

佐川の口調は厳しかった。

「君は若いし天才なんだろう。天才なら時間との闘いに勝てるはずだ」

「そんな無茶な！　システマティックに考えるには時間がかかるんです。もし病気になったらどうしてくれるんです」

「そのときは君はもう役に立たない」

と言ってじっとマーカスを見つめた。

「君を除去するしかない」

第十章　野　良　猫

コンラッド中将は机の上に両足を載せた姿勢でもの想いにふけっていた。まったくついてないと思った。

統合参謀本部議長のクラレンス・デンヴァー大将から呼び出しを受けたのは今朝方だった。大将はプロジェクト・オメガの進行状況を知りたがった。

マーカス・ベンジャミン博士が何者かに拉致されてすでに二週間以上たっていたが、それを中将は統合参謀本部には伏せていた。そんなドジを踏んだことが知られてしまったら、大将の後釜として議長になるのは絶望的となるのが明白だったからだ。しかしいつまでも隠しきれるものではないという思いも強かった。

「われらがドクターGはどうしている」

大将が機嫌よく言った。これはもう事実を言うしかないと腹をくくった。

「実は大将、ドクターが拉致されてしまったのです」

「カム アゲイン？」

「ですから、ベンジャミン博士がゴースト・センターからさらわれてしまったのです」

「テッド、朝一のジョークとしてはきつすぎるぞ」

「ジョークではありません。本当の話なのです」

大将の太い眉毛がつりあがった。

「いつの話なのだ？」

「二週間ちょっと前になります。FBIが必死に捜査していますが、今のところ博士の行方も犯人の動向も闇の中です」

「二週間以上もなぜ私や統合参謀本部に隠していたのだ」

「すぐ博士は見つかり、犯人たちも検挙できると確信していたのです」

「FBIに対しても口封じをしたんだな」

「その通りです」

大将は信じられないといった表情で中将を見据えた。

「君は自分が犯したミスをわかっているのか。しかも二重のミスだ。博士を拉致されるほどゴースト・センターのセキュアリティが怠慢だった。その上拉致をこれまで隠していた。譴責《けんせき》などでは済まない重大事だぞ」

「わかっております。責任はすべて私にあります」

「なぜなんだ？」

大将の声は苦悩に満ちていた。

「君ほどの男がなぜ？」

「私はあのプロジェクトの責任者です。プロジェクトの存在だけは世間に知らせてはならないと思ったのです。変にパニックを起こしたら、ラングレーやNSAは動きます。現にラングレーのナンバースリーであるスタン・ベイラーは、何らかのプロジェクトが進行中であると確信しているようです。さらにはロシアと中国の政府もそう感じているようなのです」

「だがそのような重大事は少なくとも私には知らせるべきことだった。そう思わないか」

「誠に失礼ながらそうは思いませんでした」

「統合参謀本部議長の私を信じなかったというのか！」

「九三年にプロジェクトを始めたとき閣下は責任者でしたね。あのとき大統領にプロジェクトに関して知らせるべきかどうか私が質問したとき、何と言われました。大統領どころか当時の参謀本部議長であったエッカート大将にも知らせないほうがいいとおっしゃいましたね。それほど極秘性を大切になさったではありませんか」

「確かにそういうことはあった。しかしプロジェクト・オメガの生みの親は私であり、今は私が統合参謀本部の議長だ」

「だからなおさら博士の拉致を誰にも知られたくはなかったのです。博士の拉致がひと言でもマスメディアに漏れたら、彼らはお祭り騒ぎを繰り広げます。その後に巻き起こるスキャンダルの嵐はアブグレイブどころではなくなります。そんなことになったら、私はもとより大将ご自身も俎上《そじょう》に載せられます。ですから事件を今日まで隠してきたのは、大将を守りたかったしプロジェクトを守りたかったからです。本来ならもっと徹底して隠すべきだと思っております」

いつの間にか大将の表情から怒りは消えていた。

「さきほど君はロシアと中国が匂いを嗅ぎ付けているようなことを言ったが、根拠はあるのか」

中将がうなずいた。

「プロジェクトのナンバートゥであるグレイ国防次官補が、ＦＢＩの協力であるジャーナリストをしょっぴいたのです。彼を締め上げたところ、中露のエージェントが彼に接触してきて、プロジェクトについていろいろ探りを入れてきたということです。もっともその二人のエージェントを紹介したのはラングレーのベイラーらしいです」

「ということは彼らはダブル　エージェントということかね」

「額面通りに受け取ればそういうことになります」

「それで拉致に関してFBIの捜査はどれぐらい進んでいるのだ」

「犯人は四人で三人までは面が割れています。三人とも元特殊部隊に籍を置いた軍人らしいです。ここ首都ワシントン周辺にいる可能性が高いとのことで、現在指名手配中です。ローラー作戦をやるのが一番いいのですが、それをすればことが大きくなるためできません。理由は今言った通りです」

「それではFBIは動いてないと同じではないか」

「いえ、彼らは寝ているわけじゃありません。彼らには野良猫部隊と名付けられた内輪の組織があります。以前ギャングや麻薬の売人などをやっていた反社会的ミスフィッツ《不適合者》を集めた組織です。言ってみればFBIのディープ　アンダーカヴァー　エージェント《内部潜入捜査官》ですが、命知らずの集団ですから、麻薬組織や傭兵組織、ゲットーのギャングや暗殺者組織などに潜り込み情報を集めています。本物のサディスト集団らしいですが、この際最も役には立つと思います。狂犬には狂犬をぶつけるのが一番ですから」

「彼らは犯人を発見したらどうしろと指示されているのだ」

「建前として極力生きたまま捕まえるよう指示されていますが、バーガー長官にはグレイが釘を刺しておきました。キル　アット　サイト《見つけ次第射殺》です。犯人たちを裁判などにはかけられませんから」

大将がしばらく考えてから、

「これで私の一日は惨《みじ》めなものになってしまった。しかしこの件については誰にも言えない。ゴースト・センターのセキュアリティに緩みがあったのが原因だろう。総責任者の君の今後については考えざるを得ない」

「いかなる処罰も甘んじて受け入れます」

あれは二時間前のことだった。処罰がどんなものになるかはわからないが決して軽いものではないだろう。これで統合参謀本部議長への昇進は事実上なくなったと思ったほうがいい。生涯の夢が崩れ去ったのだ。

ドアーが開いてグレイが入ってきた。中将はまだ両足を机の上に載せたままだった。

「大将とのチャットはいかがでした？」

中将が目をむいた。

「私をからかっているのか」

「いえ、決してそんな。でも大将にお会いなさったんでしょう」

「呼ばれたら行かざるを得ないだろう。たっぷりしぼられたよ。ドクターGのことでな」

「大将はご存じだったんですか⁉」

「いや、私が言ったのだ。これだけ時間もたっているし、いつまでも隠せないと判断したんだ」

グレイが黙ったまま中将を見つめた。デンヴァー大将がどんな反応を見せたかは大体想像できる。

「このままいけば私のキャリアーも終わりになると思う。しかしプロジェクト・オメガは絶対に続けなければならない。もし私の首がとんだら君が総責任者になるんだ。いいな」

「中将の首がとぶなんてことはあり得ません。大将は今までこれほど国家に尽くしてきた人物をディスチャージ《放逐》するような方ではありません」

「そう言ってもらうのはありがたいが、今回は私に責任がある」

グレイにとって、これほど落ち込んだ中将を見るのは初めてだった。しかし逆にそれがグレイに何となくほのぼのとした温かみを感じさせた。現役軍人の中で最大数の勲章を授受している中将も所詮は人間だった。

「中将がそんなに弱気になられてどうするんです。われわれを取りまく状況はよくはないですが、まだ負けたわけではありません。中将ご自身よく言われるではないですか。ベースボールが好きなのは三対〇で負けてるチームの主砲が九回の裏に逆転満塁ホームランを放つことがあるからだ、と。決してあきらめない。それがヤンキー魂なのでしょう？」

中将が苦笑いしながら、

「そんなペップ　トークを覚えていたのか」

「私にとってはただのペップ　トークではありません。アメリカの精神とバックボーンについてのお話であると思っています」

中将が小さく声を出して笑った。

「参った、参った。君からペップ　トークされるとはな」

「私は真剣に言っているんですよ、中将」

「わかったよ。ところで用件は何なんだ。大将との〝チャット〟の結果について聞きにきたわけではあるまい」

「お知らせしたいことがありますので」

「いい知らせか、それとも悪い知らせかね」

皮肉っぽい口調だった。

「例の三人の博士についてです」

昨日彼はヴァージニアの山中にあるゴースト・センターに行った。五日前からそこに泊まり込んでいる三人の博士に会うためである。

「残念ながらあまりよい知らせではありません」

博士たちの反応はネガティヴだったという。

「キャルテックのミラン博士はアストロフィズィックスと気象学が専門なのですが、研究のレヴェルが高すぎて自分の力ではどうにもならないとさじを投げていました。スタンフォードのホイットマン博士は研究を続けることは可能だが、最低十人のエキスパートを要し十年はかかると言っていました。ＭＩＴのキューザック博士も同じような意見でした」

「研究の目的は明かしたのかね？」

「ゴースト・センターに来たときにヘイドン大佐がラフなブリーフィングはしたそうです。もちろん秘密保持の誓約書は書かせました」

「十人を使って十年とは……」

「いかにドクターＧが優秀であるかということですね。彼はあと半年のうちに完成させると言っていましたから」

「プロジェクトの意義について博士たちは何か言っていたかね」

「キューザック博士とミラン博士は〝ファッスィネイティング《興味津々》〟と表現しておりました。しかしホイットマン博士は頼まれても自分は研究には加わらないとはっきり言っていました。人類を滅亡に導く〝悪魔の研究〟であり〝悪魔の兵器〟であると断じていました」

「科学者などいいかげんなものだ。マンハッタン計画のときはみな科学者本能を丸出しにして懸命に原爆を作った。だが後になって大部分が後悔して原爆反対に宗旨変えした。自分たちで作っていながら何という連中なんだ。信念のかけらもない奴らだ。イランや北朝鮮のような悪の国さえも持てる核兵器こそ〝悪魔の兵器〟だ。オメガはその核兵器を無力化する〝天使の兵器〟であり〝神の兵器〟なのだ」

グレイはうなずいたが、内心またかという気持ちだった。これまで耳にたこができるほど聞かされてきた〝最終兵器神授説〟である。敬虔なキリスト教原理主義者である中将にして初めて唱えられるようなセオリーだ。黙って聞いていると限りなくエスカレートしていく。グレイは素早くテーマを変えた。

「何としてもドクターGを奪い返すほかなさそうですね」

「FBIの捜査はどのぐらい進展しているんだ」

「野良猫部隊の三十人が随分と動き回っているようです。彼らは三人一組のチームで行動するんですが、ただ……」

と言って口ごもった。

「ただ、何だね？」

「彼らの捜査は積極的すぎるらしいのです」

「それはやる気がある証拠だ。結構じゃないか」

「でも少々ラフというか過激というか、誰かれかまわずすぐに容疑者と決めつけて荒っぽく扱ってしまうようです。カウンターインテリジェンスのグレン・パグリアーノなどは、野良猫部隊がいつかとんでもないスキャンダルと汚名をＦＢＩにもたらすかもしれないと心配しています」

「いいことじゃないか。パグリアーノのような優等生に敬遠されるということは、野良猫部隊に骨があるということだ。今のフェズはリベラルが作った法を変に順守しすぎる。加害者の人権ばかりを考えているからアグレッシヴな捜査などできないんだ」

「しかし野良猫部隊は容疑者を撃ち殺してしまうケースが一番多いのです」

「それでいいんだ。国民の税金を使っていちいち裁判などやるより一発の弾で片付けるほうがはるかに愛国的な行為といえるだろう」

　グレイは自分も思想的にはかなり保守的でタカ派と考えられているが、中将に比べたらウィーン少年合唱団にすぎないと思った。

「今日の未明にも野良猫のメンバーが過剰捜査で人を殺してしまったんです。何とかカヴァーアップ《隠蔽》してマスコミの目をそらしたらしいですが、ハントレーのような男でさえ野良猫たちをよくは思っていません。ジェームス・ハントレーをご存じでしょう」

「あのプリック　ジャーナリストを挙げたとき協力してくれた男だろう。長官のバーガーが推薦したんだ」

「何しろＦＢＩの心ある者は、野良猫たちに頭を抱えているらしいです」

「それで今朝の過剰捜査とやらでターゲットとなったのはどんな人間だったのだ」

「ヤクの売人だったらしいです。五人が殺られたと聞いています」

「屑《くず》じゃないか。殺されて当たり前だ」

「しかし野良猫たちはドクターＧを拉致した犯人たちを捜していたのですよ。ところがまったく違ったターゲットを攻撃してしまったのです」

「それは仕方がない。しかしそういうやり方が私は好きだ。そのやり方を続けていけばいずれは拉致犯人にたどりつけるだろう」

「その前に五十人の人間が殺されてしまい、野良猫の存在がマスコミに知られてしまうかもしれません。ＦＢＩの連中もそれを心配しているのです」

「バーガーが頑張っている限りは大丈夫だよ。彼は筋金入りだ。優等生の部下たちが何を言おうと聞く耳は持たんよ」

「しかしこういうことはひょんなことから暴露されるものです。ここ一週間で野良猫たちが殺した人間は七人に上るんですよ。しかも殺されたのはヤク関係者や売春リング《組織》の元締め、武器を密輸出していた商人などです。ちょっと勘のいい人間なら不思議に思いますよ。ごく短い期間のうちにいわゆるヴィレン《悪者》が七人も殺された。もしかしたら悪を憎むヴィジランテ《自警団》の仕業かもしれないと言い出す。それにマスコミが飛びついて犯人捜しを始める。今どきのマスコミのことですから、殺人者に正義の味方のラベルを貼ります。そうするとことが大きくなります。野良猫部隊の存在が暴かれるのは時間の問題ということにもなりかねません」

「それは君の考えすぎだよ。そんなことより君はパグリアーノにFBI内部の不満分子からのリークはくれぐれもないよう注意しておくべきだ。野良猫たちを今失いたくはないからね」


ポットのコーヒーをカップに注ぎながらサム・ドッドが、

「いやな感じですね。ここらへんはギャング戦争などとは縁のない上品な地区と思っていたのに」

今日未明、三人は銃声と悲鳴で起こされた。音や声はすぐ近くからのものだった。起き上がってすぐに階下に降りた。降りてこなかったのはイーグルバーガーとマーカス・ベンジャミンだけだった。昼間の尋問で疲れ切っていたのだろう。

見張りのはずのウォリアーの姿は一階になかった。地下にも彼はいなかった。ドッドがマスクで口を覆って外に出ていった。数分後ウォリアーとともに戻ってきた。

ウォリアーによると、銃声と悲鳴が聞こえたのですぐに表に出た。そこはセイフハウスから一ブロック離れた三階建てのアパートだった。二人の男の死体が外の芝生に横たわっていた。襲撃者は去ってしまったらしく静かなものだった。中に入ると二人の男と一人の女が死んでいた。多分ウズィや散弾銃でやられたのだろう。上半身と下半身が腹の皮膚一枚だけでつながっているのもあれば、首から上が吹っ飛んでいるのもあった。パトカーのサイレンが聞こえ、近所の人々が集まり始めたので二人は急いで帰ってきた。

佐川はウォリアーをとがめた。

「あれが見張りのお前をおびきだすトラップだったらどうする。お前が出ていった直後、敵がここに入ってきたら、われわれは座ってるあひる同然なんだぞ」

「すいません。大変なポカでした。二度と繰り返しません。どうかお許しください」

朝食の間はその件に関しては誰も触れなかった。マーカスとイーグルバーガーを怖がらせてはならないと思ったからだ。

尋問が十六時間になってからというもの、マーカスはよく寝た。食欲もそれまで以上に増した。それに食事のペースが速くなった。病気になって役に立たなくなったら除去するという佐川の言葉がよほど効いたようだ。今日もパンケーキ三枚とソーセージ、ゆで卵三個をたいらげた。彼はユダヤ教徒であるからソーセージはコーシャでなければならない。イーグルバーガーも佐川もユダヤ教徒だ。だからソーセージは牛肉で作ったコーシャ・ソーセージに限られた。マイク・ストールや他の隊員も初めてのコーシャソーセージに舌鼓をうった。食事を終えるとマーカスが、

「さあ炭鉱に帰って奴隷仕事に従事するか」

イーグルバーガーが顔をしかめた。

「よく言うよ。奴隷は私のほうだ」

二人がぶつぶつ話しながら三階に上っていった。

「坊やも大分真剣になってきましたね」

ストールが言った。

「それにしても未明にあれだけの殺しをやるなんて恐れ入りますね、隊長。マフィアの殺し屋かもしれません」

「おれもそう思ったよ」

とドッド。

「ごく短時間のうちにあれだけ完璧な殺しができる。そして誰にも見られないで現場からスキップする。およそトウシロじゃできないことだ」

佐川は黙ったままだった。彼の第六感の信号が点滅していた。

「しかしこの国もイラクと変わらなくなっちまったな」

ストールの言葉にドッドがうなずいて、

「一週間前は三人、三日前は二人、今日五人。ヒットのオンパレードだ。まあクズがクズを消してるうちはいいけどな」

「ワシントン市警は何をしてるんだろうか。そんなに無能なのかね」

「それかもしれない」

佐川がぽつりと言った。二人が不可解な表情で佐川を見た。

「ドッド、さっきウォリアーは殺しに使われた武器は散弾銃やウズィと言ったな。お前はどう思った?」

「おれもそう思いました」

「となると警察という可能性もあるな」

「冗談でしょう!」

ストールが奇声を上げた。

「なぜ警察があんなことをするんです?」

「警官といってもいろいろある。そうだろう。パトロールや交通を取り締まるのもいれば、アンダーカヴァーもいる」

「しかしあんな殺し方はしませんよ。サディスティックすぎます」

「それはどうかな。今どきのポリ公はギャングと変わらないというからな。一九六〇年代のニューヨークならいざしらず、今のギャングは、マフィアのヒットマンも含めてウズィやショットガンは使わない。サイレンサー付きのオートマティック銃で十分だし、そっちを好む。逆に警察はNYPD(ニューヨーク市警察)でもLAPD(ロスアンジエルス市警察）でも容疑者の家屋侵入のときは、壁やドアーをぶち破るヘヴィーな武器を使うのが常識だ」

「でもあそこまでやったら、どんなに腐敗した警察でもインターナル アフェアーズ《――内部調査部――》が動きますよ」

「アンダーカヴァーなら別さ。一週間前に三人、三日前に二人殺されたが、テレビによると皆犯罪者だった。今日殺されたのもおそらくヤクの売人かばくちや売春に関係している者だろう」

「アンダーカヴァーが犯罪容疑者たちをアット ランダムかつフリーハンドで殺しまくってるというわけですか」

「アット ランダムではないだろう。彼らの標的はおれたちだと思う。殺された奴らは間違って殺されたんだ。そうとしか思えない。じゃなかったらワシントン市警は血眼《ちまなこ》になって犯人を捜してるはずだ。しかしそれはない。なぜか？　市警はＦＢＩの要請でおれたちを捜すのに必死だからだ」

　ストールが首をひねった。

「すごい推理です。おれの想像力では不可能です」

「想像で言ってるんじゃない。悪いことに限っておれの第六感は当たるんだ。いいことに関しては働かないがね」

「そういえば」

ドッドが佐川を見つめた。

「そういう特別な部隊があるというのを聞いたことがありますよ。イラクにいたときですが、レンジャーの仲間にペドロという奴がいたんです。彼は仲間には大分敬遠されていました。生来の殺し好きなんです。敵が五十人いてもひとりで敵陣に乗り込んでいくような奴です。そいつが言ってました。本来自分はレンジャーよりもＦＢＩで働きたかった。試験を受けたが落とされたというのです。理由は彼がパソロジカル　キラー《病的殺人者》と診断されたからだったと言ってました。仲間たちは冗談と思って笑ってました。ＦＢＩ要員は弁護士、会計士、軍隊で功績を残した者などが大部分ですから、ペドロのような奴が入れるわけはなかったからです。ところがペドロは言ったのです。ＦＢＩには裏の部門もあるんだ、と。その部門は特に敵のスパイや共産主義者を極秘のうちに抹殺するため、Ｊ・エドガー・フーヴァー時代に創られたらしいんです。その部隊名は確か〝ストレイ　キャッツ《野良猫》〟と言ってました」

「そういえばフーヴァーは、ホモで狂信的な国粋主義者だったと何かで読んだことがあったよ。そういう男なら殺し屋集団を作り上げたとしても不思議じゃないな」

「こういうご時世だ。何でもありだよ。お前みたいな男がイタリアン　レストランをやろうとしてるんだ。何があっても驚かないね」

「それに出資しようとしてるのは誰だね」

佐川も笑った。こんな状況にあっても冗談が言えるのは腹がすわった証拠だ。

いずれにしても野良猫部隊の存在が事実ならつじつまが合う。ＦＢＩは表立って正規のスペシャル　エージェントを投入してのローラー作戦は展開できない。そんなことをしたらまずマスコミが騒ぎ出す。結果としてプロジェクトが明るみに出る可能性は大である。また正規の要員を投入したら、彼らは容疑者をできるだけ生け捕りにする。シュートトゥ　キルを命じても大部分はためらう。しかし野良猫部隊はおそらくそのような躊躇はしない。その野良猫たちがたまたまミスを連発してしまった。彼らの行動は大体想像できる。ある家をＩＳ状態においても、せいぜい監視するのは二日か三日。人相の悪い人物が出入りするのを見て怪しいと判断する。そして奇襲をかけて皆殺しにする。

遅かれ早かれここも目をつけられると考えたほうがいい。だがまだ動くわけにはいかない。まずマーカスの尋問を終えることだ。

「ここもいずれは踏み込まれる」

佐川が二人に言った。

「奴らは初めからおれたちを殺すために来るんだ。生かしておいたらペンタゴンにとっては都合が悪いからな」

「上等じゃないですか。ぶっ殺してやりましょう。その後ペンタゴンの代表を脅せば話はつきますよ」

ストールの言葉に佐川は小さく首を振った。

「そんな単純なものじゃない。相手は何が何でもわれわれの命を取りにくる。だからお前たちはすぐに逃げるべきなんだ。全員が死ぬよりも三人でも生き残れれば悪い打率じゃない」

「隊長もしつっこいですねぇ。その話はもう終わったじゃないですか」

「マイクの言う通りですよ、隊長。われわれは残ると決めたのです。生き残るなら仲間全部、死ぬのも仲間全部。オール オアー ナッスィングです」

「後悔するぞ」

「おれはイラクで死んだんです。今の人生は付録みたいなもんですよ」

「でもお前にはジェニーが成長するという楽しみがあるじゃないか」

「でも生きていても会えるわけではありませんから」

「おれもイラクで死にました」

「お前にはレストランを開くという大きな夢があるじゃないか」

「それは別にいいんです。ただおれは、この胸にいつかは逢《あ》うであろういとしい女性の面影を抱いているんです。その女は優しくて美しくて心が純粋で、おれを包み込み、おれを頼りにしてくれるんです。こんな顔のおれを愛してくれるんです」

ドッドがびっくりした面持ちで、

「マイク、お前ときどき人を驚かすようなことを言うな」

「そんなのはただの幻想でしょうかね、隊長」

佐川の顔に柔和な笑みが浮かんだ。

「幻想でも何でもないよ。お前は必ずその女に逢える。本当にいい女はお前のような男をほっとかないよ。だから生き抜くんだ」

佐川の口調に力がよみがえった。

「お前たちを死なせはしないからな。必ずここから生きて連れ出してやる」


レストラン〝サルヴァトーレ〟はまだ十二時前のためか、ほとんど客はいなかった。マネージャーやウエイターたちがそれぞれの受け持ちテーブル近くに立っている。あと十分もすればレストランは活気にあふれ、グランド・セントラルの様相を呈する。マネージャーのひとりが近付いてきた。

「ミスター・グレイ、ようこそ」

うやうやしく言った。

「まだお連れの方はいらっしゃっておりません」

「そのようだね。カウンターで待つよ」

そばのカウンターの止まり木に腰を下ろしてペリエを注文した。本当はバーボンを飲みたかった。しかしこのところ飲みすぎていると妻から言われていた。それにこれから会う相手が相手だ。しらふを保っていたほうがいい。

ＣＩＡのスタン・ベイラーから電話があったのは今朝一番だった。ぜひ直接会って話したいと言ってきた。多忙を理由に断ったが、彼は引き下がらなかった。非常に重要なことだと強調した。

「こっちは頭を下げてるんだぜ、トム。あんたも一時はラングレーに身を置いたじゃないか」

「それはずっと昔の話だ」

「あんたには世話になった。今のおれがあるのはあんたのおかげだったと思ってるんだ」

「おいおい、ばかにへりくだってるな」

「いつか恩返しをしたいと思ってたんだ。まず手始めに今日のランチをおごらせてくれ」

グレイがＣＩＡに身を置いていたのは事実だった。ベイラーとはハーヴァードを同期で出て、二人ともＣＩＡに入った。しかし一年後、グレイはペンタゴンに移った。ベイラーはそのままＣＩＡに残り出世の階段を上った。その後一カ月に一度は会って話をしていた。自分のターフ《縄張り》を持ち、互いに妥協はしないが、メリットとなる情報交換はしていた。

ときには情報交換の域を超えて仕事でのギヴ アンド テイクの関係に陥ることもあった。たとえばグレイがペンタゴンの政治部に入った三年目、ＣＩＡがスティンガー・ミサイルをほしがっていた。

当時アフガン戦争は三年目に入りつつあり、ソ連軍の優勢は続いていた。パキスタンからの支援は受けていたもののムジャヒディーン《イスラム戦士》たちは圧倒的に不利な状況にあった。ソ連軍による空からの爆撃は絶え間なくなされ、山や丘陵地帯が変形するほどすさまじかった。パキスタンはムジャヒディーンを援助するようＣＩＡにアプローチした。そのときのＣＩＡ側担当のひとりがスタン・ベイラーだった。

イスラマバードにしばらく滞在して戦況をモニターした彼は、帰国すると上司にアフガンでの対空ミサイルの必要性を伝えた。上司はペンタゴンと折衝するよう彼に命じた。そのときベイラーが接触したのがペンタゴンの政治部にいたグレイだった。

ベイラーはアフガンでソ連が使っている爆弾の量と種類などについて説明し、もしこのままの状況が続けば、ソ連は第二次大戦中連合国が落とした全爆弾よりも多くの量と数をアフガンに落とし、あの国を石器時代に戻してしまうだろうと言った。それを止めるためには戦闘機、ヘリコプター、輸送機、爆撃機などを撃墜できる対空ミサイルが必要であると強調した。ソ連のエアーパワー《空軍力》にダメージを与えられれば、戦況はムジャヒディーンのほうに好転するからだ。

グレイのおかげでペンタゴン内ではムジャヒディーンへの援助の政治的必要性が認められ、調達部門にオーケーが出た。ベイラーの要請に対するペンタゴンの答えは、超軽量で兵士が肩にかけて発射できるスティンガー・ミサイルだった。

スティンガーの登場は戦況を徐々に変えていった。命中度が高いし、どこから撃ってくるかもわからないためソ連空軍は恐れ、次第に爆撃機やヘリの出動を減らしていった。空からの攻撃が激減するのと比例して、陸ではムジャヒディーンが優勢に立った。陸地戦で殺されるソ連兵士の数はうなぎ登りに増えていった。アフガン戦争はソ連のヴェトナムと言われ始めた。

戦争はスティンガーの登場で勝負がついたと言っても過言ではなかった。

スティンガーを手に入れ、それをムジャヒディーンに渡して、簡単な訓練を施したベイラーはそのおかげで二階級特進した。そして上級幹部への梯子《はしご》を確実に上り始めた。

それから何年か後、グレイが国防次官補となり、プロジェクト・オメガの推進役としてコンラッド中将に引き抜かれて以来、二人は自然と会わなくなった。ベイラーもＣＩＡのナンバースリーとなり互いに忙しくなったのも理由だったが、グレイはコンラッド中将からＣＩＡやＮＳＡ、ＤＩＡなどとの接触はできる限り避けるように言われていた。

しかし今日は会うことにした。ベイラーがどのくらいプロジェクトについて知っているかの探りを入れてみたい気持ちもあったからだ。

誰かが肩を叩いた。振り返るとベイラーが立っていた。

「イッツ　ビーン　ア　ロング　タイム」

独特の低いバスで言った。グレイが差し出した手をベイラーが握った。

「何か飲むかい」

「いや、テーブルにしよう」

マネージャーに従《つ》いて一番奥のテーブルについた。ベイラーは壁を背に座った。それを見てグレイが笑いながら、

「昔と変わってないな」

「こうしないと食事がのどを通らないんだ」

ＣＩＡの一年目から、ベイラーはレストランに行くと必ず一番奥の壁を背にした席に座った。そうすることによって店に出入りする人間が見えるし、背中から撃たれる心配もない。

ベイラーは食前酒にバーボンを注文した。グラスを上げて、

「国家と星条旗のために乾杯だ」

グレイもペリエのグラスを上げた。

「ところでトム、ザブロフスキーを少々荒っぽく扱ったそうじゃないか」

「あいつがそう言ったのか」

「いや、あいつは何も言わなかった。いかにあいつでも恥と感じてるよ。ほかの情報源からだ」

「その情報源はフェズじゃないだろうな」

「あいつらはアンタッチャブルだ。局内のソースだ」

「それにしてもなぜあんな変態野郎を使ってるんだ」

「ディスインフォメーション工作に便利だと思ってね。ああいうのが十人ぐらいいればマスコミのコントロールは楽になる」

「バックファイアーに気をつけろよ。スクープのためなら簡単に裏切る連中だからな」

「裏の裏をかくのも仕事のうちさ。不思議に思ってるんだが、フェズはザブロフスキーをペンタゴンに連れていったらしいが、なぜなんだ」

「あんたのソースはそれについて言わなかったのかね」

「ペンタゴンにはそう簡単には入れないからね。ザブロフスキーはバスローブだけをはおってワッパをはめられていた。みっともない姿だったと報告してきたよ」

「それで？」

「だからなぜフェズが奴をあんたのところに連れていったかと訊いてるんだ」

「そんな話をするためにわざわざ私を誘ったのかい」

「いや、そうじゃない。ついでに訊いてみたくなっただけだ。だけどあいつにはがっかりしたろう。それともほっとしたというのが本音かな。あんたがたの心配は杞憂《きゆう》に終わったんだからな」

「一体何を話してるんだ？」

ベイラーが身を乗り出した。

「しらばっくれるなよ、トム。あんた方が極秘のプロジェクトを進めているのはわかってるんだ。しかも最大級のセキュアリティを敷いてる」

「そんな話なら帰るよ」

「まあそうあわてるな。プロジェクトがどんなものかなんてやぼなことは訊かない。今日はあんたへの借りを返したいんだ」

ベイラーがウエイターを呼んでバーボンをもう一杯注文した。

「あんたもどうだ。そんなレディーズ　ドリンクでいいのかい」

グレイがちょっとペリエのグラスを見て、

「レディーズ　ドリンクか。バーボンをもらおう」

ウエイターがテーブルから離れていくのを確認してベイラーが話を続けた。

「実はなトム、外国大使館からラングレーに苦情が来てるんだ」

「ラングレーに？　珍しいことじゃないか」

「イスラエル、イギリス、ヴァティカンだ。彼らはＦＢＩの監視レヴェルがＩＳに変わったと言ってる。何を根拠にそんなことをしているのかと言うんだ」

「お宅にいくのは筋違いだろう。ＦＢＩにいくべきじゃないか」

「そうしたらしい。ところがＦＢＩはろくな説明をしなかった。彼らの安全を考えての措置だなどと人をばかにした説明に終始した。らちが明かないと思ってラングレーに連絡してきたんだ。特にイスラエルはしつっこい。武官のシャミールという男が直接私に連絡してきて怒鳴りまくっていた。奴がモサドのメンバーということはわかっている。イスラエルとアメリカは最も親しい国なのに、その友人をインテンスィヴ サーヴェイランスにかけるとはどういうことかと言うんだ。そのあと彼は興奮のあまり口を滑らせたのか、それとも私が知ってるという前提で話したのかはわからないがあることを言ってしまったんだ」

「……？」

グレイはセンセーショナルな緊張を感じていた。

「奴は言った。いくらプロジェクト・オメガの研究者がゴースト・センターから拉致されたからといって、われわれにその疑いをかけるなどとんでもない。われわれは何の関係もない。ＦＢＩや軍のセキュアリティが怠慢で無能だったのはイスラエルの責任じゃない、と」

「……！」

「奴らは私さえ知らぬことを知ってたんだよ」

「確かにオメガとかゴースト・センターと言ったんだな？」

「こんな話創れるわけはないだろう。ちょっと調べてみたんだが、ゴースト・センターはラングレーからそう遠くないところにあるんだな」

言い知れぬ不安感がグレイを襲っていた。イスラエルはプロジェクト・オメガを知っていたばかりでなく、ドクターGが拉致されたことも知っていたのだ。

「しかし一体どうやって……」

「それがイスラエル機関だ。どこにでも目や耳がついてる化け物のようなものだ」

「だがプロジェクトについてはごく少数の人間にしか知らされてなかった。皆トップ　セキュアリティ　クリアランスをパスした者ばかりだ。彼らから情報を引き出すなんて無理なことだ」

ベイラーが小さく首を振りながら、

「あんたもまだ甘いな。トップ　セキュアリティ　クリアランスを得ているからって信用できるとは限らない。かってアラブのある国に世界的な芸術家がいた。彼はその国でトップ　セキュアリティ　クリアランスを得ていて、大統領や国防大臣とも親しかった」

と言ってベイラーがグラスを口に持っていった。

「六日戦争の直前、大統領や閣僚がイスラエル侵攻について作戦を練っていたが、その一部始終がテルアヴィヴに筒抜けだった。閣議での決定事項は三分後にテルアヴィヴのモサド本部に伝えられていたのだ。その芸術家はモサドのエージェントだったんだ。今はもう亡くなっているがね」

「しかしいかに優秀な諜報機関でも今回のプロジェクトに関する情報は得られないはずだ。現にラングレーのあんたでも得られなかったじゃないか」

「確かに。われわれはファーストベースも踏めなかった。悔しいけれどモサドに抜かれたんだ」

「ラングレーが他国の機関に出し抜かれるとは信じたくもないね」

「あんたが信じようが信じまいが、それは関係ない。私が言いたいのは、イスラエルという国は政治家、軍人、そして一般国民が情報がなくては生存できないと考えているということだ。水と同じなんだ。それを得るためにはわれわれが考えられないようなこともするんだ。なにしろヒューミント《——人的諜報活動——》にかけては断トツだからな」

「しかしこのプロジェクトについて知っていたのはわずか三十一人だ。彼らは皆FBIのプロテクション下にあったんだが」

「彼らが浸透されたと私は断言してるわけじゃない。まったく別のアングルかもしれん。

ただ結果を見れば、モサドはだてや酔狂でワン オブ ザ ベストと言われちゃいないことを証明したということさ」

グレイは少々いらだち始めていた。モサドの優秀性はわかった。自分たちのディフェンスの甘さも知った。問題はモサドがプロジェクトの全容を握っているのかどうかだ。

それをベイラーにぶつけてみた。

「そこまではどうかな。これは私の勘だが、プロジェクトの内容については少しは握っているが、全部じゃないと思う」

グレイがちょっと間を置いた。言おうか言うまいか迷ったが、どうせここまで知られてしまったのだ。思い切って切り出した。

「実はイスラエルのシンベットからゴラニの将校が脱走したという情報がFBIに送られてきたんだ。FBIはイスラエル政府の要請を受けて、彼を指名手配した。その男についてテルアヴィヴ支局から何か言ってきてないか」

ベイラーが怪訝な表情で首を振った。

「初耳だな。うちの防諜は何も言ってないし、ただの脱走だったらおれたちの関与すべき問題じゃない。それにフェズはシンベットからの情報をラングレーには流さないんだ。おれたちがモサドやMI6からの情報をフェズに教えないのと同じだ。その脱走兵がどうかしたのか」

「多分、彼は今回の拉致と関係してるんじゃないかと考えられるんだ」

「なるほど。その男の存在を強調することによってイスラエル大使館は関与していないと言ってるわけだ」

「そういうことだな」

「その脱走兵についてFBIは細かく調べてみたのかい」

「それは訊かなかったが、当然チェックはしたろう」

「わからないぜ。あいつらはシンベットと特別な関係があるから相手の言うことを疑問なしに信じてしまう傾向がある。何ならうちで調べてみようか」

「ぜひ頼む」

「ついでに拉致された研究者の名前は？」

グレイがちょっとためらった。しかし考えてみれば、ゴースト・センター地区の警察にはチャック・ヘイドン大佐がすでに博士の名前を言ってしまったのだ。その後FBIが押さえはしたが、一度出たことに相違はない。

「マーカス・ベンジャミン、二十二歳。世界に類を見ない天才と言っても大袈裟《おおげさ》じゃない」

「拉致されたのは彼だけかね」

「研究者は彼だけなんだ」

「仲間や助手がいるだろう？」

「それがまったくいないんだ。ベンジャミンひとりで研究、開発をやってるんだ」

ベイラーがぴゅーと口笛を鳴らした。

「あんたの言う通り天才なんだな」

「ＭＩＴの全教授のブレーンを集めたより彼ひとりのほうが上だと断言できるよ」

ベイラーがグラスを干した。ウエイターに三杯目を注文した。グレイは一杯目をちょっとなめただけだった。

「それにしても何か匂うな」

「と言うと？」

「具体的には言えないが、諜報の世界に生きてきた人間の勘と言うのかな。すべてがおかしいんだ。たとえばロシアや中国はプロジェクトに興味を示している。だがゲームにはまったく参加していない。本来なら彼らが最もアグレッシヴに動いてもいいはずなんだ」

「拉致犯人たちが彼らとからんでいるかもしれないじゃないか。彼らがプロジェクトと研究者をどっちかに売ることも考えられるし」

「そんな動きがあれば真っ先にうちのアンテナに引っ掛かるはずなんだ」

アンテナとは多分マウとミーシャも含めているのだろう。

ベイラーが改まった表情でグレイを見据えた。

「私はさっきあんたに借りを返したいと言った。その言葉にうそ偽りはない。信じてくれるかね」

グレイが黙ったまま数度うなずいた。

「防諜部のベスト アンド ザ ブライティストを動員して調べる。あんたが言ったことはすべて極秘として扱う。期待してくれとはまだ言えないが、フェズよりは結果を出せると思う。絶対にそうしてみせる」

その口調には彼独特の皮肉っぽさもドライさもなかった。グレイはそれまで知らなかったベイラーの一面を見る思いだった。

「ホワイ？」

思わず訊いてしまった。

「……？」

「なぜそれだけ真剣に考えてくれるんだ」

ベイラーがはにかみ笑いを見せた。

「さっき言った通りだよ。昔の恩を返したいんだ」

「私がそんないいことをしたのかね」

「スティンガーだよ。あれのおかげで私は今の自分があると思ってるんだ。それを可能ないだろう」

にしてくれたのはあんただった。忘れたことなど一日もなかったし、これからも決して

朝食が終わりかけたとき玄関のベルが鳴った。佐川が隊員とマーカスに地下に隠れるよう命じた。自らは二階に行って抜き身のベレッタを片手に、物陰から下の様子をうかがった。

玄関のベルは鳴り続けた。ドアーを開けたのはイーグルバーガーだった。色が浅黒く一目でヒスパニックとわかる男が立っていた。背広姿でアタッシェケースを持っているが、どことなくぎこちない感じがする。ザック不動産商事のミゲル・バティスタと自己紹介した。


「実はですね、お宅を買いたいという顧客がいるんですが」

「お断りします。こっちも買ったばかりでね」

「でもオファーぐらい聞いてくださいよ。きっとお気持ちが変わりますよ」

「だめです」

「参考のためにちょっと中を見せていただきたいのですが」

「お断りすると言ったでしょう」

「まあそんな固いことは言わずに」

男は強引に入ってきた。居間を見回した。

「外から見るよりも大きいですね」

「さあもう出ていってください。売る気はまったくありませんから」

「よくこの前を通るんですが、いつもカーテンやブラインドが下がっていますね。一階から三階まですべての窓が遮光されている。何か理由でもあるんですか」

「私も家族も光に弱いという病気を持ってるんです」

「珍しい病気ですね。ご家族構成は何人ですか」

「五人です」

「大きすぎますね。十人でも住めるサイズじゃないですか。台所や地下を見せていただけませんか」

「だめです。さあ、私は仕事がありますのでご遠慮ください」

「わかりました。またうかがいますが、電話番号をお教えいただけませんか」

「電話はないんです」

「そこにあるじゃないですか」

ソファにくっついてる小さなテーブルの上にある電話を指した。

イーグルバーガーが受話器を取り上げた。受話器に線がつながっていなかった。最初の日に佐川が切ったのだった。マーカスがすきをみて使うのを防ぐためだ。

「通じないんです。わかるでしょう」

男は二階や地下への入り口、台所などに視線を飛ばした。

「さあお帰りください」

イーグルバーガーがドアーを大きく開いた。男は仕方なく出ていった。芝生に囲まれた小道を道路のほうに歩きながら二、三度振り返って屋敷を見上げた。男がそのブロックの向こう側に行くまでイーグルバーガーはドアーの外に立って見ていた。視界から消えるとドアーを閉めて居間に戻った。二階から佐川が下りてきた。地下室から隊員たちとマーカスが上がってきた。

「今度あんなことをしようとしたら首を絞めるからな」

ストールは怒っていた。

「どうしたんだ？」

「どうもこうもないですよ。この坊主、地下室から駆け上ろうとしたんです」

「やばかったな。あの男は不動産屋なんかじゃない。そう思わなかったかね、イーグルバーガーさん」

「いえ、私には不動産屋に見えましたが。だから早く帰ってもらったんです」

佐川が苦笑いしながら首を振った。そして隊員たちに向かって、

「今の男は不動産屋じゃない。背広の着方がまずなってない。目つきがその姿とマッチ

しない。それに首の後ろと両手の甲に入れ墨があった。入れ墨のある男を雇う不動産会社なんて聞いたこともない」

「では何なんです？」

「多分、野良猫のメンバーだろう」

「ここをどう思ったでしょうかね」

とドッド。

「イーグルバーガーさんが言ったことを信じたという保証はない。またやってくると思う。次は仲間を連れてな。今夜あたりから張り込みを始めるだろう」

「野良猫って何なんです？」

マーカスが訊いた。

「ＦＢＩの隠し球だ。おれたちを殺そうとしている連中だ」

「殺すのではなく逮捕でしょう」

「逮捕なんて言葉は奴らの辞書にはないよ。おれたちは殺されるが、君とイーグルバーガー氏はターゲットじゃない」

マーカスが生唾を飲み込んだ。

「話し合いの余地はないのですか？」

ストールがマーカスの肩を叩いた。

「ラディ、ズィス イズ ア ハードボール ゲーム、ノット フォー プシーズ」

「僕はプシーなんかじゃない！　ただ理性的に目の前の危機を解決したいと思ってるだけだ」

「お前の得意な宇宙物理学や数学をもってしてもそれは無理だな」

「じゃどうするんです」

「それを考えてるんじゃないか」

「あなたのＩＱで考えるなど、非常に危険だと思います」

「ユー サンノブ ア ビッチ！」

ストールがこぶしを振り上げた。

「すぐそれだ。考えることができない人間は暴力に走るという金言がありますが、あなたはまさにそのモデルです」

「マーカス」

佐川が言った。

「のんきなことは言ってられないぞ。いざとなったら君とイーグルバーガー氏はわれわれの盾になるんだからな」

「僕を盾にしたら野良猫は撃ってきませんか」

「さあね、奴らはノーマルじゃないようだから何とも言えないな。それより君は仕事を早く終えることを考えたほうがいい」

「あと五日ありますから、何とか終わるでしょう」

「予定変更だ。あと三日。終えようが終えまいがわれわれはここを出る」

「そう簡単に予定を変更されては困ります。三日で終えることはできません」

佐川がじっとマーカスを見つめた。

「三日だ。われわれはここを三日目の夜に出る」

「出てどこに行くんです？」

佐川が腕の時計を見た。

「こんな話をしてる間にも時間は過ぎていくんだ。おれが君ならイーグルバーガー氏と書斎に行ってるね」

イーグルバーガーが立ち上がって階段に向かった。マーカスがしぶしぶと彼に従《つ》いた。

その夜九時からの見張りは佐川の番だった。一階に下りると、ストールが玄関ドアーののぞき穴から外を見ていた。

「異常は？」

「今朝隊長が言った通りのようです。見慣れないヴァンが停まってます」

佐川がのぞいた。

「黒塗りのヴァンです」

通りにはいつものようにずらっと車が停められているが、そのヴァンは初めて目にする車だった。

「いつ頃から停まっているんだ」

「一時間ほど前からです。中には三人います」

「わかった。お前は上に行って寝ろ。装備はいつものようにちゃんとしておけよ」

「おれもここにいましょうか」

「その必要はないよ。二日は監視を続けるだろう」

ストールが二階に行ったのを確認して、佐川は携帯を取り出した。ジャミング装置をオンにした。モサドの研究室が開発した盗聴不可能といわれる電話機だが、ＮＳＡあたりがそれをブレイクできるかもしれないという不安は残る。だがこの際仕方がない。

相手が出た。

「藤島か。おれだ」

「佐川！　今どこだ！」

「あまり長くは話せないんだ。ひとつ頼みがあるんだが聞いてくれるか」

「何でも言ってくれ」

「お前、確かジェット機を持ってたな。それをおれのために用立ててくれないか」

「ワシントンDCから百五十キロ以内のところでピックアップしてほしいんだ。できれば百キロ以内がいいんだが」

「レーガン空港やダレス空港じゃだめなのか」

「だめだ。小さな田舎の空港がいいんだ。デラウエアー、ヴァージニア、メリーランドまたはペンシルヴァニアのローカル空港にしてくれ」

「パイロットに細かいことを訊いてみるから、十五分後にもう一度電話をくれないか」

「わかった。頼んだぞ」

それから十五分後もう一度かけた。

「パイロットが言うには、ペンシルヴァニアのゲティスバーグが理想的とのことだ」

藤島が早口でまくしたてた。

「あそこには入管や税関もないそうだ。完璧なローカル空港だ。それにワシントンDCからは百キロ足らず。ロスで入国すればあとは直行できる。おれはこれから発つ」

「お前がわざわざ来ることはないよ」

「何を言うんだ。おれはずっとお前からの連絡を待ってたんだ」

「だが今のおれは少々やばいオペレーションの真っ只中にある。お前を巻き込むことはできない」

「水臭いことを言うな。おれは巻き込まれたいんだ。そっちに着いたら、お前にどう連絡すればいいんだ」

「お前のほうからの連絡はまずい。こっちがどんな状況にあるかわからんからな。おれから随時連絡するよ」

「わかった。二十時間以内にはゲティスバーグに着いてるはずだ」

「恩に着るよ」


階段を下りる足音がした。すでに一時を過ぎていた。

マーカスだった。キッチンでミルクを沸かしてそのグラスを持って居間のチェアーに座った。

「眠れないときは温かいミルクが一番いいんですよ。医学的にも証明されているんです」

「おれはコニャックのほうがいいね」

「コニャックは興奮剤です。だからフランス人はベッドインする前によく飲むんです」

「それは初耳だな」

しばしの沈黙。

「ひとつ教えてほしいのですが、いいでしょうか」

「……？」

「なぜなんです？」

「なぜって何がだね」

「こういうことをあなたはしているんです？」

「こういうこととは？」

「僕を誘拐して尋問にかけてることとです」

「仕事だからさ」

「仕事だったら何をしてもいいわけですか」

「おれのスタンダードが許す範囲ならね」

「僕を拉致したのはそのスタンダードとやらの許容範囲だったのですか」

「君は危険人物だからな」

「あなたもあなたの仲間も戦いを根っから好んでるようですね。それが僕にはわからない」

「戦いは昔からあった。人類の歴史は戦争の歴史なんだ」

「それは戦いを好む人間の言い訳です」

「じゃこれまでの人類の歴史で一世紀でも戦争がなかった世紀があったかね。ノーだ。最初は石ころを投げ合ってたのだろう。次に槍《やり》や弓矢、刀、さらには射石砲、鉄砲、大砲、爆弾。それだけではあきたらなくてナパーム、毒ガス、化学兵器や生物兵器、そして核兵器。戦争の歴史は人類の愚かさの歴史でもあるんだ」

「最後のセンテンスは至言です。かのアインシュタインも言ってます。〝この世に無限のものが二つある。そのひとつは宇宙であり、もうひとつは人間の愚かさである〟。隊長はそれを知ってて、なぜその愚かさに加担するのです？」

佐川はいらつきを感じ始めた。

「君のような危険な人物にそんなことを言われる筋合いはない」

「僕は自分自身を危険な人間とは思ってません。たまたま科学的才能に恵まれた。それをペンタゴンが使いたがっただけのことです」

「それが危険と言うんだ」

「よくそんなことが言えますね。プロジェクトの内容さえ知らないんでしょう」

「だが君が危険だということはわかっている」

「いいですか隊長、よく聞いてください。僕は戦争を不可能にする兵器の研究、開発に取り組んでいるのですよ。永遠の平和が保障されるんです」

「原爆を作った科学者たちも同じようなことを言った。アメリカが原爆を持つことによって世界には二度と戦争が起こらないと。だがソ連が持った。イギリス、フランス、中国も続いた。今じゃパキスタン、インド、北朝鮮のような発展途上国まで持つに至った。

そして戦争はなくなるどころか、規模と数の多さでは史上最悪の状況となった。第二次大戦後から今日に至るまで、一体何度の戦争があったと思う。四度の中東戦争、朝鮮動乱、ヴェトナム、フォークランド、アフガン戦争、二度の中印戦争、イランイラク戦争、湾岸戦争、イラク戦争。アフリカや中南米での戦争やジェノサイド、内戦まで入れると優に五十は超す。いくら歴史が血に慣れているとはいえ、これほど戦争のバーゲンセールはなかった。原爆や水爆などの核兵器が使われなくてこれだったんだ」

「隊長はなかなかの論客ですね」

「ばかにしてるのか」

「ばかにするなんてとんでもありません。感動しているんです。歴史の知識も深そうだし、ディベーターとしてもハイクラスです」

「それがばかにしてるというんだよ」

「じゃ何と言えばいいんです？　僕は感じたことを正直に言ってるだけです」

マーカスはちょっと間を置いてから続けた。

「でも核爆弾については隊長は間違っていますよ。核兵器は使われないところに存在価値があるんです。相互抑止力にしかならないからです。冷戦中アメリカとソ連がホットウォーに突入しなかったのは核兵器が抑止力となったからでしょう。インドとパキスタンが戦争寸前までいったが、双方が原爆を保有していたため、宣戦布告には至らなかった。もし原爆がなかったら、とっくに両国は戦争に走っていました。ですから原爆はただの抑止力なんです。しかもネガティヴな抑止力です。戦いに走りたいという人間の性《さが》まで変えることはできない。本当の抑止力というものは、戦争を起こす可能性のある国々からその力を根こそぎ奪い取ってしまうこと。しかも誰にも気づかれないで、です。もちろん世界のどの国もそんな兵器が使われたとは知らない。その兵器でアタックされた国はアメリカがやったなどとはゆめゆめ思わない。換言すればやられたほうは誰にやられたかもわからない。だが確実にやられている。その被害たるや原爆の比ではない。それが最終的抑止力となり悲惨な戦争をこの世界から葬り去る。だからプロジェクトの名がオメガなんです。ギリシャ語のアルファベットの最後の字ですが、最終とか終わりを意味します。実験も何度か行われて成功もしています。次の段階では……」

「それ以上言うな！　おれは聞かなかったことにする」

「いや、もう少し言わせてください。今地球上で異常気象が起きていますよね。なぜだか知ってますか？」

「やめろ！　それ以上言ったら殴り倒す」

「〝ニード トゥ ノウ〟ベースの規則は破れないというわけですね」

「ベッドに戻れ」

「もう少しここにいさせてください。もうプロジェクトの話はしませんから」

佐川が立ち上がってドアーに近付いた。のぞき穴のカヴァーを開けて外を見た。ヴァンが薄暗い街灯に照らし出されている。小さく開いた窓からタバコの煙が流れ出ている。

「どうかしたんですか」

「〝お友達〟らしい」

「野良猫ですか」

佐川がうなずいた。

「皮肉なものですねぇ」

何かを思い出すようにマーカスが言った。

「ゴースト・センターにいるときは、あそこから出たかったんです。息がつまるような毎日でしたから。でも出てきたら、もっと息がつまるところに来てしまった」

「君は自分の才能の犠牲者だ。君の立場にはいたくないな」

「実を言うと研究を止めたかったんです。科学者としてはやってみたい。しかし人間としてはやってはならない。モラル　スタンダードに反すると気がついたのです」

「だけど本当の抑止力になる武器を作ってるんだろう。世界から戦争をなくすためだと今言ったじゃないか」

「どんなに美辞麗句で飾ろうとも、兵器は兵器なんですから。こんなときママがいてくれたらどうすべきか教えてくれるのに」

佐川は彼が冗談を言っていると思った。しかしマーカスは真剣な表情だった。

「僕のママはとても美しくて優しくて聡明な女性でした。理想の女性とは彼女のような人を言うのだと今でも思ってます」

「しかしなあマーカス、君はもう二十二歳だろう。二十二歳の男が〝ママ〟はないぞ。だからストールたちにばかにされるんだ」

「でもママと呼んで何が悪いんです」

「おれたち凡人から見ると、はっきり言って気持ち悪い。マザー　コンプレックスそのものだ」

「隊長にはマザー　コンプレックスの意味がわかっていませんね」

「二十を越した男が母親をママと呼ぶのは世間から見ればマザー　コンプレックスだよ」

「だから世間はばかなんです。マザー　コンプレックスの本当の意味も知らないで勝手に使いたがる」

「マザー　コンプレックスがギリシャ神話、エディプス大王からきているぐらいは知ってるさ」

「それを知ってるなら、なぜ僕がマザー　コンプレックスだと言うんです。エディプスは父親を殺して母親と結婚した。エロティックな関係に陥ったわけです。だけど僕とママの関係にエロスはない。あえて言うなら〝アガペ《——神の愛——》〟です。だから僕がママと言うときは、その言葉の中にアガペがあるのです。それともディアレスト マザーとでも呼べと言うのですか」

「君と話しているとおれの単純な脳みそのフューズが切れそうだよ。おふくろさんは今どこにいるんだ？」

「僕が五歳のとき他界しました」

「親父さんはいるのか」

「ええ、とてもおもしろい人で、典型的なハッピーゴーラッキー《楽天家》タイプでした」

「でした？」

「政府で働いていたんですが、無理やり精神病院に入れられてしまったのです。僕が八歳のときでした」

「誰が入院させたんだ？」

「政府です。彼は実の父ではないんです。実の父は僕が生まれる八カ月前に蒸発してしまったらしいです。義父は僕が四歳のときママと結婚したんですが、真面目で明るい典型的なアメリカの父という感じの人でした。ママも政府で働いていて職場で知り合ったらしいんです。義父が入院して以来施設に入れられたのですが、十二歳のときＭＩＴから特別奨学金を受けて大学の寮に移りました。あのときは嬉《うれ》しかったですねぇ。勉強と研究さえやってれば何の心配もいらないのですから。でも社交生活はなきに等しかったです。それが今ドロウバック《欠点》になってることは自分でもわかるんです。ですから、二十になったとき婚約をせまられて簡単に受けてしまったんです。最悪の経験でした」

聞いていて、佐川はだんだんとマーカスの人間的な面が開かれていくような気がしていた。最初抱いた印象とはだいぶ違っている。かなりくだけている面もある。そして少なくともゲイではない。

「親父さんはその後どうしたんだ?」

「ときどき義父に会いにサナトリウムを訪れたのですが、彼は自分は狂ってなどいない、政府の陰謀で口封じのために入院させられたんだと言ってました。そしてこう言うんです。お母さんは交通事故で死んだことになってるが、あの事故はセットアップされていたんだ、と。自分がそれを調べ上げたため、政府は無理に入院という手段を取ったのだと言うのです。もちろん誰も信じませんがね」

「君も信じないのか」

マーカスが肩をすくめた。

「僕が信じようが信じまいが現状は変わりません。義父は今では達観した人間のようにすっかり落ち着いて〝カッコーの巣〟でのんびりと暮らしてます。最後に会いにいったのはゴースト・センターに移る一週間前でしたが、穏やかな笑顔で僕を迎えてくれました。医師がもう退院してもいいと言ったのですが、義父は出たくない、ここで人生を終わりたいと言いました。苦しみや嫌みもなく笑顔で言うんです。悟りの境地に達した聖人のような感じを受けました」

「実の父親には会ったことはあるのかい」

マーカスが首を振った。会いたいとも思わないし、会っても話すことはないと言った。

「ママを置いて勝手にどこかに行ってしまったんですから」

「置いていかれることは苦しいことだ。君も苦労したんだなぁ」

「隊長のママは生きているんでしょう」

「わからん。おれが小さいとき家を出たままだ。叔父に育てられたんだ」

「だから厳しいんですね。女性に育てられた人は優しくて情にあふれるといわれますが、男に育てられるとハードになる。隊長はその典型ですよ」

「冷酷ということか」

「いえ、冷酷ではなく厳しいんです。特に自分に対しては」

「褒められてるのか貶《けな》されてるのか……」

「もちろん褒めてるのです。自己への厳しさを持つ人間はバックボーンと信念があります。僕など逆立ちしても持ち得ない要素です」

「君には誰も持ち得ないブレーンがあるじゃないか。ご両親はずば抜けた頭の持ち主だったんだな」

「そんなものなどなければよいとしばしば思います。なまじあるばっかりにペンタゴンに利用されてるんです」

「しかし国家のためだと言われたら仕方ないだろう」

「彼らは人類のためと言いましたよ」

そういえばモサド長官ワイゼッカーも同じことを言っていた。確か今回のミッションにはイスラエル国家だけでなく全人類の未来がかかっている、と。皆それぞれが国家利益と自分の置かれた立場で人類という言葉を解釈しているようだ。人民とか平和という言葉同様、便利な言葉ではある。

マーカスがフーッと息をはいた。

「〝ヴァニティ　オブ　ヴァニティーズ、セズ　ザ　プリーチャー：オール　イズ　ヴァニティ（空しさの中の空しさ、伝道師は言う：すべては空しい）〟今の僕の心境です」

「伝道の書第十二章八節だな」

マーカスが驚いて、

「知ってるんですか！」

「聖書はおれの愛読書なんだ。現実を超越してるところがいい。詩、逸話、歌などそこに収められた文章は、古典文学として最高レヴェルにあると思う」

「僕は四歳のときママから聖書を勧められて読み始めたら、あまりにおもしろいので二日で読んでしまいました」

「旧約かね、それとも新約を」

「両方です」

佐川にはにわかに信じられなかった。二日で聖書を読むなど一人前の大人でも無理だ。それをいくら天才だからといって、四歳で読み終えるなど人間業ではない。しかも新約と旧約両方をである。

「四歳のときならもう内容を覚えてないだろう」

「いえ、すべて覚えてます。僕は一度読んだものは記憶にインプットして忘れないんです。それがときには苦痛となるんですが」

何となく嫌みに聞こえる。

佐川は自分でもフォートグラフィック メモリーは持っているつもりだった。ゴラニに入ったとき記憶力テストがあった。用紙に書かれた名前と電話番号百のうち二分間でどれだけ覚えられるかがテストされるのだが、そのテストで佐川は最高点の五十三をマークした。試験官は非常に印象づけられたようだった。同じテストがモサドで行われたが、最高点が五十二だったから、記憶力に関してはモサドのメンバーとして十分にパスするとその試験官は言った。しかし聖書をそのまま頭の中の記憶装置に入れるとなると話は別だ。

「〝おのれを撃つ者にほおを向け、満ち足りるまでに、はずかしめを受けよ〟」

マーカスがにこっと笑った。

「僕をテストしてるんですね。それは〝ラメンテーション《——哀歌——》〟の第三章三十節。そのあとはこう続きます。〝主はとこしえにこのような人を捨てられないからである〟」

「これはどうだ。〝愛は忍耐強く寛容であり、愛はねたまず誇らない。そして愛はすべてを忍び、すべてを信じ、すべてを望み、すべてに耐える〟」

「僕の好きな節です。でもトリックを使いましたね。最初のセンテンスは新約聖書パウロによるコリント人への第一の手紙第十三章の四節ですが、次のセンテンスは七節です。パウロについては最近おもしろい説が出てるんですが、知ってますか。パウロは情け容赦のない徴税官で、イエスやその弟子たちを迫害した。そのパウロがダマスカスに行く道で、突然天からの光を見た。それは太陽よりも明るかった。パウロは地に伏した。そのときヘブライ語で彼に語りかける声がした。〝パウロよ、パウロよ、なぜ私を迫害するのか。とげのある棒を蹴れば、傷を負うだけではないか〟。その声の主がイエスだったわけですが、ここまでは聖書に書かれてますよね。ところが最近医学界の一部が、パウロがあのとき見て聞いたことは妄想であったと言ってるのです。パウロはてんかん持ちであったから発作を起こした。そのとき自分の心の中にあった贖罪《しょくざい》意識が働いたというのですが、一理あるかもとも思えます。だからといってパウロの信仰心に疑いを持つわけではありませんが」

「君は本物の天才なんだな」

佐川の口調は感心を通り越していた。しかしマーカスは悲しそうな顔をした。

「僕が求めたわけではありません。実際のところは隊長のような人が羨ましいんです」

佐川が苦笑いして、

「またばかにしてるな」

「本当なんです。隊長はいつもクールで強くたくましい。そして格好いい。僕が逆立ちしたってなれないような男です。世界のどこででも生きていける精神的かつ肉体的な強靭《きょうじん》さがあります。確かに僕はまわりからちやほやされて一応のステイタスはあるかもしれませんが、一歩研究室やアカデミアの世界から出たらどうやって生きていくのかさえわかりません。どうしようもなく弱い人間なのです」

「人それぞれ強みもあれば弱みもある。君の最大の強みはここだよ」

と言って、佐川は自分のこめかみを指でつついてみせた。

「君は何十億人にひとりいるかいないかの存在なんだ。求めたわけじゃないなんて言ったら罰が当たる。自分が与えられたものを最高に生かしてこそ人生なんだ」

「なぜそんなにクールになれるんです」

「おれはクールになってるなんて意識してない。人生は戦場だからそこで毎日戦っているだけだ。戦うこととイコール生きることだからだ」

「そういう観点から人生を見たことはありませんでした。〃人生は戦場〃ですか」

「その戦場では良心的兵役忌避者など通用しないんだ。テレビゲームとは違うんだ」

「あなたがそう言うと骨身に沁みるような現実感があります。人間としてのバランスをキープできてるからでしょうね。僕はテレビゲームの世界にいるのかもしれない」

「そんなことはないさ。現に今われわれは生きるか殺されるか、文字通り戦場にいるんだ」

「だけど暴力ざたに巻き込まれたら、僕は生き残れません。逃げ方さえわからない。銃の音を聞いたら気絶するかもしれません。自分ながら情けないと思いますが、それが真実の僕なのです」

佐川は改めてマーカスを見た。その表情には天才科学者マーカス・ベンジャミンの面影はなかった。目の前に座っているのは、ひ弱で不安に脅えきったひとりの青年だった。思わず抱き締めてやりたい思いに駆られた。その彼をもうすぐ殺さねばならないのだ。

「僕は小さいときデルタかグリーンベレーになりたかったんです」

マーカスの声の調子が明るくなった。

「ママはよく言いました。〃意志と努力さえあれば何にでもなれるのよ。大統領にさえも〃と。そんなとき義父は、〃エスター、大統領なんかよりもこの子は科学者になるんだ〟世界最高の科学者がこの家から出るんだ〟と言ってました。その頃から義父は僕をドクター・マーカスと呼んでいました。よほど博士にしたかったのでしょうね」

「お母さんはエスターという名だったのか」

「ええ、イスラエルから移住してきたのです」

「……！」

佐川の表情が一瞬こわばった。

「もし母が生きていたら、今頃僕はエルサレムのヘブライ大学で教鞭《きょうべん》をとっていたかもしれません」

そんなはずはないと佐川は自分に言って聞かせた。エスターという名はこの世に数えきれないほどある。単なる偶然にすぎない。

マーカスは佐川の表情の変化を見逃さなかった。

「どうかしましたか？」

「おれのおふくろもエスターという名でエルサレム出身だったんだ。結婚前の苗字は何というんだ」

その眼差しには恐れと期待が混ざっていた。

「苗字はハーマンで通っていました。実の父親の苗字です」

佐川はまだ複雑な表情をしていた。

「それにしてもすごい偶然ですね。さぞかし彼女は美しかったのでしょうね」

「とっくに忘れたよ」

そっけない口調だった。

「すいません。余計なことを訊いてしまって」

「いや、いいんだ。本当に覚えてないんだから」

「ところで隊長、僕はこれからどうなるんでしょうか」

佐川がちょっと考えるふりをした。

「まずはわれわれがここから生きて出る。それが先決だ。君の尋問が終わる前に出るかもしれない」

マーカスが立ち上がった。

「久しぶりに人間的な会話ができました。これで眠れます。ありがとうございました」

階段のところで立ち止まって振り返った。

「隊長、ここから生きて出てください。そのためなら僕を盾にでも何にでも使ってください。いくら野良猫でも僕を殺すなという命令は守るはずですから」

佐川は不思議な何かが胸を突き刺すのを感じた。

「盾の話は冗談だよ」

「いいえ、僕はナイーヴですが、人を本心から信用しないんです。だけど理由はわからないけどあなたは信じます。盾にして一緒に連れ出してください」

佐川は何と答えていいものかわからなかった。

「希望的観測はよせ」

「いえ、あなたにはどこまでもついていきたいんです。僕に新しい生命を与えてくれるような気がするんです」

第十一章　運　命

テッド・コンラッド中将とトム・グレイ国防次官補は、この二時間あまり映写室に閉じこもって巨大な液晶画面に釘付けになっていた。

プロジェクト・オメガについて、マーカス・ベンジャミンによるこれまでの研究の報告と解説が入ったメモリー カードが、コンラッド中将の命令でゴースト・センターからペンタゴンに届けられたのはつい今朝方であった。本来ならプロジェクト・オメガのようなウルトラシークレットはゴースト・センターから門外不出とされている。センターの責任者であるチャック・ヘイドン大佐は、カードをペンタゴンに持ってくるようにという中将の命令を最初は拒否した。しかし中将は全責任は自分が取ると大佐に約束した。尊敬する中将にそこまで言われると断れるものではなかった。

中将の焦りはボイリング ポイントに達しつつあった。統合参謀本部の議長クラレンス・デンヴァー大将からは毎日のように現状報告を迫られていた。FBI長官のバーガーからは拉致犯人についてのかんばしい報告がない。いよいよ自分のキャリアーも終わりに近付いていると感じていた。しかしどうせ終わるなら最後に賭けてみたいことがあった。それに成功すれば大逆転もあり得ると中将は確信していた。

画面ではマーカス・ベンジャミンが自信満々の口調で語っていた。

「これまで大がかりな実験は十回やっていますが、成功率は半々と考えねばなりません。アタック機能の完全を期するにはあと一度大規模な実験が必要となります。その上でこれからの課題は世界のどの地域でもピンポイントでアタックできるようオメガをコントロールする点だけです。このコントロール メカニズムを完成させるためには五カ月から六カ月の時間と二回か三回の実験が必要となります。それじゃ、ジェントルメン、グッバイ フォー ナウ」

画面は彼が笑顔で手を振っている映像で終わった。中将がうーんと唸った。

「やはり天才だな。あれほど難しい事柄をわれわれにもわかる言葉で説明している」

「でも私にはさっぱりでしたが」

「サイエンティフィック マインドが足りんな。一体ハーヴァードで何を習ったんだ」

「法科ですから畑が違います」

中将が立ち上がった。

「カードの管理は頼むよ」

その日の午後中将からグレイに呼び出しがあった。至急彼のオフィスに来てくれと言う。オフィスに入るやいなや、中将が珍しく興奮した表情で言った。

「今、海軍気象庁から連絡が入った。大西洋西部に発生した熱帯性低気圧が発達しつつあるということだ」

そんなことになぜ中将が興奮しているのかグレイにはさっぱりわからなかった。

「すぐにエンリコを発進させる用意をしてくれ」

「……？」

「わからんのか。今朝見た映像でドクターGが言っていただろう。あと一回の実験でオメガのアタック機能は完全になる、と」

「それは覚えていますが」

「その実験をわれわれでやるんだ。いいかね。発生した熱帯性低気圧はまだ規模が小さいという。オメガを使うには理想的な状態だ！」

「……！」

「グレイ君、ドクターGはもう帰ってこないかもしれないのだ。すでに殺されている可能性だってある。となるとプロジェクトはどうなる？」

グレイはまだ絶句していた。

「オメガのアタック機能さえ完全ならば、それだけで十分な兵器として参謀本部に報告できるんだ。コントロール機能は実験を重ねていけばいずれ作れる」

「中将」

やっとグレイが言葉を見つけた。

「実験など素人ができるわけありません」

「いや、あの映像の中で彼が説明した通りならそれほど難しいことじゃない。やってみる価値は十分にある」

「できるかできないかの問題ではありません。危険すぎます」

「賭けには常に危険がつきまとうものだ。私はこれまでの人生でいくつもの危険を冒してきた。だから今日の私があるのだ」

「冷静に考えてください、中将。これまでの実験で一体どれだけの被害が出ましたか。昨年のカトリーナでは未だ死者の数さえ正確につかめていないのです。今年ロシアでは何百人という凍死者が出ました。中国での相次いだ洪水はどうでした。オメガの攻撃力は十分に証明されたのです」

「十分という言葉は使うべきではない。現に二年前のインド洋の実験では失敗している。脆弱《ぜいじゃく》な地域だったことは確かだが、破壊力が大きすぎた。完全を期するというドクターGの言葉はそこらへんを指していたのだと思う。だからまだ実験は必要なのだ」

「私は絶対に反対します」

「怖《お》じけづいたのか。やっぱり文官だな。ここ一番の大胆さがない」

「大胆さではなく愚かしさがないと自分では誇りに思っています」

「君は神に逆らっている。オメガは神から与えられたものだ。神はアルファでありオメガだ！　私はその神の御心をこの地上でかなえるために遣わされたのだ！」

グレイは中将の目に狂気を見た。背筋に冷たいものを感じた。間違いなく狂っている。

「どうだ、グレイ君。実験には賛成するな」

グレイがゆっくりと首を横に振った。

「もし実験を強行するというなら私は辞めます。もちろん辞表には個人的都合によりなどといった陳腐なことは書きません」

「この私に逆らうというのか」

「私は軍人ではありませんから、あなたは私に命令はできないはずです。失礼します」

部屋に戻って五分もしないうちに中将から電話が入った。

「グレイ君、さっきはちょっと言いすぎたようだ。忘れてくれ。これからもよろしく頼むよ」

「実験のほうはどうなるんです」

「今回はあきらめるよ。君の言う通りかもしれない」

電話が切れた。グレイは不可解な思いにかられた。本当に中将は実験をあきらめたのだろうか。もし今回はやめたとしても、次のチャンス、またその次のチャンスにはどうするかわからない。熱帯性低気圧が雨後のたけのこのように発生するのはこれからなのだ。中将の狂気に満ちた眼差しがグレイの脳裏に焼き付いていた。

その日の午後、ＣＩＡのスタン・ベイラーがペンタゴンのグレイを訪れた。

「直接渡したほうが安全だと思ってね」

そう言って〝アイズ オンリー〟とスタンプが押されたファイルの綴《と》じ込み帳をグレイの前に置いた。防諜部が調べ上げたマーカス・ベンジャミンと佐川丈二についてのレポートだった。

「いやぁ、びっくりしたよ。マーカス・ベンジャミンはすごい天才じゃないか。こういう人間もいるのかと改めて世界の広さを教えられたよ」

グレイが綴じ込みを開けて十ページ以上のレポートを取り出した。まずマーカス・ベンジャミンについて書かれていた。両親はゲリー・ベンジャミンとエスター・ハーマン。八歳から施設に入り十二歳でＭＩＴ入学、十五歳で卒業などなど。グレイにとっては別に新しい情報ではなかった。

「こっちの知らないことを教えてほしいね」

「まあ読めばわかるさ」

早読みしていたグレイの目があるセンテンスに止まった。〝マーカス・ベンジャミンの父親ゲリー・ベンジャミンは十八年間ＣＩＡの対外工作部に籍を置いていた〟

「親父さんはＣＩＡのエージェントだったのか」

「とはいっても現場ではなく暗号解読が専門だった。地味な仕事だよ」

読み進んでいくうちにグレイはだんだんと引き込まれていった。

父親はＣＩＡを解雇されて以来、マサチューセッツ州の精神科専門のサナトリウムに入院。現在もステイタスは変わらず。

母親のエスターは一九八二年、イスラエルのエルサレムからアメリカに夫とともに移住してきた。名前はエスター・ハーマン。夫の名はデヴィッド・ハーマン。二人ともいわゆるサブラである。

「このサブラとはどういう意味だ？」

「イスラエルには外国から来たユダヤ人が多いだろう。東欧とか北アフリカ、ロシアなどからのユダヤ人がシオン目指して大量に移住してきた。サブラとはそういう移住者ではなくイスラエルの地で生まれた者を言うんだ。生粋《きっすい》のイスラエルっ子というわけだ。もともとはパレスチナ産の果物のことを言うらしい。表面の皮は硬いが中は甘い果物で、それがパレスチナの地で生まれたユダヤ人の性格を表してるということだ」

プロジェクト・オメガをマーカスに任せるという決定がなされたとき、グレイは一応FBIから受け取った彼の履歴に目を通した。しかしデヴィッド・ハーマンの名はどこにもなかった。夫としてまたマーカスの父としてあった名は、ゲリー・ベンジャミンだけだった。

レポートは続く。

デヴィッド・ハーマンはイスラエルでコンピューター関連の会社を経営していた。しかし当時のCIA防諜部は、イスラエルから来る移民や観光客に対してことのほか神経質にならざるを得なかった。ソ連KGBがユダヤ系ロシア人を使って、まずイスラエルで身元を〝消毒〟させ、完全なイスラエル市民としてアメリカに浸透するケースが多かったからである。

CIA防諜部はエルサレムやテルアヴィヴ支局を総動員して二人の身元を調べ上げた。その結果デヴィッド・ハーマンがイスラエルで経営していたとする会社は、イスラエル諜報機関モサドのフロントであり、ハーマンの正体はモサド　エージェントであることが明らかになった。その後妻のエスターもモサドに所属していることが判明した。

CIAは当時の防諜幹部の判断で二人を泳がすことにした。彼らを監視、尾行するために四人のカウンターインテリジェンス　メンバーが配備された。しかしデヴィッド・ハーマンはすでに正体がばれていると知っていたと思われる。

ある日ハーマンがイスラエル大使館から出てきた。そのとき向かい側の道路で清掃中の男がいた。ハーマンは彼に近付いて言った。〝やあバート、それともガゼルと呼ぶべきかな。帰って君の上司に伝えてくれ。わが国とアメリカは最も親しい仲だ。水臭いことはするなと〟。ハーマンはそのエージェントの本名もコードネームも知っていたのである。その後もしばらく尾行は続いたが、ある日デヴィッドのほうは突然イスラエルに帰った。デヴィッドは二度とアメリカの土を踏まなかったし、防諜部が知る限りでは、彼からエスターへはその後何の連絡もなかった。多分結婚していたこと自体がアメリカ浸透のためのカヴァーだったと思われる。

なぜ彼が急にアメリカを去ったのかの理由については憶測の域を出ないが、多分エスターとの関係がプロフェッショナルなもの以上に発展してしまったのではないか。いかに筋金入りのモサド要員でも所詮は人間であり、感情によって動くときもあろう。二人が真剣な関係に陥ったことは十分に考えられる。それをテルアヴィヴのモサド本部が知って、彼を呼び戻した可能性は高いといえる。というのは同じようなケースがＣＩＡにもあるからだ。

デヴィッド・ハーマンがアメリカを去ってから四年後の一九八八年、エスター・ハーマンはゲリー・ベンジャミンと結婚した。その二年前から彼女はＣＩＡの対外工作部の分析課に雇われていた。ごく優秀だったという評価がある。同じ工作部の暗号解読課にいたゲリー・ベンジャミンと会って結婚したわけである。

当時のCIAがなぜ彼女を雇ったのか？　CIAは彼女がモサド要員であることは前述のごとく知っていた。だが彼女がモサド要員であるからこそ雇ったのである。普通のイスラエル人だったら決して雇うようなことはしなかっただろう。

CIAにはあるプランがあった。エスター・ハーマンがどのような性格で、どのような頭脳の持ち主かを見極めて、いずれはモスクワに送り込むことを考えていたのである。彼女はロシア系ユダヤ人であり、その美しさもさることながら、ロシア語もできるというのが最大の武器でもあった。

しかし当時のCIAはひとつ大事なことを見落としていた。それはモサド要員はどんなことがあっても祖国以外の国には尽くさないということである。ところがCIAは金というモーティヴェーションさえ与えれば、誰でも軍門に降《くだ》ってくると思っていた。アロガンス　オブ　パワー——権力の傲り——といわれても仕方ないところがあった。モサドのメンバーを雇ってKGBにぶつけるなどという考え自体が、リスキーきわまりない発想であった。現在のCIAでは考えられないことである。

CIAに在籍して三年後、彼女は辞める決心をした。理由は主婦業に専念するためだった。前年にゲリー・ベンジャミン夫人となっていた上、息子のマーカスも五歳になろうとしていたので、彼の世話も大事だった。人事部や現場は翻意するよう彼女を説得した。しかし彼女の気持ちは変わらなかった。互いに悲劇であった。その後マーカス・ベンジャミンは前述のようにＭＩＴに進み、現在はペンタゴンの研究者として活動している。

「ちょっとおかしいんじゃないのか？」

グレイが言った。

「肝心なところが抜けてるぜ」

ベイラーがうなずいた。

「わかってる。抜けてる部分はあまりにセンスィティヴなので書けなかった。だからこうしておれが直接来たんだ」

「まずエスターのことだが、ここでは〝互いに悲劇であった〟としているが、何があったんだ」

「決して言い訳するわけじゃないが、当時のエージェンシーのメンタリティを考えると仕方なかったとも言えるんだ。今日なら辞める者はしょうがない。秘密保持の誓約書にサインさせて、さよならパーティをして送り出してやる。ところが当時はそうではなかった。誰かが辞めるとなると、対外工作部や防諜部門は極端に神経質になっていた。被害妄想といっても過言じゃなかった。辞めた連中が、後にＫＧＢやＭＩ６、ＤＧＩ（キューバ内務省情報管理局）などに身売りしてるのを見せつけられていたからだ。だから最も厳しい対応を取った。エージェンシーでは〝エリミネーション〟と呼んでいたがね」

「エリミネーション？」

「読んで字のごとく除去。彼女の車に仕掛けをして事故と見せかけたんだ」

「ひどい話だな」

「あのときはうちとモサドが一触即発の危機に陥った。モサドはエージェンシーが彼女を殺ったことはわかっていた。だがエージェンシーは彼女をモサド要員とわかって雇ったということをなにげなく伝えた。結局双方が頭を冷やして、報復の殺し合いになる事態は避けられたんだ」

「ゲリー・ベンジャミンはなぜ入院したんだ」

「エージェンシーによって入院させられたんだ。彼は妻の死に疑問を抱いて裏でいろいろと調べていたらしい。防諜部は危険を感じた。毒殺や交通事故を考えたが、殺すわけにはいかないという結論に達した。妻が死んで、その三年後に夫が死んだのではいかにも不自然と思ったのだろう。そこで精神病院に入れることが最良と考えたわけだ。その病院はＣＩＡ御用達のようなものなんだ」

「ゲリー・ベンジャミンがマーカスの実の父じゃないとすると、考えられるのはデヴィッド・ハーマンだな。もっともエスターに他に男がいたら話は別だが」

「彼女はそんな女じゃない。マーカスの父親は間違いなくデヴィッドだったと断言できる。彼がアメリカを去って八カ月後にマーカスは生まれたんだ」

ベイラーによると、デヴィッドは帰国したとき多分エスターが身ごもっていたことは知らなかっただろう、エスター自身ひょっとしたら自分の妊娠に気づいていなかったとも考えられると言った。その後もデヴィッド・ハーマンはモサドで働き続けた。そして今もバリバリの現役だという。しかも出世している。

どこかの国の大使にでもなったのかとグレイが訊くと、

「そんなものじゃない。イツハク・ワイゼッカーという名前を聞いたことないか」

グレイが首を振った。

もっともだとベイラーは思った。モサドはＣＩＡと違って、下から上まで現役メンバーの名前はいっさい公表しない。マスコミがすっぱ抜いて報道したらイスラエルでは犯罪となる。

「ワイゼッカーはモサド長官なんだ」

「それが？」

「彼は昔アメリカでモサドのエージェントとして活動していた。そのときの名がデヴィッド・ハーマンだったんだ」

「……！」

「こんなことで驚いてちゃいかんぜ。レポートの先を読んでみろ。腰を抜かすほどのインパクト間違いなしだ」

グレイがレポートに目を移した。佐川丈二に関する部分だった。次第にグレイの顔が紅潮していった。読み終えたときまだその顔は紅潮していた。じっとベイラーを見つめた。

「ウェル？」

ベイラーが訊いた。

「運命の残酷さと言うべきか、それとも親切さと言うべきだろうか」

「カード ゲームで言えば配られたカードは運命だ。それをどう使って勝つかはその人間次第。そうとしか言えないな」

グレイが哀しそうにこうべを振りながら、

「しかしいくらがんばっても、もともと負けるカードを配られてるということもある。このケースはそんな気がするな」

藤島正也はコパイロット《副操縦士》の席でちょっと背を伸ばした。眼下に大草原地帯が広がっている。ロス アンジェルス空港を発ってから二時間以上飛んできた。

「今どこらへんなんだ？」

「オクラホマの上空です」

パイロットの篠田次郎が言った。

「疲れたろう」

「いえ大丈夫です。それより社長ちょっと寝たらいかがですか」

「あとどのくらいかかるんだ」

「二時間半ぐらいでしょう」

藤島が立ち上がった。

「しばらく後ろで休んでるよ。君も休め。裕作君に代わってもらったほうがいい」

「シートベルトは必ずお願いしますよ」

藤島がコックピットを出た。一番前の席にコパイロットの篠田裕作が眠っていた。軽く肩を叩いた。ぴくっと体が動いて目を開けた。あわてて姿勢を正した。

「兄さんと代わってやれ」

「はい！　代わります」

敬礼こそしないが、元気のいい声だ。

篠田兄弟は元航空自衛隊員だった。兄の次郎は六年間空自にいたが、四年前辞めて民間航空会社に入った。弟はそのまま空自でF－15のパイロットを続けていた。

二年前藤島はある商社の勧めでスターライナーを買った。その頃の藤島は欧米や中国の支社回りで、年間の半分は外国で過ごしていた。いつでもどこへでも行けるプライヴェートジェットが必要と思えた。チャーターのほうが簡単だったが、それでは〝いつでも〟という条件に合わない。自分が所有して初めて自由に使える。整備は民間航空会社に任せられるが、パイロットとコパイロットが要る。そのとき友人から紹介されたのが篠田次郎だった。給料は当時彼がもらっていた額の倍をオファーした。というのはいつ機が必要でなくなるかしれないからだった。篠田はコパイロットとして弟の裕作を口説いた。

二人を雇ったのは正解だった。あるとき南アフリカ共和国で金鉱山の権利をめぐるネゴがあった。帰りの飛行でジンバブエ上空を飛行中、二機のミグ21が警告もなく機銃掃射をしてきた。しかし篠田兄弟は顔色ひとつ変えず曲芸飛行で切り抜けた。普通の民間航空のパイロットだったら、確実に撃墜されていたところだった。あのとき藤島が感心して、日本の空自もなかなかやるねぇというと、兄の次郎が朝飯前ですとさらりと言ってのけた。弟の裕作は胸を張って、

「空自はアメリカとよく訓練をやるんですが、パイロットの腕はこっちのほうがはるかに上です。僕らと同じレヴェルにあるのはイスラエル空軍ぐらいですよ」

この一年間、藤島は日本にいることが増えた。そのため機は一年の大半を成田のハンガーで駐機していることが多かった。しかし今回のフライトを考えれば、キープしてい

た価値は十分すぎるほどあると藤島は思った。

真ん中あたりの席に座ってシートの背を倒した。疲れはなかった。それどころか今まで感じたことのないエキサイトメントが体中を駆け巡っていた。

今頃会社では伊藤をはじめとする役員がてんてこ舞いしていることだろう。佐川からの電話があったのは日本時間の午前十一時頃だった。そのとき藤島は長い間考えてきたことを実行に移す決心をした。そして専務の伊藤に連絡をした。

「伊藤さん、よく聞いてくれ。おれは社長の座を降りることにした。今日からはあんたが代表権を持つCEOだ」

「突然何をおっしゃるんです！」

「今日から世界の旅に出ることにしたんだ」

「社長、まさか酔ってるんじゃないでしょうね」

「おれは正気だよ。こんなに正気だったことはない。大丈夫、あんたなら社長として皆を引っ張っていける」

「待ってください。すぐそちらにうかがいます」

「いや、おれはもう日本を発つんだ」

「社長、何かあったのでしょうか？」

「何もないさ。急に世界が見たくなったんだ。おれの衝動性はあんたもよく知ってるだろう」

「で、どちらへ？」

アメリカと言いかけたがやめた。警察庁の小田切やイスラエル大使館のカネハがいつまた会社にやってくるかわからない。

「まずカンボジアだ。アンコールワットの遺跡が見たいんだ。そのあとはインドネシアや中国かな」

「しかし社長に決裁してもらわねばならない事柄が……」

「それはあんたができるじゃないか。ＣＥＯなんだからがんばってくれよ」

「連絡はどうすればよろしいのでしょう」

「連絡事項などないほうがいいが、ときどきおれのほうから電話は入れる」

「しかし……」

まだ信じられないといった口調だった。

「ああそれから伊藤さん、おれの株の十パーセントはあんたに譲る。ほかの役員にも十パーセントずつだ。真田君にもちゃんとやってくれ」

「そ、そんな！」

「じゃ頼みましたよ、社長」

これでゴールドディッガー社の自分の持ち株は六十パーセントになった。その売り先は大体心の中で決めていた。心身ともに軽くなった感じがした。今まで感じたことのない解放感が藤島を包んだ。

エンジンの音が心地よく体に響いた。いつの間にか藤島は眠りに落ちていた。


佐川は周囲を見回した。湿ったかび臭い匂いが鼻をついた。さすがホスピスだっただけに地下室には置き去りにされた商売道具が山のように積まれている。折り畳み式のベッド、松葉杖、病人用便器、車椅子、ナイトガウンなど救世軍への寄付品としても通用するものが多い。

奥に進むとガレージにつながる階段があった。上るとみしみしと音をたてるほど古い階段だった。四人の男が通るに耐えられるかどうかだが、注意して歩けば大丈夫そうだ。上ったところにドアーがあって、それを開けると車二台が入るガレージになっている。佐川たちが乗ってきたSUVとイーグルバーガーのビューイックが並んでいた。

佐川は地下室に戻って松葉杖を拾って一階に上がった。ここを出るのは今夜と決めていたが、まだ誰にも言っていなかった。こういうことはできるだけ間近になったとき伝えるのが最良との経験則からだ。もしあまり前に伝えると隊員はいろいろと余計なことを考えてしまう。そしてドジらなくてもいい場面でドジってしまう。

居間には見張りを交替したばかりのドッドがいた。佐川が彼にウォリアーとストールを呼ぶよう命じた。三人が集まったところで佐川が言った。

「おれたちは今夜ここを出る。今から三時間後の十二時とする」

「あの〝お友達〟はどうします？」

ストールがあごで外を指した。

「プランはこうだ。十二時五分前、野良猫たちを眠らせる。今地下室から外を見てきたが裏側には誰もいない。そこから出て一ブロック回り道をして彼らに近付いてスリーパー銃で眠らせる。この役目はまだ奴らに顔を知られていないウォリアー、お前がやる。弾は通常の倍の効き目のものを使ったほうがいい」

「しかしいくら顔を知られてなくても相手は野良猫です。怪しいと思ったらまず撃ってきますよ」

佐川がうなずいてそばに置いた松葉杖を取り上げた。

「これを使うんだ。かつてカルロス・ザ・ジャッカルがフランスのド・ゴール大統領を暗殺しようとしたとき使った手口だ。最厳戒態勢の中、彼はゆうゆうと突破したんだ。野良猫だって哀れな松葉杖男を撃つのは躊躇するはずだ。ゆっくりと動くんだぞ。だから十分もとってあるんだ。彼らの車に近付いたら何かの理由をつけてドアーを開けさせる。あとはお前の腕の見せ所だ」

「命中率百パーセントが要求されますね。殺しちまうほうが簡単ですが」

「それはだめだ。ここまで血を流さないでやってきたんだ。クリーンな幕引きをしたい。それに野良猫といえどもフェズだからな。死ぬのはマーカスひとりでたくさんだ」

「奴らを眠らせたらどうすればいいんです」

「おれたちはガレージで待ってる。イーグルバーガーは残す。マーカスはおれが殺る」

「おれを置いてきぼりにするなんてことはないでしょうね」

「イーライ、隊長に向かって何ということを言うんだ！」

ストールが目をむいた。

「こっちの身にもなってみろよ。信じたいのは山々だが、昔おれはそういう苦い経験をしたことがある。パナマでノリエガ掃討のときだった。路地におれひとりを残して小隊が全員消えちまった。おれは一晩中、地元の警察から逃げ続けたんだ」

「おれたちはそんなことしねえよ」

吐き捨てるようにドッドが言った。

「そのときになってみなきゃわかんないだろうが。人間みな自分が可愛いんだ」

「ザッツ　イナフ！」

佐川が一喝した。

「ウォリアー、お前の言うことももっともだ。こうしよう。おれはお前が戻るまでここにいる。玄関のドアーはカギをかけないままにしておく。ストールとドッドは車の中で待機する。それでどうだ」

「隊長がそう約束するならいいでしょう」

ウォリアーがしぶしぶと言った。

「行く先はどこなんです」

ドッドが訊いた。

「それは直前に言う。それからこれは非常に重要なことだが」

と言って一呼吸おいてから、

「上にいる二人には絶対に言うなよ。マーカスを苦しめたくはないんだ。ひとおもいに殺るのがせめてもの情けだからな」

藤島は目をさまして腕の時計を見た。三十分ぐらいしか寝てないが、随分と長い感じがした。乱気流もなくスムースな飛行のせいもあったのだろう。立ち上がってコックピットに行った。

「あと三十分ぐらいです」

パイロット席には弟の裕作が座っていた。

「現在地は？」

「ピッツバーグの南約百五十キロのところです」

「パイレーツの本拠地か」

「スティーラーズの本拠地でもありますよ」

と兄の次郎。

「アメフトが好きなのかい？」

「大ファンです。あのスピードといいパワーといい興奮しますねぇ」

成田を発って以来、二人とも今回のゲティスバーグ行きについては何ひとつ質問しなかった。ロスやニューヨークのような大都市ならともかく、ペンシルヴァニアのド田舎にある町である。普通なら不思議に思って何か訊いてもよさそうなものだ。しかしそれが篠田兄弟のよいところだった。言われたことは徹底してやるが、余計なことは言わないし訊きもしない。ここらへんが元自衛隊のいいところだ。だが今回の飛行は話が違う。ひょっとしたら彼らも巻き込まれるかもしれないのだ。だから彼らは前もって知っておく権利がある。そう思った藤島は二人に明かすことにした。

「実は」

藤島が佐川と今回のミッションについて簡単に説明した。

二人は神妙な面持ちで聞いていた。

「ことを必要以上に大袈裟にしたくはないんだが、何ごとも起こり得るという前提でおれは話してるんだ。佐川たちはゲティスバーグには車で来るだろうが、空港全体が警戒態勢に入るかもしれん。ドンパチはなるべくないほうがいいが、それはわからない」

「銃なら腕に自信はありますよ」

と弟の裕作。

「いや、いざとなっても君たちは決して火器を使ってはならない。飛行機のテイクオフ、フライトそしてランディングだけに集中すること。いいな」

「なんだか昔を思い出すようで楽しいですね」

「ロシアのミグとほとんどドッグファイトになる場面もあったな」

裕作が次郎と顔を合わせて笑った。

「ドッグファイトはともかく、今回は君たちの腕と肝が最も重要な要素になると思うんだ。そこで君たちに言っておきたいのは、われわれをゲティスバーグから次の目的地まで運び、さらにそこから最終目的地に無事運ぶ。そのときこの機がまだ万全の状態にあったら君たちのものとなる」

二人は急に黙りこくった。

「言ったことがわかってるのか」

「この機がわれわれのものになると言われたのですか」

兄の次郎は半信半疑の面持ちだった。

「私たちにはこれを買えるほどの金なんてとうていありませんし、銀行だってそんな大金を貸してくれるわけありません」

「ただでやると言ってるんだ」

「……！」

　あまりの驚きに二人はしばらく口を開けたままだった。

「ちょっと待て。それはまずいな。ただでやったら莫大な贈与税を君たちが払わなきゃならなくなる。そんなのはばからしいな。じゃこうしよう。この機を五百万円で君たちに売る。ローンはうちの子会社の銀行が組む。支払いは三十年でも五十年でもいい。連帯保証人はおれにしたらいい。それでどうだ？」

「夢のような話です。でもこの機はチャーター会社に売れば、まだ十億以上で売れますよ。新興成り金なら買ったときと同じぐらいの額でも買います」

「君たちに売りたいんだ。これでチャーター会社ができるだろう」

「チャーター会社をつくるのはおれたちの夢なんです」

　裕作の声ははずんでいた。

「じゃそれで決まりだ。ビジネスの成功を祈るよ」

　篠田次郎がコパイロット席から振り返って、

「何が起ころうが社長を守ってみせます。そしてこの機も」

十二時十五分前、イーライ・ウォリアーが裏口からスリップ アウトした。佐川がドッドに地下室からガレージに行って、車がいつでも発進できる用意をしておくよう命じた。

ストールには二階に通じる階段の上に隠れているよう指示した。ストールが怪訝な面持ちで佐川を見つめた。

「ジャスト イン ケース」

佐川がウインクして見せた。

ドアーののぞき穴から外を見た。薄暗い街灯に黒塗りのヴァンがひときわ大きく照らし出されている。まだウォリアーの姿は見えない。佐川には最後の仕事が残っていた。

彼は三階に上った。書斎のドアーを開けた。

「まだ終わってませんよ」

マーカスが言った。

「もう時間がないんで、今夜は徹夜でがんばるつもりなんです」

「仕事はやめだ。下へ来てくれ」

二人が立ち上がった。

「マーカスだけでいい。イーグルバーガーさんはしばらくここにいてください。尋問記録はどこですか」

「この中にありますが」

イーグルバーガーがコンピューターを指した。

「抜いてください」

「でもまだ終わってませんよ」

「いいんです。見せてください」

イーグルバーガーがメモリー　カードを取り出した。

「これですが」

佐川が手を伸ばして素早く取った。小さなカードだった。それをポケットに入れた。

イーグルバーガーが顔色を変えた。

「それは私が預かることになっているのですが」

「命令が変わったんです。自分の責任でクライアントに渡します」

「そんなことは聞いてません。さあ、どうかこちらにお返しください」

「あなたには何の恨みもないが」

と言って佐川が腰の後ろにつけたダーツ銃を抜いた。プスッという音とともにイーグルバーガーが首を押さえながらゆっくりと一回転して倒れた。

「さあ早く下へ！」

佐川がマーカスをせかした。

「なぜあんなことをする必要があるんです」

「おれたちの仕事は終わったからだ」

「僕のほうはまだ終わってませんよ」

居間に下りてマーカスをアームチェアーに座らせた。

「何か飲みたいものはないか」

マーカスが黙って首を振った。佐川が腰のベレッタを抜いた。

「僕を殺すんですね」

静かな口調だった。その声も体も震えてはいなかった。

佐川はドアーに歩いてのぞき穴に目を張り付けた。道路の向こう側で松葉杖をついた男がゆっくりとヴァンに近付いていた。ヴァンのところまで来ると立ち止まった。何やら中に話しかけている。助手席のドアーが開いた。これでいけると佐川は思った。

「ママ、今会いにいくからね」

マーカスの声に振り返った。数珠のようなものを手にしてそれにキスをした。そのとき佐川の目は彼の持っているものに吸い付けられた。彼の手からそれをもぎ取った。まさか！　五歳のとき別れた母が首にかけていたのとまったく同じお守りだった。

「これをどこで手に入れたんだ」

「ママがくれたんです。グッド　ラック　チャーム《お守り》だと言ってました」

「……！」

マーカスが何やらつぶやきながらこうべを垂れた。

「……主は我が魂を生き返らせ、御名のために我を正しい道に導かれる。たとえ死の陰の谷を歩もうとも、我わざわいを恐れず……」

「立て！　マーカス、立つんだ！」

「……？」

「地下室からガレージに行くんだ」

「僕を殺さないんですか！」

「説明している時間はない。さあ早く行け！」

ドアーが開いてウォリアーが入ってきた。手にサイレンサー付きのベレッタを握っていた。

「野良猫たちは眠りにつきました」

「よし、それじゃ行こう」

佐川がマーカスに手を差し伸べた。

「そんなに急ぐことはない」

ウォリアーが言った。

「あんたがその坊やを殺すというのがシナリオだった。そうだろう。シナリオ通りに演じなきゃだめだな」

「状況が変わったんだ」

「そんな世迷《よま》い言《ごと》は認められないね」

と言って銃の狙いを佐川の胸に定めた。

「こんなことだろうと思ったよ」

佐川があざ笑った。

「さっきからのお前の態度はおかしかった。おれを信用しなかったな。だがレンジャーのようなエリートはお互い血の結束で結ばれている。決して司令官を疑うなどということはしない。その上お前はおれにウソをついた。一九八九年のパナマ侵攻で仲間に置いてきぼりをくらったと言ったが、そんなことはあり得なかった。レンジャーはパナマに行かなかったからだ。行ったのはマリーン《海兵隊》だけだった」

ウォリアーがニヤッと笑った。

「おれとしたことがとんだ失言だったな」

「それだけじゃない。お前はドジった。三時間前プランを話し合っていたとき、ドッドが行く先を訊いたろう。あのときおれは直前に教えると言ったな。なぜだか考えなかったのか。お前がいたからだよ」

「キャント ウィン ゼム オール《ドジることもあるものだな》。ここでさよならだ」

そのとき小さな乾いた音とともにウォリアーが床にもんどり打って倒れた。両手で片膝を押さえてうめき声を上げている。

階段をストールが降りてきた。

「隊長の言った通りですね。こいつが裏切るなんて半信半疑でしたが、見事な読みでした」

倒れているウォリアーを見下ろした。

「ブラッディ　ファッキング　バスタード！」

ウォリアーのあばらを思い切り蹴った。彼が悲鳴を上げた。

「貴様、一体誰に雇われたんだ」

「………………」

「言わないのか。じゃ生かしておいてもしょうがない。いいですね、隊長？」

佐川が両手を広げた。

「救いようがないな。お前に任せるよ」

「ちょ、ちょっと待て！　撃つな！　私はモサドだ！」

佐川がストールを制するように片手を上げた。

「モサドがなぜおれを殺そうとしたんだ」

「……もし私を殺ったら仲間が地の果てまでも君たちを追っていくぞ！」

「お前は自分の置かれた立場がわかってないようだな。おれの質問に答えろ。なぜモサドのお前がおれを殺そうとしたんだ」

ウォリアーは何も言わなかった。佐川がしゃがみ込んでウォリアーのポケットを探り、携帯電話機を取り出した。

「もう一発膝にぶち込んでやれ」

佐川がストールに命じた。

ストールがニヤッと笑って、

「ウイズ　プレジャー」

「待て！　話すから待ってくれ！　私は本部から送られたんだ」

「本部？　テルアヴィヴか？」

「そうだ。長官からの直接命令だったんだ」

「長官がそんな命令を下すわけがない。正直なことを話せ！」

「本当なんだ。ワイゼッカー長官自ら私に命じたのだ。君がマーカスを殺したあと、私が君を消すはずだった。これはウソじゃない」

ウォリアーから奪った携帯を開いた。まずホーク《――鷹――》という名で番号が出てきた。ワイゼッカーが佐川に教えた秘密の番号と同じだった。

「ダッム　ザ　サンノブ　ア　ビッチ！」

佐川の顔が歪《ゆが》んだ。これではまるで自分は生まれたばかりの子羊ではないか。まんまとはめられたのだ。しかし考えてみれば相手は諜報機関だ。裏切りやダブルトークなどは日常茶飯事のように起こる。騙された自分が愚かだったのだ。しかしここで自分の感情を爆発させたら戦略上まずい。佐川がウォリアーを見下ろした。その目は氷のように冷たかった。

「お前を殺っても意味はない。ワイゼッカー長官についてお前が言ったことも信用してるわけじゃない。おれは兵士であって諜報マンじゃない。任務はまっとうする」

そう言い残して佐川はマーカスとストールとともに地下室に降りていった。

ガレージのドアーはすでに開かれドッドが運転席に座り、車はいつでも走れる状態になっていた。

ストールが助手席に陣取り、佐川とマーカスが後部座席に乗った。

「ボス、行く先は？」

ドッドがバックミラーに問いかけた。

「ペンシルヴァニアのゲティスバーグだ。あそこの空港を目指してくれ」

車がボルティモアのバイパスに通じる高速道路に入った。誰も口をきかなかった。その間マーカスはずっとお守りを握りっぱなしだった。

佐川がそれを見ながら、

「もう一度見せてくれ」

マーカスが言われるままに彼にお守り袋を渡した。紐《ひも》の部分が数珠でできている。袋の文字もデザインも見覚えがある。

「本当に母親からもらったのか？」

「ママはいつもそれを自分の首にかけてたんです。ある日、僕にくれたのですが、事故で死んだのはその数日後でした。お守りを僕にくれてしまったから死んだのだと、今でも僕は責任を感じてるんです」

母エスターの面影が佐川のまぶたの奥によみがえった。去っていった日、母は同じお守り袋を幼い自分の首にかけた。あのとき彼女は涙ながらに言った。〝あなたとはいつも一緒よ〟。だがあの日以来、自分は母と一緒と感じたことは一度もなかった。

「緑がかったブルーのひとみ、金髪、背は五フィート六インチぐらい。右側の首筋に小さなホクロが二つ……？」

マーカスがびっくりした表情で、

「ママじゃないですか。なぜそれを……？」

「彼女の名はエスター・グッドマン。おれが小さいとき別れた母親だ」

「本当ですか⁉　ということは……」

佐川が大きくうなずいた。そして前の席にいた二人に言った。

「ドッド、ストール。改めて紹介する」

となりに座ったマーカスの肩に手をまわした。

「こいつはマーカス。おれの弟だ。よろしく頼む」

第十二章　ゲットアウエイ

ＦＢＩ防諜部長のグレン・パグリアーノが野良猫部隊の責任者フリオ・ゴンザレスから連絡を受けたのは、深夜の一時を過ぎてのことだった。ある屋敷を監視していた三人の部隊員が何者かに襲われて五十分近く意識不明の状態に陥っていたという。意識を回復して監視していた屋敷に踏み込んだが、中には誰もいなかった。だが何人かの人間が生活していた跡がはっきりとあったという。しかも一階の居間の絨毯《じゆうたん》に血痕があり、三階の書斎にはコンピューターがあった。しかし肝心なメモリー　カードは抜かれていた。捜索中の拉致犯の隠れ家であった可能性が非常に高いとゴンザレスは言った。

パグリアーノはざまあみろと言いたい気持ちだった。防諜部に何の経過報告もせず、長官との直接的なつながりをいいことに、捜査と称して殺しまでしてきたつけがまわってきたのだと言いたかった。しかし今はそんな内輪もめをしているようなときではない。

ゴンザレスには絶対にマスコミには漏れないよう万全の措置を取るように指示した。

つい二十分前にはイスラエル大使館を監視していたチームから連絡が入って、二人の男が乗ったビューイックが大使館に入っていったという。ライセンス ナンバーを洗ったところ、持ち主はアメリカ人で自称科学者のジム・イーグルバーガーという男であることがわかった。もうひとりの男に関しての情報はない。そのあと少ししてから医師が大使館を訪れたという。この二人が拉致犯と何らかの形で結び付いているとパグリアーノはみた。

彼は国防次官補のトム・グレイの自宅に電話を入れた。

「すまん、トム。私も今起こされたんだ」

パグリアーノが事態について説明した。

グレイはあきらかに不機嫌だった。深夜に起こされたからではない。このところのコンラッド中将の言動に危険性を感じていたからだ。例の実験にいつ踏み切るかわからないような精神状態に陥っているのが十分にうかがえた。その心配がグレイに余分なストレスを与えていた。

「野良猫もたいしたことないじゃないか」

グレイがこぼした。

「松葉杖をついた奴にダーツ弾をぶち込まれるなんて話にもならんな」

「松葉杖をついてたから、ついガードを下ろしてしまったと言うんだ。それに手配書にはなかった顔だと言っていた。お粗末な言い訳だとは思うがね。私のガット フィーリングではそいつは拉致犯のひとりだったと思う。野良猫たちを眠らせておいて逃げたんだ」

「居間の絨毯の血はどう説明する？」

「犯人たちが仲間割れしたか、またはマーカス・ベンジャミン博士を撃ったのかもしれん」

「それはないだろう。博士を殺しちまったら元も子もないじゃないか」

「もし博士が逃げようとしたら別だろう。足ぐらい撃ったとしても不自然じゃない」

グレイの頭にベイラーのレポートが思い浮かんだ。しかし佐川がその真実をまだ知らないかもしれないという疑念はある。

「佐川は単なる人殺しじゃない。そう簡単に博士を撃つとは思えないな。ゴースト・センターでの見事な仕事ぶりからして九十九パーセントそれはないよ」

「そうかな」

「それより」

いらついた口調でグレイが言った。

「ＦＢＩとしてはどんな手を打ったんだ」

「ワシントンから十キロ以内のハイウエイや高速道路に非常線を張るよう各警察や州警察に指令を出した」

「マスコミ対策は？」

「テロリストがうろついてるからだと言っておいた」

「それはいつのことだ」

「野良猫部隊の責任者から電話があった直後だ」

「襲われた野良猫たちは五十分も眠っていたんだろう。馬が納屋から出てしまった後、カギをかけても意味はない。犯人たちはもう非常線の外に出てしまったと思ったほうがいいな」

「だけど付近のメジャーな空港には通達してある。奴らはワシントンから逃げ出しても陸では捕まることはわかってるはずだ。逃げられるのは空からしかないんだ」

「イスラエル大使館の者とは話したのか」

「夜が明け次第連絡しようと思ってるんだが、どう反応するかだな。大使館はわれわれの監視に対してかなりごきげんななめだからね」

「何かあったらまた連絡してくれ。言うまでもないが極秘は貫いてくれよ」

「もちろんだ」

佐川たちのSUVはゲティスバーグから十キロのところまで来ていた。ワシントンDCから出て五十キロほどのところで高速道路を降りて国道に入ったのだが、検問は一度もなかった。あまりにスムーススぎてかえって気が抜けてしまった。道の両側は見渡す限りの麦畑。麦の穂が風に揺れ、それらに月の光が反射している。美しくもまた平和な光景だ。

佐川のとなりに座ったマーカスは寝息をたてていた。

「ウォリアーの野郎ひとつだけいいことをしてくれましたね、隊長」

ドッドが言った。

「野良猫たちをちゃんと眠らせてくれたことですよ。おかげでスムース　ライドでした」

「言えてるな」

「奴はモサドのヒットマンですかね」

「間違いないだろう。腕は確かだ」

「モサドはわれわれを追ってきますかね」

「多分な」

佐川が携帯を取り出して呼び出しを押した。

「佐川か」

藤島の声は弾んでいた。

「もう着いてるのか」

「二時間前に着いて町で飯を食ってきたよ」

「あと十分ぐらいでそっちに着く。空港内に異常はないか」

「すべてが動きを停止してるよ。管制塔もさっきまでは明かりがついていたが、今じゃ真っ暗だ。管制官には今夜中に飛び立つと伝えておいた。のんきなもんさ」

「行き先はどこと言ってあるんだ」

「テキサスのヒューストンだ」

「それはやばいぜ。今頃は全米の空港におれの指名手配書がまわってるはずなんだ」

「そこのところは大丈夫。コースと行き先を変えればいいんだ。ところでお前のほかに何人ぐらいになるんだ」

「全部で四人だ。飛行機のキャパは大丈夫か」

「九人まではオーケーだ。エンジンをふかして待ってるよ」


それから十分もしないうちに空港に着いた。ドッドが車のライセンス プレートを外した。ＦＢＩのことだ、車を使った者が誰かを割り出すにはそれほど時間はかからないだろう。偽名で借りたレンタカーでも身元はすぐにばれると思わねばならない。プレートを外せばその時間を少しでも遅らせることができるかもしれない。

一行は空港建物のそばにある木立に車を捨てて、迷彩服や銃器の入ったダッフェルバッグを肩に滑走路へと向かった。そこにはすでにボンバルディア・リアジェット60が待機していた。

四人は次々にタラップを上った。佐川が最後に上った。タラップの上で藤島が待っていた。二人は言葉は交わさず、ただがっちりと握手した。タラップが外されてドアーが閉まった。

機がゆっくりと動き始めた。スピーカーを通してパイロットの篠田次郎の声が聞こえてきた。

「グッド モーニング、ジェントルメン」

流暢な英語で言った。

「本日はゲット アウエイ・エキスプレス航空をご利用いただき誠にありがとうございます。この機は間もなく離陸します。シートベルトをしっかりと下腹部に締めてください。アゲイン ウイ サンキュウ フォー チューズィング ザ・ゲット アウエイ・エキスプレス・エアーラインズ」

ドッドが笑った。

「ゲット アウエイ・エキスプレスか。このパイロットなかなかユーモアのセンスがあるな」

ストールはと言えば落ち着かない様子で顔色が悪い。周囲をきょろきょろと見回してはいるが目はすわっていた。

「マイク、大丈夫か？」

ドッドが心配気に訊いた。

「吐き気でもするのか」

「実はおれは高所恐怖症と閉所恐怖症なんだ」

「お前が？」

ドッドが声を上げて笑った。

「隊長、聞きましたか。こいつにも弱点があるんですよ」

「それで安心したよ」

「冗談じゃないですよ。ＳＡＳにいたときからパラシュート降下は大の苦手で、飛び出した瞬間から気を失うことが多かったんです」

情けない表情だ。

「マーカス、こんなときすぐに効くような治療法はないのか」

ドッドが訊いた。

「そうですね。こういうケースでは肉体的ショックを与えるのが一番なのですが」

「肉体的ショック？」

「一瞬気を失うほどのショックです。たとえば体のどこかに針を刺すとかナイフで体を切るとかですね」

「サンクス、マーカス。おれはサディストかもしれんが、まだマゾヒストにはなってないよ」

もはやマーカスを坊やとは呼んでいなかった。機が急にスピードを増した。

ストールが体を縮めて目を閉じた。

「サム」

マーカスがドッドに片手で拳を作って自分の片あごを打つジェスチャーを見せた。

ドッドがうなずいた。

「おいマイク、こっちを向いてみな。ガチッと歯を噛《か》むんだ」

ストールがわずかに目を開けてドッドを見た。その瞬間ハンマーのようなドッドの拳が強烈なフックとなってストールの右あごに炸裂した。ストールががっくりとこうべを垂れた。ドッドが不安そうにストールを見据えた。完全に落ちてしまったようだ。

マーカスが笑いながら、

「大丈夫です、十秒ほどで意識は回復しますから。目が覚めたら恐怖症は治ってますよ」

「もし回復しなかったらどうなるんだ」

「そのときはあなたはヘヴィー級の世界チャンピオンになれる可能性があり、マイクはレストランを開くチャンスを永久に失ったということです」

ドッドが笑った。しかしすぐに心配そうにストールを見つめた。

ストールが何やらつぶやいた。目を開けてその太い首を大きく数度振った。

「何が起こったんだ⁉」

「マーカスの言った通りのことをしたんだが、どんな感じだ」

「すごく気持ちがいいよ。なにか体の中の憑《つ》き物《もの》が落ちた感じだ」

「恐怖症は治ってるはずなんだがどうだ」

「このおれが恐怖症なんて冗談じゃないと思えるよ。マーカスのおかげだ」

ストールが感極まった面持ちで、

「マーカス、君は名医だ。本当にすごい。これで大きな借りができちまったな。ありがとう。ありがとう」

「この借りはスコットランドでレストランを開いたときに返してもらいます」

機がふわりと離陸した。ストールとドッドが歓声を上げた。

「喜ぶのはまだ早い。問題はこれからだ」

と言ってアイル《——通路——》を隔てた席にいる藤島に目をやった。

「飛行ルートはどうなった？」

「これから機は大西洋に向かう。フィラデルフィア空港には連絡済みだ。大西洋に出て、さらに東に進んで合衆国領空から出る。それから南下する。行く先はメキシコのユカタン半島だ」

「ユカタン半島？」

「あそこにチチェンイツァというマヤ遺跡の観光地があるらしい。おれは行ったことはないが、パイロットのご推薦なんだ。広大なジャングルのど真ん中にあるんだが、ホテルもそなわっていて休暇にはもってこいとのことだ」

そんなところなら理想的だと佐川は思った。肉体的にはまだしも、精神的には長い隠れ家生活で皆ストレスがたまっている。それをほぐすと同時に新しいプランを練らねばならない。何しろ状況が百八十度違ってしまったのだ。

当初の計画では仕事を終えて隊員たちと別れてイスラエルに帰るはずだった。しかしそれは今や、罠であったかもしれないワイゼッカーの動きやマーカスと自分の存在についての真実が明らかになったことによって根底から覆された。

モサドとの決着はもとより、ペンタゴンやＦＢＩもここで手を引くとは思えない。マーカスの今後についても考えねばならない。いずれにしても勝負はこれからだ。勝負をするためには何が何でも生き延びなければならない。さしあたっての目標は何ごともなくアメリカから脱出することである。

「途中ストップはするのか」

「それはない。この機の航続距離は五千キロ以上ある。燃料は補助タンクも満タンにしておいたからこのまま行けるはずだ」

シートベルト着用のサインが消えた。ストールが立ち上がってトイレに行った。

「おいマーカス」

佐川が声をかけた。

「ストールの恐怖症に対するお前の治療法は、荒っぽいが効果は抜群だった。だが医学的根拠はない。そうだろう?」

マーカスがいたずらを見つけられた子供のような表情をした。

「ばれましたか」

「しかし隊長、効果はてきめんでしたよ」

とドッド。

「患者がよかったんじゃないかな」

「その通りです。あの人は非常に素直で単純です。あの精神構造は十万人にひとりいるかいないかでしょう。それを利用しただけです。信じ込むとそのまま突っ走るタイプですから、すでにあの人にとってはいかなる恐怖症も完全に過去のものになっています」

「単純さもそこまでいくと幸せの源泉だな」

ストールがトイレから戻ると佐川が三人を改めて藤島に紹介した。

ドッドとストールは直立不動の姿勢を取った。

「元合衆国レンジャー部隊のサム・ドッドであります。こうした状況下ではありますが、お会いできて心から嬉しく思っております」

「自分は元SASのマイケル・ストールであります。隊長のご友人は自分の上司でもあります。お目にかかれて光栄のきわみであります」

彼ら二人の巨漢のそばに立ったマーカスはいかにも見劣りした。しかしその口調は二人に劣らずはっきりとしていた。

「僕はマーカス。マーカス・ベンジャミンです。ひょっとするとマーカス・佐川という名前に変えるかもしれません。これまでの人生で今が一番至福のときです。どうか末長くよろしくお願いします」

藤島が怪訝な面持ちで佐川を見た。

「マーカスはおれの弟なんだ」

「……？」

「マジな話だ。種は違うが畑は同じなんだ」

藤島はまだ解せないという表情だった。

「まあ聞いてくれ。お前はすごいリスクを負っておれのために来てくれたんだ。すべてを知る権利がある」

佐川が説明を始めた。

機は静かなエンジン音をたてながら東に向かって飛び続けた。


「何という無能な連中ばかりなんだ！」

コンラッド中将は完全に興奮していた。

グレイは野良猫部隊の失態について中将に報告したくはなかった。しかし他のチャンネルからその情報が中将に入るよりは自分から伝えるほうがましと考えた。

グレイの報告を聞いた中将はすぐにミーティングを招集した。集められたのはＦＢＩカウンターインテリジェンスのパグリアーノ部長、野良猫部隊の責任者フリオ・ゴンザレス、各省庁とのペンタゴン側リアゾン、トロイ・ジョーンズ中佐、そしてトム・グレイだった。

「マキシマム　セキュアリティで固められていたゴースト・センターが簡単に突破されて、この国にとって最も大事な人物が拉致された。その犯人たちの住居を監視していた野良猫部隊は攻撃を受けて失神してしまう。犯人たちはゆうゆうと逃げ去る。それに対してＦＢＩのカウンターインテリジェンスは何もできない。ホワット ザ ファック イズ ゴーイング オン！」

「われわれとしても何もやっていないわけではありませんよ、中将」

パグリアーノが言った。地位的には統合参謀本部副議長のコンラッド中将よりは下だが、これまで法の番人としてFBI一筋に歩んできたという誇りが彼にはあった。

「今朝方、犯人たちが使ったと思われる車が発見されたのです」

「どこで？」

「ペンシルヴァニアのゲティスバーグ空港です。昨夜の十二時までは車が入らなかったということですから、深夜から今朝方にかけて乗り付けられたものと思われます。車はレンタカーのSUVでプレートは外してありました。車の中には地図がありました。九十九パーセント犯人たちの車に間違いありません」

「しかしあんな小さな空港に民間航空会社の飛行機は乗り入れまい」

「昨夜の十一時頃一機のビジネス用ジェットが着陸したそうです。機種はボンバルディア・リアジェット60。発進地はロス アンジェルス。誰かを迎えに来たのですが、行く先はヒューストンと言っていたそうです」

「それじゃ空のルートに非常線を張るべきじゃないか。戦闘機を発進させたほうがいい」

「もう遅いと思います。その機はヒューストンには行きませんでした。逆のルートをとって大西洋に出たらしいのです。フィラデルフィアとニューヨークのラガーディア空港の管制官が確認しています。最後の確認は朝方の二時半ですから、すでにわが国の領空からは出たものと思われます。プライヴェート ジェットまで用意していたとは意外でした」

「君たちの無能さを知っていたら、ちょっと変装してレーガン空港から堂々とアメリカン・エアーラインズに乗っていたかもしれんな」

　パグリアーノはその言葉を無視した。

　中将が少し考えてから、

「ということは、もう捕まらないということだな」

「すぐには捕まらなくとも、いずれは」

「フン、君のオプティミズムには感心すると言いたいところだが、犯人たちがこの国にいたときさえ捕まえられないのに、どうやって外国で捕まえるんだ」

「大使館や領事館、現地の警察や諜報機関を総動員します。アメリカ国内より逆に捕まえやすいと思います」

「この際CIAやNSAにも頼んだほうがいいかもしれん。シークレット サーヴィスや財務省のATF（アルコール・タバコ・火器局）、DIAなどはどうだ。ついでに国税局や原子力委員会の調査部なんてのもどうだ。何なら紹介しようか」

　パグリアーノの口元に小さな笑いが浮かんだ。ただの嫌みであることはわかっていた。

本心から言っているのなら、最初からＣＩＡやＮＳＡを巻き込んでいたはずだ。しかしそれはしなかった。プロジェクトの存在がばれるのを恐れたからだ。それは博士が拉致された最初の晩に中将の部屋に呼ばれたときからはっきりしていた。あのときは自分にさえプロジェクトの内容を明かさなかったのだ。

「それにしてもなぜこれだけのバングル《へま》が可能なのだ。いくら努力しても、これだけのへまの連続はできないはずだ。ほとほと感心する」

「単なる油断でした」

ゴンザレスが言った。

「なるほど。単なる油断で犯人たちを逃したと言うのだな」

「許されないミスですが」

「その無能な三人はどう処分したんだ」

「三カ月の無給停職処分となりました」

「それで済んだというわけか」

「いえ、決してそんなことは……」

「いいかげんにしろ！」

また中将が爆発した。

「こっちが失ったのはわが国には二人といない至宝なんだぞ。そのミスを三匹の野良猫を停職処分にしたぐらいでカヴァーできると思っているのか！」

「そうは思っていません。しかし……」

「もういい。お前の自己弁護など聞きたくはない。そもそも野良猫部隊など使ったのが間違いだったのだ。元犯罪者の群れじゃないか。ええ、そうだろう？　ゴンザレス、お前は正義の味方になる前は何をやっていたんだ？」

「それはパグリアーノ部長がご存じです」

「自分の口からは言えないのか。パグリアーノ君、この男は昔何をやっていたんだ？ヤクの卸元かそれとも強姦魔か？」

パグリアーノはもともと野良猫に批判的だが、外部の者が批判する権利はないと思っていた。彼はある種同情の眼差しでゴンザレスを見た。

「いったんＦＢＩに入ったからには、過去のことは問わぬことにしています。大切なのは現在ですから」

「なるほどフェズはフェズをかばうか。だがいくらそっちが過去を忘れようとしても過去はそっちを忘れないもんだ。去勢された野良猫どもめ！」

吐き捨てるように言った。

そばで聞いていてグレイは、中将の精神的不安定さはますます増してきたと確信した。

先日は野良猫部隊をあれだけかばっていたではないか。逆にグレイのほうが批判的だったのだ。

「野良猫はＦＢＩのイメージにも悪い。バーガー長官に言って部隊を解散させよう。この先キープしていても何のメリットもないだろうからな」

ゴンザレスは黙って中将を見据えていた。その表情に言い知れぬ屈辱感をグレイは見てとった。パグリアーノは黙ったままだったが、口元にはまだ笑みがあった。偉そうなことを言っているが所詮中将は部外者だ。彼のひと言で組織を簡単に変えるようなＦＢＩではない。

「トム」

パグリアーノがグレイに言った。

「昨夜イスラエル大使館に入った二人のうちのひとりが、今朝、ある病院に緊急入院をしたんだ。名前はシェイ・デモノヴィッチ」

「入院の理由は？」

「膝を撃たれているらしい。血液検査をしてるところだが、拉致犯のいた屋敷に残っていた絨毯の血痕と一致したら突破口になるかもしれん」

「結果はいつ頃わかるんだ」

パグリアーノが腕の時計に目をやった。

「二時間以内と医者は言っていたから、そろそろだ。イーグルバーガーのビューイックが大使館に入ったのは、野良猫たちが眠らされている間だった。だから時間的には合致している。二人があの屋敷にいた可能性は十分にある」

「としたら拉致犯人たちと関係しているはずだな」

「当然だろうね」

「そのデモノヴィッチとかいうのは大使館員なのか」

「うちのリストには大使館員として名前は載っていない。しかし諜報機関関係者はよく偽名を使って入国してくるからね。さっき面会を申し込んだが大使館に断られたよ」

「そこのところが重要な点だな。もしその負傷した男が大使館員だったら大変な問題に発展する。イスラエル側はプロジェクトについて知っていると推測せねばなるまい。となるとアメリカとイスラエルの関係は凍りつくだろう。だがもしデモノヴィッチが大使館員じゃなかったら、お宅が病院で尋問できるし、必要ならしょっぴくこともできる。そうだろう」

　そのときパグリアーノの携帯が鳴った。彼はそれを開いて立ち上がって部屋の隅に行った。二言、三言話して椅子に戻ってきた。

「血液検査の結果が出た。屋敷に残された血痕と奴の血液型がマッチしたよ」

「早速、仮拘置書を判事に提出したほうがいいな」

「仮拘置書があってもそう簡単にいくかどうかだ。大使館員でなくともイスラエル側は彼を渡すのに抵抗するだろう」

「何を言ってるんだ！」

中将が怒鳴った。

「奴はこの合衆国にいるんだ。ここはアメリカの土地なんだ！　有無を言わさず引き渡せと命じればいいんだ！　強制連行という手段だってあるじゃないか！」

「そう簡単にはいきませんよ、中将」

パグリアーノがクールな口調で応えた。

「あの国はたとえ民間人であろうともこちらに引き渡すのを極端に嫌がるんです」

パグリアーノはこれまでの豊富な経験から話していた。過去に何人ものイスラエルからの民間人を、スパイ容疑で挙げようとしたが、そのたびにイスラエル大使自らが介入して、容疑者を大使館に連れ込んだ。正式な書状を持って容疑者引き渡しを迫ったが大使館側はなかなか応じない。そしてある日突然容疑者は帰国してしまったと伝えてくる。モサドの逃亡ルートを使ったのはほぼ間違いないが、その肝心なルートはつかめない。

しかし中将にとってはそんなことは関係なかった。

「君はＦＢＩだろう。その君がそんな弱気でどうする」

「弱気ではなく現実的なだけです。へたな動きをすれば国内のユダヤ　ロビーを刺激しますからね。となると政治的な問題に発展してしまいます」

「それが弱気だというのだ！　そろいもそろって何という連中だ。ＦＢＩのバッジを返して隠居したほうがいい。納税者の金をこれ以上無駄にするな！」

これにはさすがのパグリアーノも切れた。

「お言葉ですが中将、あなたはプロジェクトの内容について私にも明かさなかった。なのにＦＢＩはカウンターインテリジェンスを動員し、また野良猫部隊も動員しました。本来ならあなたの要請を受け入れる必要などなかったのです。長官に特別に頼まれたから協力しているんです」

中将の顔がみるみる真っ赤になった。

「フー ザ ヘル ドゥ ユー スィンク ユー アー⁉　ゲット ザ ファック アウト！　ゴンザレス、お前もだ！　お前たち全員だ！　まともな仕事ができるまで二度と戻ってくるな！」

パグリアーノがまず一番に部屋を出た。グレイが続いた。

「しょっちゅうああいう発作を起こすのかね」

パグリアーノが訊いた。

「以前はなかったが、近頃は多いね。ストレスとプレッシャーに押し潰されているようだ」

「もし博士を拉致した犯人が見つからなかったら、中将はどうなるんだ？」

「見つかっても見つからなくっても、彼の出口は決まったようなものだ」

「というと？」

「これだよ」

グレイが右の親指で喉をかき切るジェスチャーを見せた。

「すでにデンヴァー大将から引導を渡されてるとのことだ。中将の念願だった統合参謀本部議長のポストはパーになっちまった。気の毒と言えば気の毒だよ」

「拳銃がそばになくてよかった。あの調子だったらこっちは撃たれていたかもしれん」

「精神的に不安定なことは確かだ。カウンセリングに行くよう勧めたんだが、逆に私に行けと言う始末さ」

「私はこれからラングレーに行ってくる。気は進まないが、彼らならイスラエル大使館は相手にすると思うんだ」

「誰に会うんだ。アポは取ってあるのか」

「いや、まだだが行けば何とかなるだろう」

「スタン・ベイラーがいい。彼は今じゃあそこのナンバースリーだ。あんたが行くと連絡しておこう」

「それは有り難い。感謝するよ」

「感謝するのはこっちのほうだ」

グレイがちょっと厳しい表情になった。

「グレン、中将があんな態度を見せてすまなかった。忘れてくれ」

パグリアーノが黙ったまま何度もうなずいた。

次にグレイは後ろに従《つ》いてきたゴンザレスに言った。

「ゴンザレスさん、中将が大変失礼なことを言ってしまった。本来あんなことを言う人ではないんです。心の中では野良猫部隊のことを褒めたたえているんです。どうか許してください」

「いいんですよ。気にしてませんから」

ゴンザレスの顔に初めて笑みが浮かんだ。

「あんなことはしょっちゅうです。いつもスカムバッグ《くず》とかウジ虫とかゴミと呼ばれるんです。でも去勢された野良猫と言われたのは初めてでしたよ」


ゲティスバーグ空港を発ってから四時間半がたっていた。その間ドッドたちはほとんど眠りこけていたが、佐川と藤島は話に夢中だった。これまで互いの身に起きたことを語り合うだけでも四時間半では到底足りなかった。

「お前も大変な立場におい ちまったな」

藤島がしみじみとした口調で言った。

「FBIやペンタゴンはかんかんに怒ってるだろうし、モサドも黙っちゃいまい」

「しかしおれは誰をも裏切ったわけではない。やましい思いはないよ。逆にマーカスと出会えただけでも価値はあったと思ってる。まだまだついてるということさ」

藤島がうなずいた。彼にとって親友佐川が弟と出会ったことが、自分のことであるかのように嬉しかった。しかもその弟は何億人にひとりいるかいないかの天才なのだ。

「それにしてもプロジェクト・オメガの内容は大いに気になるな」

「マーカスはおれに説明しようとしたんだが、おれは断った。まだモサドの罠を知る前だったからね。余計なことを知ってはならない立場にあった。しかしことここに至っては知っておきたいと思ってるんだ。おれが知ったからってどうなることでもないが。純粋な好奇心というか」

「核以上の兵器が存在するなんて、ほかの誰かから聞いたらおれはまず信じなかったよ」

「まだ完全な形で存在してるわけじゃない。開発の最終段階にあったのは確からしいが」

「それを進めているのがお前の弟か……」

「喜んでいいのか悲しんでいいのか。多分悲しむべきなんだろうな」

「問題はこれからどうするかだ」

佐川がうなずきながら、それについてはチチェンイツァでじっくり考えると言った。

日本に行ければ一番いいのだろうが、すでにアメリカ官憲の手は回っているだろうし、イスラエルと日本の警察庁はスクラムを組んでいるから、まず無理だと藤島が言った。

「日本は確かにダメだ。最悪のオプションだよ。それより藤島、お前のほうはどうなんだ。貴重な時間をこんなことに使って後悔しても知らんぜ」

「何を言うんだ。おれはもうビジネス界をやめたんだ。今は本当に生きてる感じがする。お前にとことんつきあわせてもらうよ」

「どうしようもないばかだよ、お前は。楽な生活を自分から捨てるなんて」

「じゃあお前はもっとばかだ。ゴラニなんかに入ったんだからな」

機は広大なジャングルの上を飛んでいた。機体がちょっと左に傾いた。はるかかなた緑一色の中に茶色の部分が見えた。ランディング ストリップだ。しかしどう見ても千メートルそこそこしかない。プロペラ機ならともかく、いかに小型でもジェット機が着陸できるのだろうか。さすがの佐川も心配になった。それを察してか藤島が言った。

「この機は千メートルあれば大丈夫だ。あとはパイロットの腕次第だが、うちのパイロットはこういうランディングを最も好むんだ。元空自のパイロットでね」

「そりゃ心強いな。イスラエルのパイロットたちも日本の空自には一目おいてるよ」

機が急降下し始めた。

佐川はちらっとストールを見た。ドッドと言葉を交わしながら眼下の景色を見ている。少なくとも高所恐怖症は吹っ飛んでいる。

眼下のジャングルが機を包み込むようにせまってくる。

「皆さん、飛行はいかがでしたでしょうか」

パイロットの声がした。

「これからチェンイッァ空港に着陸します。逆噴射が少々きつくなりますからシートベルトをしっかりとつけてください。歴史とジャングルの地チェンイッァは皆さんを歓迎します。アゲイン ウイ サンキュウ フォー フライイング ウイズ ザ・ゲットアウエイ・エキスプレス・エアーラインズ」

キュンという音がして機体が一瞬バウンドしたような感じがした。強力なGが体を押しつける。機体の外はもうもうたる砂ぼこりだ。

「ナイス タッチダウン！」

ストールが叫んで、ドッドとハイタッチを交わした。

藤島の言った通り、滑走路の長さは十分だった。管制塔のようなものはまったくない。ほかの飛行機の姿もない。あるのは小さな建物がひとつだけ。そこには人影が見えない。

「これで観光地の空港なのかい」

藤島が篠田次郎に訊いた。

「これでもよくなったほうですよ。以前来たときは建物が藁葺《わらぶ》き屋根で壁はなかったんです。一日に何便か離着陸するんですが、到着便はほぼ午前中です。日帰りの観光客ですね。皆メキシコスィティやヴェラクルーズなどの大都市からです。でも大部分の客はメリダやカンクンまで飛行機で来て、あとはバスを使ってここへ来ます」

周囲を見回しても建物の前に自動販売機が一台あるだけだった。そのそばに時代物のバスが一台停まっていて、中で運転手が居眠りをしている。

空港の敷地の外に出ると数台のフォルクスワーゲンが停まっていた。ずっと以前に生産停止となったビートルだ。運転手たちは先住民ばかり。一行は二台に分乗してホテルに向かった。篠田裕作は飛行機の中にとどまり、あとで兄と交替することになった。

ジャングルの小道をかなりのスピードで走った。一応舗装はされているが、何せ道幅が狭い。救いは信号や対向車がないことだ。一キロほど行ったところで、急にジャングルの中に別世界のようなスペースが現れた。

ジャングルをちょっとえぐったようなそのスペースの中に、赤い瓦と白壁の二階建ての建物があった。思わず息を飲むとはこういうことを言うのだろう。典型的なスパニッシュ スタイルのホテルだ。しかもまばゆいほど清潔できれいに見える。

ホテルの建物はU字型で、真ん中にプールがあり、その周囲に椅子やテーブル、パラソルなどが置いてある。これがアカプルコにあったらたいしたことはないが、周囲は深いジャングルである。コントラストが強すぎて、不思議な調和感さえ漂わせている。プールの周りで数人の女性が椅子やテーブルを黙々と拭いているが、ゲストらしき人影は見当たらない。周囲のジャングルから聞こえてくる鳥の声以外は静寂そのもの。ロビーに入ると外の暑さがうそのようにひんやりとしていた。受付のカウンターに男がひとり立っていた。

「ビエンベニーダ！　セニョーレス」

篠田がチェックインのためカウンターに向かった。藤島が彼を呼び止めて、

「他の客がいるかどうか訊いてくれ。もしいなかったら部屋を全部借りきるんだ。余計な人間にうろついてもらいたくないからな」

一行はロビーのチェアーに腰を下ろした。周囲の壁には古代エジプトのそれと似たような物語風の彫り物がなされている。

それを見ながらマーカスが、

「偉大なるマヤ文明の軌跡ですね」

「こんなところに文明なんてあったのかい」

ストールが訊いた。

「中学校の歴史で習わなかったんですか。マヤ文明は世界四大文明に匹敵するほど栄えたんです」

「古いのかね」

「その興隆は紀元前四世紀とも五世紀ともいわれてます。数学や暦、建築などに長《た》け、象形文字も使っていました。ここチチェンイツァは一時マヤの中心都市となっていましたから、神殿やピラミッドなど当時の遺跡が豊富にあるそうです」

「こんなジャングルの中に？」

「昔はこれほど生い茂ったジャングルじゃなかったんです。緑豊かで肥沃《ひよく》な土地だったから農業が栄えた。次第に都市化していって、四世紀から十世紀にかけて一大都市文明を築き上げたんです。だけど十三世紀頃突然消えてしまった」

「なぜ？」

「原因はまだわかってません。疫病とか天変地異による気候の激変で食糧が作れなくなったことも考えられます。一説ではマヤ民族は宇宙から来たともいわれています。だから天文学や数学に長けていた。その彼らがここは住みにくくなったので、宇宙に帰ったというのです。もちろんこれは何の根拠もない話ですが」

「彼らの子孫はまだいるんだろう」

「さっきの運転手たちは皆そうですし、ここの従業員もそうです。このユカタン半島からエルサルヴァドル、ホンドゥラスにかけて二百万人がいます。彼らは非常に寡黙でシャイな民族といわれています」

「そういえばさっき見た女の従業員たちはお互いまったく口をきいてなかったな」

「彼女たちを見て何か感じませんでしたか？」

「皆、体が極端に小さかったな」

「それとほとんど首がなかったでしょう」

「そういえば頭が胴にめり込んでるという感じだった。なぜなんだ？」

「声はすごく可愛いんです。民族的な特徴なのでしょうが、無知蒙昧な輩はそれをマヤ宇宙人説の根拠のひとつにしてるようです」

「おもしろいねぇ。これでまたひとつ利口になったよ」

〝またひとつ〟と言うところがいかにもストールらしい。

「マイク、こんなところで休暇を過ごせるなんて、われわれはラッキーですよ。遺跡めぐりを一緒にしましょう」

「そりゃ大いに楽しみだな」

篠田が戻ってきた。

「他にゲストはいないので全部屋を五日間押さえました。それから」

と言ってロビーの隅にある巨大なテレビを指した。

「テレビはＣＮＮも映るそうです」

部屋は広くはないが、ひとりには十分だった。大きなベッドと籐《とう》で作られたリヴィン

グ セットがありバスルームも清潔に保たれている。真っ白な壁にはマヤの闘士たちの姿が彫られた銅のプレートが数枚飾られている。

佐川がシャワーを浴びて朝食をとりに下の食堂に行くと、ストールとマーカスはすでに朝食を終えていた。

「ドッドはどこだ？」

「周囲の状況を調査しています」

ストールが答えた。

「いざというときに備えてです」

ウエートレスがやってきた。

「コーシャ ソーセージやベーコンはないだろうな」

ウエートレスが怪訝な表情で首を振った。

「隊長、ステーキがいいですよ。ベーコンもソーセージもポークですから」

「朝っぱらからステーキか。悪くないな。マーカス、お前は何を食べたんだ」

「ステーキです。朝食にステーキなんて初めてですよ。なんだか男っぽくなったような気がします」

佐川が笑った。男っぽさに執念を抱いているようだ。

「お前はもう男だよ」

「いや、僕はまだまだガキです。今マイクからいろいろレクチャーしてもらってたんです」

佐川がにやにやしながらストールに目を移した。

「ぜひお前のご高説を聞きたいものだな」

「ご高説というほどのものではありませんが」

このてれのなさがストールの素晴らしいところでもある。ストールがマーカスに向き直った。

「いいかねマーカス、男というものはときにはケンカも必要なんだ。甘く見られたらおしまいだからな」

「でも僕はケンカなんてやったこともないし」

「一度もやったことがないのか」

「ええ、だけどやるチャンスはありました。あるときエセルと飲みにいったんです。エセルとは僕のフィアンセだった女性です。そのとき男がエセルに言い寄ってきて、彼女もまんざらでもないという態度だった。カチンときた僕は、その男に彼女は僕のフィアンセであり娼婦ではないと言ったのですが、彼は全然真剣に受け取らず、彼女といちゃつき始めたんです。殴ろうと思いましたがやめました。こっちがやられますから」

「君のことだから紳士的な言葉遣いで言ったんだろうな。〝君に忠告する。このレディは僕のフィアンセです。彼女に触ってはなりません。僕の忠告に反したら面倒なことになるでしょう〟」

　マーカスが目を丸くした。

「その通りですよ！　なぜわかったんです！」

　こりゃどうしようもないといった面持ちでストールが首を振りながら両手を広げた。しかしすぐに持ち直して、

「いいかねマーカス、ケンカは腕だけでやるものじゃない。君は頭が切れる。口でやればいいんだ」

「口でやってもあなたに殴られかけたじゃないですか」

「あれは君の言葉の選択が悪かったんだ。もっと凡人にわかる言葉を使うんだ」

「たとえば？」

「そうだな。たとえば今君が言った状況だが、男が君の彼女に話しかけたらまずこう言うんだ。〝ヘイ、ファック オフ、マザーファッカー！〟とか〝ピッス オフ、ユー スィック ファック！〟、もっといいのは〝サック マイ ディック〟。大事なのは静かに言うことだ」

　マーカスが顔をしかめた。

「ファックとかピッスとかマザーファッカーなんて下品きわまりない言葉じゃないです

か。〝サック　マイ　ディック〟なんて口が裂けても言えません」

「ゲス野郎にはゲスな言葉しか通じないんだ」

「もし相手が暴力で話をつけようとしてきたらどうするんです」

「そのときは落ち着いてブラッフをかければいい」

「どんなブラッフです」

「それはケース　バイ　ケースだ。かつてロンドンのパブでこんな経験をしたことがあった。女といたんだが、そのヒモらしき男がいちゃもんをつけてきて、おれから金を取ろうとしたんだ。野郎は子分を二人連れていた。そのときおれは言ってやった。おれはムショから出てきたばかりだが、お前らを殺ってまたムショ戻りするのは合わねぇ。だが自己防衛なら無罪だ。だから最初におれを殴れと言って片方のほっぺたを出してやったんだ。そうしたら奴らは手を出さなかった。そこでおれは落とし前をつけさせた」

「どんな落とし前だったんですか」

「そのヒモから迷惑料を取ったんだ」

佐川が吹き出した。ストールならムショ帰りといっても現実味がある。

「君は〝ダーティハリー〟という映画を見たことないかい」

マーカスが首を振った。

「あの映画は名作だった。主演のクリント・イーストウッドが素晴らしい。刑事役だがチンピラに銃をつきつけられても平然と言い放つ。〝ゴー アヘッド。メイク マイ デイ〟。この言葉で大体の男はびびってしまう。〝ユアー シット イズ アウト オブ ラック〟なんてのもいいいな」

「でも僕はクリント・イーストウッドではありません」

「そういう気持ちだからだめなんだ。状況に応じての工夫なんだ。これも実際に経験したことだが、昔スコットランドの飲み屋でチンピラ五人に囲まれたことがあった。そのときジャケットのポケットに手を突っ込んでこう言った。〝お前らのうち最初に脳みそを吹っ飛ばされたいのはどいつだ〟と。そしたら奴らは恐れをなして引き下がった。要は意志の力だな」

「しかしマイク、そういうことはあなたがやるから迫力があるんです。僕がやったらただ相手は笑うだけですよ」

「マーカスの言う通りだよ、ストール」

　と佐川。

「お前は数々の修羅場をくぐり抜けてきたつわものだ。だからお前のブラッフは効くんだ。だがマーカスは違う。猫は百年たっても虎にはなれないんだ」

「そうでしょうか。経験次第ではいかようにもなるとおれは思いますが」

「そんな経験はしないほうがいい。処女に売春婦になれと言っても無理なんだ。人それぞれ人生で与えられた役割というものがある。そうだろう？　マーカス、お前は君子だ。君子は危うきに近寄らない。それが一番だ」

そのときドッドが帰ってきた。周囲をひと回りして、いざというときの逃げ場を数カ所確認し、空港への近道も見つけたという。

「ひとつだけ心配事があるのですが」

ドッドが言った。

「さっき五十人ほどの観光客を乗せたプロペラ機が着いたのですが、こっちのジェット機が非常に目立つのです」

「それで？」

「プロペラ機のパイロットがヴェラクルーズとかメキシコスィティの管制塔に連絡するようなことはないでしょうか」

「篠田パイロットがメリダの管制塔と連絡は取ってるはずだから大丈夫だよ」

「それならいいんですが。もし急襲されたら陸地では逃げ切れません。唯一のエスケープルートはあの機を使った空のルートだけですから」

第十三章　転　落

午後遅くグレイのもとにFBIのパグリアーノから電話が入った。午前中にラングレーに行ってスタン・ベイラーと話をして協力をあおいだところ快諾してくれたという。その場でベイラーはイスラエル大使館に連絡を取って、入院中のシェイ・デモノヴィッチに対するFBIのインタヴューに同意するよう要請した。

CIAは対イスラエル関係で他の連邦政府機関より有利な立場にあった。アメリカ政府は毎年イスラエルに莫大な経済・軍事援助を与える。援助が切れるということはイスラエルにとってほとんど死を意味する。その援助は議会を通らねばならないが、それを強力に推してくれるのがCIAだ。だからイスラエルとしてはCIAとだけはよい関係を保ち続けたい。そのためには少しぐらいのギヴ アンド テイクは仕方がないと考えていた。

イスラエル大使館はベイラーの要請をしぶしぶ飲んでFBIがデモノヴィッチを訪れて話を聞くことに同意したという。

パグリアーノは部下を伴ってデモノヴィッチが入院しているワシントン・メモリアル病院を訪れた。念のためベイラーも駆けつけた。こういうケースではイスラエル側が最後になって気を変えることがよくあるからだ。思った通り病室にデモノヴィッチの姿はなかった。病室にいた大使館員がデモノヴィッチは死んだと彼らに告げたという。アメリカ人医師もそれを裏付ける証言をした。死因は出血多量とのことだった。その大使館員によるとデモノヴィッチの遺体はすでに柩《ひつぎ》に納められて祖国に送られることになったという。

「膝を撃たれただけで出血多量で死ぬなんてあり得ない。われわれの誰もがそんな話を信じなかった。医者は多分イスラエルのシンパだろう」

パグリアーノの言葉にうなずいてはみたものの、グレイは何もかもついていないと暗い気持ちになった。

パグリアーノが言うには、病院のあと彼らはイスラエル大使館を訪れてコーエンという大使に会った。大使はデモノヴィッチの遺体はダレス空港でエル・アル機に収容されていると語った。パグリアーノが空港のFBI事務所に電話を入れて確かめるよう指令したところ、その機はすでに離陸してしまったという。

「結局は徒労に終わったというわけか」

「いや、そうでもない。ベイラーは大使にデモノヴィッチは死んでいないと信じると断言した。もし国外に逃亡していたらイスラエル国家にとって重大かつネガティヴな結果を招くと伝えた。なかなか迫力がある脅しだったよ」

「ベイラーにしてみればこけにされたんだから当然だな」

大使はちょっとあわてたようだったが、そこは海千山千のイスラエルの外交官である。ある情報をオファーしたという。その情報とはコンラッド中将に関するものだった。それによると近頃中将はアルコール依存症の気がある。以前はたしなむ程度だったが、最近は浴びるように飲んでいる。その上、家では妻に対して殴る蹴るの暴行を働いていた。妻は家を出て、現在離婚訴訟を起こしているとのことだった。

グレイにはにわかに信じられなかった。

コンラッド中将は家庭を大切にし、奥さんを愛する人だった。何度か中将の家のパーティに招かれたが、彼と奥さんのクララは理想的なカップルに見えた。アメリカの安全はまず家庭が盤石なことが基礎と中将は常々言っていた。その彼が家庭内暴力を振るうなど、到底グレイには考えられなかった。

グレイが反応しかねているとパグリアーノが続けた。

「家庭で暴力を振るうのはよくないことだが、それはあくまで私的なことだから私には文句を言う資格などない。だがその先があるんだ。中将が外部でつきあっている人間が問題だとコーエン大使は言うんだ。アメリカの国益に関係することかもしれない、と」

グレイはいやな予感がした。聞きたくはなかった。おかまいなくパグリアーノが続けた。

「中将は最近オライオン・クラブに出入りしてるらしいんだ」

オライオン・クラブならワシントンのハイソサエティのメンバーズ クラブだ。そこに中将が出入りしても何らおかしいことはない。

それを言うとパグリアーノが、

「確かにそうだが、あそこで彼にアプローチしてきている人間が問題なんだ」

「アプローチ？　どういうことだ？」

「中将があそこに行くと必ず三人の男がいて、彼をテーブルに招く。そして酒を奢《おご》るんだ」

「別におかしなことじゃないだろう。のんべえ仲間は奢ったり奢られたりするものだ」

「ところが彼ら三人は普通ののんべえじゃない」

「というと？」

「ロシアのエージェントとのことだ」

「……！」

「トリプルAの情報だから間違いないとコーエンは保証したよ」

苦い液体のようなものが胃から突き上げてきた。グレイは吐き気を催した。

「こうなったからにはFBIとしても捜査を開始せねばなるまいと思っているんだ」

「ちょと待てよ、グレン。あんた方フェズはそれに関してどんな情報があるんだ？」

「何もないさ。中将は最高度セキュアリティをクリアーした人物だ。われわれの監視の対象外だった。だがこれからは違う」

「しかし一体なぜ中将が……？」

「弁護士代や慰謝料が高い。何しろ三十年間連れ添った女房だったからね。それに中将は銀行預金などあまり持ってないらしい」

それは確かだとグレイは思った。これまで何度か中将は民間の軍事産業からポストをオファーされたことがあることをグレイは知っていた。年俸五百万ドルというけたはずれのオファーもあった。しかし中将は興味を示さなかった。企業側からすれば簡単な計算だった。その戦場の実績からいって統合参謀本部の中で中将に優る将軍はいない。だてや酔狂で〝フィアレス・テッド〟とは呼ばれていない。部下たちの間での人望と尊敬も一番集めている。その彼を引き抜けば統合参謀本部だけではなくペンタゴンにも盤石のコネが持てる。それによって得られるプライマリーコントラクターのメリットは計り知れない。次世代の戦闘機やミサイル防衛システムのコントラクトを得れば、その金額は数百億ドルを優に超える。年俸五百万ドルは大海の中のバケツの水にすぎない。ある企業がグレイに中将との橋渡しをしてほしいと頼んできたことがあった。グレイがそれについて中将に話すと彼は怒った。

「奴らはただの金の亡者にすぎん。軍に収める金づち一本に四百ドルも請求する恥知らずどもだ。経済性を理由にまともな装甲車さえ作らない。そのために兵士たちは死んでいく。愛国心のかけらもない連中だ。そんな輩《やから》に見込まれた君は侮辱されたと思うべきだ」

そのときグレイは自分の思慮のなさを感じさせられたと同時に、中将の軍人としての潔癖さと愛国の情に感銘を受けたものだった。

その中将がいくらストレスとプレッシャーの下にあるとはいえ、金目当てで国家機密を外国のスパイに売るなどとは到底考えられない。

「イスラエル大使が作り話をしてるとは思わないのか」

「それはないよ」

パグリアーノがきっぱりと言った。

「彼を信じる理由は二つ。まず情報のソースはすごいものがある。アメリカとロシアはイスラエルにとって最も重要な国だ。だからここにもモスクワにも最高のエージェントを置いている。彼は情報源がトリプルAと言ったが、多分モサドだろう。モサドはガセネタなどはまず拾ってこない。第二にコーエンが作り話をする理由はない。すぐにばれるからね。彼にしてみればこれだけの情報をこっちに与えるのは、身を削られる思いだったはずだ」

「逆に言えば、それだけデモノヴィッチの存在が大切だったということじゃないか」

「しかしフェアーな取引であったとは思う。というのはこっちはすでにイーグルバーガーをしょっぴいてきているんだ」

「あの科学者を」

「尋問はこれからだが、減刑を条件に司法取引に応じると思う。そうすればデモノヴィッチのことはすぐわかるはずだ」

　これは大変なことになったとグレイは思った。イーグルバーガーが佐川たちと一緒にあのアパートにいたことからして、その先を推測するのは難しくはない。彼は科学者である。その彼が屋敷で一体何をやっていたのか。当然マーカス・ベンジャミンとは会っているだろう。とすればプロジェクト・オメガについての話を聞いたと思わねばならない。ＦＢＩがイーグルバーガーを取り調べればプロジェクトのことが間違いなく白日のもとに晒《さら》されると考えなければなるまい。中将に関してもイーグルバーガーに関しても、パグリアーノに任せておいたらプロジェクト・オメガは完全に破綻《はたん》する。それどころか合衆国始まって以来の一大スキャンダルに発展するかもしれない。

グレイをある種のパニックが襲っていた。

「バーガー長官には中将についてもう伝えたのか」

「いやまだだ。ことがことだけに慎重を期さねばと思ってるんだ。長官が知ったらどう出るかだ」

「潰すとでもいうのか」

「その逆さ。長官は司法長官のポストを狙っている。もし中将のような大物を国家反逆陰謀罪で挙げたら大金星になるのは間違いない」

「この件については何人ぐらいが知ってるんだ」

「イスラエル大使館に行った私の部下二人とベイラーだけだ」

グレイが少し間を置いてから、

「なあグレン、最近の中将は普通じゃない。今朝あんたも実際に彼がかんしゃくを起こしたのを見ただろう。仕事のストレスでまいっちまってるんだ」

「だからといって敵側のエージェントと親しくするなんてことは許されないことだ」

「それはそうだが、ここはひとつ私に任せてくれないか」

「どうしようというんだ」

「いかに危ない連中とつきあっているかを、それとなく中将に忠告してみる」

「ばかなことを言うな！　彼はすでに国家機密を売ってしまってるかもしれんのだぞ」

「売ってたら彼は万死に値する。しかしまだそれはなされていない」

「どうしてわかる？」

「研究の記録は私が預かっているんだ」

「機密はそのプロジェクトだけじゃない。ＳＬＢＭ（潜水艦発射弾道ミサイル）の配置や原子力潜水艦の展開などいくらでもある」

「そんな機密はジョナサン・ポラード級からでも手に入る。ロシア人が中将を狙っているのは進行中のプロジェクトのためだけだ」

「だからわれわれがすぐに捜査を開始せねばならないんだ」

「中将がこれまでアメリカのためにいかに尽くしてきたかはあんたも知ってるだろう。彼はすでにデンヴァー大将から引導を渡されているんだ。どうあがいても統合参謀本部議長にはもうなれない。退役は時間の問題なんだ。だからこのままオナラブル　ディスチャージ《名誉除隊》で辞めさせてやりたい。あんただってそう思うだろう」

「無論私だって人間だ。やたらと人を傷つけたくはない。しかし……」

「今回のプロジェクトがどれほどのものかあんたにはまだ言ってなかったな。言うべきタイミングが訪れたようだ。これからそっちに行くから待っててくれ」

　二十分後、グレイはホワイトハウスから六ブロックほどペンシルヴァニア通りを東に行ったところにあるＦＢＩ本部に着いた。三階にある防諜部の部長室でパグリアーノが待っていた。

まずグレイは電話で言ったことを繰り返した。その上でイーグルバーガーの取り調べをFBIではなく、ペンタゴンで行うよう要請した。もちろん尋問はパグリアーノと部下が行うことに反対はしないと約束した。ペンタゴンで行うのはウルトラシークレットが外部に漏れないためであると言った。

「たったそれだけかね」

皮肉たっぷりな口調でパグリアーノが言った。

「あんたは中将に関しても、イーグルバーガーに関しても、われわれの管轄権を侵しているんだぜ」

「それは十分わかっている。しかしそれだけの理由はあるんだ。まあ聞いてくれ。初めて中将がペンタゴンにあんたを呼んだときを覚えているだろう」

「とんでもない深夜の時間帯だったよ」

「あのとき中将はあるプロジェクトのウルトラシークレット性を強調した。あんたにさえその内容を明かさなかった。いやな思いをしただろう」

「そうでもないさ。言いたくないならそれだけのことだ。もし任務が進まなかったら言い訳にもなるしね」

「実はあのプロジェクトはずっと以前から研究されていたものなのだ」

一九九一年十二月にソ連邦が崩壊したとき、当時の国防長官はアメリカに対抗するスーパーパワーの存在は二度と許さないと宣言した。その頃からプロジェクト・オメガの研究開発が始まったのだとグレイは言った。

最終兵器でこれに勝るものはない。攻撃されても攻撃されているとは思わない。もちろん誰が攻撃してるかなど考えもしない。しかし考えられぬほどの規模の破壊がなされる。本格的に研究が始められたのはデンヴァー大将が統合参謀本部の議長になる前だった。

世界人口は膨らみ続け、資源や食糧は反比例して少なくなっている。特に中国とインドの人口は合わせると世界の三分の一。彼らは今必死になって工業化に邁進《まいしん》している。もし彼らの一人当たりの資源消費量が日本並みになったら、人類はもう一つの地球を必要とする。これは否定できない事実だ。しかし人間は愚かである。よい生活はしたい。だがその犠牲は払いたくない。中国などはすでにセメントの消費量が世界の約三十パーセント、米は四十パーセントに達している。世界を救うためには、中国やインドの人口のコントロールは絶対に必要なのだとグレイは強調した。しかし中国やインドに成長や発展を抑えろと言うわけにもいかない。たとえ言っても、彼らは応じない。だが同時に彼らの成長を抑えなければ地球は滅びる。理想的な方法は彼らが成長や発展を必要としなくなることだ。

「ということは？」

「彼らの人口を絶滅までとはいかないが、今の三分の二以下に激減させるのだ」

「どうやって？　中国とインドを戦争させようというのか？」

「それは他力本願というものだ。確かにこれまでペンタゴンの一部はそれを主張してきた。そしてことあるごとに中国とインドがぶつかり合うように仕向けてきた。しかしそれはまだ両国がそれほどの数の核爆弾を持っていないときだった。今は核兵器の在庫は十分にある。両国が核戦争を起こせば地球全体が影響を受ける」

それに彼らだって生存本能はある。もし戦ったら互いに核を使わねばならなくなることぐらいはわかっている。いくらけしかけても中印間で核戦争になる可能性はないと考えたほうがいい。いずれにしても中国人やインド人を減らすには核のオプションは現実的ではない。

ところがオメガは戦争などはまったくさせない。それどころかみんなが助け合うような結果さえもたらす。破滅的なことがあっても、それをもたらしたのは自然現象であって、特定の人物や国がそれをもたらしたとは誰も思わない。

「人々を互いに戦わせないで彼らの数を減らしていく。それを目的として研究開発されたのがプロジェクト・オメガなのだ」

「環境にやさしい兵器か」

　パグリアーノが笑った。グレイの言ったことを信じていないようだ。

「私は科学者ではないから細かいことはわからない。特にこれだけの兵器については百年勉強したって一塁ベースにも行けない。だからこれまでの実験を挙げて説明したほうが手っ取り早いと思う。でもその前に絶対に秘密は守り通すという約束をしてくれ。いいな」

「わかったよ」

　パグリアーノはまだ笑みを浮かべ右手で宣誓をするまねをした。

「二〇〇四年、アジアでインド洋津波があったな。あれはオメガの実験の一環だったのだ。あのときはプレートテクトニクスを刺激して小さな地震を起こす実験だったのだが、オメガによってリリースされたエネルギーがターゲット地点をわずかにミスした。結果として津波が起きて二十万人強が死んでしまったんだ」

「……！」

　パグリアーノは驚愕《きょうがく》の眼差しでグレイを見つめていた。

「昨年アメリカ南部ニューオーリンズをカトリーナが襲ったが、あれもオメガの実験の一環だった。しかしハリケーンはちょっとしたコントロール　ミスで、ニューオーリンズを襲ってしまった。まだコントロール　メカニズムが完全じゃないんだ」

「カトリーナは人工的につくられたというのか」

「いや、最初は自然に熱帯性低気圧からハリケーンに発達したのは確かだ。しかしそのときはまだ脅威じゃなかった。メキシコ湾に入ってきたがすぐに大西洋に出ていった。だがすぐにメキシコ湾に戻ってきた。そのとき湾の水温はドラマティックに上げられていた。だからあれだけのハリケーンに発達したんだ」

「水温はプロジェクト・オメガの実験によって上げられたというのか！」

パグリアーノはもはや笑ってはいなかった。

「そういうことだ。世界的に気象を変えるのはオメガの持つ力のひとつだ。ロシアや東欧で昨年から気温が零下五十度をマークしたろう。これもオメガの実験の結果だ。最近ではドナウ川が氾濫《はんらん》した。しかし誰も人のせいにしない。ただ異常気象が引き起こしたものと思っている」

パグリアーノは完全に絶句していた。

「もちろん成功した実験もある。しかしオメガは最終完成品ではない。強度や方向を正確にするコントロール　メカニズムを完璧にせねば、兵器としては使えない。でないとフランケンシュタインになりかねないからね。もし今のままでどこかの国の手に渡ってしまったら大変なことになる。あれを完成させられるのは発明者であるマーカス・ベンジャミン博士ただひとりなんだ」

パグリアーノは半分口を開いたままグレイを見つめていた。ショックが大きすぎたのか、それともまったくの別世界に引き込まれたとき人間が見せる無反応という反応なのか。多分両方だろうとグレイは思った。

しばしの沈黙のあとグレイが言った。

「電話でも言った通り、研究に関する記録は私のもとに保管してある。だから中将がロシアに売ることはできない。いくらプロジェクトの最高責任者でも、研究のプロセスや専門的なディテールは知らないからだ」

パグリアーノが大きく深呼吸をした。

「しかし今のあんたの話を聞いたら、なおさら中将を速やかに抑える必要があると私は思う。ロシア人にはプロジェクトのヒントだけでも十分なジャンプ台になるかもしれないしな」

「いやヒントだけでは商品にはならん。いくらロシア人でもそんなものに金を出すわけはないんだ」

「タバコはないかい」

パグリアーノが訊いた。

「三年前にやめたよ」

「私も十年前にやめたのだが、今は無性に吸いたい気分だ」

「その気持ちわかるよ」

パグリアーノのトーンが変わった。

「イーグルバーガーの取り調べはペンタゴンでやることにしよう。あんたの言う通り超極秘性が要求されることだ」

「それで中将のほうは?」

うーんと言って腕を組んだ。

「私にできることなら何でもする」

グレイの口調は懇願に近かった。

「こんなことは私の口から言ってはならないことだが、ウルトラシークレットについて聞かせてもらった。だからあえて言おう。中将を救える唯一の道は、彼が軍を辞めることだと私は考える。そこでだが、あんたが彼を説得するとしてどのぐらい時間が必要だと思う」

「三週間あれば」

「長すぎる。一週間だ」

グレイにはパグリアーノが自らの体を張っているのがわかっていた。法の番人であるFBI、しかも防諜部のトップにいる彼が、中将とロシア人のつきあいについて知っていながら目をつぶってしまうわけである。へたをしたらその地位を失いかねないし、FBIを首になることさえあり得るのだ。

「わかった。アイ オウ ユー ワン《――借りができたな――》」

　翌日からペンタゴンの地下室でジム・イーグルバーガーに対する尋問が始まった。FBIからはスペシャル エージェント、ジェームス・ハントレーとパグリアーノ自らが当たった。ペンタゴン側からはグレイだけだった。

　最初のうちイーグルバーガーは自分の名前と生年月日を繰り返すだけで、具体的な質問に対しては黙秘を貫いていた。しかしそれは三時間ほどしかもたなかった。黙秘を通し続けるデメリットをパグリアーノが説明した途端、イーグルバーガーは司法取引を要求した。

　もちろんパグリアーノはそう簡単には応じなかった。司法取引は一般的に経済犯やマフィアに適用されるが、ナショナル セキュアリティに関する犯罪に対しては適用された例はない。しかし例外を認めるかどうかは、彼が提供する情報次第であると言うと、イーグルバーガーが両手を挙げて降参するジェスチャーを見せた。

「何でも訊いてください」

「まずデモノヴィッチについてだが、彼は誰に撃たれたんだ」

「デモノヴィッチ？　そんな男は知りません」

「シェイ・デモノヴィッチ。君とイスラエル大使館に逃げ込んだ男だ」

「あれはイーライ・ウォリアーという男です。元合衆国陸軍レンジャー部隊に籍を置いていたそうです」

「彼は誰に撃たれたんだ」

「佐川に撃たれたと言ってました。しかし私はこの目で見たわけではないので断言はしかねます。私自身あのとき三階の書斎で佐川のダーツガンで撃たれて一時的に気絶してましたから」

「ベンジャミン博士は無事だったのか」

「最後に見たときは元気でした」

イーグルバーガーへの尋問はランチタイムを挟んで延々と続いた。マーカス・ベンジャミンと彼があの屋敷で何をやっていたか、野良猫部隊員の訪問と監視の始まり、佐川やストール、ドッドについてのこと、マーカスの研究成果が入っているコンピューターのメモリーカードが佐川に奪われたことなど、イーグルバーガーは知っていることや、あの屋敷で体験したことをすべて吐き出した。

パグリアーノもハントレーも考えていることは同じだった。イーグルバーガーとイスラエルの関係が果たしてあったのかどうか。

イーグルバーガーを雇ったのは多分イスラエルのモサドであろうが、それについて彼は知らないと明言した。金のオファーや仕事の内容についての連絡はすべて電話を通してだったという。何人ものクッションを置くのはモサドの特徴である。イスラエル大使館に行ったのはウォリアーから言われてのことで、自分は大使館とは何の関係もない。その証拠にウォリアーを大使館に落として、すぐに自分はヴァージニアにある家に帰った。二人には彼がうそをついているとは思えなかった。

グレイにとってはメモリー　カードが奪われたことが最大の痛手だった。メモリー　カード、プラス　マーカス・ベンジャミンで最高の商品となる。中国などは何億ドルでも出すはずだ。

イーグルバーガーの取り調べは十時間以上かかったものの、その日のうちに終了した。問題は彼をどうするかだが、パグリアーノは当初から考えていたことを実行した。イーグルバーガーを起訴猶予として解き放したのである。起訴すればそうなればプロジェクトのことに触れないというわけにはいかない。パンドラの箱が開いてしまうのだ。

グレイが心からパグリアーノに礼を言うと、

「イーグルバーガーを起訴したところで百害あって一利なしだ。関係者の誰も欲してはいない。プロジェクトの内容を知ったからには、この私も今では関係者のひとりだからね」

煌々と輝く月の光がプールサイドのチェアーに身をしずめてビールを飲んでいる二人を照らし出した。無数の星がきらきらときらめきながら水面に映っている。まさに星が降るとはこのことだ。

「マーカス」

佐川が言った。

「あのでかい月やこの星空を見て、お前は何を感じる？」

「そうですねぇ。まずこの宇宙のバランスのすごさを感じさせられます。宇宙から見ればこの地球はほんの砂粒ほどの大きさにすぎませんが、他の惑星やあの月などと完璧なバランスを保っているんです。究極の美しさとはこのことを言うんでしょうね」

佐川が笑いながら、

「ロマンティックこのうえないな。女と一緒だったら、彼女怒るぜ」

「じゃ兄さんは何を感じます？」

「ジャングルの静けさ、ダイアモンドがちりばめられた空、巨大な月。すごい贅沢感にただただ圧倒されるな」

「案外詩的なところもあるんですね」

「またおれをこけにするのか」

「とんでもない。しかし実を言うと、こういう美しさを見ると母さんを思い出すんです」

佐川がちらっとマーカスに目をやった。ママと言わずに母さん《マザー》と言ったのは初めてだ。

「小さいとき母さんはよく〝ムーン リヴァー〟という歌を歌ってくれました。こういう光景にはまさにぴったりの歌です」

佐川も彼女がよくその歌を歌っていたことを覚えていた。美しい声だった。子供心にもうっとりと聴いていたものだ。四歳の誕生日にはアンディ・ウイリアムスのそのレコードをプレゼントしてもらった。しかし彼女が去ってからは、その歌に拒否反応を示し始めた。レコードも捨ててしまった。

「彼女は他にどんな歌を歌ってたんだ」

「レパートリーはごく限られていました。他にはあと一曲、〝ビヨンド ザ スィー〟という歌です。その歌詞がいいんです。〝いつの日か海の彼方のどこか、その黄金の浜辺で私を待っている愛する者がいる。私はそこから二度と離れることはない〟。オリジナルはフランス語の〝ラ メール〟というタイトルで出されたそうですが、僕は英語の歌詞のほうが断然好きです」

それを彼女が歌っているのを佐川は聴いたことがなかった。多分アメリカに行ってから覚えたのだろうか。

「しかし母さんはそれを歌うたびにぽろぽろと涙を流してたんです。僕には不思議でしょうがなかった。でも今わかりました。イスラエルに残してきた兄さんのことを思い出していたのです。そしていつの日か黄金の浜辺で兄さんを抱き締められることを夢に見ていたに違いありません」

「そんなことがあったのか」

彼女が去っていったとき、涙を流していたシーンが思い浮かぶ。彼女の涙を見たのはあれが最初で最後だった。なつかしさと恨めしさが入り交じって込み上げてくる。

「きっとそうですよ。僕にはわかるんです。というのは僕が五歳の誕生日を迎えて、普通の子より一年早く私立の小学校に入ることになったとき、母さんは僕の制服姿を見て泣いたんです。それが嬉しさを表現する泣き方ではなかったのです。今思うと兄さんのことが胸にあったのでしょう。そして兄さんには何もしてやれない情けなさと罪の意識」

「それはどうかな。もしそうだったら、おれをアメリカに連れてきてくれてもよかったと思うがね。今になってそんなことを言っても何の意味もないけどな」

「兄さんはやっぱり母さんを憎んでいるんですね」

「それは違う。憎んでるのではなく、彼女は過去の彼方の人で今のおれとは関係ない。関係ない人を憎むことなどできないよ」

気まずい沈黙が漂った。

「母さんだって、できることなら兄さんをアメリカに連れてきたかったはずです。だが何かがそれを不可能にしたんでしょう」

「そんな慰めはいらんよ」

「そういえばＭＩＴに入ってから、義父のゲリー・ベンジャミンをサナトリウムに訪ねたとき、彼が僕に言ったことがありました。お前の実の父親はイスラエル人で、お母さんと結婚していた。その男はお前の存在を知らない。お前が生まれる前にイスラエルに帰ってしまった、と。そのときは義父が〝別世界〟にいると思っていたので、気にもとめませんでした。でも今振り返ってみると、義父はあのとき本当のことを話してくれたのではないかとも思えるんです。とするとお母さんは今僕らが考えているよりずっと複雑な立場にいたかもしれないでしょう」

　母が幼い佐川を残して、イスラエル人と結婚していた？　そんなことはまずあり得ない。しかしこれまで佐川はあり得ないことが起こるのを何度も目撃してきた。〝あり得ない〟という事態があり得ないと思うようになっていた。

「親父さんはそのイスラエル人の男の職業については何か言ってなかったのか」

「それは訊きませんでした。なにしろ当時は義父をちょっと〝オフ〟と思ってましたから。でも義父はＣＩＡで働いていましたし、母さんもＣＩＡで短い期間ですが働いていました。はっきりはしませんが、そこらへんに何かのキーがあるんじゃないかと思うんですが」

「何が言いたいんだ」

「母さんと結婚していた男、すなわち僕の実父はイスラエルの諜報機関に関係していたのではないでしょうか」

「なるほど。結婚はあくまで見せかけだったというわけか」

それならつじつまが合う。しかしそうだとしたら、母エスターもイスラエルの諜報機関と何らかの関係にあったということにならないか。

「説得力はあるが、問題はお前が生まれたという事実だな。結婚があくまでカヴァーだったとしたら、お前は生まれなかったはずだ」

「間違って生まれちゃったのでしょう」

「単純だが明快な答えかもしれん。おれの生い立ちよりはるかに複雑だな」

「とにかく大事なのは僕ら兄弟がこうして逢えたことです。そうでしょう、兄さん」

庭の向こうからひとりの男が近付いてきた。

「ようお二人さん、月見酒としゃれてるな」

藤島正也だった。手にしたビールをラッパ飲みにしている。

「やあだんな、まあ座れよ。こんな星空はめったに見られないぜ」

藤島がマーカスのとなりに腰を下ろした。

「これでふたりの空手マンに両脇を固められたんですから、僕の安全は盤石ですね」

「空手マンとしては、君の兄さんのほうがはるかに優秀だったよ。おれが唯一彼に勝ったのは金もうけの術《すべ》だけだった。あまり誇りに思えることじゃない。君の兄さんは純粋で正義感に燃えてる。それに比べりゃ、おれは汚い金の世界で悪いことばかりしてきたクズのような男さ」

「でもこうして兄を助けに来てくれるなんて、普通の人にはできないことです」

「唯一の友人をなくしたくはなかったからさ。これも利己的な動機からだ」

「藤島の言ってることなど信じるなよ、マーカス。彼は人の批判はいっさいしないが、自分に対する批判はしょっちゅうするんだ」

「人を批判ばかりして、自分を振り返らない人間が多い今の世界で、実に希有《けう》なことです。それこそ大いなる美徳ですよ」

「おれは常に自分に不満を持ってるだけだ。これで十分ということはないんだ。柄にもなく、自分はもっと何かポズィティヴなことができるんじゃないかと思ってしまう。この分だと一生何かを求め続けることになるんだろうね」

「藤島さんは真面目なんですよ。ストレートに自分と向き合っている。兄もあなたも共通している部分が随分ありますね」

「そうかね。おれは正反対と思ってるが」

「いや似てますよ。たとえばお二人とも表面は岩のようにどっしりとして落ち着いていますよ。その冷静さが冷たくも感じられる。だけど心の中ではマグマが熱く煮えたぎっている。ピンダロスの詩がぴったり当てはまります。〝ああわが魂よ、不死の命を求めるな。ただ可能性の極限まで燃焼せよ〟」

「素晴らしい詩じゃないか」

「問題はマグマのリリース　メカニズムです。それがないと一生マグマを抱え込むことになります」

「リリース　メカニズムか……」

「ある人はそれをアルコールに求めたり、女に求めたり、金に求める。また実現不可能な夢に求める人もいる。でも満足できない人も多い。ネヴァー　イナフと心の中でつぶやき続けている。藤島さんはそういう人です」

と言って藤島を見て、

「生意気なことを言ってごめんなさい」

「いやいいんだ。急所に一発前げりをくらった感じだ。ずばり君の言う通りかもしれない」

「マーカス、お前心理学もやったのかい」

「病理心理学をちょっとやったのですが、博士課程ではなく修士号でやめました。あるとき自分を分析してたらいやになってしまったんです。セルフデナイアル《自己否定》に陥ってしまって」

「そういえばいつか聞いたことがある。心理学者はほかの人間についての分析はできるが、自分のことはまったくわからない。お前を見てるとその通りという感じがするな」

「心理学者はおかしいんです。フロイトがいい例です」

「おれを分析してみろ」

「そんな急に言われても」

「藤島を分析したじゃないか」

「あれは分析なんてものじゃありませんよ」

「あの程度でいいからやってみろ」

マーカスが困ったような表情で、笑っている藤島を見た。

「こりゃおもしろいことになってきた。ドクター・マーカスの佐川診断をぜひ聞かせてもらいたいものだな」

「仕方がない。ごく簡単にいきましょう。兄さんの潜在意識の中には〝フィアー オブ アバンダンメント《捨てられる恐怖》〟が存在していると思います。子供の頃、お母さんが去っていったときのトラウマがあるのです。彼女が自分を捨てたと思っている。理屈では彼女にのっぴきならない理由があると考えているが、潜在意識では捨てられたということが事実となって残っています。それが悲しみの形をとったり、敵愾心《てきがいしん》や不信の形で表れます。兄さんほどの人ですから、女性にはもてると思います。今までいろいろな女性とつきあってきたでしょう。しかしひとりとして長続きはしなかった。そうじゃありませんか」

「ずばり当たってるよ」

藤島が言った。

「星の数ほどの女とつきあったが、ひとりとしてこいつはつなぎとめることができなかったんだ」

「いや、それは違いますよ、藤島さん。つなぎとめられなかったのではなく、長く続く関係を兄さん自らが拒んだんです。潜在意識にある〝捨てられる恐怖〟が首をもたげたのです。その潜在意識が兄さんの無意識に語りかけるんです。〝どうせ捨てられるのだから、深入りするな。捨てられる前に捨てろ〟と。これは一種の自己防衛です。子供の頃の経験が、それだけ苦痛に満ちていて深かったということです。この心の傷はそう簡単には癒されません。古典的なラヴ＝ヘイトリレーションシップ《——愛と憎しみの関係——》です。お母さんを愛してるけれども憎んでもいる。しかし兄さんは非常に理性に富んだ人間ですから、その敵愾心や悲しみを発散させるメカニズムを持っている。女性には完全に心を許せない。ならば男を信用するしかない。しかも並みの男ではなく極限に生きて、決して人を裏切ることをしない男たち。だから最も男っぽいゴラニなんです。大学時代空手部にいたというのも同じ理由だったのかもしれません」

「さすがドクター・マーカス、なかなかの分析だ」

と藤島。

「今はやりのカウンセリングにかかったら、これだけカウンセラーに言わすには最低三カ月はかかるし、ウン十万は払わされるぞ」

マーカスが佐川の顔をのぞき込んだ。

「怒ってますか」

佐川が首を振った。

「お前の分析は多分正しいと思う。だが診断だけじゃ足らんな。治療はどうなんだ」

「治療なんて必要ありませんよ。無理やり治そうとしてもだめです。ただ自然の流れに従えばいいんです。そのうち兄さんが心を開けるような素晴らしい女性は必ず現れます」

「それを聞いて安心したよ」

「兄さんよりも僕のほうがはるかに問題を抱えていると思いますよ。たとえばエセルとの関係です。彼女についてはこないだ話しましたよね」

「エセルというのはこいつの婚約者だった女だ」

佐川が藤島に言った。

「へー、ドクター・マーカスは婚約してたのか。だがちょっと若すぎないか」

「わかってます。一生の不覚でした」

「あれはお前がただの世間知らずだっただけのことだ。彼女が最初の女だったんだろう」

「だけどあんな失態は男として情けなくて」

「体よく騙されたんだよ。しかしよほど悪知恵に長けた女だったんだろうな。つきあってから短い期間に婚約にまでこぎつけたんだから。天才を超凡人にしてしまう魔力を持ってたんだ」

「僕の不徳のいたすところです」

「エセルがこれからのお前のトラウマになって、潜在意識に根を下ろすことがないよう祈ってるよ」

「これは一本とられましたね」

三人が声を上げて笑った。

「しかしご心配なく。僕にはさっき言ったリリース メカニズムがあるんです。これがある限りは大丈夫だと思ってます」

「そのリリース メカニズムとは？」

「研究です。この世界にはもっともっと研究が必要な分野が山のようにあります。僕は人類の進歩のためにそれにタックルしたいのです。もちろん兄さんが言ったように僕は世間知らずです。だけどその点については兄さんや藤島さんのような先生がいます。いろいろと教えていただきます。でもこと研究に関してのパッションとアクションでは世界の誰にも負けません」

「そこにモラリティという言葉も付け加えたほうがいいな。でないとお前は危険きわまりない科学者になる」

「オメガのことを言ってるんですね。確かに兄さんの言う通りです。科学の発達とモラリティは車の両輪のようなものです。一方が欠ければ人類は幸福になれない。オメガの研究を始めたとき最終兵器ができるのだから戦争はもう起きないと勝手に考えていました。しかし実験をやっているうちにそうじゃないと思い始めたのです。倫理なき科学は人類に不幸をもたらします」

「マーカス、プロジェクト・オメガについて非常に興味があるんだが、話してくれないか」

「でも兄さんは以前聞きたくもないとはねつけたじゃないですか」

「あのときは状況が違っていた。おれは知ってはいけなかった。だが今は違う。どんなものか説明してくれないか。もちろんわれわれにわかる言葉でだが」

マーカスがちょっと間を置いた。

「いやならいいんだ。ただの好奇心で訊いたのだから」

「そうじゃないんです。どこから説明していいか迷っているんですよ」

「プロジェクト・オメガがどんな兵器なのかでいいんだ」

「わかりました。詳しく話したら膨大な時間がかかりますから、ほんのポイントだけ説明しましょう。兄さんはアストロフィズィックスや地球物理学、気象学、エネルギーコンヴァージョン《変換》などについてどのくらいの知識がありますか」

佐川が苦笑しながら、

「モンゴル語を知ってると同じぐらいだな。ということはゼロだ」

「藤島さんはどうなんです」

「右に同じだな」

「ということはかなり基礎的なレヴェルということになりますね。よろしいトライしてみましょう」

そう言ってマーカスが説明を始めた。

オメガの原理は巨大隕石《いんせき》からヒントを得たものだという。今から約六千五百万年前、直径六マイルの隕石が地球に衝突した。そのインパクトは核爆弾一万個に匹敵。地球は塵《ちり》と灰で覆われ、太陽の光が地表に到達できなくなった。恐竜は死に絶え、その後何千年にもわたって地球は死の惑星となった。

「その隕石が落下したのがここユカタン半島だったのです。ここでオメガについての説明をするなんて何か運命的なものを感じます」

もしあの隕石が海中に落ちても結果は同じだったろうとマーカスは言った。

オメガはある意味では人工的な隕石である。もちろん隕石そのものではなく、隕石の持つヴェロスイティ《——目標を持つ速度——》とインパクティング パワー《——衝撃力——》を譬《たと》えたものだ。

「巨大隕石と同じ衝撃力を作るにはそれだけのエネルギーを発生する装置を作ればいいわけです。しかしそんなエネルギーやパワーを持ったものを作っても、破壊以外何の役にも立ちません。兵器として使うには、ここに落ちた巨大隕石の百万分の一の威力を持ったもので十分なんです」

オメガの基地は地球からそれほど遠くない宇宙空間に存在する。基地といってもそこにずっとあり続けるわけではない。必要に応じて打ち上げられ、地球の自転とともに位置が調整される。その地点に胴体が直径一メートル、長さ三メートルのチタンと摩擦耐久タイルでできた銃弾型のコンテナーが置かれる。これはエナジャイザー《——増幅器——》でエンリコと呼ばれている。かのイタリアの物理学者で中性子の衝撃を与えることによって原子を分裂させることに成功し、後にアメリカで最初の原子炉を作った人物エンリコ・フェルミにちなんでつけられた名前だという。エンリコはケープ・カナヴェラルから打ち上げられる。ケープからは一カ月に何度も人工衛星が打ち上げられるから、そのひとつと受け止められていて誰もオメガの実験のためとは思っていない。

エンリコの中は三つのコンパートメントに分かれている。ひとつはボム ルームと呼ばれて爆弾を爆発させる部分、もうひとつはその爆発のパワーと衝撃力をエネルギーに変えるコンヴァージョン ルーム。突端のノーズはエネルギーが発射される部分。オペレーションは地上からも戦闘機からもリモコンでできるという。

「コンヴァートするエネルギー源に、最初はバンカー バスター《——地中貫通爆弾——》用の小型核爆弾を考えたのですが、あまりにパワーがありすぎました。広角度で使うと地球の三分の一が破壊される可能性がありました。そこで通常の五百キロ爆弾二つにしたのです。威力は十分でした。対流圏の気候を簡単に変えられるし、それによってエルニーニョ現象やラニーニャ現象なども人工的に作り出せるのです。エルニーニョは太平洋の赤道付近で貿易風が弱まって起きるものですよね。そうなると東側、即ち南米のチリやペルー沿いの海の水が温かくなり、逆に西側のインドネシアなどの水域は冷たくなる。これが逆になるのがラニーニャですが、どちらも貿易風の強弱で起きるものです。エンリコが蓄積したエネルギーを貿易風にどのような角度で、どれだけの強度と広さでどの部分に当てるかで、エルニーニョやラニーニャは決まります。どちらも世界的な気候の変化をもたらし異常気象の原因となります。それだけではなく台風の発生数とその強度、大雨、大雪、竜巻の強度などいろいろな面に影響が出ます」

藤島が軽く手を挙げた。

「基本的な質問だが、いいかね」

「どうぞ」

「爆弾を爆発させてその衝撃とパワーを特殊なエネルギーに変えると言ってるが、チタンのコンテナー内でそんなことができるのかね」

マーカスがうなずいた。

「コンテナーの壁は強度の高いチタン合金でできています。宇宙空間でロック ストームに遭っても破壊されません。ですから爆弾の爆発にも十分に耐えられます。よく警察の爆発物処理部隊が使う車がありますよね。爆弾を見つけたらその車の中で爆発させるのですが、ボム ルームの原理はそれと同じです。ただ衝撃に耐える強度は五万倍です」

「放出されたエネルギーは肉眼で見えるのか」

マーカスが笑いながら首を振った。

「レーザー光線ではありませんから見えません。しかし人間に当てられたら瞬時に燃え尽きてしまいます」

「実用化は近いのか」

「いえ、まだ細かなところがまちまちなんです。たとえば角度や強度のコントロールが盤石ではありません」

「何度ぐらい実験をやったんだ」

「メジャーなものは十回です。モスクワや東欧諸国の気温をマイナス五十度にしたり、中国に洪水を起こしたりなどの小さい実験は十五回以上やってます。それらは成功しました。地球の気温を上げるという実験もやってきましたが、それも成功です。今まで地球の前年比の気温の上昇率が最も高かったのは一九九八年でしたが、あれは自然発生のエルニーニョ現象が作用したからです。その後、オメガの実験によって九八年より地球の気温は上がり続けています。二〇〇二年から二〇〇五年までの気温を過去と比べると非常に高いのです。これを人々は二酸化炭素のために地球が温暖化していると言ってるわけです。でもメジャーな実験は五十パーセントの成功率でした。コントロールなき破壊をもたらしてしまうのです。代表的な失敗例は昨年のカトリーナです」

「カトリーナ？　アメリカ南部を襲ったあのハリケーンかね？」

「あれはごく普通の熱帯性低気圧でしたが、実験にはもってこいでした。小さなハリケーンに発達して、大西洋からメキシコ湾に入りました。そのときはまだ危険度二から三でしたので、たいしたことはありませんでした。それがいったん湾から大西洋に戻ったのです。そのタイミングを狙って、エンリコがメキシコ湾のある地点五十キロ四方にエネルギーを照射したのです。するとカトリーナは再びメキシコ湾に入ってきました。僕の計算ではカトリーナは大ハリケーンとなって大西洋に出るはずでした。そのときカトリーナの威力は危険度三から最高の五に達していました。カトリーナの中心部の下にある湾の水温は三度上がっていたのです。ここまでは成功でしたが、その後が悪かった。威力を増したカトリーナは東に進むべきなのに、方向を変えて北に向かいニューオーリンズに上陸してしまいました。あれは大きな失敗でした」

「想像を絶する研究だね」

　藤島は静かな興奮を感じていた。

「要するにオメガは気象兵器ということか」

　佐川が訊いた。

「それだけではありません。地震を起こすのもオメガの得意とするところです」

「地震を？　どうやって？」

「原理は同じなんですが、エネルギーの集中度と目標、それに到達するヴェロスイティがまったく違うんです。たとえばハリケーンを起こすためには、エンリコから放出されたエネルギーは熱圏から中間圏、成層圏、対流圏に入る各段階でヴェロスィティを落とします。放出時のヴェロスィティは時速三万五千キロですが、目標に到達するときは一万五千キロぐらいに落としています。しかし地震の場合はレヴェルが異なります。なにしろリソスフェア《岩石圏》から突入して、マントル内部のアセノスフェア《岩流圏》まで届かなくてはならないのです。時速三万五千キロではなく最初から六万キロのヴェロスィティにセットして放出します。それが目標をヒットするときは時速五万キロになっている。理想を言えばマントルを突破して、地球のコア《核》に届くぐらいのヴェロスィティがほしいのですが、それには少なくともヴェロスィティの時速を現在の三倍にしなくてはならないでしょう。

話を戻します。地震は大きく分けて二種類あります。海底プレートのぶつかり合いで起きるいわゆる海溝型地震と陸地で起きるタイプです。

陸地での実験は何度かやって成功しています。もっともリソスフェアは地球の表層ですから、ペネトレーション《貫通》はそう難しくはないんです。岩石圏はせいぜい百キロメートルの厚さですから。海底になるとこれが半分くらいの厚さになります。

前回の実験では海底地震を起こしたのですが、エンリコが放ったエネルギーが目標からそれてしまったのです。こういう実験では百分の一ミリ違っても、目標に到達したときは数百キロものディファレンシャル《差異》が出るのです。このケースがそれでした。目標はインド洋のココス海盆の南端から東へ五百キロの赤道に沿った地点でごく小さな揺れを起こすことでした。綿密な計算で絶対に大丈夫と自信があったのですが、実際には千五百キロもミスして、スマトラ沖のシムルエ島北東の海底をヒットしてしまったのです。そこは世界でもっとも火山活動が活発で、地質も脆弱な場所です。まずインド・オーストラリア・プレートがユーラシア・プレートとぶつかっているところで、前者が年間約八十ミリの速度で後者にめりこんでいるんです。またそこはスマトラ断層があり、年間速度六十ミリで北に動いています。北側には西アンダマン断層があり、それはアンダマン島の火山につながっています。エンリコが放ったエネルギーはこのような状態にある地点の中心部をヒットしてしまった。今でも僕は自分の計算は正しかったと思っています。問題はエンリコのコントロール　メカニズムと機能的正確度がまだ完璧ではないんです。実験で使ったエネルギーはそれほど強力ではなかったのですが、刺激を与えるには十分でした。結果として周囲の海底断層の動きが活発化してあのような津波を起こしてしまったのです」

「でも世界はあれは不幸な自然現象だったと受け止めている」

「そこですよ。オメガはいくら使っても誰もその存在を知らない。だからやられたほうは敵にやられたなどとは思わないんです」

「ペンタゴンがほしがるわけだ」

「どの国でもほしいんじゃないか」

と藤島。

佐川が何かを振り切るように数度首を振った。見たこともない恐ろしい怪物を見せられたという感じだった。

「まるでSFの世界だ。しかしどの国も持ってはいけないと思うね。今日まで人間は神になろうと努力してきた。その集大成がオメガともいえるんじゃないかな」

「僕は恥ずべきことをしたのでしょうか？」

「お前は利用されたんだ。だがお前にも責任はある。ペンタゴンの連中に乗せられていい気になっていたんだ。役者ばかならぬ研究者ばかだよ」

「そうですよね。でもさっきも言ったように僕は科学者です。研究は命なんです」

「わかってるよ。お前に研究をやめろとは言っていない。だが古い言い方だが、モラルバックボーンだけは持て。それを軸にこれからの研究生活をしていけば、お前は偉大な科学者になれる。それは保証する」

「兄さんの言う通りだと思うよ、マーカス。君は宝の山に座っている。何でもできる能力を持ってる。モラル パワーを身につければ怖いものは何もない。人類にとってなくてはならない人間になれる」

マーカスがややかすれた声で、

「母さんが生きていたら同じことを言ったでしょう。いや絶対に言ってます。僕は果報者です」

佐川がグラスを取り上げた。

「お前のこれからに乾杯しよう」

「僕はお二人の今に乾杯します」

ジャングルに包まれた静寂の中、夜は深々と更けていった。

ＦＢＩ防諜部長グレン・パグリアーノから一週間の猶予をもらったのは一昨日だった。トム・グレイは、コンラッド中将をどう説得するかについて頭を痛めていた。

そのパグリアーノから、三人のロシア人を別件のスパイ容疑で昨夜遅く逮捕したという連絡が入ったのは今朝だった。グレイにはパグリアーノがなぜ伝えてくれたのかわかっていた。中将に話しやすいようにタイミングを計ってくれたのだ。いよいよ自分も中将と対面せねばならない。パグリアーノから〝タイム　イズ　アップ〟と宣告されるのはもうすぐだ。

真実を話して、強引に最後通告を行うべきか。それともソフトタッチで接して、中将の常識に任せるべきか。できれば強硬手段は使いたくはない。相手は中将である。そんじょそこいらの一兵卒ではない。国家のために何度も命を捧げてきた英雄であり、軍人の鑑と崇《あが》められている人物だ。その彼を脅すとなれば、刺し違えも覚悟の上でなければならない。ソフトに話して中将の理性と常識に訴えるのが一番好ましい。しかし今の中将の精神状態を考えるとそれが通じるとも思えない。

グレイは深いジレンマに直面していた。

机の上の赤電話が鳴った。赤電話は内線で国防長官、統合参謀本部議長、そして副議長コンラッド中将だけが使える直通ラインだった。

「グレイ君」

中将が言った。

「ドクターGの件についての最新情報はどうなっているんだ」

「FBIが全力を挙げて捜査中です。CIAも協力しているそうです。中南米のどこかにいるはずなんですが、まだ絞りきれていません」

「そんなのは最新情報でも何でもないじゃないか」

と言ってから少し間を置いて、

「これは私の勘だが、ドクターGは二度とわれわれの前に姿を現さない。となると彼が残した記録だけが頼りだ。あのメモリーカードを私のオフィスに至急持ってきてくれ。最高責任者の私が保管すべきだからな」

グレイはすぐに中将のオフィスに駆けつけた。

「ドクターGについてですが、あの日大西洋からカリブ海やメキシコ湾を横断したビジネス機は百五十七機だったそうです。各国に通信記録を問い合わせていますから、ランディング サイト《着陸地》はほどなくわかると思います」

「だが相手は中南米の国だ。麻薬の密輸を簡単に見過ごすような輩だから、まともな通信記録を残していることさえ疑わしい」

「ＮＳＡのサテライトと通信能力を動員できればベストなのですが」

「それは絶対にいかん。オメガの秘密が漏れては元も子もないんだ」

「しかしことここにおよんでは、秘密もへったくれもないと思います。犯人たちの居場所が特定できたとしても、わが国は軍隊を送るわけにはいきません。動員できるＦＢＩの数も極端に限られます。ということは現地の軍や警察がイニシアティヴを取るということです。彼らに任せていたらドクターＧも殺されることになりかねません」

「それは仕方がないだろう」

「仕方ないですって？」

「コラテラル　ダメージとして受け入れるしかあるまい」

グレイは一瞬信じられなかった。あれほどマーカス・ベンジャミン博士を大切に扱っていた中将が、いとも簡単に彼の死の可能性をコラテラル　ダメージと言い切ったのだ。中将の精神状態はそこまで悪化してしまったのだろうか。

「ところでグレイ君、例のメモリー　カードを渡してもらおうか」

「持ってきませんでした」

「……？　どういうことだ？」

「ですから持ってこなかったと言っているんです」

中将の眉間にしわがよった。

「私は持ってこいと言ったはずだが」

「あれは私が保管し続けます。プロジェクト・オメガのナンバートゥの責任者ですから」

「私はナンバーワンだ」

「それについて話がしたいのです。そのナンバーワンの座を今日限りで降りていただきたいのです」

「誰が決めたのだ」

「私です。中将はお疲れです。体をいたわるためにもここらへんで休んでいただきたいのです」

中将の目に黄色い光のようなものが走った。立ち上がってグレイを見下ろした。

「ホワット ザ ファック アー ユー トーキング アバウト？ ユー スニーキー サン ノブ ア ビッチ！ ユー ファッキング ウォント トゥ テイクオーヴァー マイ プレース！ ユー ゴッダム マザー ファッカー！……」

すさまじい怒りで中将が怒鳴り続けた。グレイは彼の怒りが鎮まるのを待った。しかし収まりそうもない。中将は自らの怒りの言葉にさらに刺激されているかのように、そのトーンはますますエスカレートしていった。こうなったら仕方がないとグレイは腹を決めた。立ち上がってドンと中将の机を叩いた。

「FBIが昨夜、三人のロシア人を逮捕しました」

その瞬間、中将が凍りついたように黙った。

「これ以上言わせないでください」

中将ががっくりと肩を落とした。その目がうつろに宙をさまよっていた。

「中将、多くの軍人たちにとってあなたは英雄です。英雄のままリタイアーしてくださ い」

中将が首を振った。

「FBIは黙っていまい」

「そっちのほうは手を打ってあります。中将にはタッチしないという言質《げんち》を責任者から取っています」

「……私は何という恥さらしなのだ。できれば英雄として消えたかった。しかし私にはその資格はない。私は……」

グレイが片手を上げて中将を制した。

「中将、それ以上何もおっしゃらないでください。私にとってもあなたはいつまでも英雄です。失礼します」

言い残してくるりと背を向けて足早に部屋から出ていった。

その夜、コンラッド中将はひとり自宅のキッチンテーブルの前に座っていた。片手にスミス&ウエッソン38口径を握り、もう一方の手でバーボンのボトルを握っていた。三十年間連れ添った妻のクララはもういない。言いようのない孤独感が彼を襲っていた。

今日の午後、国防長官に辞表を提出し、統合参謀本部議長のクレンス・デンヴァー大将には直接会って退役する旨を伝えた。大将は残念がるどころか、自分の退役を積極的に歓迎しているようだった。情けない思いが中将の胸をえぐった。ウエストポイントを出てから、合衆国陸軍一筋の人生を歩んできた。常にアップライトで、軍のモットーである〝神、名誉、祖国〟の精神を具現化することに全力を尽くした。ヴェトナム、グレナダ、ソマリア、イラク……レンジャー部隊を引き連れて最前線で戦ったのがつい昨日のようだ。国家のためならいつ死んでもいいと思っていた。そして何よりも自分自身に大きな誇りを抱いていた。しかしそれはいつの間にか消えてしまった。そして今人生の終着駅にたどり着いた。

もっと情けないのは、自分のことについてグレイがFBIに頼んでくれたことだった。自分をスキャンダルから救ってくれたのだ。しかしここまで落ちた自分に救われる価値はない。救われることに甘んじるのは、屈辱を受け入れることにほかならない。かつての自分なら決してそのような屈辱にまみれるようなことはしない。すでに自分は生きる資格も勇気も失ってしまった。

人生なんてどこで変わるかわからないものだ。考えてみればプロジェクト・オメガの責任者になったときに、自分の人生は変わったのかもしれない。その頃から妻との対話はなくなり、統合参謀本部の将軍たちとのつきあいも減った。合衆国軍部のトップになる夢は、オメガの成功によって得られると信じていた。しかし現実はその逆となった。

プロジェクト・オメガの呪いだろうか。

ボトルをテーブルの上に置いた。片手に握ったS&Wのセイフティをはずした。撃鉄を起こして銃口を口の中に入れた。

遺体の第一発見者はグレイだった。中将に引導を渡した翌日、何となく胸騒ぎを感じて出勤前に中将の自宅を訪れた。中将は陸軍の制服に身を包み、後頭部から大量の血を流してテーブルにうつ伏せになっていた。その目は開いたままだった。その日のうちにペンタゴンのスポークスマンはテッド・コンラッド中将が急死したことを発表した。死因は急性心不全。中将の遺体はペンタゴンのチャペルに置かれて、翌日アーリントン墓地に埋められることになった。チャペルには多くの軍人たちが弔問に訪れ、中将の柩の前で敬礼して別れを告げた。

これだけ手際よくことが運んだのはグレイのおかげだった。グレイにとっては最後まで中将は英雄だった。堕《お》ちた偶像には決してしたくはなかった。

アーリントン墓地には、副大統領や国防長官、統合参謀本部からはデンヴァー大将をはじめ幹部が集まった。しかし中将の家族はひとりも参列しなかった。家族といっても妻のクララと息子がひとりいるだけだった。しかもその一人息子はイラク戦争に志願して命を失っていた。

牧師の祈りのあと二十一発の空砲が鳴り響いた。悲しいラッパのタップの音色とともに中将の柩が地中に降ろされた。テレビカメラがそれを追った。参列者が花を投げ入れてその場を去っていった。

グレイが車に戻ろうと歩き出したとき、パグリアーノが近付いてきた。

「あんたはよくやったよ。これで中将は英雄として死ねたんだ」

「一時の迷いはあったが、彼はやっぱり英雄だった。そして英雄として壮絶に逝ったんだ。それよりあんたには礼を言わねばならん。すべてを隠してくれて、心から感謝する」

グレイの言葉には、それまでパグリアーノが感じたことがない真剣味と誠意が込められていた。二人は三年ほど前、あるスパイ事件をめぐって知り合ったのだが、親しい間柄とはいえなかった。しかし今回の件が二人の間にあったバリアーを取り除いた。

「礼を言いたいのはこっちのほうだ。私は今まで自分の仕事をテキストブック通りにこなしてきた。しかし杓子定規《しゃくしじょうぎ》に考えることがときには人間性を失わせると知った。それを教えてくれたのはあんただった。中将の死は悲しむべきことだ。だが私にとっては、あんたという人間を知り得たことの意義は大きい。皮肉ではなく中将のおかげだと思っている」

そう言ってグレイの肩をポンと叩いて去っていった。

「ミスター・グレイ！　ミスター・グレイ！」

女の声にグレイが振り返った。マイクを持って小走りに近付いてくる。後ろにカメラマンを従えていた。ヘレン・シュタインというペンタゴン担当のCNNレポーターだった。まだ若くその美貌と歯に衣着せぬ物言いで全国的に人気を得ている。将来はニュース番組のアンカーと期待されている新星である。

「ミスター・グレイ、あなたがコンラッド中将の不幸な場面を最初に発見したといわれていますが」

「その通りです」

「本当に心不全だったのでしょうか」

「質問の意味がわかりませんが」

「あれは自殺だったという噂も流れていますが」

「ばかばかしいにもほどがある」

「近所の人が、あの夜銃声を聞いたとも言っています」

「無責任な噂には答える必要はないと思います」

「中将は最近お酒の量が増えて、その言動がかなりぶれていたという情報もあるのですが」

「まったくのでたらめです」

「しかしオライオンによく出入りしていて、ほとんどアルコール依存症だったと……」

グレイの我慢は限界に達した。彼女をにらみつけて言った。

「あんたは今ではレポーターだが、かつては人間だったんだろう。人間のＤＮＡが少しでも残っているなら、死者をロープで吊《つ》るすような言葉は慎め。荘厳な死を遂げた英雄を静かに眠らせてやるぐらいの尊敬の念を払うものだ」

第十四章 勇者

「これはびっくりです」

ホテルから一キロほどのところにあるチチェンイツァ遺跡のゲートを入ったとき、篠田次郎が言った。

「昔、私が来たときは人がごくまばらでした」

周囲を見渡すと土産物店が並び食堂まである。ホテルの周囲の静けさとは対照的だった。

チチェンイツァは篠田次郎を除いては皆初めてだったが、大いに楽しめた。特にマイク・ストールはマーカスの説明を熱心に聞きながら、いろいろと質問をした。遺跡の中心であるカスティーヨ《城》と呼ばれる神殿の階段を上ったときなどは、ストールが先頭だった。神殿はピラミッド型で、四面に階段があり、それらの高さは二十五メートルで、階段数は九十一の急斜面。ひとつひとつの段が非常に狭いので、カニのように横歩行で上らねばならない。

「マヤ民族は体が小さかったから足も小さかった。だからこんな狭い階段を作ったんだな」

とストールが言うと、マーカスが、

「それもありますが、この急斜面は神殿の上で行われるさまざまな儀式が下からでも見えるように作られたともいわれているんです。一般庶民にお偉いさんたちの顔や行動がよく見えるようにするためであり、同時に上からも下がはっきりと見えるように作られています」

その急斜面の階段をストールは横走りで一気に上っていった。高所恐怖症だったのがうそのようだ。頂上には素晴らしい眺めが待っていた。周囲は見渡す限り地平線までジャングルが続く。

「なるほど。この傾斜なら下はよく見える」

ストールが言った。

「マイク、この階段は何段ありましたか」

「数えてないよ」

「九十一段です。その四倍ですから合計で三百六十四段、それにてっぺんにある神殿へあと一段、計三百六十五段となります」

「一年というわけか」

「この神殿はいろいろな意味でマヤの農耕暦や、その他さまざまな神事暦を表しており、マヤの建築技術の水準がいかに高かったかを示しています」

一行が最も興味を抱いたのは聖なる泉と呼ばれるセノテだった。実際は泉などとはほど遠いどす黒い不気味な沼だ。直径六十メートル、水面ははるか二十メートル下。周囲は九十度の絶壁となっていて、はい上がるのは不可能となっている。上から見下ろすと思わず吸い込まれるように感じる。何かの霊が下から招いているようだ。高所恐怖症でなくとも足がすくんでしまう。

「ここは生け贄《いにえ》の池とも呼ばれています。よく人間をほうり込んだからです。生け贄は大体処女と決まっていたらしいですが、名誉と考えられていたので、大人の男女もすすんで生け贄となったといわれています。しかしそうではなく無理やり生け贄にされたのだという歴史家もいます。その証拠としてあの左側に石でできた小さな建物の跡があります。あそこはスティーム バスとサウナがあった跡です。生け贄となる人々はあそこに入ってマリファナやコケインのような麻薬を吸っていたのです。恐怖心を和らげるためでしょう。そして十分にハイになったところでこの池に投げ込まれたというわけです」

「こんな池に投げ込まれるなら、誰でもヤクをやりたくなるよなぁ」

ストールの言葉は真にせまっていた。

「それにしても」

と佐川。

「お前の説明を聞いてると、以前ここに来たような感じだな」

「マヤの歴史について読んだ事柄が思い出されるんです。僕自身非常に感激していま
す」

「おれももっと勉強しておけばよかったよ。でもスコットランドで学生時代を過ごした
頃は、いつかこんなところに来るとは想像もしなかったからな」

ドッドがストールの腕をつかんで、

「どうだマイク、われわれの無事を祈願して生け贄になってくれるか」

ストールが反射的に後ずさりした。

「悪い冗談はよせ。ここの底には何か魔物が住んでるみたいだ。ネス湖より気味が悪い
ぜ」

それから一行は遺跡見物に四時間ほど費やして、昼飯のためにホテルに戻った。

ロビーのテレビにCNNの画面が映っていた。マーカスが立ち止まった。彼の目はテ
レビに吸い付いていた。

「どうした、マーカス？」

「しーっ！」

　一行が足を止めて画面に見入った。サブタイトルに〝さらばコンラッド中将〟と出ている。バックにアーリントンの墓地が映っていた。女性レポーターの声が聞こえてきた。

「一昨日、統合参謀本部副議長のテッド・コンラッド中将が亡くなったのはすでにお伝えしましたが、その中将の柩は最後の安息の場に落ち着きました」

　画面が変わった。マーカスが何度も見た顔がアップで映った。怒りと軽蔑に満ちた眼差しで話している。彼が話し終わると、画面は他のニュースに変わった。

「あれはグレイ氏ですよ、兄さん！　トム・グレイ氏です」

「グレイ？」

「国防次官補でプロジェクト・オメガのナンバートゥの責任者です！」

「コンラッド中将とは誰なんだ」

「プロジェクトの最高責任者です」

「グレイってなかなか骨のありそうな男じゃないか。すかーっとするようなことを言ったな」

「義務感が強い人ですが、人間的にも温かい人なんです。僕がゴースト・センターにいるときよく訪ねてくれて、いろいろな悩みを聞いてくれました」

「しかし中将が死んじまった今、オメガはこれからどうなるんだろう？」

「多分続けるでしょう。ペンタゴンや統合参謀本部にとってはあまりに重要なプロジェクトですから」

一行はレストランに入った。その隅に三人の男がいた。インディオでもマヤでもない。中のひとりが佐川たちに近付いてきた。

「オーラ、セニョーレス」

にこやかに声をかけてきた。

「私はこのホテルのマネージャーでホルヘ・ギテレスという者ですが、ちょっとおうかがいしたいことがあるのですが」

「なんなりと」

佐川が言った。

「あちらにおられるのはこの地区の警察の方なんですが、あなた方がここに来る前、最後に寄った空港はどこだったのか知りたいと言っています」

佐川が篠田に目をやった。

「キューバですよ」

篠田が言った。

「メリダの管制塔には伝えてあるはずですが」

「メリダですね。失礼しました」

マネージャーが二人のところに戻った。数分後に二人は立ち上がって出ていった。

「兄さん」

マーカスが言った。

「グレイ氏に連絡させてくれませんか。中将が亡くなった今がチャンスだと思うんです」

「チャンス？」

マーカスがうなずいた。

「彼は話がわかる人です。ちゃんと説明すればわかってくれると思います」

「何を説明するんだ」

「今の状況と僕の心境をです。プロジェクトにはもう戻らないと伝えます」

「そんなことを言っても聞くわけはないだろう。彼は話がわかる人かもしれないが、所詮はペンタゴンという巨大なマシーンの一部品にすぎないんだ。甘い考えは捨てろ」

「ちょっと待てよ、佐川」

それまで黙っていた藤島が言った。

「おれは可能ならマーカスがグレイに話したほうがいいと思う。あちらさんはプロジェクトの総責任者がいなくなっちまって、これからどうするかを模索してる最中じゃないかと思う。少なくとも向こうの状況がわかるはずだ。問題は電話が使えるかどうかだ」

「無理だな。簡単に逆探知されちまう」

「これはだめかな」

藤島が言ってポケットから取り出した携帯をマーカスに渡した。マーカスがバックカヴァーを取り外した。

「機能的には申し分ありませんが、探知可能ですね。ついでだからもう少し使いやすくしましょう」

と言って、バックカヴァーの中にある四角いプラスティックの薄い板をこじ開けて、ステーキ ナイフの先でコチョコチョとやった。バックカヴァーをもとに戻して藤島に返した。

「それでNSA要員が使っているのとほぼ同じになりました」

「ということは？」

「いくら使っても使用料を払うことはありません。ただしNSAの場合は携帯を太陽の光にあてるだけで充電可能なんです。でもその携帯ではできません。一部部品を変える必要があるんです。いつかやってあげますよ」

「いくら使ってもただか。まるでマジックだなぁ」

「兄さんのを見せてください」

佐川が自分の携帯を手渡した。

「一応スクランブラーはついてますね。しかしグレイ氏の携帯はすでにＦＢＩがバッギング《盗聴》してるでしょう。これぐらいの装置では通用しないかもしれません。やっぱり無理ですねぇ」

　そのとき佐川は思い出した。ウォリアーから奪った携帯がある。あれはデザインからしてちょっと変わっていたような感じがした。急いで部屋に戻ってダッフェル　バッグから取り出してレストランに戻った。バックカヴァーをはずしたマーカスの目が輝いた。

「これは相当な技術で作られていますね。スクランブラーがクォタナリー　システム《四重構造》になってます」

「どういうことだ」

「一つ目のスクランブラーはこっちの番号をかき消します。二つ目はこっちから発信する会話を意味のないものに変えます。三つ目は探知装置を過ぎてからもとの会話に戻します。四つ目はいったんスクランブルされた相手の話を正常に戻すんです。ですから逆探知は無理なんです」

　さすがはモサドの研究室だと佐川は思った。ウォリアーにこれを与えたという事実からみても、彼が重要なモサド要員だったということがうかがえる。同じモサドからの携帯でも、自分が与えられたものは相手もスクランブラーを持っていなければ効果がない代物だった。この一事をみてもウォリアーと自分のどちらがモサドの真のチョイスであったかは明白だ。

「呼び出していいでしょうか？　スピーカーに切り替えて向こうの声も聞こえるようにします」

「絶対に逆探知不可能なんだな」

「保証します」

「話すことに気をつけろよ」

マーカスが素早く数字を押した。

「ミスター・グレイ？　イッツ　ミー　マーカス」

「ドクターG！」

いつもは落ち着いているグレイにしては声が高ぶっていた。

「今どこにいるんだ？」

「それは言えません。逆探知など時間の無駄ですからしないでください」

「そんな姑息《こそく》なことはしないよ。それより無事なのか？」

「無事で元気、こんな幸せだったことはありません」

「暴力は振るわれていないか？」

「とんでもない。皆親切でジェントルメンばかりです」

「ドクターG、コンラッド中将が亡くなったよ」

「知ってます。テレビで見ました。それにしてもグレイさん、あのハイエナ　レポーター に対していいことを言ってましたね」

「もっと言いたかったが、言葉の無駄だと思ってやめたよ」

「中将が亡くなった以上、プロジェクト・オメガは当然停止されるのでしょう？」

「何を言うんだ。停止なんてとんでもない。中将の遺志を継ぐのが残されたわれわれの義務じゃないか。そうだろう？」

「それはあなたが勝手に考えていることでしょう。僕の考えは違います」

「ところで君に真っ先に知らせたいことがあるんだ。君をゴースト・センターからさらっていった佐川という男だが」

「僕の兄でしょう」

「知ってたのか！」

「グレイさんこそどうやって知ったのです？」

「ＣＩＡの友人にチェックしてもらったんだ。君たちがああいう逢い方をしたなんて、まさに十億分の一の確率だ。おめでとうと言ったほうがいいんだろうね」

「その言葉、素直に受けておきます」

「スピーカーがオンになってるな」

「わかりますか」

「エコーが届くよ。誰がこの会話を聞いてるんだ」

マーカスが何かを質問するように佐川を見た。佐川がうなずいた。

「やあグレイ国防次官補、佐川だが」

「やっと君と話す機会ができたな。単刀直入に訊きたい。ドクターGをどうするつもりなんだ？」

「どうするもこうするもない。それはマーカス次第だ。彼自身が決める。おれはその決定を尊重するだけだ。彼がアメリカに帰りたいと言えばすぐに帰す」

「ドクターG、どうなんだ？」

グレイの口調は懇願に近かった。

「帰るなんてこれっぽっちも考えていません。もうゴースト・センターには戻らないと心に決めたのです」

「あそこが気に入らないのなら他に研究所を移そう。もっとワシントンDCに近いところでもいい。とにかく帰ってきてくれ」

「僕の言ってることがわかってないようですね。研究所がどこになろうと関係ありません。あのプロジェクトには二度と手を染めないと決めたんです」

「君が抜けたらプロジェクトはストップする。これまで大分不愉快なこともあっただろうが、いかようにも正す。もっと自由な環境も約束する。だから考えてくれ。オメガはもう少しで完成するんじゃないか」

「あなたには申し訳ないけど僕の気持ちは変わりません。あのプロジェクトは非人間的です。最初から始めるべきではなかったのです」

「何を今さらそんなことを言ってるんだ。非人間的なものも使い方によって人間的にできるんだ。要は使う人間によるんだ」

「使う人間を信用できなくなったんです」

「私も信用できなくなったのか」

「あなたはまだまともです。でもあなたがオメガの使用を判断するわけではありません。最終的には軍が使うわけですから」

「佐川、何とか言ってやってくれ。もしドクターGが帰ってくるなら、あんたやあんたの仲間の罪は問わない。世界のどこへ行こうが自由だ」

「おいおい、おれは世界中で指名手配をされてる男だぜ。あんたのひと言でそれが取り消されるわけじゃあるまい。それに今言ったようにマーカスがこれからどうするかは彼の気持ち次第なんだ」

　マーカスを見据えて、

「マーカス、もう一度訊く。腹を据えて答えるんだ。お前はどうしたいんだ」

「僕は絶対にアメリカには帰りません。兄さんとどこまでも一緒です」

「聞いての通りだ、ミスター・グレイ。マーカスは帰らないと言ってる。おれとしては彼の言葉を尊重しないわけにはいかない」

「しかしあんた方はどうあがいても逃げ切れない。弟を地獄への道連れにしようと言うのか。彼はアメリカだけじゃなく人類の至宝なんだぞ」

佐川が鼻で笑った。

「地獄へ道連れなんてつもりは毛頭ない。これから先については、おれはあんたよりずっと楽天的なんだ」

「それはどうかな。もしこのまま逃げ続ければ、遅かれ早かれアメリカ官憲があんた方を捜し当てる。もしアメリカでなければイスラエルの諜報機関が追いつくだろう」

「そんなことは織り込み済みだよ」

「そうか。じゃ仕方ないな。ドクターGが彼の実の父親が指揮する刺客に殺されるかもしれないことも織り込み済みというわけだな」

佐川の表情がかすかに変わった。

「どういう意味だ？」

「知ってるんだろう？　ドクターGの実の父親が誰かを」

「おれたちが知ってるのは母だけだ」

「そうだったのか。当然知ってるものと思ったが……」

「誰なんだその父親というのは？」

　ちょっと間を置いてからグレイがゆっくりと言った。

「シェイ・デモノヴィッチをあんたのところに送り込んだ人間だよ」

「シェイ・デモノヴィッチなんて知らんな」

「ああそうか。奴は別名を使ってたんだな。ウォリアー、イーライ・ウォリアーだ」

「……！」

　一瞬佐川は息を飲んだ。まさか！……ウォリアーは長官に直接命令されたと言った。ということはワイゼッカー・モサド長官がマーカスの実の父親ということになる。そのワイゼッカーが自分にマーカスを殺すことを命じたのだ。

「あんたの言ってることはあまりにもメロドラマ的だ。にわかには信じられんね」

「信じようが信じまいがそれはあんたの勝手さ。だがこの情報はＣＩＡのカウンターインテリジェンスが収集したものだ。何年も前にね。当時ワイゼッカーはデヴィッド・ハーマンという名前を使っていた。妻のエスター・ハーマンの本名はエスター・グッドマン。二人は当時モサド内で最高のペアーといわれていた」

　母のエスターがモサド　エージェントだった？　その可能性は考えたがはっきりと言われると複雑な気持ちになる。佐川はしばし言葉がなかった。その沈黙が彼の困惑と驚きを象徴していた。

「結婚はあくまでカヴァーだった。しかし二人の間に人間的な感情が芽生えた。そしてドクターＧが生まれたというわけだ」

自分が小さい頃、母はちょくちょく外国に出張していた。彼女がモサドエージェントだったとしたらつじつまが合う。

「母は交通事故で死んだということらしいが、本当のところはどうなんだ」

「あれはただの事故ではなかった。彼女は殺されたんだ」

「モサドが殺ったのか」

「いや、ＣＩＡのはねあがりがやったらしい。ＣＩＡが言うのだから確かだろう」

「ワイゼッカーはマーカスが自分の子だということを知っているのか」

「確かなことはわからないが、多分知らないだろうというのがＣＩＡの分析だった」

「しかしおかしいじゃないか。モサドは世界で最も優秀といわれる諜報機関だ。そんな彼らがマーカスについて調べもしないでオペレーションに入るかね」

「モサドだってミスることがある。普通の人間に対してなら事前に徹底的な情報収集をやっただろう。だがドクターＧは特別な存在なんだ。計り知れないＩＱを持ち、世界最高の工科大学の研究室にいたというだけでクレデンシャル《信用証明》は十分だった。いちいちチェックするなんて時間の無駄というものだ」

　これでまた事態が変わってしまった。佐川はワイゼッカーとの決着はつけるつもりだった。しかしそのワイゼッカーは弟マーカスの実の父なのだ。佐川の心の中の嵐を感じてかマーカスが言った。

「兄さん、僕はそんな奴を父なんて思ってませんよ。会いたくもありませんからね」

「まあそう早まるな、ドクターG。ひとつ提案しよう。君がアメリカに帰ってくるなら、佐川やその仲間もアメリカに戻ってきてもいい。彼らに対するFBIによる尋問もなし。佐川のクライアントがどこの誰かなどとも訊かない。これは超法規的措置だ。FBIには私が責任を持って話をつける。約束する」

「僕の気持ちはもう決まってますよ、グレイさん」

「ミスター・グレイ」

　佐川が言った。

「その提案について少し考えさせてくれないか」

「兄さん！　何ということを！」

　佐川が唇に人差し指をあてて何も言うなというジェスチャーを見せた。

「仲間の安全も絶対に保証するのだろうね」

「ストールとドッドだろう。ドッドの本名はランドルフ・キーチだったな。あんたも含めてちゃんとアメリカに住めるようにする」

「その保証の裏付けがほしいな」

「私はアメリカ合衆国国防省の次官補だ。その私が保証するんだから確かだろう」

「しかしおれはこの世界で何度も裏切られている。わかるだろう？」

「もちろんそれはわかる。だがこの際私を信用してくれと言う以外ないね」

「わかった。一日くれ。もう一度かける」

「待て！　まだ切るな！」

佐川が携帯をたたんだ。

「兄さん、何であんなことを言ったのです」

「そうですよ、隊長」

とドッド。

「アメリカ政府の連中を信じるなんて隊長らしくないですよ」

「誰が信じると言った？」

「でも今言ったじゃないですか」

「ただの時間稼ぎだよ。さっきここのマネージャーと話していた二人の警察官が、今頃はいろいろとチェックしているところだろう。今日中にここから出なきゃやばい感じがするんだ。荷物をパックしろ」

藤島と篠田を残して皆それぞれの部屋に帰った。

「どうするつもりなんだ」

藤島が佐川に訊いた。

「まずはここから脱出せねばならない。ストールとドッドをどこか安全なところで降ろして逃がしてやりたいんだ」

「それは〝安全〟の意味にもよるな」

「香港が一番いいと思うが。あそこなら英語も通じるし、白人も多い国際都市だ。混ざり込める可能性が一番高い」

「だが指名手配リストなどは必ず香港に行くことになってるぜ」

確かに藤島の言う通り、香港の官憲はインターポールや各国の警察と緊密な関係を持っている。中国本土から潜り込む犯罪者が多いし、一昔前まではヨーロッパからの犯罪者たちも多かった。あそこのアバディーン地区に入ったら、香港警察でも容易に踏み込めないといわれていた。

だが今は少々事情が違う。一九九七年にイギリスから中国に返還された後は、年々治安が緩んできた。14Kや他の組織犯罪は今ではおおっぴらにカオルーン地区で活動している。

「いったん入っちまえば大丈夫だ。身元を消毒するにはもってこいの場所だ。しばらくしたら堂々と出国できる。もちろん偽造のパスポートでだが」

「しかし問題は入国です」

篠田が言った。

「香港空港はかなりうるさいですよ。着陸許可が下りるかどうか……」

「着陸地を変えればいいんだ」

と藤島。

「香港の近くにはマカオがある。マカオにはおれの親しいビジネスマンがいる。エディ・チャンというんだ。聞いたことないか」

「エディ・チャン？　ひょっとしたらマカオ経済界のドンといわれる男じゃないか。フォーチュン誌で読んだことがある。マカオのカジノや一流ホテルやリゾートを世界中に展開しているコングロマリットのオーナーらしいな」

藤島がうなずいた。

「そのコングロマリットはマカオで唯一の航空会社エル・ドラド航空を持っている。中国本土をはじめとして全アジアにネットワークを張ったアグレッシヴな航空会社だ。マカオ空港はチャンが作ったんだ。あそこから香港へはコミューターヘリで行ける。税関や入管はいっさいいない」

佐川が篠田に向かって、

「香港へ行くとしたらどのルートがある?」

「最良なのはここから北上して西に向かいハワイ周辺で給油でしょうが、アメリカ領空を通ることになります。空にも指名手配がまわってるでしょうし、こちらの機種は知られていますから、アメリカ空軍や海軍の戦闘機に撃墜される可能性もあります。ですから南太平洋ルートしかないでしょう。そうなるとかなりの遠回りになります。なにしろ地球半周ですから」

「でもできるんだな」

藤島が念を押した。

「燃料補給さえうまくいけば」

「よし、ルートは君と裕作君に任せる」


電話の向こうから聞こえてくるパグリアーノの声はややはずんでいた。今しがたメキシコ連邦警察から連絡が入って、ベンジャミン博士の拉致犯らしき一行の居所がわかったと伝えてきたという。

メキシコのユカタン半島にあるチチェンイツァから二キロほど離れたところにあるピステという町の警察官が妙な噂を耳にした。外国人の一行がビジネス用ジェット機でチチェンイツァを訪れた。ひとりが機内に残り、六人がホテルにチェックインした上、全部屋を五日間借りきった。しかし観光はあまりせず、ホテルにとどまっている時間のほうが長い。その噂をチェックするため二人の刑事が一行のホテルを訪れた。確かにおかしいと彼らは感じた。署に帰って連邦警察に連絡したところ、アメリカFBIの指名手配書がファックスで送られてきた。それを見て二人はびっくりして折り返し連邦警察に電話をして、六人の中の三人は間違いなく指名手配書に載っていると確言した。しかしメキシコ側は拉致犯の居所は伝えてはきたが、管轄権は彼らにあると言ってアメリカ側の介入は拒否したという。

「それも無理はないとは思うがね」

パグリアーノがグレイに言った。

メキシコは他の中南米諸国同様、アメリカとの関係に非常に神経質で、特にアメリカの兵士や警察が自国に入ってくるのに対して、ほとんどアレルギーになっている。アメリカの中南米に対する政治的、経済的、軍事的な歴史を見れば、なぜそうなってしまったのかは理解できる。

だから今回の件でもアメリカ軍やFBIを決して送るようなことはしないでほしい。

その代わりメキシコ官憲が責任を持ってことに当たるとその担当者は約束したという。

しかしことがことだけに、そう簡単にはいそうですかと引き下がるわけにはいかない。

パグリアーノはせめてメキシコスィティのアメリカ大使館にいるFBI関係者を現場に

行かせてほしいと要請したが即座に断られたという。

コロンビアやエクアドルでアメリカのＤＥＡ（麻薬取締局）のエージェントが活動しているが、それさえも国民感情を逆なでしている。メキシコ政府としてはそんな政治的リスクは冒せない。しかし責任を持ってやると何度も担当者は強調したという。仕方なくパグリアーノは折れざるを得なかった。しかしある一点だけは強調した。一行の中に拉致された人物がいる。絶対に彼を生きたまま帰してほしいと言って、マーカス・ベンジャミンの特徴をこと細かに説明した。その担当者は了解したと答えたという。

「問題は彼らの言う〝責任を持って〟の意味だな」

「私が受けた感じでは、彼らは警察ではなく軍隊を送り込むようだ」

「となると死者が出ることもあり得るな」

「しかしボトム《本》 ライン《音》を言えば、奴らを捕らえるより殺してもらったほうがいいんじゃないか。あんたもそう思うだろう」

「確かにそうだ。だがそうなった場合、ドクターＧも巻き込まれるかもしれない。それが唯一心配な点だ」

「もし万にひとつそういうことになったらプロジェクト・オメガはどうなるんだ」

「スクラップせねばならんだろう」

「誰かがドクターＧに代わって完成させるというわけにはいかないのか」

「それが可能ならとっくにやってるさ」

と言ってから一呼吸おいて、

「頼む、グレン。もう一度メキシコ側の担当者と話してドクターGについての約束を確認してくれ。もし彼に何かあったら、合衆国とメキシコの関係は崩壊すると伝えてもいい」

「そうしよう。そのぐらい脅さないと彼らは本気にしないかも。何しろアスタ　マニヤ《——また明》ーナ《日——》の国だからな」

フロントカウンターの後ろにいる男が妙にそわそわし始めた。タクシーを頼んでからもう二十分もロビーで待ち続けている。もう一度タクシーに連絡を取るように言った。男はうなずいたがすぐに奥の部屋に消えてしまった。佐川にはピンときた。タクシーには連絡していなかったのだ。しかし他に連絡したところがあるかもしれない。佐川が篠田に機に残っている弟を呼び出して現状を聞き出すよう言った。特に異常はないとのことだった。

「皆、ここから歩くことにする。一キロほどだからわずかな距離だ。大丈夫だな、マーカス？」

「もちろんです。公園の散歩としゃれ込みましょう」

　一行は空港からタクシーで来た道に入った。空港は遺跡とは反対側にある。ドッドが先頭のポイントマン《斥候》となり、ストールがしんがりをつとめた。手に武器はないが、佐川と部下の二人はベルトの後ろ側と足首のところにそれぞれベレッタとワルサーを隠し持ち、ダッフェル　バッグには手榴弾を三個ずつ入れていた。

　空港から百メートルぐらいの地点に来たとき、車のエンジン音が聞こえた。それも一台ではない。前から向かってくるのではないのは確かだ。

　一行のペースが速くなった。空港が見える距離に近付いていた。一行のペースはさらにアップした。佐川たちには普通のランニングだが、マーカスにとっては百メートルダッシュに等しかった。心臓が今にも破裂しそうな苦しみに襲われていた。

　佐川が後ろを見た。ジープとトラックが目に入った。

　突然パーンという音とともに先頭を走っていたドッドがもんどり打って倒れた。空港のゲートのところに二人の男がライフルをこちらに向けて立っていた。二人とも私服姿。ホテルのレストランにいた二人の刑事だった。彼らとの距離は約三十メートル。

「アルト！　アルト！」

　二人が叫んだ。まさか相手は撃ってこないであろうと思っているような彼らの動作だった。

　佐川がベレッタを抜いて発射した。ひとりが倒れた。続いてもうひとり。

佐川がかがみこんでドッドを引き起こした。多分肺を撃たれたのだろう。口から大量の血を吐いていた。

ストールがポイントマンとなって他の者たちの先頭になって飛行機に走った。佐川はドッドの片腕を自分の肩に置いて彼を引きずって走った。後ろから銃声が聞こえた。ジープとトラックは急速にせまっていた。

「隊長、もうここでいいです」

「ばか野郎！ ここまで来たんだ。こんなところで死なせてたまるか！」

ドッドの息遣いがゆっくりと、しかし荒くなっていくのが感じられる。ゲートの中に入った。滑走路の隅に機が待機している。藤島とマーカス、篠田はすでに機の中にいるのか姿が見えない。ひとりストールだけが機のそばに立って両手に銃を構えて立っていた。

ジープとトラックはすぐそこまでせまっていた。銃弾の嵐が佐川とドッドを襲った。

佐川が一瞬足を止めた。ドッドをそばに置いた。ダッフェルバッグから手榴弾を取り出した。

「ドッド、見てろよ。今花火を打ち上げてやるからな」

手榴弾のピンを抜いてゲートにせまっていたジープ目がけて投げた。ジープまでは届かなかったが恐怖感を植え付けるには十分な距離で爆発した。ジープとそれに従《つ》くトラックが急ブレーキをかけて止まった。これで少しは時間が稼げる。

「さあ行こう」

佐川が再びドッドを引き起こそうとした。

「おれは行けません。もう動けません、隊長」

「何を言う！　機はもうすぐそこだ！」

ドッドが首を振った。蒼白《そうはく》な顔色だった。

「おれは死ぬところです」

「それは許さん！　おれが命令するまで死んではならん！　聞こえるか、ドッド！」

「隊長と一緒に働けたことは大きな喜びでした」

次の瞬間佐川の腕に新たな重みが加わった。

「ドッド！　なぜ命令にそむく！」

兵士たちはジープやトラックから降りて攻撃態勢をとりながら佐川のほうに向かってきていた。佐川が十字を切って立ち上がり、脱兎《だっと》のごとく機に向かった。兵士たちは佐川にライフルを発射しながら追ってきた。

佐川が後ろを振り返った。そのとき信じられないことが起こった。ドッドが突然ふらふらと立ち上がったのだ。右手に手榴弾を握っていた。せまりくる兵士たちに向かって叫んだ。

「合衆国陸軍レンジャー部隊のランドルフ・キーチだ！　死にたい者だけ前に進んでこい！」

兵士たちは一瞬すくんだが、すぐに持ち直してドッドに向けていっせい射撃を浴びせた。ドッドの体が風に舞う落ち葉のように揺れた。

彼が空に向かって叫んだ。

「ジェニー、マイ　ベイビー！」

腹の底から絞り出すような声だった。次の瞬間、手にした手榴弾が爆発した。

佐川はほとんど機に近付いていた。ストールはすでに機に乗って佐川に片手を伸ばしていた。それをがっちりと握ったとたん機が動き始めた。ストールがその太い両腕で佐川を機内に引っ張り込んだ。ドアーを開けたまま機はぐんぐんとスピードを上げていった。

後ろを振り返るとドッドの姿はなかった。

「死ぬなと命令したのに……」

佐川がつぶやいた。

メキシコのエアー　スペース《領空》を一刻も早く出ねばならなかった。そのまま太平洋に出ればメキシコ空軍のターゲットになり得る。

機は最短距離でカリブ海に出て南下し始めた。行く先はエクアドルのグアヤキル。機内では皆ぐったりとしていた。特にマーカスは疲労が激しかった。死んだように眠っている。無理もない。生まれて初めて命懸けで走ったのである。

藤島の疲れは別の次元だった。戦闘シーンは映画やテレビでは何度も見ている。しかし実際に目の当たりにしたのである。まだ耳元を銃弾がかすめていった感覚が残っている。文字通り生きるか死ぬかを体験したのだ。神経が極限まで張り詰めた感じがする。しかしどこか心地よい興奮があった。こんな気持ちになったのは初めてだった。もしあそこで死んでいても悔いはなかったろうと思った。

佐川はサム・ドッドのことを考えていた。どこかもの憂げな表情とあの悲しみに満ちた眼差し。あの夜セイフ　ハウスで愛する一人娘ジェニーについて淡々と話していた剛直な戦士。彼もまたペンタゴンという巨大なマシーンにその人生を翻弄された人間のひとりだった。

あの夜、彼は言っていた。〝人生の最後に帳尻が合ったと納得したい〟と。果たしてそう感じただろうか。そう思いたい。それまでアメリカ軍に対して抱いていた怨讐《おんしゅう》を捨てて、彼は最後に合衆国陸軍レンジャー部隊隊員に戻ったのだ。そして仲間を助けるために自らの命を捨てた。古代ギリシャ人はよく言ったものだ。〝卑怯者は何度も死ぬ。しかし勇者は一度しか死なない〟……

後ろの席に座ったストールが佐川の肩に手を置いた。

「隊長、ドッドは惜しいことをしました。あれこそレンジャーの戦いぶりでした。最後の勇姿はおれの胸に永遠に刻み込まれるでしょう」

佐川が黙ったままうなずいた。

「こんなときに言うのもなんですが、ドッドの取り分をおれに預けてもらえませんか。ジェニーの名義でエスクロー口座《――第三者預託――》を開いて、彼女が成人したら受け取れるようにしたいんです。お父さんはイラクで死ぬ前におれのレストランに投資していたので、その利益だと言えば彼女も喜んで受け取ると思うんです」

いい考えだと佐川は思った。そうすればドッドが言っていたような〝足ながおじさん〟からのプレゼントではない。堂々と父親サム・ドッドからの金であると言えるのだ。

「そうしてくれ。ドッドもそのほうが嬉しいと思うよ」

それにしてもドッドは一度死んだのに生き返って敵を止めたのだから、すごい精神力があったとストールが言った。

「いや、彼は死んではいなかった」

佐川が言った。

「でも、あのとき隊長の腕の中で……」

「おれも彼が命尽きたと思った。だが今考えればあれはおれを助けるための芝居だったんだ。あのままだったらおれはずっと彼と一緒にいた。そうすれば二人とも間違いなく死んでいた。死んだふりをしておれにあきらめさせたんだ」

「ドッドの一世一代の芝居だったというわけですか」

　ストールが感激の面持ちで言った。

「あんな男とわずかな間でも一緒に仕事ができたことはとてつもない誇りでした」

「まったく同感だよ。一生つきあいたい男だった」


　約四時間かかって機はエクアドルのグアヤキル空港に着いた。篠田次郎が一行に機内にとどまるように言った。燃料補給のためのトランズィットであるから、機から出ない限り入国や税関のチェックはない。

　それでも賭けには違いなかった。もしグアヤキルの官憲にイスラエルのシンベットやアメリカのＦＢＩから指名手配書や一行の乗った機種などが連絡されていたらまずいことになるのは必至だった。

　しかしエクアドルはパナマやコスタリカ、コロンビアなどと違って空港の官憲機能がごくルーズである。陸の国境についてもそうだが、空からの出入国についてもよく言えばあまり神経質ではないのだ。そこのところを篠田兄弟はよく知っていた。

　給油を終えて機はグアヤキル空港を飛び立ち、再びエアーボーンとなった。次のストップオーヴァーはガラパゴス諸島のひとつサンクリストバル島。

佐川は香港到着後の行動について考えていた。

香港に潜り込めればストールは九十九パーセントの確率で逃げられる。それについてはまだ彼には言っていなかった。言えば当然彼が断ると知っていたからだ。しかしいったん香港に入ってしまえば何とか説得はできる。もし不可能なら黙って彼を置いていってもいいのだ。

問題はマーカスである。自分が行こうとしているところに彼を連れていくわけにはいかない。だがマーカスはアメリカには帰らないと言っている。日本にはもちろん行けない。とすると頼りは藤島だ。彼にマーカスを一時的に預かってもらうのが一番いいオプションかもしれない。彼ならマーカスが安全に隠れることができるような場所を探せるはずだ。そこで事態がクールダウンするまでの間ひっそりとしていればいい。

佐川がアイルを隔てた席に座っている藤島のほうに身を乗り出した。

「お前に頼みがあるんだが」

佐川の話を聞いた藤島は、マーカスの隠れ場所は自分が責任を持って見つける、香港にある彼のコンドミニアムでもいい、メイド付きだから不便はないと言った。

「でもなぁ佐川、おれを置いてきぼりにするなんてひどいぜ。ここまで来たんだ。とことんお前につきあうと決めてるんだ」

そう勝手に決められては困る。これはピクニックではないと佐川が突き放すと、

「そんなことはわかってる。お前はおれを見くびっている。チチェンイッァでドッドが殺られたとき、おれは銃を持たずただ逃げるだけの自分が情けなくてしょうがなかった。もし銃を持っていたらドッドを救えたかもしれなかったんだ」

「お前が殺されてたかもしれないじゃないか」

「それでもいい。だからこの期に及んでおれをお前のプランからはずすなんてことはしないでくれ」

佐川がしばらく考えた。これから自分がしようとしていることはタイトロープの上でタップダンスをする以上に危険極まりない賭けだ。藤島が何と言おうと彼の命まで賭けるわけにはいかない。

「やっぱりだめだ。お前は大切すぎる人間だ」

藤島がうなずいた。

「そうか。納得できないが、一応了承すると言っておこう」

グアヤキル空港を発ってから約二時間半後、機はサンクリストバル空港に到着した。ガラパゴス諸島はエクアドルでも数少ない観光地だけあって、その玄関口であるサンクリストバル空港は小ぎれいにまとまった空港だった。藤島と篠田裕作だけが機から出て食料品の買い出しのため空港の敷地を出た。彼らならたとえ職質されても本物の観光客

で通る。篠田次郎は地上の給油員に指示を与えていた。

佐川が立ち上がってコックピットに行った。パイロット席のそばにあるコンピューターの画面には南太平洋の地図が映っていた。それによると次のストップオーヴァーはチリ領のイースター島だった。その距離約四千キロ。篠田次郎が戻ってきた。

「長い飛行になりそうだな」

画面を見ながら佐川が言った。

「すいません」

「いや、そんな意味で言ったんじゃないんだ」

「本来ならグアヤキルからイースター島に直行したかったのですが、なにせ五千キロ以上あるのでここで給油することにしたんです」

「あんたと弟さんには心から礼を言わせてもらう。あんた方のスキルなしではおれたちはチチェンイツァで一巻の終わりだった。おれはマカオで君たちと別れる。感謝の気持ちを伝えたかったんだ」

「感謝なんてそんな。今回のフライトはパイロット冥利《みょうり》に尽きるというものです」

「それにしてもチチェンイツァを飛び立ったときのマヌーヴァーはすごかったな」

あのとき地上からはライフルや機関銃が機めがけて掃射されていた。燃料タンクに一発でもあたっていたら機は間違いなく墜落の憂き目に遭っていたろう。それをスネークラインやダッチロール、急上昇などでかわして切り抜けたのだ。

「曲芸飛行とはああいうのを言うんだろうな」

「空自にいたおかげです」

「藤島から聞いたんだが、アフリカ上空でミグ21に攻撃されたそうだね」

「ミグ21で助かりましたよ。パイロットの腕も悪かったし」

「そういうことはしょっちゅうあるのかね」

　篠田が笑いながら、

「そうしょっちゅうあったらこっちがもちませんよ。でもアフリカや中東上空では何が起きてもおかしくはないという心掛けで飛びます。ついこないだもイスラエルに行ったのですが、領空に入ったとたんにスクランブルをかけられましてね。F-16二機が両脇にピタッとついて砂漠の基地に強制着陸させられました」

「そのときの客は藤島だったのかね」

「もちろんです。これは社長の機ですから」

「イスラエルには何の用で行ったんだ」

　佐川はそれが自分のことに関してだと直感した。

「それは……」

「答えてくれ、篠田君」

篠田がため息をついた。

「私がしゃべったとは言わないと約束してくれますか」

佐川がうなずいた。

「実は社長はあなたのことでイスラエルに行ったのです」

篠田によると、ある日突然藤島が電話をしてきて、数時間後にイスラエルに発つからフライトの準備をするよう指示したという。

イスラエルでまず藤島が訪れたのは〝エルサレム・ポスト〟紙の本社だった。佐川がゴラニから脱走したという記事はリークをもとに書かれたと藤島はにらんでいた。その記事を書いた記者に会ったが、彼はリークのソースについて明かすことを拒否した。ポスト紙が繰り広げている地球環境キャンペーンに五十万ドルの寄付をオファーしたが無駄だった。

次に彼は陸軍参謀本部を訪れたという。

「あそこである将軍に会っていました。確か特殊部隊の総責任者です」

「メイヤー将軍か」

「その名前でした。しかし話はあまりうまくいかなかったようで、いたく落胆されてました」

その後は国防省や外務省、シンベット本部などを回ったが、篠田には藤島が空回りの動きをしているように感じられた。三日も過ぎた頃には疲労困憊《こんぱい》の様子で、食事も満足にとらなかったという。

「あんな社長を見るのは初めてでした。下げたくもない頭を下げて役人どもから少しでも情報を得ようと懸命だったのです。悲壮感と焦りがありありと見えました」

五日目頃になると彼はある感触を得ていたという。

「社長はあの通り頭が抜群にきれるし、直感力も大変なものがあります。つぎはぎの情報を合わせて大きな絵にして分析したのでしょう。彼は言いました。〝佐川ははめられたんだ。罠にかかったんだ〟と」

しかしその頃になると藤島の顔色は極端に悪くなっていた。頰はこけ目の下にくまができ、体全体が萎《しぼ》んでいっているようだった。持ち前のハンサムな容姿は消えていた。見かねた篠田が日本に帰ることを勧めた。たとえ友人のためとはいえ健康を害してまでする価値はないと言ってしまった。

「あれは言ってはならないことでした。あのとき藤島社長はせつないほど寂しげな眼差しで私を見つめて言いました。〝あいつはこの世でたったひとりの友人なんだ。あいつのためなら死んでもいい〟と。タフでやり手のビジネスマン・藤島正也のまったく別の面を見せられた思いでした」

佐川は胸の底から熱いものが込み上げてくるのを感じていた。藤島はそんなことについてはひと言も言っていない。

今回のことについては真っ先に藤島に連絡すべきだった。それをしなかったのは彼に迷惑をかけたくはないという思いが強かったからだ。しかし心のどこかに所詮藤島は部外者であり、事実を漏らしてはならないという確信めいたものがあったからかもしれなかった。いや絶対にあった。佐川の顔がわずかに歪んだ。

篠田が続けた。

「私はあのとき思いました。佐川丈二という人は本当に幸せだ、と。私にはそんな友人はいませんから」

第十五章　生け贄

オフィスに戻ったトム・グレイは秘書から〝キャピトル・グローブ〟紙のクエンティン・ザブロフスキーから何度も電話があり、至急連絡を乞うとの伝言を受けた。あの変態が一体何の用事なのだろうか。しかし今はそれどころではない。

プロジェクト・オメガも、亡くなったコンラッド中将の名声も、そして自分の今後も真実の瞬間にさらされているのだ。机に向かってしばらく頭を抱え込んでいた。まだ頭の中は混乱していた。

統合参謀本部議長のクラレンス・デンヴァー大将から呼び出しを受けたのは二時間ほど前だった。そのミーティングが自分を崖っぷちに追い込むとはさすがのグレイも予想だにしなかった。

当然、話はプロジェクト・オメガについてであると思っていた。コンラッド中将が逝ってしまった以上、新たな総責任者が必要となる。グレイは自分がそのポストに任命されるのではないかと危惧を抱いていた。マーカス・ベンジャミン博士がいればそれでもいいが、彼がいないプロジェクトなどまず前に進めることなど不可能だ。大将にはぜひそれを進言せねばならないと思っていた。

デンヴァー大将はずばり言った。

「君をプロジェクト・オメガの最高責任者としたい」

と言ってから少し間をおいて、

「オメガをスクラップしてくれ」

何のことはない。プロジェクトの葬儀委員長に任命されただけだ。グレイはこれもひとつのオプションと考えていたので、それほど驚きはしなかった。ただ中将の死の直後というタイミングが少々引っ掛かった。グレイはなぜ大将がそのような結論に達したのか尋ねた。

大将の答えは二つあった。どちらも明快だった。まずマーカス・ベンジャミン博士がプロジェクトに戻る可能性は限りなくゼロに近い。これは今朝方ＦＢＩのバーガー長官にも確認しているという。すでにＦＢＩにはメキシコ官憲から佐川たちを取り逃がしたという連絡が入っていた。マーカス・ベンジャミンがプロジェクトに戻る可能性はないという大将の指摘には、グレイも同意せざるを得なかった。先日博士と電話で話したが、彼が帰ってこないという意志は相当強いと感じられたからだ。

二つ目は周囲の状況や雰囲気が少しずつ変わってきたこと。中将の死以来、マスコミ数社がインタヴューを申し込んできていると大将は言った。夜遅く自宅にまで電話をかけてくるレポーターもおり、大いに迷惑しているという。

「しかし彼らの目的は軍事や政治について私の考えを聞き出すことではない。中将についていくつかの質問に答えてほしいというのだ。中将は次期統合参謀本部議長確実で、私とは非常に親しい間柄だったとマスコミは知っているからね」

「プロジェクトについては知っているような感じでしたか」

「さあ、それはわからんな。知らないとは思うが」

「マスコミは避けたほうがいいですね。やぶへびになるかもしれませんから」

それにしてもなぜマスコミが中将のことを知りたがっているのだろう。FBIのパグリアーノからはリークするはずはないし、ほかのルートも考えられない。だいいち中将とロシアのスパイに関しては大将さえ知らされていない。となると中将についてマスコミが知りたがっているのは何なのか。彼の離婚や一人息子の死などに彼らが興味を持つとも思えない。とするとプロジェクト・オメガか？

それを言うと大将は、

「私もそれを案じているんだ。ハイエナどもは特殊な嗅覚を持っているからな」

「でしたらなおさらインタヴューなどに応じるべきではないと思います」

大将は単純ですぐカーッとする激情型だから、マスコミにはもってこいの相手になる。

「君の言う通りだと思う。そこでだ。対マスコミは君にやってもらいたい」

「といいますと、マスコミにオメガについて発表するべきと言うんですか」

大将がにやっと笑った。

「問題はどう発表するかだろう。内容だよ。違うかね？」

大将がのぞき込むようにグレイの顔を見た。一瞬グレイはギクッとした。その顔には単純でストレートな軍人としての大将のイメージはなく、狡猾《こうかつ》この上ない動物のような卑しさが見え隠れしていた。

「おっしゃっていることがわかりませんが？」

「君は利口な男だ。わかっているだろうが」

「……？」

「じれったいな。そこまで私に言わせるのか。いいかねグレイ君。タイミングは今なのだ」

「といいますと？」

「コンラッド中将は死んだ。その中将がプロジェクトの最高責任者であったのは事実だ。

そしてプロジェクトは悪魔の兵器を研究開発するためだった。それを私が運よく発見して止めた。君は中将に引き込まれたが、狂気のプロジェクトが暴走しないよう、あえてとどまったんだ。君も英雄だ」

グレイは全身の血が頭に上ったように感じた。不思議なものを見るような目付きで大将を見つめた。彼は中将が独断でプロジェクトを始めたと言っているのだ。すべての責任を彼におっかぶせて、自分は知らん顔をするどころか、悪事の発見者となろうとしているのである。

グレイは一瞬反応のしようがなかった。

「グレイ君、君はまだ若い。ペンタゴン内では国防次官補として異例の出世をしている。前途は洋々だ。私は統合参謀本部の議長として残された時間はせいぜいあと一年か一年半だ。年金はフルにもらいたいし、民間企業からはすでにいい条件でポストのオファーが来ておる。お互いこのままでいきたいじゃないか。そうだろう？」

「でも中将の名前は汚《けが》されます」

グレイがやっと言葉を見つけた。

「死んだ者にとっては名前がどうなろうと関係なかろう」

「それはできませんね。それじゃまるで中将はスケープゴート《——生け贄——》じゃないですか」

グレイがきっぱりと言った。大将はちょっと驚いたようだった。

「それがなぜいけない？」

「中将は立派な軍人でした。生き方は必ずしも上手ではありませんでしたが、国家のために全身全霊を捧げました。そういう人間を死んだからといって貶《おとし》めるわけにはいきません」

「ご立派な心掛けと言ってやりたいところだが、現実が見えていないな。君にとってはこんなチャンスはないんだぞ。正義の味方で憂国の士となれるんだ」

「人をえさにして何が憂国の士ですか」

「考え直したほうがいいと思うがね」

「今のお話は聞かなかったことにしておきましょう」

「生意気なことを言うじゃないか」

大将の赤ら顔が獰猛《どうもう》さを帯びた。

「私は君を助けようとしているだけだ。しかしこちらの善意を君は蹴った。仕方がない。私がマスコミに発表するしかないようだ。その際には君は中将とともに悪人になる。それでいいんだな」

「もし発表するなら私も対抗策を取らざるを得ません」

「ほう、どんな対抗策かね」

「洗いざらいをマスコミにぶちまけます」

「いくらでもやったらいい。しかしそうなると私の言葉対君の言葉だ。どっちが信用されるかは言うまでもなかろう。それに忘れてならないのは君がプロジェクト・オメガのナンバートゥであった事実だ。それは否定するわけにはいかないことはわかってるな」

「最初は誤解を受けるかもしれませんが、最後にはわかってもらえると確信しています。真実は勝ちますよ」

大将があざ笑った。

「君はまだまだ青いリンゴだな。何もわかっちゃいない」

大将が身を乗り出した。

「君や家族の身のためだ。現実的になれ。君には大きな将来があるんだ。奥さんや子供を悲しませるようなことはするな」

「家族は理解してくれますよ。下の息子はまだ小学生ですが、これまで世話になった中将の名前を汚すことが、いかに人道に反したことであるかぐらいはわかると思います」

「私が言った〝悲しむ〟とはそんなレヴェルじゃない。もし君がこの世からいなくなったら悲しむだろうと言ったのだ」

「……!?」

大将が笑いながらうなずいた。

「私はそんなことはやりたくはないが、参謀本部の仲間は最も効果的に君をだまらせる手段を選ぶと言うだろう。われわれに不快な思いをさせる輩は除去するというのが参謀本部のコンセンサスともなっているんでね。われわれを怒らせれば大統領だって例外ではない。ジョン・ケネディという大統領を覚えているだろう。それとも君はまだ生まれていなかったかな。彼は大統領になったとき、アメリカ軍部にとって耐え難い政策を進めた。キューバには進攻せず、ソ連とは雪解け政策を推進、ヴェトナムからは撤退しようとした。ついでにCIA長官でわれわれの仲間だったアレン・ダレスを首にした。参謀本部の仲間たちはおおいに怒った。私はまだ当時はウエストポイントの学生だったが、後に聞いたところによると、当時の統合参謀本部の幹部たちは怒り心頭に発したらしい。その結末は歴史の教科書に書いてある通りだ」

得意満面に話している大将を見つめながら、グレイは強烈な嫌悪感を覚えていた。栄辱を知らぬ人間が地上最強のスーパーパワーの軍人のトップなのだ。

「私が言いたいのは、われわれは大統領さえ六フィート地下に埋められる力を持っているということだ。君のような人間を埋めるのはいともたやすいことだ」

グレイは情けなさで涙が出そうだった。これだけ腐り切った人物が国家権力を握っているのである。しかもその権力を自己防衛のために使う。マフィアよりはるかにたちが悪い。合衆国も末期症状に近いとある種の絶望感を抱かざるを得ない。

「なかなか効果的な脅しですね」

「脅しではなく警告と思ってもらったほうがいいね。脅しはただの脅しで終わってしまうことがある。警告は実行に移されるからね」

「あなた方はオメガより危険だ」

「わかってくれたかね」

　グレイがうなずいた。

「ついでに言っとくが、ベンジャミン博士を拉致した犯人捜しはもういいとバーガーにも言っておいた。その代わり捜索はベンジャミンだけに絞る。そして見つけ次第、除去する。彼は〝悪魔の兵器〟開発の張本人なのだ。今頃ＦＢＩの野良猫部隊が世界中に散り始めていることだろう。彼らは相当激昂《げっこう》しているから、いいパフォーマンスを期待できる」

　グレイはもう何を言われても驚かなかった。しかしマーカス・ベンジャミン博士は何も悪いことはしていないのだ。その彼を消す理由など存在しない。ただの殺しでしかない。それを言うと、

「彼の不幸は頭がよすぎたことだ。中将とぐるになって悪魔の研究をしていたのだ。そして実験と称して何万人もの人間を殺した。そんな人間をアメリカ国民は許すはずがない。マスコミに発表するときは、彼をかつてのナチスのメンゲレに相当する男というレッテルを貼ったほうがいい。そのほうがマスコミ受けするからね」

事実や真実など大将にはもはや関係ないのだ。グレイが立ち上がってドアーに向かった。

「グレイ君」

大将が呼び止めた。

「いつ記者会見をやるのか決まったら連絡してくれ。〝愛国ペアー〟としてアメリカ中に顔見せ興行の始まりだ」

それが二時間前だった。大将のオフィスを出て、トイレに駆け込んで吐いてしまった。まだ気持ち悪さが残っている。机上の電話が鳴った。秘書の声がミスター・ザブロフスキーからだと告げた。

「グレイ国防次官補ですね？　何度も電話してすみません」

「用件は何だ？」

「まずコンラッド中将の死に対してお悔やみ申し上げます。立場は違いましたが、偉大な軍人でした」

「君はアブグレイブの件で中将には大きな辱《はずかし》めを与えたからな。あれで君はジャーナリストとしての名を確立できたんだ。はげたかのようなもんだ」

「それに対してはあえて反論しません。ただ中将の死に対しては心から弔意を表します」

「誠心誠意言ってるなら中将は喜んで受けるだろう」

グレイのトーンがそれまでより柔らかくなった。

「今の統合参謀本部の将軍の中では、実績といい人柄といい抜きん出た人でした」

「それを中将が生きている間に、君の口から直《じか》に聞かせてやりたかったな」

「橋の下を流れてしまった水は戻ってはきませんね」

しんみりとした口調で言った。これが記者特有の見せかけとしても真にせまっている。

「中将への悔やみは受けた。だがそれだけのことで何度も電話してきたわけでもあるまい」

「それなんですが、国防次官補は今ワシントンDCのマスコミ界である噂が飛び交ってるのをご存じですか？」

「どんな噂だ？」

「中将についてなんです。彼が独断であるプロジェクトを進めていたというんです」

「どんなプロジェクトなんだ？」

「何でも核兵器さえ時代遅れにしてしまうような最終兵器の開発というようなことですが」

「イマジネーションが逞《たくま》しいな」

「もしその噂が事実だったら、私が前に追ってたペンタゴンが開発中の新兵器とはそれだったのではないかとふと思ったのです」

「どこからそんな噂がたったのかなあ」

「それは私にも皆目見当がつかないんです。マスコミ関係者はその兵器を〝悪魔の兵器〟と呼んでるんです。誰が最初に言ったのか定かではありませんが、すごくマスコミ受けする言葉であるのは確かですよ」

「〝悪魔の兵器〟?」

数時間前デンヴァー大将と話していたとき、確か彼は〝悪魔の兵器〟という言葉を使った。ひょっとしたら彼がリークしたのではないか……。グレイは素早く考えた。今のままなら結局記者会見を開かねばならない。その会見にはデンヴァー大将も同席すると言っている。問題はそこで発表することの内容である。もし真実を述べたらどうなるか。あれだけ狡猾な大将のことだ。そういうケースがあることも十分に考えているはずだ。ちょっとレールからはずれるようなことを言ったらその途端に会見場から強制退去させられるか、最悪の場合、射殺ということもある。何しろ常識などは通じない男なのだ。記者会見をする前に何とかカウンターを打てないものか……。グレイは意を決した。

「クエンティン、世紀のスクープがほしくないか」

「何です、突然?」

「君はプロジェクト・トリアナについて話したことがあったな」

「ええ、最初にあなたに会ったときでした。ペンタゴンが開発中かもしれない兵器が、トリアナがスクラップされたことに関係してるとみたのですが」

「よーく聞いてくれ、クエンティン。君の見方は正しかったんだ。イマジネーションでも何でもなかったんだ」

「……！」

ザブロフスキーの驚愕《きょうがく》の表情が目に浮かぶ。

「あのときはああ言って君の追及をかわすしかなかった。しかし君は正しかった。ペンタゴンの新兵器開発のためにはトリアナは大きな障害だった。なにしろトリアナは四六時中地球をにらんでいるんだ。となると新兵器の実験なんてできるわけがない。だからペンタゴンはあれを潰したんだ」

「やっぱり……しかし今になってなぜそれを明かすんです」

「噂が一人歩きしてるからだ。君はその噂についての真実を語るんだ。やってみるかね」

「もちろんです。もともと私のテーマですから、ここに及んで他に取られるわけにはいきません」

「これをちゃんとやったら、アブグレイブなど比べものにならないスクープになる。カール・バーンスタインやボブ・ウッドワード以上のジャーナリストに君はなる。一躍世界のクエンティン・ザブロフスキーになるんだ」

「紙面はいくらでも取ります！」

「そうと決まったら今日中に会おう。どこか君が行きつけで個室が取れるレストランはないか」

「ありますよ。チャイナタウンのゴールデン・ドラゴンにしましょう。最高の豆腐料理があるんです」

二人はその夜七時にゴールデン・ドラゴンで会うことになった。

約束の時間通りにグレイはゴールデン・ドラゴンに到着した。しかしザブロフスキーはまだ着いていなかった。三杯のマティーニで三十分たっても彼は現れなかった。社に電話したが彼はとっくに退社しているとのことだった。それからさらに三十分待ったが彼は来なかった。いくら何でも連絡もなしに一時間も遅れるのはおかしい。あれほど興奮していたのに一体どうしたのだろうか。携帯番号は教えていないが、店に電話すれば済むことなのに、それもない。かなりのっぴきならない事情があるに違いないと思った。

仕方なくグレイは帰宅することにした。

店を出て百メートルほど離れた駐車場に向かって歩いた。ときどき車は通るが、人通りはない。ワシントンＤＣでも危険な場所といわれているチャイナタウンである。グレイは歩を速めた。

最初の路地に来たとき、突然男が飛び出してきてグレイの進路に仁王立ちになった。二メートル近い大男だった。きびすを返して逃げようとしたとき、反対側にも男が立っていた。最初の男が後ろからグレイを押さえ付けた。抵抗しようとしたが第二の男が布のようなものをグレイの口に当てた。

何が起こっているのかグレイは初めて知った。ザブロフスキーがレストランに来なかった理由も悟った。来なかったのではなく来られなかったのだ。周囲がヴァイオレントな波のように揺れて見え始めた。数秒もしないうちに彼は完全に意識を失っていた。


佐川たちはガラパゴスのサンクリストバル島からイースター島、タヒチ島、トンガなどに給油に立ち寄ってからニューカレドニアに着いた。グアヤキルを発ってから約十六時間を費やした。ニューカレドニアはフランス領であるために、官憲のシステムはフランス本国と同様である。ということはイスラエルのシンベットやアメリカのＦＢＩとはほとんど関係を持っていないということだ。

一行は初めて全員で機を降りた。しかし給油後すぐに出発であるから、トランズィットとしてロビーにとどまる必要があった。機を降りた途端に、ストールが両手をいっぱいに広げて大きく息をして、奇声を上げながら空港の建物に向かって走った。マーカスが彼に続いた。待合室に入って、まずマーカスは〝インターナショナル・ヘラルド・トリビューン〟を買った。一日遅れだった。佐川や藤島が待合室に入ったとき、マーカスは真っ青な顔色をしていた。その目は新聞に吸い付けられていた。

「どうした、マーカス？」

佐川の問いには答えず、マーカスは呆然とした表情で新聞を彼に差し出した。

一面の下のほうにその記事はあった。

ヘッディングは〝国防次官補自殺体で見つかる〟。〝今朝方ポトマック川の下流で遺体が浮かんでいるのを釣り人が発見した。調査の結果、遺体は国防次官補トーマス・グレイ氏と判明した。遺体の模様から争われた跡はなく、当局は自殺と認定。同僚や部下の話によると、グレイ次官補は最近仕事に忙殺されストレス過剰症に陥っていたという。彼と親しい間柄にあった統合参謀本部議長のクラレンス・デンヴァー大将は特別コメントを寄せている。《グレイ君は私にとっては息子のような存在だった。なぜ自殺したのかまったく私にはわからない。ひと言相談してくれたらと思うと残念でたまらない。私の親しい友人であったコンラッド中将が亡くなったのはつい先日だった。そして今、息子同様のグレイ君が自殺してしまった。運命的なものを感じざるを得ない》。グレイ国防次官補の葬儀は彼の故郷であるネブラスカ州のオマハで明後日行われるとペンタゴンスポークスマンは発表した〟

「おかしいな」

　佐川が言った。

「おれたちが話したときはごく普通だったが」

「普通どころかやる気まんまんだったじゃないですか。僕に帰ってくるようあれだけ熱心に口説いたんですからね。何か臭いですよ。デンヴァー大将が特別コメントなんか出したりして」

「デンヴァーとグレイはそんなに親しかったのか」

「知りません。グレイ氏はデンヴァーなんて口にしたこともなかったですから。彼が本当に慕ってたのはコンラッド中将でした」

「うーん、確かに何か匂うな」

「でも今の僕らには何もできませんね」

「中将が死んで、グレイが亡くなったからには、お前はもうペンタゴンとは永遠に縁が切れたわけだな」

「それはどうですかね。あのプロジェクトの本当の責任者はデンヴァー大将だったのですから。彼が果たしてプロジェクトをあきらめるかどうかでしょう。あきらめたら僕はフリーですが、果たしてそう簡単に終わるかどうか」

ネブラスカ州オマハの教会で行われたグレイの葬儀には、地元の知事、上院、下院議員など大勢が参列した。首都ワシントンDCからもグレイの上司、友人、部下などが赴き、彼のつきあいの広さをうかがわせた。FBIからはグレン・パグリアーノやジェームス・ハントレー、フリオ・ゴンザレスその他、DIAやCIAからも何人か参列した。しかしグレイを息子同然と語っていたデンヴァー大将の姿はなかった。

正面にグレイの写真が飾られ、教壇の下には柩が置かれていた。牧師の話と祈りが終わり、聖歌隊がアメイズィング グレースを歌う中、参列者たちは一列になって柩のそばを通り過ぎ花を捧げた。

パグリアーノは柩の前でちょっと立ち止まった。静かに眠っているようなグレイの顔だった。やっとあんたという人間と知り合いになれたのに、とパグリアーノは心の中で言っていた。超エリートでありながら、いつも人間性を大切にしていた。中将を最後まで守ったあの気概。野良猫部隊のゴンザレスに対してさえ優しい言葉をかけることを忘れなかった男。まさに人生意気に感じることができる人間だった。

式が終わって教会を出ようとした。グレイの両親と妻やその家族が参列者ひとりひとりに挨拶をしていた。パグリアーノが自己紹介すると、グレイ夫人が彼にちょっと話があると言ってわきに招いた。パグリアーノについては夫から聞いていたと切り出して、

「私には夫が自殺したとはどうしても信じられないんです」

自分も信じたくはないとパグリアーノが言った。しかし検視官は自殺と断定している。

「確かに夫は仕事で疲れておりました。でもそれは昨日今日のことではありません。コンラッド中将が亡くなってから数日後、夫は私に言いました。これからは少しは時間ができるかもしれないから、二人でヨーロッパ旅行でもしよう。第二のハネムーンにしたいと言っていたのです。その人が自殺などするでしょうか」

しかし人間は複雑で、昨日何かに夢中になっていても今日心にぽっかりと穴があくこともある。そのとき衝動的な行動に出ることもあると言うと、

「夫は躁鬱症ではありませんでした。シュリンク《―精神分析医―》にかかったことはないし、普通の医者にさえかかったことがないほど健康でした。どうか調査をしていただけないでしょうか。調査のあとやはり自殺だったという結果が出れば、私や家族は受け入れます。でも検視官のひと言で自殺と受け入れるわけにはいきません」

パグリアーノには彼女の気持ちはよくわかった。つい三日前までピンピンしていた夫が突然死んだら、素直に受け入れろと言うほうがおかしい。

グレイは連邦政府の要員だったから、捜査権はＦＢＩにある。

「わかりました。やるだけやってみましょう」

教会の石段を下りると目の前に一台のポンティアックが停まった。地元のＦＢＩ支局

が回してくれた車だった。乗り込もうとしたとき後ろから声がかかった。ＣＩＡのスタン・ベイラーだった。ついこないだグレイの紹介で知り合ったばかりだった。一緒にイスラエル大使館に行ったが、もっと古くから知り合っているような感じだ。これから空港に行くのだという。

「私もワシントンに帰るところだ。よかったら一緒にどうだね」

ベイラーが礼を言って乗り込んだ。車が空港に向かって走り始めた。

「グレイは残念だった。あいつにはいろいろ世話になったんだ」

正面を見据えたままベイラーが言った。パグリアーノがうなずいた。

「若すぎたな。これからだというのに。子供たちが可哀想で見ていられなかったよ。神に愛される者は若死にするとはよく言ったものだ」

「さっきあんたはグレイの奥さんと話してたな」

「彼女は彼の死が自殺だったとは信じていないんだ。調査をしてほしいと言うんだ。一応やってみるつもりだがね」

「私も自殺ではないと思う。彼は殺されたんだ。調査などではなく、あんたが直接先頭に立って捜査すべきだ」

パグリアーノがギョッとしてベイラーを見つめた。ベイラーは正面を見据えたままだった。

「根拠はあるのか」

「なかったらこんなことは言えないよ。死体が発見された前の晩、トム・グレイがどこにいたかもあんたはわかってないんだな」

「だからまだ調査はしていないと言ったろう」

ややいらついた口調でパグリアーノが言った。

「まずそこらへんから始めることだな」

「もったいぶらないで知ってることを教えてくれよ」

「あの晩トムは、ある人物に会うためにチャイナタウンのゴールデン・ドラゴンというレストランに行ったんだ。しかしその人物は来なかった。グレイは一時間ほどマティーニを飲みながら待ったが、相手は現れなかったんで帰ったとマネージャーは言ってる」

「彼が会うことになってた人物とは誰なんだ」

「今朝のキャピトル・グローブ紙を読まなかったのか」

「いや」

「あそこの花形記者でクエンティン・ザブロフスキーというのがいるんだが知ってるだろう」

「アブグレイブ刑務所のスキャンダルを暴いてピューリッツァー賞を受けた記者だったな」

「そのザブロフスキーがグレイのランデヴー相手だったんだ。ところが昨夜、彼はメリーランドの森の中で見つかったと記事は言ってる。首を吊っての自殺とのことだ」

実はあの日ザブロフスキーから電話を受けたとベイラーが言った。トム・グレイからペンタゴンが開発中の新兵器についてスクープを得られるかもしれないと、かなりエキサイトした口調で語っていたという。

「ちょっと待てよ、スタン」

パグリアーノが制した。

「ザブロフスキーがなぜわざわざあんたに電話してきたんだ。大部分の記者にとって、ラングレーは敵のようなもんじゃないか」

「彼は特別だった。あんただから言うが、アブグレイブ事件のときから彼とは親しかった。かなりの情報も提供したんだ」

「ギヴ アンド テイクの仲というわけか。危険だな」

「こっちのテイクのほうが大きければ、大いにメリットがある」

「ザブロフスキーはグレイには会えなかったというわけか」

「私が言いたいのは、あの夜会うはずだった二人が自殺体となって発見されたという事実だ。これには何か裏がある」

「裏というと？」

「それを見極めるのがあんたの仕事だろう。だがひとつヒントをやろう。デンヴァー大将の言動に注意を払ったほうがいい」

「デンヴァー大将!?　彼が関係してるというのか？」

「これは私のガット フィーリングだ。だがかなりのリライアビリティ《確実性》はあると思う。中将なき今、進行中のプロジェクトをめぐって、グレイと大将の間に何かがあったと私は見ている」

「しかし統合参謀本部議長が二人の死に関係しているとしたら大変なスキャンダルになるぞ」

「見る者が見たらグレイもザブロフスキーも自殺などしていないと確信するはずだ。二人とも自殺するような動機はない。ザブロフスキーは電話してきたとき、翌日私と昼飯を一緒にしたいと言っていた。そんな男が自殺すると思うかね」

「キャピトル・グローブ紙が騒ぎだすかもしれんな」

「もう騒ぎだしてるよ。今朝の新聞でザブロフスキーの恋人が絶対に自殺はあり得ないとヒステリーを起こしていた。新聞社の仲間も、ザブロフスキーのようなポズィティヴに生きる人間は自殺などまず考えないと言っている。グローブ紙は弔い合戦を展開するかもしれない。あんた方フェズがこのまま何もしなかったら、世間は黙っちゃいないんじゃないかな」

パグリアーノは久しぶりに体の中から炎が燃え上がってくるのを感じていた。

「グローブ紙がザブロフスキーの弔い合戦をするなら」

その眼はらんらんと輝いていた。

「こっちはトム・グレイの弔い合戦だ」

佐川たちが乗った機は、ニューカレドニアを発ってからパプアニューギニア、フィリピンを経由してマカオに向かっていた。チチェンイッツァを発ってから二万二千キロの距離を飛んでいた。要した時間は約二十九時間だが、八度の給油時間を入れると三十二時間かかったことになる。マカオまではあと八百キロ。

藤島が携帯を取り出してエディ・チャンを呼び出した。久しぶりに彼の声を聞いたチャンは大喜びだった。

「今、日本ですか」

「いや、香港に向かってる機上なのですが、あなたにぜひ会いたいのでマカオに寄りたいのです」

「それはいい。お待ちしてますよ。ところであのオファー考えていただけましたか」

「それについてあなたに話したいのです」

以前からチャンは藤島の持つゴールドディッガー社に興味を示していた。すでに彼は東京に不動産やホテルを持っているが、日本の金融界に足場を築く野望を抱いていた。しかしそれが簡単なことではないということをチャンはよく知っていた。日本は香港のような自由市場ではない。外国人に対する規制はまだまだ厳しいものがある。そこでチャンは考えた。一から始めるよりすでにできあがった会社の株を買い取ってしまったほうがはるかに容易《たやす》い。彼が目をつけたのは敵対的ＴＯＢを繰り返しながら、ごく短期間で一大企業にのしあがった藤島の会社だった。

半年前、彼は香港の銀行を介して藤島にオファーを出した。条件はよかった。ゴールドディッガー社の発行済みの株式五十パーセントを額面の二十倍で買い取る。すでに株価は額面の十五倍になっていたから、実質的には五倍を上乗せして買い取るわけだが、藤島側にしてみればいいディール《取引》に違いなかった。しかしそのときはまだ売る気はなかったのでペンディングにしておいた。それから何度か藤島は香港や東京でチャンに会った。お互い注意深く相手を見ながらも、相手の持つビジネス感覚と才能には敬意をはらっていた。

「ミスター・チャン、実は今回は投資家を何人か連れているんです。彼らは今日、香港で本土からの企業人と会うことになっているんです。ですから三時までには香港のアイランド・シャングリラに着かねばならないのです」

「私が同行しましょうか」

「いやいや、そんな恐れ多いことは頼めません。ただ、そんな事情ですからマカオにいる時間は制限されます。そこであなたのオフィスではなく空港でお会いしたいのです。そうすれば香港行きのチョッパーにはすぐ乗れますから、時間の節約になります」

「相変わらず秒刻みの忙しさですね」

「よろしいでしょうか」

「わかりました。私は空港のＶＩＰラウンジでお待ちしています。秘書を出迎えにやりますから、あなた方のパスポートを彼女に預けてください。入国手続きは彼女がやりますから、あなた方はストレートにＶＩＰラウンジにいらっしゃってください」

「契約書を用意しておいてください」

「では同意なさると？」

「半年前あなたの出した条件通りなら」

「よかったぁ。こっちとしては条件を変えなければ、あなたは飲まないと考えていたんですよ」

「そんなせこいことはしません。それでは一時間後に」

携帯をポケットにしまい込んだ。

「これでハードルは越えた。香港には無事入れる」

佐川が不可解な面持ちで藤島を見た。

「今の話本当なのか。それとも芝居か」

「株の話か。あれは本当だ。おれの持ち株を処分するんだ。ビジネス界から完全におさらばだ」

「本気かよ。金のなる木をみすみす捨てるようなもんじゃないか」

藤島が笑った。

「よそう。金の話は退屈だ」

「ビジネスをやめてどうするんだ？」

「お前と同じ探検家になる」

「お前、気は確かか？」

「これまでが狂ってたんだ。今は確実に生きてる」

佐川が首を振り振り、

「お前はどうしようもないばかだよ」

「おれはばか、お前はアホウ。ばかとアホウのいいコンビになるぜ」

機が下降を始めた。あと十五分でマカオ空港に着くという篠田裕作の声がスピーカーを通して聞こえてきた。兄の次郎がキャビンに入ってきた。佐川の前で立ち止まった。

「これからのご無事を祈っております。ここでお別れをさせていただきます」

そう言って篠田が敬礼をした。佐川が立ち上がって敬礼を返した。

「いろいろありがとうございました。縁があったらまた会いましょう」

篠田がくるりときびすを返してコックピットに消えた。

「隊長、あれはどういう意味なんですか？」

マイク・ストールが訊いた。

「何が？」

「今パイロットが隊長にお別れを言ったじゃないですか」

「それがどうかしたか」

「隊長だけに別れを言って、おれたちには言わなかったじゃないですか」

「お前たちとは香港に一緒に行くからだろう」

「隊長は行かないんですか！」

「おれはマカオから他に行かねばならないところがあるんだ」

「そんな！」

「いいか、ストール。よく聞くんだ。お前はドッドの娘のために口座を開かなきゃならない。香港の銀行を通せば、世界のどの銀行でも扱ってくれる。これは非常に大事なことだ。いいな」

「いや、よくはありません。おれは頭はにぶいですが、隊長がやらんとしていることはわかっています。おれも連れていってください」

「ばか野郎。おれはセイフ ハウスでお前とドッドを無事に連れ出すと約束した。だがドッドを死なせてしまった。せめて残ったお前だけでもこれからまともな人生をまっとうしてほしいんだ。お前には夢があるじゃないか。そうだろう。その夢は絶対に実現させるんだ。わかったな」

「僕は兄さんと一緒に行けるんでしょう」

「お前はしばらく隠れていたほうがいい。その間、藤島が世話をしてくれる」

「いやだ！　せっかく会えたのにもう別れるなんて受け入れられません」

「マーカス、マイク」

藤島が言った。

「佐川の言う通りにするんだ。彼は仕事の上でのけじめをつけなければならない。彼だけができることなんだ。おれたちは香港で待ってればいいんだ。すぐ帰ってくるよ」

と言ってストールにウィンクをした。ストールはその意味をすぐに感じ取ったようだった。

機は管制塔の指示で空港建物の中心部にあるサテライトに着けられた。チャンが気をきかしたのだろう。ゲートを出ると中国人女性が待っていた。彼女はまず一行のパスポートを求めた。佐川を除いた三人がそれぞれのパスポートを彼女に渡した。唯一本物は藤島のものだけだった。

一行は彼女に従《っ》いてＶＩＰラウンジに向かった。

入り口のところで佐川が一行に別れを告げた。〝スィーユー、ガイズ〟のたったひと言を残して、出発口のある階へと向かった。

三人はＶＩＰラウンジに入った。広いラウンジのほぼ中央にエディ・チャンが座っていた。ボディガードとおぼしき男が二人彼の後ろに立っている。藤島がストールとマーカスに適当なところに座っているように言って、チャンに近付いた。二人が握手を交わした。

「突然の連絡どうかお許しください」

藤島がていねいな口調で言った。

「何を言うんです。あなたからの連絡ならいつでも大歓迎です」

チャンが二人のボディガードらしき男に離れるように命じた。そばにおいたブリーフケースを開けて書類を取り出した。それを藤島の前に置いた。

「半年前の条件とまったく同じです」

「ひとつだけあなたに断っておかねばならないことがあるんです。私が当時持っていたのは百パーセントでしたが、今は六十パーセントです」

「ということは四十パーセントは売ってしまったとおっしゃるんですか」

「いや、譲渡したんです」

「ほう、誰なんです、その幸せな人は？」

「うちの役員四人です」

「まさか経営から手をお引きになるつもりではないでしょうね」

「もう引きました。しかし役員たちは皆しっかりとした経営手腕と信念を持っています。それは私が保証します。彼らを今のまま残していただきたいのです。それでよろしいのでしたら契約書にサインします」

「しかしあなたはまだ十パーセント持っていらっしゃるんでしょう。非常勤顧問のような形で残っていただけるんでしょう」

「いいえ、それはできません。そんなことをしたらかえって会社に迷惑をかけることになります。きっぱりと辞めたのですから」

「それは残念です。あなたと一緒に世界を征服してやろうと思ったのに」

「もうあなたはまっしぐらにその道を進んでいるじゃありませんか。パートナーなど必要ありませんよ」

藤島がペンを取り出して二通の契約書にサインした。

「読まなくていいんですか」

「時間の無駄です。あなたとなら握手だけでいいと思ってるんですが、法人組織上はそうはいきませんからね」

契約書の一通を内ポケットにしまい込んだ。藤島と話してる間、チャンはラウンジの隅にいるマーカスとストールにちらちらと視線を投げかけていた。

藤島が別れを告げて去ろうとすると、チャンが香港行きは自分のヘリを使うようオファーした。しかし本当に香港に行く必要性があるのかと訊いた。

チャンがストールとマーカスに目をやりながら声を落とした。

「お連れの投資家とはあのお二人ですか」

藤島がうなずくとチャンの顔に苦笑いが浮かんだ。

「金の匂いがまったくしませんね」

そしてさらに声を落とした。

「藤島さん、あなたは大変リスキーな橋を渡ってますよ。指名手配中の人物じゃないですか」

「ご存じだったのですか」

「今朝のテレビニュースでやってましたよ。あの若いのはマーカス・ベンジャミンという科学者でしょう」

「しかし彼は指名手配されてはいませんよ。されているのは年のいったほうです」

「いや、今は若いほうだけがされています。今朝のCNNをご覧にならなかったのですね」

「ずっとエアーボーンでしたので」

チャンによると、今朝のアメリカからのニュースはマーカス・ベンジャミンについての話でもちきりだったという。

統合参謀本部議長のクラレンス・デンヴァー大将が緊急記者会見を開いて、オメガというプロジェクトの存在について暴露した。そのプロジェクトを〝悪魔の兵器研究〟と糾弾して、もし彼の発見がもう少し遅れていたら地球と人類は取り返しのつかない危機に追い込まれていただろうと語ったという。さらに大将は、プロジェクトの総責任者だったテッド・コンラッド中将はつい先日急逝したが、死因は発表された心不全ではなく、実は自らがやったことに責任を感じての自殺であったことを明かした。国防次官補のトム・グレイもプロジェクトのナンバートゥであったことから、中将のあとを追っての自殺。二人の責任者が自殺したわけだが、最も重要な人物はまだ逃げ回っている。プロジェクトの中心となるマーカス・ベンジャミンである。一刻も早く彼を捕まえて、司法の手によって裁くためFBIが全力を挙げていると大将は語った。そしてロシアと中国に対して、もしベンジャミンの研究を買ったり奪ったりしたら、それはあからさまな敵対行為と見なすと警告したという。

「大将はベンジャミンを〝悪魔の科学者〟と呼んで、アメリカのヨセフ・メンゲレという烙印を押してましたよ。しかし藤島さんがこの件に関係しているなんて少々驚きです」

「ひどい話だ」

藤島が吐き捨てるように言った。

「事実ではないんですか」

「まったくのデタラメです。ベンジャミンは犠牲者なんです。中将と国防次官補は都合のいいスケープゴートでした」

「あなたがそう言うならそうなんでしょう。でも香港には行かぬほうがいいと思いますよ。あそこはイギリス諜報機関がアクティヴに動いてますし、中国の国家安全部の領域でもありますから」

藤島がうなずいた。どうせ香港には一日しか滞在しない考えだった。あえて危険を冒す必要はない。

「チャンさん、ここマカオで安全なところはありますか。一泊だけでいいんですが」

「私のホテルがいいでしょう。ペントハウスなら誰とも会いません。一泊などと言わずいくらでも滞在なさってください」

藤島は有り難くチャンのオファーを受けた。そのペントハウスはホテル・アヤモンテの三十階全フロアーを占めていた。専用エレヴェーターが二基、五つのベッドルームとサウナやスティーム　バスまでついたデラックス　ヴァージョンだ。南シナ海と中国本土が一望に見渡せる眺めが素晴らしい。

「こんな生活もあるんですねぇ」

ストールがしみじみとした口調で言った。

「エディ・チャンはこの帝国を一代で築き上げたんだ。孤児からはい上がったんだが、並みの人間じゃないのは確かだ。この世界に金持ちは多いが、筋の通ったのはあまりいない。だが彼には哲学がある。金儲けの哲学ではなく生きるための哲学がね」

「そういう人物と友人であるあなたはやっぱりすごい人です」

ドアーのチャイムが鳴った。マーカスが開けると女性が立っていた。空港に出迎えてくれた秘書だった。彼女が藤島にメモを渡した。藤島がそれにちらっと目をやって礼を言った。

次に彼女はストールに書類を渡してサインを求めた。先ほど藤島がチャンに頼んでおいたことだった。ドッドの娘のためのエスクロー口座について話したところ、もし彼の銀行でもいいならすぐにも口座を開けると約束してくれた。ストールがサインした書類を彼女に返した。

「これで肩の荷がひとつ下りたような気持ちです」

「君はいいことをした。ドッドがあの世で礼を言ってるよ」

　その夜、三人はルーム サーヴィスで夕食をとった。それほど話ははずまなかった。皆これからのことを考えていたからだ。チャンが差し入れてくれた一ダースのシャトー・マルゴーも二本開けただけだった。

　藤島はストールを連れていくべきかどうかまだ迷っていた。ストールは当然自分も行くものと思っている。だが彼の仕事はとっくに終わった。金も入ったし、このままスコットランドに帰ればいい生活を送れる。佐川もそれを望んでいる。しかしストールが先手を打った。

「藤島さん、ことここに至って変なことは考えないでくださいよ。おれは幕引きまでいますからね」

「だめだと言ったら？」

「勝手に行きます。おれはファイターです。ファイターに戦うなというのは息をするなと言うのと同じです」

「わかったよ。だが君は単独でイスラエルに入らねばならないぞ」

「当然ですよ。三人じゃ目立ちすぎますからね」

「だけど君もどうかしてるな。君の指名手配は解かれた。堂々とスコットランドに帰れるんだ。そしてレストラン開業という夢を実現できるというのに」

「じゃあ訊きますが、藤島さんがおれの立場にいたら、それをしますか」

「君とおれは違う」

「佐川隊長と波長が合うところは同じですよ。もしこのままスコットランドに帰ったら、おれは心にトゲが刺さったまま一生をおくらねばならないと思うんです」

これでは何を言っても無駄だと藤島は悟った。

「勝手にするさ」

「今頃兄さんはどうしてるのでしょうか」

マーカスの顔は二杯のワインで真っ赤になっていた。

佐川はバンコック経由でヨルダンのアンマンに向かっているはずだと藤島が答えた。先ほどチャンの秘書が渡してくれたメモにそう書いてあったのである。ジョセフ・タイベリウスのパスポート名を使っているとのことだった。多分ヨルダンからイスラエルに入るつもりだろうと言うと、ストールが、

「一番簡単な手ですね。あそこからならヨルダン川を渡るだけでいいんですから」

「マーカスとおれはエイラットに降りる。イスラエル南部にある観光地だが、あそこにはローカル空港がある。そこからテルアヴィヴに向かう。泊まり先はクラウン・プラザ・ホテルだ」

と言ってからマーカスを見て、

「実の父親に会うのはどんな気分だね」

マーカスが皮肉っぽい笑いを浮かべた。

「待ちきれませんね。思いっきりツバを吐きかけてやります」

第十六章　ブーメラング

グレン・パグリアーノは机に向かって報告書に目を通していた。その報告書は野良猫部隊の責任者フリオ・ゴンザレスが急遽《きゅうきょ》作成したものだった。

グレイの葬儀のあと、パグリアーノはゴンザレスを呼び付けて、グレイの死は他殺の疑いが濃いので至急捜査活動に入るよう指示した。

同じ時期にゴンザレスはバーガー長官からマーカス・ベンジャミン逮捕を最優先するよう命じられていた。しかし野良猫部隊にとってはベンジャミンは敵ではなかった。彼を拉致した佐川たちを追えというならわかるが、それはもうしないでいいという。ベンジャミンを保護せよというならまだ受け入れられるが、逮捕せよという。ゴンザレスたちにはまったく納得がいかなかった。そこでゴンザレスは独断で野良猫部隊の精鋭をグレイ殺しの犯人割り出しに向けた。

ゴンザレスや野良猫たちを不快にさせたもうひとつの事柄があった。デンヴァー大将が緊急記者会見で中将やグレイの名を貶めただけでなく、野良猫部隊の存在についても触れてしまったのだ。幸いマスコミはオメガのことに関心を集中させていたため、それほどのヒステリーには至らなかった。しかしオメガ騒ぎが収束したら、いつ彼らの矛先《ほこさき》が自分たちに向けられてくるかわかったものではなかった。野良猫部隊の面目と存在価値にかけても、グレイの件はぜひ解決したかった。

その結果が今パグリアーノの目の前に置かれた報告書である。それはわずかの捜査期間の結果であるから完全なものとはほど遠かった。しかしさすが野良猫。裏の世界の情報収集には長けていた。ボストン、ニューヨーク、フィラデルフィア、ワシントンDC、ボルティモアなど東海岸の大都市に植え込まれた情報屋をフルに動かした結果、グレイ殺しの犯人像が浮かび上がった。

ヴィセンテ・エストラーダ、別名ヴィニー・ザ・キラー。ニュージャージーを根城にして麻薬、売春そしてコントラクト キラー《——契約殺人請負人——》としてのし上がってきたコロンビア人で、今ではマフィアの殺しの請け負いまでしているプロの殺人集団の大元締めだ。かつてニュージャージーを本拠にして〝殺人株式会社〟を作り、ラッキー・ルチアーノをはじめとするニューヨークのマフィアに対抗したダッチ・シュルツを尊敬し、その後継者を自任している男だ。

　報告書には彼の部下のひとりが、最近連邦政府の役人を消したとあるコールガールに吹聴《ふいちょう》していたとあった。彼女の協力を得てその男をしょっぴいたが、本格的な尋問を始める前に弁護士が莫大な保釈金を払って彼を自由の身にしてしまった。その弁護士はヴィセンテ・エストラーダが抱える弁護団のひとりだった。

　ドアーが開いてフリオ・ゴンザレスが入ってきた。

「読んでいただけましたか」

　ごく限られた捜査時間を考えれば、かなりの収穫だとパグリアーノが答えた。この男の線を追っていけばでかい獲物にぶちあたる可能性は高いと言うと、

「その獲物がエストラーダとわれわれは見ています。そうだとしたらこれはコントラクト　ヒットです。問題はそのコントラクトをエストラーダと結んだのは誰かということです」

「彼をしょっぴくわけにはいかないのか。容疑はどうでもいいんだが」

「エージェント三人が常時尾行しています。赤信号を渡っても道にツバを吐いても即逮捕するよう命じています。でもなかなか用心深い奴でして」

「盗聴はしてるんだろう」

「電話ではめったに話さないんです。でも必ずしっぽを出します。逮捕したらこっちのものですから。あんな奴はコロンビア人の恥です」

珍しくゴンザレスが感情をあらわにした。ゴンザレス自身アメリカで生まれたのだが、両親はコロンビア人だった。ブロンクスのスラムで育ち、働きながら大学を出て弁護士となった。ある晩オフィスからの帰り道、男が近付いてきた。手にナイフを持っていた。何も言わずにいきなりゴンザレスに切りかかってきた。強盗か人違いであるのは確かだった。腕に覚えがあったゴンザレスはそのナイフをもぎ取ろうとした。争っているうちに彼を刺してしまった。明らかに正当防衛だったが、裁判官は過剰防衛として彼に五年の刑を言い渡した。十代のときギャングとして二度の逮捕歴があったのがマイナスとして働いた。二年で出所したが弁護士の資格は取り上げられていた。

ＦＢＩからアプローチがあったのはそのときだった。実はＦＢＩは彼が刑務所に入ったときからずっと目をつけていた。スラムで育ち、かつてはギャングのメンバー、苦学して大学を出て弁護士となった彼は、世間の裏も表もよく知っている。ＦＢＩにしてみれば、彼ほど野良猫部隊のリーダーとして適格な人物はいなかった。五年の刑を二年で終えることができたのは、陰でＦＢＩが手を打ったからだった。

野良猫部隊に入って六カ月後、彼はリーダーに昇格した。以来十五年日陰の存在とも言われる野良猫部隊を引っ張り、特に組織犯罪に対しては表には出されないが数々の手柄を立ててきた。

「エストラーダとはどんな男なのかね？」

パグリアーノの質問にちょっと間をおいてからゴンザレスが答えた。

「ひと口で言えば、残忍非道というか、ジャングルの黒豹《くろひょう》みたいな奴です。実はずっと昔、彼とは会ったことがあるんです。彼は私を覚えてないかもしれませんが」

自分を襲った強盗を殺してしまって、裁判で有罪となったゴンザレスは、一時ライカーズ島に収監された。そのとき入ってきたのがヴィセンテ・エストラーダだったという。最初の日、エストラーダはシャワー室で集団強姦に遭った。シャワーを浴びてる彼を七人の男が襲ったのだった。しかしそれから三日後には七人のうち五人が寝てる間に殺された。残りの二人は恐怖を感じて大部屋から独房に移してくれるよう所長に嘆願した。しかし所長はそれを拒否した。所長にしてみれば囚人の殺し合いや強姦などは日常茶飯事のことで、特に気を遣うような価値はない。結局、残りの二人もエストラーダに殺されてしまったという。

「首を折ったり絞めたりして殺すんですが、殺した後に手足をへし折って目玉をくりぬく。何人かはあそこを食いちぎられていました」

「そりゃ変態じゃないか」

「本物のサディストです。それからは彼が新しい囚人を犯していました。抵抗する者は殺す。そして犯す。屍姦《しかん》もまた彼の趣味でした」

「娑婆《しゃば》では何をやったんだ?」

「もちろん殺しです。十二人殺ったと豪語していました。当時彼は確か二十一歳だったと思いますが、それよりずっと前から警察や少年院の世話になっていました。最初に人を殺したのは九歳のとき、自分の母親と愛人がベッドにいるところをサタデーナイトスペシャルで撃ったのです。それから十六歳のときには強姦殺人でした。しかも相手は七十歳のばあさんだった。こういうことをムショの中で自慢するんです。生まれつきの変質者なんでしょう。ライカーズ島に三週間収監後、彼はレヴンワース刑務所に送られました。終身刑です」

「それがなぜ今、娑婆に戻っているんだ」

「これは私の想像ですが、マフィアが政治家に手を回したのだと思います。エストラーダのような奴は、彼らにとっては便利ですからね。殺しがメシより好きというような奴ですから、コントラクト キラーにはもってこいでしょう。しかもファミリー メンバーじゃないんですから」

「今回のグレイ殺しがコントラクト ヒットだとしたら、まさか直接彼が大将と契約することはあり得まいね」

「それはないでしょう」

ゴンザレスがきっぱりと言った。

「筋としては間にブローカーが入っています。多分マフィアでしょう」

「わかった。われわれは時間に追われている。捜査のほうを全力で頼むよ。ああそれからもうひとつ。野良猫部隊員は容疑者をまず撃ってから質問することが多いが、今回は絶対に生きたまま捕まえること。これは至上命令と思ってくれ」

「それは毎回言っているんですが、なにしろゴミはダンプ《始末》するものと思ってる隊員が多いんです。今回は収集するよう徹底します」

パグリアーノが運転する車は、マサチューセッツ通りと五番通りの角にあるアペックス・ビルの前で停まった。約束の時間より少し早く着いてしまったが、どうせ待つなら中のほうがいい。車を出てビルに入った。

アペックス・ビルは十階建てで、それほど目立たないが別名ロビースト・ビルと呼ばれて、ワシントン政界では知らぬ者はない。大企業のロビーストが事務所を持ち、議会にさまざまな圧力をかける基地となっている。裏のパワー　ブローカーの巣と言ってもいい。

テクノジャイアンツ社のワシントン支社は七階にあった。軍事産業で今最も注目を浴びている会社で、ペンタゴンのプライマリー　コントラクターとしては、ボーイングやロッキード・マーティン社、レイセオン社などを凌《しの》ぐほどの勢いにある。

パグリアーノは会議室と応接室をミックスしたような小さな部屋に通された。

支社長のブレナンはまだ来ていなかった。

パグリアーノの脳裏にトロイ・ジョーンズ中佐の言葉がよぎった。

「奴には気をつけてください。人の良さそうな顔をしていますが、平気で後ろから刺すようなことをしますから。虎の威を借るキツネの典型です」

グレイの葬式から帰ってきたときパグリアーノは、ことがことだけに何から手をつけてよいものか戸惑っていた。まず彼が連絡をしたのはペンタゴンと各省庁のリアゾンをしているトロイ・ジョーンズ中佐だった。コンラッド中将に初めて会った晩、ジョーンズ中佐も同席していたのを覚えていた。ああいうミーティングに同席していたということは、かなり内部事情に詳しいことを意味していた。

電話に出たジョーンズ中佐の声はあまり張りがあるとは言えなかった。中将とグレイが相次いで亡くなったことの影響があるのだろう。

パグリアーノはずばりグレイの死について捜査していると言った。

「あれは自殺なんかじゃないと私は思うんです」

「その通りですよ、部長！」

ジョーンズの声が急に元気になった。

「私は今でも信じられないんです。同僚たちも同じ思いです。あの人が自殺なんかするはずがないんです」

ジョーンズは知ってる限りのことを話すと言った。それから十分ほどパグリアーノはいくつかの質問をした。ジョーンズの情報はパグリアーノが期待した以上だった。

最後にパグリアーノが言った。

「こんなことを言ってはなんですが、この捜査はFBI捜査官というよりもトム・グレイの友人として進めているんです」

「頑張ってください。こんな不正がまかり通るなんて断じて許してはなりません。グレイ氏の霊がまだそこらへんにさまよっているように私には思えるんです」

協力できることがあったらいつでも連絡してほしいとジョーンズは言った。

五分ほどしてブレナンが入ってきた。

背はあまり高くはないが、でっぷりと太り頭がやや薄い。黒縁のメガネの奥の目が、ねむそうにおっとりとしている。確かにジョーンズが言った通り人の良さそうな顔付きだ。

パグリアーノがFBIバッジを開いて見せた。ブレナンが手を差し出して握手を求めた。

「本物のFBIに会うのは初めてなんです」

なるほど。確かにばかに見える。

「実はプロジェクト・オメガのことであなたに訊きたいことがあるんです」

その瞬間ブレナンの顔付きが変わった。とろんとしていた目が猜疑《さいぎ》の眼差しに変わった。

「お宅の会社はオメガの本体であるエンリコを作っている。そうですね」

「そんなことをどこから訊き出したんです？　国家の最高機密ですよ」

「それはイエスと取っていいですね」

こういう男には高飛車な態度で当たるのが効果的だと感じた。

「次にエンリコの総費用は最初の一基で十億ドルだった。しかし当初弾き出された金額は九億ドル。一億ドルの差額は何としても大きすぎます。何に使ったのか。誰かに対する仲介料だったのか、それともペンタゴン関係者に対するキックバックだったのか。いろいろな可能性が考えられますね」

ブレナンの顔色が白くなった。

「キックバックなんてとんでもない。当初の計算が低すぎただけです」

「それはおかしいじゃないですか。グレイ氏は死ぬ前まで総費用を削減するよう、あなたに掛け合っていたと聞いてますよ」

「そんなことはありません。彼はちゃんと納得していました」

「あのプロジェクトはコンラッド中将が総責任者でしたよね」

ブレナンの表情がかすかに変化した。パグリアーノにはそれがうす笑いのように感じられた。

「私はそのように理解してました」

「しかし記録によると、あなたはこの六年間で中将に二度しか会っていない。しかも二度ともパーティでだった」

「会う必要はなかったのです。私の専門は営業ですから」

「ということは最高責任者の中将には何の売り込みも必要なかったと？」

「その通りです」

「だがあなたはクラレンス・デンヴァー大将には週に一度は会っていましたね」

「大将は友人ですから」

「コンラッド中将やグレイ国防次官補はエンリコの生産を三基で十分と割り出していましたね。ところがそれが十基となった。総額百億ドルのコントラクトなんてそうざらにはないいんでしょう」

「営業努力の結果です」

「しかし今あなたは最高責任者の中将に対する営業は必要なかったと言ったじゃないですか」

「もっと実質的な営業をやっていたのです。総責任者は往々にして話を聞いてくれませんからね」

「ほう。では誰に対して営業をやったのです」

「それは企業秘密です」

「中将とグレイ氏はお宅の社とのプロジェクトの契約を破棄して、別のコントラクターに切り替えるという考えだったらしいですが？」

「そんなことはあり得ません」

自信満々の口調だ。パグリアーノが内ポケットから手帳を取り出した。

「昨年の十月、あなたはデンヴァー大将とカルフォルニアに三日間のゴルフ旅行に行ってましたね。エンリコ生産を三基ではなく十基にするという決定は、その一週間後に下された。タイミングが合いすぎているんじゃないですか」

「何が言いたいのです」

ブレナンが平然と言った。先ほどまでのパニック状態から脱出したようだ。

「あの問題はもう過去のものです。オメガはスクラップされるのですから」

「あれだけの契約が反故にされたのですから、お宅にとってはきつい一発だったでしょうね」

「いや、勝つこともあり負けることもある。それがビジネスというものです」

「質問を変えましょう。お宅の会社テクノジャイアンツ社は、デンヴァー大将が来年退役したら彼を最高顧問として迎えるという話ができているということらしいですね」

「それはごくナチュラルなことで違法でも何でもありません。特に大将のような方ならどの軍事産業でもほしがります。たまたまうちがベストオファーを出したにすぎません」

「しかし年俸八百万ドルとは少々出しすぎじゃないですか」

「大将にはその価値があります」

「どうせ支払いは国民がするからですか」

ブレナンが笑う余裕を見せた。

「パグリアーノさん、私を挑発しようとしてもその手には乗りませんよ。さあもういいでしょう。私も忙しい身なので」

「わかりました。最後にもうひとつ。グレイ氏が亡くなったとき、あなたは大将と食事をしていた。その場にもうひとりの人間がいたとの情報があるのですが、それは誰だったんです？」

「プライヴェートなことですから答える必要はありません」

パグリアーノが出口に向かった。ここは一発揺さぶりをかけておいたほうがいいと思った。

「いずれ大陪審からの召喚状がくると思いますから、そのとき法廷でお会いしましょう」

パグリアーノのブラッフは確実な効き目があった。オフィスに戻ったとき、デンヴァー大将から至急電話するようにとの伝言が残されていた。ある程度のネガティヴな反応は予想していた。しかし大将の怒りは予想をはるかに超えていた。

「貴様、一体自分を何様だと思っているのだ！」

「ＦＢＩ防諜部部長です」

パグリアーノが冷静なトーンで答えた。

「貴様、何の権限があってブレナンを尋問した！」

「権限ですって？　私はＦＢＩですよ。任務を遂行しているだけです。それにブレナン氏に対して行ったのは尋問ではなく質問です。尋問ならあんな程度では済みませんよ」

「私のプライヴァスィーを侵害するようなことを訊いただろう！　ＦＢＩの職権濫用だ！」

「そうは思いません。それより大将、あなたのほうがはるかに職権を濫用しましたよ」

「何⁉」

「記者会見でコンラッド中将とグレイ国防次官補を誹謗中傷《ひぼうちゅうしょう》しました。なぜあんなことをしたのか、ぜひお訊きしたいですね」

「貴様、一体誰に話していると思っているんだ！　私は合衆国統合参謀本部議長だ。軍の最高権力者なのだ。貴様など簡単に捻《ひね》りつぶすことができるんだぞ！」

最高権力者にしてはスピッツのようによく吠える。いかに彼が不安を感じているかの証しだろう。

「ところで大将」

パグリアーノの口調は余裕に満ちていた。

「グレイ氏がゴールデン・ドラゴンへ行った日、あなたはアリトーズというイタリア料理店でテクノジャイアンツ社のブレナン氏と食事をなさっていましたね。その席にもうひとり男がいたという信頼できる情報があります。そのもうひとりの名前と連絡先を教えていただけませんか」

「この無礼さを何倍にもして返すから覚悟しておけよ！」

それから二十分もしないうちにパグリアーノはバーガー長官に呼ばれた。予想通りだった。

「私はクビですか？」

長官の部屋に入るなりパグリアーノが言った。

長官がにやっと笑って、

「クビにはしないよ」

「でも大将は私の首をほしがったでしょう」

長官がうなずいた。

「しかしクビにする正当な理由がない。仕事を一生懸命やったからクビだなんて聞いたこともないしね」

政治的任命とはいえ、長官もやはりＦＢＩの気骨を持っているのだとパグリアーノは嬉しく思った。しかし長官の口から出た次の言葉を聞いてそれがぬか喜びにすぎないと悟った。

「先ほどホワイトハウスの補佐官から電話があったのだ。グレイの件についての捜査を止めてほしいと言うんだ」

「どんな理由を言ってきたんです」

「グレイは自殺と決まった。葬儀も終わった。無駄な騒ぎは起こしたくないとのことだ」

「無駄な騒ぎを起こしたのはデンヴァー大将でしょう。死人に口なしをいいことにして言いたい放題。彼のような人間が軍のトップにいるのはわが国の恥ですよ」

「君の言う通りだと思う。しかし捜査中止は大統領の意向なんだ」

「それは捜査妨害じゃないですか。たとえ大統領でもそんな権限はないはずでしょう。かつてのニクソンの二の舞となるリスクを冒してるなんて……」

「それは十分承知している。だがこの際、国家の結束が優先するというのだ。私もそう思う」

「……？　おっしゃっていることがよくわかりませんが」

「いいかね。大統領はデンヴァー大将に自由名誉勲章を授けることになったのだ。その式典が近々ホワイトハウスで行われるんだ。議会からも多くが参加する。私も招待された。だからセレモニーはホワイトハウス、議会、司法、そして軍の結束力を誇示するんだ」

パグリアーノには信じられなかった。自分の身を守るために忠実な部下の名誉をずたずたにした人間が自由名誉勲章を受ける……？

「ユー　ゴット　トゥ　ビー　キッディング！」

それしか言えなかった。しかし長官は石のような顔を保った。

「冗談でも何でもない。捜査は打ち切る。これは命令だ。君の部下にも伝えておけ。わかったな」

パグリアーノがドアーを開けて出ていこうとすると長官が、

「ところでグレン、テクノジャイアンツ社のブレナン氏にいろいろと訊いたらしいが、君の持っている情報の緻密さに彼はびっくりしていたらしい。一体情報源は誰なんだ」

パグリアーノがちょっと考える振りをした。

「トム・グレイのゴーストです」

ＦＢＩビルから歩いて五分のところにあるカフェに入ると、奥の席にパグリアーノがすでに来ていた。ゴンザレスは不思議に思った。いつものようにオフィスで会わないでなぜこんなところで会うのだろうか。それを言うと、パグリアーノがたまには気分転換も必要だろうと聞き流した。

バーガー長官からは捜査中止の命令を受けたが、パグリアーノは止めるつもりは毛頭なかった。かえって政府の上層部の偽善とことなかれ主義に対する怒りが煮えたぎり、捜査をとことん進めてやるという決意が固くなった。そのためには捜査を中止したというジェスチャーは必要だった。カフェでゴンザレスと会うことになったのもそのためである。

開口一番ゴンザレスが、グレイ殺しの仲介者らしき者の身元がわかったと言った。イタリアン　レストラン〝アリトーズ〟に何度か足を運び、マネージャーやウエイターの話をもとに大将とブレナンと食事をともにした第三の男のモンタージュを作った。それを犯罪者たちの膨大なデータに照らし合わせた結果、ある男が浮かび上がったという。

その男とはフィラデルフィアのマフィア、ブルーノ・ファミリーのソットカポ《副首領》、マリオ・タグリテーリ。ＦＢＩフィラデルフィア支局が彼を連行した。ゴンザレスはフィラデルフィアに飛んでタグリテーリを尋問した。

最初のうちタグリテーリはゴンザレスの質問をのらりくらりとかわしていた。いいかげん時間がたってから、証拠不十分で解き放すことにした。そのときゴンザレスがヴィセンテ・エストラーダの名前を出した。そしてゴンザレスは、タグリテーリがＦＢＩと話したという事実をエストラーダにリークする、あとはエストラーダに任せると言った。これを聞いたタグリテーリは震え上がった。エストラーダは裏切られたと思って間違いなく自分を追う。そして最も残忍な方法で殺す。

タグリテーリはゴンザレスに司法取引を申し入れた。すべてを話すことを条件に、彼にＦＰＰ（連邦保護プログラム）を適用してほしい。整形手術を施し、合衆国内でも外国でもエストラーダや大将の手の届かないところに住めるように手配する。もちろんＦＢＩのボディガードもつける。

ゴンザレスは彼の権限でその条件を受けた。その結果タグリテーリはエストラーダと大将とブレナン三人を起訴に持ち込むために必要な情報を提供した。

「グレイ氏を消すためにエストラーダの組織に三十万ドルの金が払われ、仲介人のタグリテーリには十万ドルが払われたそうです」

「まさか大将が直接払ったわけじゃないだろう」

「払ったのはテクノジャイアンツ社のブレナンです」

「しかしなぜ大将はわざわざタグリテーリのようなマフィアと会食なんかしたんだろう。

明らかなリスクじゃないか」

「それはタグリテーリが要求したそうです。もしもの場合を考えた上での保険です。彼にしてみれば依頼人が大物であればあるほど不安なわけです。大物は往々にして裏切ると言ってましたから。そのときのために会話を録音し、隠しカメラで写真も撮っておくのだそうです。写真と録音は証拠物件としてわれわれに差し出されます」

「恐れ入ったよ。やっぱり君たちの情報ネットワークは半端じゃないな」

「問題はこれからでしょう。まずエストラーダをしょっぴきますが、大将やブレナンについても急ぐ必要があります。証拠隠滅はさせたくありませんから」

と言ってから思い出したように、

「最後にアリトーズを訪れたとき、マネージャーが不思議なことを言ったのです。ＦＢＩ以外にこの件に関わっている政府のブランチ《部門》があるのかと訊くのです。なぜそんなことを訊くのかと言うと、同じ男が二度レストランを訪れていろいろな質問をしていったと言うのです。ＦＢＩではなくエージェンシーからの者だと言ったとのことです。どういう意味でしょうか」

エージェンシーはカンパニーやラングレーと同じで、ＣＩＡの隠語であると言うと、

「ＣＩＡは国内では活動できないはずですが」

それは建前で、いざとなれば彼らは規則や法律など無視する。そういえばグレイの葬

儀のあと車の中で話していたとき、ベイラーはグレイには随分と世話になったと言っていた。だとするとスタン・ベイラーが動いていると考えてほぼ間違いないだろう。

「気にすることはないと思う。もしCIAだったとしてもこっちの味方だよ。トム・グレイは至るところに友人がいたからね」

　ゴンザレスたちのスピーディな仕事ぶりはパグリアーノの期待をはるかに上回った。バーガー長官の捜査中止命令について、今オープンにすべきかどうか彼は迷った。しかし明かすことはないと決めた。もし言えば野良猫部隊の隊員たちがどう反応するかわかったものではない。ゴンザレスは理性的でコントロールが利くが、隊員の中にはヴァイオレンスを本能としているような者もいる。それに捜査中止となれば、せっかくやる気を出している隊員たちの士気は確実に失せる。パグリアーノは長官の命令をしばらく隠しておくことに決めた。

　机上の電話が鳴った。CIAのスタン・ベイラーだった。

「ついさっきあんたのことを考えていたんだよ」

「私のことを?」

「捜査のヴォランティアーをしているようだな」

「どれだけ効率的にフェズが動くかを見たいと思ってね」

「それで採点は？」

「捜査の面から言えば百点満点と言えるが、総合点から言えば五十点だな」

「五十点？」

「だってそうだろう。長官から捜査ストップの命令が出ている。いくら捜査をやっても、その成果を発表できない。だから五十点だ」

「しかしなあスタン、親しい友人が殺されたんだ。いくら大統領の命令でも私としては捜査を中止するわけにはいかないんだ。誇りと名誉心、良心がどうしても前に進めと命令してるんだ」

「その思いは私とて同じだ。しかし考えてもみろ。捜査をちゃんと終えて納得がいくとする。そのあとはどうする？　起訴に持ち込むわけにはいかんだろう。命令不服従で処分されることは間違いないからな」

「それはそのときになったら考えるさ」

「考えに行き詰まったら私に連絡をくれ。ポズィティヴなヒントを与えられるかもしれない。われわれは命令無視や不服従に慣れているんでね」

「覚えておこう」

そのときは意外にも早くやってくることになる。

その日の午後、ヴィセンテ・エストラーダはニュージャージー州ホボーケンにある食肉加工工場を訪れていた。十年前に彼が始めた工場だが、食肉加工とは名ばかりで、実際は麻薬の密輸入の基地だった。地元警察はそれを知っていたが、踏み込んだことは一度もない。麻薬課から風俗課、果てはパトロール警官に至るまでエストラーダに買収されていたからだ。

ある意味で彼は地元の名士としてここ数年名を上げてきた。病院やカトリック教会には気前よく寄付をするし、州議会レヴェルでも有力政治家に献金を惜しまない。FBIニューヨーク支局の組織犯罪課は、何年も前から彼をマークしてきたが、彼はニューヨークではめったに活動しない。いざ逮捕の段になると、ニュージャージーに逃げ込んでしまう。FBIは連邦政府の権限のもとで動いているから、ニュージャージーまで追っていけるのだが、そうなると地元の官憲との関係がややこしくなる。それにホボーケン市はその行政や立法、司法などが腐敗しきっているということは全国的に知られている。いつかは手をつけねばならないと思いつつも、今日まで野放しにしてきたというのが実情だった。

エストラーダは一時間ほどして工場から出てきた。二人のボディガードとともに駐車場に向かって歩いていた。

突然、何人かの男が飛び出してきて三人を取り囲んだ。七人はいようか。Tシャツやスキンのヴェストを着てジーパン姿。腕や首に入れ墨をしている。髪の毛はもじゃもじゃで長く、お世辞にも清潔感があるとは言えない。全員ヒスパニック系の顔付きをしている。

「フーザ ファック アー ユー？」

ボディガードのひとりが言った途端、彼の首の後ろ側にハンマーのような拳が打ち下ろされた。もうひとりのボディガードも胸のホルスターに手を伸ばしたが、銃を抜くまでには至らなかった。二人のボディガードはぶざまな格好でその場にのびてしまった。

「ボディガードの給料をケチるからこんな半端な奴らしか雇えねえんだよ」

男の中のひとりが言ってくすくすと笑った。

「てめえら、おれを誰だか知ってるのか」

怒りに満ちた声でエストラーダが言った。

「コロンビア産のクズだろう」

「てめえたちは死んだも同然だ。おれがひと声かければてめえらなんて……」

突然エストラーダががくんと前にのめった。二人の男が両脇から彼を抱えた。彼らのそばにSUVが急停車した。ドアーが中から開いた。気を失ったままのエストラーダを乗せて車が発車した。すべては二十秒のうちに終わっていた。エストラーダが意識を取り戻したとき、車はリンカーン・トンネルを出て九番街を南に向かっていた。

「ここはマンハッタンじゃねえか」

「スリーピング　ビューティがお目覚めだぜ」

「おれをどこへ連れていこうというんだ」

「処刑場じゃないから安心しな。いずれは行くかもしれんがね」

「お前たち、どこの組織の者なんだ」

　男たちが顔を見合わせながら笑った。

「どうだ、おれの組織に来ないか。さっきの仕事ぶりからして腕は悪くなさそうだ。今どれぐらいもらってるか知らんが倍出してもいい」

「高すぎてお前さんには払い切れねえよ」

　それから十分後に車はハドソン川の埠頭のそばにある大きな倉庫の前で停まった。FBIのアンダーカヴァー　オペレーションに使われるアジトのひとつである。今回の仕事はFBI内部でも極秘にせねばならない。もしエストラーダを支局などに連れていったら、組織犯罪課の反感を買う。FBIでもエリートを自任する組織犯罪課は、自分たちのターフに他の課が踏み込むのを極端にきらう。しかも野良猫部隊となればなおさらのことだ。

　倉庫の一階には車が五台駐車していた。他にはこれといったものは置かれていない。エストラーダは男たちに囲まれて二階に上がった。だだっ広いスペースの中央に机がいくつか置かれていた。コンピューターや通信設備もある。スピーカーを通していろいろな声が聞こえてくる。多分、NYPDの無線だろう。

男がひとり、机の向こうに座っていた。エストラーダは男たちと彼の前に進んだ。

「ボス、連れてきました」

男のひとりが言った。

「ご苦労、何かトラブルはあったか」

「いえ、別にありませんでした」

エストラーダが机の前に置かれた椅子に腰を下ろした。ボスと呼ばれた男がじーっとエストラーダを見据えた。エストラーダが見据え返した。

「おめえ何者なんだ？」

「FBIだ。私はスペシャル　エージェント・ゴンザレス」

と言ってから周囲をあごで指して、

「彼らも皆FBI要員だ」

エストラーダは口をぽかんと開けて男たちを見回した。しかし次の瞬間、大声で笑い出した。

「冗談もいいかげんにしろよ、セニョール。こんなうさん臭いフェズがいるわけがねえだろう。FBIの制服は紺の三揃《みつぞろ》いと決まってる」

「それはお前がまだ若かった時代だ。時代は変わったんだ。そんなことにも気がつかない お前は大分遅れてるな」

「だったらなぜおれを捕まえたとき、こいつらはバッジを見せなかったんだ」

「お前には見せる必要なんてないからだよ」

「本物のフェズならバッジを見せる。それだけでもエセFBIの証明だ。FBIを騙《かた》るなんておれだってしたことがなかった」

「お前が信じようが信じまいがどうでもいいことだ。それよりなぜお前がここに連れてこられたかを心配したほうがいいんじゃないか」

エストラーダが両手を広げて肩をすくめた。

「おれは今ではホボーケン市のモデル市民で、市の貢献者だ。違法なことは何ひとつしていない。フェズの捜索も受けたことはない。模範的市民として市長から表彰もされてるんだ」

「お前が模範的市民なら、私はマザー・テレサの息子だよ」

「ジョークのセンスはあるんだな。それもフェズでない証拠だ」

ゴンザレスが両肘をデスクの上に置いてわずかに身を乗り出した。

「私の名はフリオ・ゴンザレス。われわれは一度会ってる。覚えてないか」

エストラーダがその巨体を前にかがめた。しばらくゴンザレスを見つめていたが、首

を振りながら、

「お前がうそを言ってるのか、おれの記憶力が衰えてるのかのどっちかだな」

「ライカーズ島だった。お前は当時二十一歳。十二人を殺して入ってきた」

「ムショではいろいろな奴に会ってるからな。よほど強烈なパーソナリティを持ってるカリスマティックな奴じゃなきゃ記憶に残ってないんだ。まあ悪く思わないでくれ」

ゴンザレスが小さく笑った。

「ヴォキャブラリーが増えたな。お前がパーソナリティとかカリスマティックなどという言葉を遣うとは感動ものだよ」

「ムショじゃ何もすることがない。せいぜい本を読むくらいだからヴォキャブラリーが増えるのは当然だ。通信教育で大学出の資格も得たんだ。いつかムショ生活についての本を書こうと思っている。ブロック・バスター《ベストセラー》間違いないぜ」

「お前の夢に水をさすようで悪いが、またムショ生活に戻ることになりそうだな。お前は今三十九歳、これまでの人生の半分以上をムショで過ごしてきた。考えてみれば人生の終着点としてはごく自然だな」

「おれが何をしたというんだ」

「売春、とばく、麻薬の密輸入、契約殺人。ネタにはこと欠かない」

「どれひとつとっても法廷では通用しねえな。そんなことよりお前はライカーズに入っていたと自ら認めた。それだけでもフェズじゃねえということだ」

　ゴンザレスが後ろに立っていた男たちに向かってうなずいた。男たちはエストラーダの両腕を後ろに回して素早く手錠をかけた。

「われわれはＦＢＩだが、ノーマルな要員じゃない。お前と同じくらい凶暴な連中ばかりなんだ。だからよく聞くんだ。マリオ・タグリテーリから殺しのコントラクトを請け負ったな」

「そんな名前聞いたこともねえな」

「お前が受け取った金額は三十万ドルだった」

「一体何を話してるのやらさっぱりわからんね」

　突然彼の頭に黒い頭巾がかぶせられた。

「ホワット　ザ　ファック……」

「言ったろう、われわれはノーマルじゃないんだ。タグリテーリから三十万ドルを受け取ったな」

「キッス　マイ　アス！」

「しょうがない。リカルド、ちょいとサーヴィスしてやれ」

　リカルドと呼ばれた男が両手にカミソリぐらいの小さな短剣を持ち、それらをエストラーダの左右の肩甲骨の下に突き刺した。エストラーダが小さなうめき声を上げた。刺すといっても最初はわずか一センチだけだ。刺したナイフはそのまま残される。体を動かせば痛みが走る。

「おめえら思った通りフェズじゃねえな。フェズならこんな拷問するわけがねえ」

「やっぱりお前は時代遅れだ。今は何でもありの時代だ。お前のような悪党と戦うにはこんなことも必要なんだ。どうだ話す気になったか」

「ファック ユー！」

ゴンザレスがリカルドにうなずいた。三本目と四本目が背中に刺し込まれた。今度は最初より五ミリ深く入った。エストラーダはそれでも耐えた。さらに五本目、六本目が二センチの深さまで刺された。大体の人間はここでギヴ アップする。人間は目をふさがれると、丸裸にされたように感じさせられる。しかも強烈な痛みが次にどこを襲うかもわからない。心理的にとてつもない恐怖心を与えられる。

「どうだね、ヴィニー・ザ・キラー。スペシャル サーヴィスの味は？」

「ゴートゥ ファッキング ヘル！」

ゴンザレスが舌を鳴らしながら首を振った。七本目と八本目が刺し込まれた。今度はさすがのエストラーダも小さな悲鳴を上げた。

「本来ならお前を真っ裸にしてサーヴィスするんだが、誰もお前の裸など見たくはないからな。それにしても、お前がサディストということは知ってたが、マゾヒストでもあるとはね。新発見だ」

　九本目と十本目が両脇腹に刺さった。エストラーダのうめき声が大きくなりその体をのけぞらせた。

「バスタ！　ザッツ　イナフ！」

　エストラーダが唸った。

「お前の勝ちだ」

　リカルドが十本のナイフを素早く抜いて頭巾を取った。

　エストラーダが憎しみと恐れに満ちた眼差しでゴンザレスをにらみつけた。

「帰ったらこのことは絶対に警察に言ってやるからな」

「帰ったら？　帰れるという保証などした覚えはないぜ」

「まだ何かしようと言うのか」

「いや、コントラクトについて話せば殺しはしない」

　よほどこたえたのかエストラーダはあれだけ頑張ったわりにはすらすらと話した。

　彼の話はマリオ・タグリテーリの自供と大体マッチした。ひとつ違っていたのはトム・グレイの殺しに三十万ドルとタグリテーリは言ったが、エストラーダはあれは二人分の金額だったという。もうひとりとはクエンティン・ザブロフスキー殺しの分である。グレイ国防次官補の命はたったの十五万ドルの価値しかなかったということだ。怒りとやるせなさがゴンザレスの胸をえぐった。せめてもの救いは、これでグレイ殺しの真の犯人とも言うべきデンヴァー大将が法律によって裁かれることだ。

ゴンザレスは用意しておいた逮捕状をエストラーダに見せた。そしてミランダ条項を暗誦《あんしょう》した。

「あなたには黙秘する権利がある。あなたがこれから言うことは法廷であなたの不利益に使われる可能性がある……」

パグリアーノは最初どう反応していいものか迷った。ゴンザレスからエストラーダを逮捕し、調書も万全のものを取ったと連絡があったのはつい先ほどだった。これほど早くエストラーダ逮捕にこぎつけるとは思ってもいなかった。ゴンザレスたちがかなりリスキーな方法を取ったのは確かだ。大将とブレナンの容疑は固まった。しかし捜査中止という長官の命令は変わっていない。

電話の向こうで胸を張っているゴンザレスの姿が想像できる。彼と彼の部下たちの栄光の瞬間である。それをスポイルしたくはなかった。

「フリオ、よくやったな。大手柄だ」

「今晩エストラーダの身柄をワシントンＤＣの本部に連行していいでしょうか」

「それはちょっと待ってくれ」

「じゃ明日にも一番で？」

「二十分くれ。今後のことについて詳細を連絡する」

電話を切った。ふーっというため息を漏らした。シナリオは二つしかない。まずゴンザレスがエストラーダをワシントンDCに連行してくる。調書が上層部に提出される。当然長官も目を通す。彼の反応は十分に推察できる。間違いなくすべてを握り潰すだろうし、野良猫部隊は長官賞どころか、命令不服従で罰せられるか、最悪の場合、野良猫部隊解散という事態も起こり得る。

もうひとつのシナリオとして考えられるのは、長官からの厳命をゴンザレスに伝えてこれ以上の活動は無用と告げることだ。しかしそれをすれば、野良猫部隊に与えるショックと挫折感は計り知れない。彼らは皆かつて悪の道に身を置いてきたが、逆にそれを買われてFBIのメンバーとなった。だから捜査官として、彼らなりの信念と誇りを持っている。その彼らに問答無用の捜査中止を告げねばならないのだ。パグリアーノはコーナーに追い詰められたと感じていた。こんな状況に置かれるとは今まで思ってもいなかった。しかし何らかのアクションは取らねばならない。

受話器を取ってラングレーのスタン・ベイラーを呼び出した。

「スタン、エストラーダを逮捕したよ。自供も調書も取った」

ベイラーがピューーッと口笛を鳴らした。

「ばかに早かったな」

「私自身これほど早く進むとは思わなかったよ。早すぎてどう対処していいものか困ってるんだ」

と言ってこれまでの進展と現状を説明した。考えられる二つのシナリオについても話した。

「どっちにしてもタフな選択だ」

「既成事実として扱うわけにはいかないのか」

「というと？」

「エストラーダをワシントンＤＣに連れてきて、強引に法的プロセスを進めてしまうんだ」

「それは無理だ。司法長官のサインは必要だし、彼はホワイトハウスからの命令には決して逆らえない。司法長官になるのが夢なんだ」

ベイラーが少し考えてから、

「二つの選択肢しかないとあんたは言うが、他にもあるよ。選ぶかどうかはあんた次第だがね」

「………」

「要は正義が執行されねばならないということだろう？」

「ボトム　ラインはそうだ」

「おれがあんたの立場にいたら」

　ベイラーが説明した。まるで明日の天気に関して話しているようなトーンだった。聞いているうちにパグリアーノは体が硬くなっていくのを感じた。ベイラーの説明が終わったとき、パグリアーノはしばらく声が出なかった。

「こういうことはわれわれの世界ではよくあることなんだ」

　ベイラーのトーンは変わらなかった。

「われわれは諜報界で生きている。でもあんた方ＦＢＩは諜報機関じゃなく法を守る機関だ。ただ単純に正義を執行するというなら、今私が言ったことが最も効果的と思うがね」

　パグリアーノはベイラーに礼を言って電話を切った。彼が言ったことをしばし考えた。それを否定するように首を振った。あまりにドラスティックすぎる手段だ。しかし振り払おうとすればするほど、ベイラーの言ったことが現実味を帯びてパグリアーノの頭に食い込んだ。ほかにオプションはないと感じてきた。ごく自然と彼の手は電話に伸びていた。

　パグリアーノの説明を聞いたゴンザレスは、驚きと怒りのあまり言葉を失していた。

パグリアーノには彼の反応は想定内だった。

「だからエストラーダをこっちに連行できなくなったんだ。命令拒否を理由にして、君も私もまた他のメンバーも、厳しい聴聞にかけられ首を切られるかもしれないんだ」

「しかし間違ってます」

蚊の鳴くような声だった。

「このまま終わらせたら、われわれは正義をレイプすることになります」

「誰がこのまま終わらせると言った」

「……？」

「いいか、フリオ。よーく聞くんだ。エストラーダと取引をするんだ」

「司法取引をですか！」

「違う。条件は君にまかせる。ただ奴の一生を懸けた取引だということを知らしめるんだ」

ゴンザレスは全神経を集中させて、パグリアーノの言葉に聞き入っていた。

部下のひとりがエストラーダを伴ってゴンザレスの前に立った。拷問のあと痛み止めを打って、一階にある車の中で眠らせておいたのだった。痛みのためかエストラーダは体を縮めていた。腰を下ろすにも顔をしかめていた。

「調子はどうだね、エストラーダ」

「よく言うよ。さんざん人を痛めつけやがって」

「お前が強情を張るからだ。必要なら何度でもやる。まだまだメニューにはコース料理もあるし、ア ラ カルトもあるんだ」

「あそこまでやって、なぜおれを殺さなかったんだ」

「われわれは法を守るＦＢＩだ。殺しなどしたら遵法の精神を踏みにじることになる」

エストラーダはしばらく考えていた。そしてゆっくりとうなずきながら、

「あんた方がＦＢＩということは信じるよ。組織の連中だったらこんな手のこんだことをしやしねえからな」

「いずれ裁判でお前は有罪となる。連邦犯罪だから仮保釈なしの終身刑か死刑だ。それはわかってるな」

エストラーダがうなずいた。それまでとは表情が明らかに違ってきた。ある種のあきらめというか、達観というか、ヴィニー・ザ・キラーの獰猛さは消えていた。

「人生なんて仕掛け花火のようなものだ。少なくともおれの人生の花火は不発に終わらなかった。恨むことなど何もないよ」

「いさぎよいな。今のお前は格好いいよ」

「そんな気休めはやめてくれ。こうなったら早いとこ法の裁きを下してほしいね」

「お前が格好よくなったところで相談があるんだ」

「今のおれに何ができる？　肉を卸値でほしいとでもいうのかね」

「マジな話だ。いいか、エストラーダ。このままいけばお前は組織犯罪法にもとづいて起訴される。過去の売春、とばく、殺しなど検察は容疑を膨らませる。そしてそれらを一緒くたにしてコンスパイラスィ《―陰謀罪―》の絵を作り上げる。その絵にはグレイ殺害は入っていないんだ」

　エストラーダが怪訝な面持ちで、

「どういう意味なんだ？」

「お前に殺しを頼んだデンヴァー大将とテクノジャイアンツ社のブレナンは手つかずということだ」

「そんな馬鹿な！」

「それどころか大将はホワイトハウスから勲章を授与されることになってるんだ。お前は終身刑か死刑。ところがお前に殺しを頼んだ奴らはのうのうと生き残る。不公平と思わないか」

「おれたちの世界よりずっときたねえじゃねえか」

「そこでお前に話なんだが」

　と言って一呼吸してから、

「大将やブレナンと立場を交換したくないか」

「セイ アゲイン？」

「大将とブレナンが死んで、お前が生きるという状況を作りたくないかと訊いているんだ」

「そりゃ、おれだって生きたいさ」

「じゃ話に乗れ。あの二人をお前が殺るんだ。そうすればお前に自由を与える」

エストラーダがさぐるような目付きでゴンザレスを見つめた。

「罠じゃないのか」

「何のためにお前に罠を仕掛けなきゃならんのだ。お前は自供したし、調書にサインもした。いまさらお前をだます必要なんてないだろう」

エストラーダがこうべを振りながら、

「何が何だかわからん。あんたはフェズだろう。そのフェズが殺しのコントラクトをおれと交わそうと言ってるんだぜ」

ゴンザレスが大きくうなずいた。

「私は確かにＦＢＩだ。だが人間でもある。人間としての私には、ときには機能しない法律より正義の執行のほうがはるかに大事なんだ。それにグレイ氏はよき友だった」

「まだ納得はできんが、あんたが言ってることを信じたくなってきたよ。このコントラクト受けようじゃないか」

「見返りとしてお前は自由の身となる。だが条件がある。まず今回のコントラクトで受け取った三十万ドルをグレイ氏の奥さんに一市民からの寄付金として贈ること。それから仕事が終わったら足を洗ってかたぎになること。それこそ本物のモデル市民になるんだ。たぶんホボーケンには住みにくいだろうから住所を変えてもいい。田舎で自叙伝を書く暮らしも悪くないだろう」

「どうせ付録の人生だ。あんたの言う通りにするよ」

「契約書にサインはできないが」

と言ってゴンザレスが机越しに手を差し出した。

「ジェントルメンズ　アグリーメントだ」

その手をエストラーダが握った。

「仕事のやり方はおれに任せてくれるんだろうね」

「そっちのほうは私は素人だ。専門家のお前に任せる」

「トレードマーク付きの芸術をお見せするよ」

「ほう、どんなトレードマークだ？」

「コロンビアン　ネクタイだよ」

と言ってエストラーダがにやっと笑った。

二日後、パグリアーノはワシントン警察から緊急連絡を受けた。クラレンス・デンヴァー大将がウォーターゲート・コンプレックスにあるコンドミニアムの居間で死体となって発見されたという。

パグリアーノはゴンザレスとともに現場に急行した。ワシントン署のホモサイド《殺人》課刑事が二人を迎え入れた。

「ひどい殺り方です。ホモサイドで十五年働いてきましたが、こんなのは初めてです」

「家人はいなかったのか」

「ここは大将のワシントンの住まいなのです。奥さんや家族はカリフォルニアの家にいます。連絡はしておきました」

二人は居間に入った。まったく荒らされた様子はなかった。居間の中央に大将が裸で両手、両足を広げたスプレッド イーグルの姿で横たわり、真っ白なペルシャ猫の毛のような絨毯は大量の血で染まっていた。そばにバス タオルがあった。明らかにシャワーを浴びた後、襲われたと思われた。彼のペニスは根元から切り取られていた。首の下部がぱっくりと裂かれ、そこにペニスが押し込まれている。そして腹の上には紙がナイフで刺され〝ジャスティス ダン《正義執行》〟と血で書かれていた。

「処刑のようですね」

刑事が言った。

「それにしても屈辱的な殺られ方だな。男根を首に突っ込むなんて普通じゃない」

とパグリアーノ。

「一体何を意味してるのだろうか」

「トレードマークですよ」

ゴンザレスが言った。

「トレードマーク？」

「コロンビアン ネクタイです」

それから数時間後、再び殺人事件があった。今度はダウンタウンにあるバーのトイレだった。被害者はテクノジャイアンツ社のワシントン支社長のクリス・ブレナン。彼は三つ揃いを着たままの姿だった。しかしやはり腹の上に〝正義執行〟の貼り紙があり、その首にはコロンビアン ネクタイが突っ込まれていた。

マスコミはお祭り騒ぎとなった。二件の猟奇殺人、しかもひとりは現役の統合参謀本部議長で、つい数日前〝世紀の陰謀〟を暴き、大統領が〝英雄〟と称えた軍人である。もうひとりは大手軍事産業テクノジャイアンツ社の幹部、両者の遺体には〝ジャスティス ダン〟の紙が残されていた。どれひとつとってもマスコミには蜜の味であった。ホワイトハウスのスポークスマンは大統領のコメントとして、〝親しい友人であり、長年合衆国のために仕えてきたデンヴァー大将が、卑劣な殺人犯によって非業の最期を遂げたことは断腸の思いである。ＦＢＩに犯人逮捕に全力を尽くすよう命じた〟と発表した。

その日の晩、パグリアーノはスタン・ベイラーの誘いで〝サルヴァトーレ〟で食事をともにした。ベイラーがグレイと最後に食事をしたのがこのレストランだった。

食事中パグリアーノはあまり話さなかった。ベイラーの話にときどきうなずいたり、ちょっとした質問を投げかける程度で、心ここにあらずといった様子だった。食欲もそれほどなかった。ベイラーには彼が思っていることの察しがついていた。しかしこんなところで話すわけにはいかない。

早々に食事を終えて、二人はポトマック川のほとりを散歩することにした。

心地よい川風が髪をなでた。パグリアーノは大きく深呼吸をした。

「そうだよ。吐き出しちまったほうがいい。そして忘れることだ」

パグリアーノがこうべを振って、

「忘れろといっても無理だよ。たったひとつのオプションだったとはいえ、法を破ったことには変わりはないんだ」

「法は破っても人間の信義は守ったじゃないか」

「誤解しないでくれ。私は間違ったことをしたとは思っていない。ただ二十五年前、Ｆ

BIに入ったときの誓いを破ったことが重いのだ」

「年をとっても純粋でいられるんだなぁ」

「あんたにはこういう経験はなかったのか」

「似た経験はあったさ。それこそ二十五年以上前の話だ」

ベイラーがCIAに入ってまだ一年目だった。

かつての長官リチャード・ヘルムズは、政治任命ではなくCIA一筋に上ってきたばりばりのキャリアーだった。今では伝説の長官となっているアレン・ダレスに師事し諜報技術を学んだ。そのヘルムズが当時の対外極秘工作部の要員を集めて言ったことがあったという。〝昔ダレス長官が私たちによく言っていた。《戦争はひとりの暗殺者の一発の銃弾によって止められる》〟

そしてヒットラーを例に挙げた。当時イギリス情報部が送り込んだ暗殺者は、パレードでオープンカーに乗っていたヒットラーを完璧に射程圏内に収めていた。しかしいざ引き金を引くとなった瞬間、躊躇してしまった。あのときヒットラーは人気が出始めていたが、まだ権力を握るには至っていなかった。だからもしその暗殺者が引き金を引いていたなら、ヒットラーの台頭はなかったし、結果として第二次世界大戦は防げたというわけである。

「それを聞いたとき私は二十四歳だった。ある種の嫌悪感を覚えたものだ。どんな人間でも暗殺するなどもってのほかと思った。しかしこの仕事をやってるうちにだんだんと考えが変わっていったよ」

「だがあんたの仕事はＦＢＩとは違う。私の仕事はあくまで法を守ることなんだ」

「法律通りにやってても、それが通用しない場合がままある。デンヴァー大将とブレナンのケースがそうだった。放っておいたらもっと悪いことをやったのは確実なんだ。彼らは自分たちの投げたブーメラングに当たっただけだ。犯罪を働く前にその芽を摘むというのも法の精神と私は解釈するがね」

パグリアーノが首を振った。そんなことになったら潜在的犯罪者はすべて殺せるということになり、ＦＢＩは合法的殺し屋の集団と化してしまう。犯罪に対して法というカウンターバランスがなくなったら社会は闇となる。

「私は何も潜在的犯罪者を無差別に消すと言ってるわけじゃない」

ベイラーの口調がやや強まった。

「そこには人類の最大の遺産ともいえる常識というものがある。どんな法律よりも常識のほうがブレーキ役になるものだ。法律万能でやっていったら壁にぶちあたるんだ」

「問題はそこだよ。あんたの常識とわれわれの常識は違うんじゃないかな」

「いや常識は同じだよ。現にあんたは大将とブレナンの抹殺を命じたじゃないか。友人がやつらに殺された上、名誉まで台なしにされた。それに対して法律は何もできない。

ごく常識的な人間としての反応だったんだ」

「しかしテロリストに対するわれわれの考えとあんた方のとでは随分と違う」

「それはあんた方が常識で考えずに、あくまで法に則《のっと》ってことを進めようとしているからだ。ＦＢＩもわれわれ同様、世界のテロリストと戦ってきた。しかしはっきり言わせてもらうが、どっちが実績を上げてるか考えたことはあるのかね」

ベイラーが何を言わんとしているかはよくわかっていた。ＦＢＩは逮捕したテロリストをアメリカに連行して法の裁きに委ねる。だがＣＩＡはテロリストを追い詰めたらその場で射殺する。テロリストを消すという実績では、当然ＣＩＡのほうが上回っている。

「われわれはテロリストも人間と考えている。法の裁きを受ける権利がある。それが法治国家であり、あらゆる人間を法の前では平等に扱うというわが国の伝統であり信念なんだ」

「あんたがそういう美しい言葉を並べている間にも、テロリストたちはあんたを含めたアメリカ人を殺そうとたくらんでいると同時に世界を破壊しようとしているんだ。そのような奴らの権利を守る？　一体あんたの常識はどこにいっちまったんだ。常識で考えれば、テロリストを人間と思うこと自体おかしいんだ。あいつらは人間じゃなくゴミだ。ゴミは焼却するのが一番なんだ」

「あんたのようにカット　アンド　ドライに割り切ることができたらいいと思うよ。だができない。ＦＢＩの水に浸かりきってしまったのだろうね」

しばしの沈黙のあとベイラーが言った。

「まだ若い頃だった。赴任地の中東のある国でテロの現場を見た。自爆テロでバスが破壊され、乗客も運転手も木っ端微塵《こ　ぱ　み　じん》だった。現場に駆けつけたある男は何かを両手で抱き締めて号泣していた。彼が両手にしていたのは靴を履いた子供の片足だった。あれを見たときテロリストは人間じゃないと私は心に決めた。常識から導き出された当たり前の結論だったのだ」

二人はしばらく黙ったまま歩いた。

パグリアーノは何となく気持ちが軽くなった気分だった。ベイラーの言ったことに共鳴したわけではない。ただこうしてラングレーの実力者と話していることに価値を見いだしていた。これまでＦＢＩとＣＩＡはことあるごとにぶつかってきた。双方の長官たちも縄張り意識丸出しで、めったに口をきかない。トップがそういう姿勢であるから下の者は推して知るべしである。

しかし自分は今、ベイラーとある秘密を分け合い胸襟を開いている。これがこれからのＦＢＩとＣＩＡの新たな関係の始まりに多少なりとも寄与できればと願っていた。

「ところでグレン、シェイ・デモノヴィッチについて、その後何かわかったかい」

「多分、今頃はイスラエルに帰ってるだろう。イーライ・ウォリアーという名で通っていたらしいが、それも多分偽名だろうね」

「モサドがかかわっていたのか」

「多分。しかし見事に足跡を消されたよ」

「佐川とマーカス・ベンジャミンについてはどうなんだ」

「まったくわからん。彼らの指名手配を解こうと思ってるんだ。今のマスコミの動きをみると、いずれは大将やブレナンについての真実が明らかになる。彼らが片をつけてくれるはずだ」

「しかし指名手配を解いたら自由となる。プロジェクトをどこかに売る心配はないのか」

「それはないだろう。グレイが電話で話して得たガット フィーリングは、佐川という男は金目当てで動くような男じゃないということだった。敵ながら好感を覚えたと言っていたよ」

「佐川は戦士だからな。経歴は半端なもんじゃない。一度会ってみたい男だった」

「不謹慎に聞こえるかもしれんが、佐川とベンジャミンにはこのまま逃げ切ってほしいと私は思っているんだ」

ベイラーがちらっとパグリアーノを見てくすっと笑った。

「何かおかしいことを言ったかね」

「ミスターFBIらしからぬ言葉だな」

パグリアーノがぶすっとした表情で、

「仕方ないよ。それが常識的な考えというものだからな」

第十七章　壮士去りて

エイラット空港に降り立った藤島とマーカスは、何の問題もなく入国した。藤島は日本人ビジネスマンとして、イスラエルの企業に投資するための来訪、マーカスは彼のイスラエル人秘書という役割だった。マーカスがヘブライ語を自在にこなすことが大いに役立った。その上髪の毛を黒に染め、黒縁のメガネをかけ、正統派ユダヤ教徒の黒い衣服。その変貌ぶりに不自然さはまったくなかった。

空港でレンタカーを借り、四時間をかけてテルアヴィヴのクラウン・プラザ・ホテルに到着した。まだストールは着いていないようだった。

最上階のスイートを取って、まず藤島はメイヤー将軍との至急のアポイントを取るために参謀本部に電話を入れた。将軍は多忙を理由に会うのを渋っているようだったが、藤島がマーカスが一緒であると言うと急にトーンを変えた。すぐに参謀本部で会いたいと彼のほうから申し出た。

ロビーでヘラルド・トリビューンとエルサレム・ポスト紙を買って、マーカスとともに車に乗り込んだ。トリビューン紙は一面から三面までの大部分をデンヴァー大将とブレナンの猟奇殺人についての記事が占めていた。社説は軍事産業と軍部との黒い結び付きについて述べていた。

エルサレム・ポスト紙を読んでいたマーカスが、

「僕たちに関しては何も載ってませんよ。事態が変わったと取っていいのでしょうか」

「そう簡単にいくとは思えないな。新しいニュースがプライオリティを持つのは当然だよ。われわれが忘れられたわけじゃない」

「ホーリー　ジーザス！」

突然マーカスが奇声を上げた。

「藤島さん、聞いてください」

マーカスが二面の下のほうにある記事を読み始めた。それによるとアメリカFBIのグレン・パグリアーノ防諜部部長が、佐川丈二およびマイケル・ストールの国際指名手配を解除することを発表した。さらにマーカス・ベンジャミン博士については、指名手配したこと自体が間違いであり、博士の公民権を侵すような挙に出たことを謝罪するとあった。

「これで僕らは晴れて自由の身ですね。これからはどこへ行こうが、何も気にすることはないわけです」

「この国は別だよ」

藤島がピシャッと言った。

「佐川への指名手配は、この国のシンベットが行ったものだ。すべてはこの国から始まったんだ」

郊外にある参謀本部の中心部は、二重、三重のチェックポイントでかためられているが、将軍からの通達があったためか、二人は支障なく通過できた。

将軍は彼のオフィスで二人を待っていた。

藤島がマーカスを紹介した。マーカスより将軍のほうがやや緊張しているようだった。

「君がかの天才科学者ベンジャミン博士か。会えて光栄の至りだよ」

「僕のほうこそ。将軍は年よりも大分若く見えますね。確か五十九歳ですよね」

「私のことを調べたのかね」

「いえ、特別に調べたわけではありません。何度かあなたについて書かれている雑誌の記事を読んだのです」

と言って藤島に向かって、

「将軍はかつてスエズ渡河作戦で、シャロン将軍の右腕として働いたのです。当時はまだ二十五歳の中尉でした。八二年のレバノン侵攻で大失態を犯しました。そうですよね、将軍？」

メイヤー将軍がいやな顔をした。ＰＬＯを追ってレバノンに侵攻したイスラエル軍は、レバノンのキリスト教ファランジストと共闘した。しかしファランジストがシャティラとサブラの難民キャンプでパレスティナ人を虐殺。イスラエル軍は見て見ぬふりをしていたとして国際世論の非難の的となった。

「しかしあのとき将軍はラッキーでした。国防大臣だったシャロンがすべての責任を負ってくれたのですから。そうでしたよね、将軍」

将軍が恨めしそうにマーカスを見据えた。いちいち確認することはないとでも言いたげな表情だ。

「だけど藤島さん、将軍の愛国心は本物ですよ」

「それは有り難い言葉だな」

いやみたっぷりにメイヤー将軍が言った。

「なぜ自信を持って言えるのかわかりますか？」

「ぜひ聞かせてほしいと言いたいところだが、藤島氏は私のことを話しに来たわけじゃない」

「無礼を勘弁してやってください、将軍。ここのところずっとわれわれ以外とは話していないので、まともな人と話すのが嬉しくてしょうがないんです。マーカス、少し黙っていろ」

藤島が本題に入った。まず彼は佐川から将軍に連絡が入ったかどうか尋ねた。これまで一度も入ってないとのことだった。

この前初めて将軍に会ったときは何も知らなかった。だから将軍の言うことをそのまま受け入れねばならなかった。しかし今回は違う。佐川からことの次第を逐一聞いているのだ。

「あなたはゴラニの最高司令官ですよね。佐川が今回のミッションを任せられたとき、あなたはその場に同席していたと聞きました。そのあなたに一度も連絡がないとはおかしいんじゃないですか」

「あのミッションはモサドの依頼によってなされたんだ。私はただ佐川を紹介しただけだ」

「モサドの長官は確かワイゼッカーといいましたよね」

将軍がうなずいた。

「イツハク・ワイゼッカーだ」

「ワイゼッカーは佐川を指名してきたのですか。それともあなたが推薦したのですか」

将軍が一瞬口をつぐんでから、

「確か長官のほうから佐川を指名してきたと覚えているが」

「不思議に思わなかったわけですか」

「別に不思議でも何でもないよ。モサドはゴラニやサエリト・マトカルなど特殊部隊のメンバーのリストを持っているんだ。共同作戦を展開せねばならないときがあるからね」

佐川がワシントンのセイフ ハウスで殺されかけたことを藤島が話すと、将軍は驚きを隠さなかった。さらにその男が自分はモサドのメンバーだと語ったと言うと、将軍は驚きを通り越して呆然とした。

誰かが佐川をはめたのは確かだと藤島が断言すると、将軍は腕を組んだままこうべを振った。

「そんな不心得者がいるわけがない」

確信というより信じたくないといった口調だった。

「今、佐川はどこにいるんだ？」

「それがわかっていたら、われわれはここにはいませんよ。しかしこの国にいるのは確かです。ただこの国のどこにいるかは皆目見当がつかないんです。あなたなら彼が行きそうなところがわかるのではないかと思いまして」

将軍がしばし黙したまま宙を見つめた。

「早まったことをせねばいいが……」

藤島には将軍の言ったことの意味がわかっていた。

ここはひとつ、将軍の力でイスラエル国内における佐川に対する指名手配を解除するしかない。そうすれば佐川は闇から浮上してくるかもしれない。

しかし将軍は否定的だった。

「シンベットは私の管轄外だ。いくら私でもどうにもできんよ」

「じゃあワイゼッカーが佐川に殺されてもいいというのですか」

「その前に佐川のほうが殺されるだろう」

「そんな無責任なことがよく言えますね。ゴラニの隊員がモサドのトップを殺ろうとしているんですよ。大スキャンダルではないですか」

「だが今のわれわれに一体何ができる。唯一の希望は佐川がここに連絡をしてくることだ。そうすれば何とかできるのだが。それに」

将軍が思い出したように付け加えた。

「君たちの身だって今や危ないと考えなければならないしね」

「われわれの身が？」

「君はさっき私に電話をかけてきた。あのときホテルの電話を使ったのか」

藤島がうなずくと、

「この国ではメジャーなホテルはすべてモサドがバッギング　デヴァイス《——盗聴装置——》をつけているのだ。君とベンジャミン博士の行動は完璧にモサドの監視下におかれたと思ったほうがいい。ここに来ているということも知られているはずだ」

「しかしわれわれは何の法律も犯してませんよ」

「それは関係ない。モサドならどんな罪でも作り上げることができる。国家の安全を名目にしてね」

「あなたの言うことを聞いていると、まるでモサドのスポークスマンですね。天下の将軍ともあろう人が」

「その無礼な言い方は許そう。ただ君たちにはくれぐれも注意を払うよう警告しているのだ。ここは日本ではないのだ」

将軍は何か重大なことを隠していると藤島はすでに感じ取っていた。

「われわれの安全に関しての考慮を感謝しますよ、将軍。しかしご心配なく。われわれに何かが起きれば、アメリカとイスラエルの関係は大変な状況に陥ることになります。もっとはっきり言えば、アメリカはイスラエルに対して関係断絶を通告してきますよ」

将軍が苦笑いしながら、

「脅しにしては幼稚すぎるな」

「佐川がイスラエル機関によってプロジェクト・オメガを盗み出すためアメリカに送り込まれたという事実が明るみに出ることになっているんです。彼を脱走兵に仕立て上げてイスラエルとの関わりを断ったと見せかけたまではよかったが、アメリカ人だってばかではない。どこかおかしいと感じていますよ。そこのところのボタンをちょっと押せば彼らは納得する。策士が策に溺れた典型的なケースですね」

これはブラッフではなかった。エイラットで別れた篠田次郎に必要な情報を書き記したメモを渡しておいたのだ。佐川や自分の身に何かが起こればそのメモはAPの東京支局に渡されることになっている。

「われわれの命をイスラエル国家の滅亡と交換するなら上等ですよ。そうだろうマーカス」

「ユーアー ソー ファッキング ライト！」

マーカスがかん高い声で答えた。

「そして将軍、あなたも責任の一端を取らざるを得なくなります。佐川とワイゼッカーを会わせたのですからね」

藤島が追い打ちをかけるように言った。

将軍はもはや笑っている余裕もなかった。アメリカとの関係が悪化するなどと思っただけでぞっとする。断絶となったらイスラエル国家にとっては死活問題に発展する。その責任を自分もかぶらねばならないと藤島は言っているのだ。話のペースは完全に藤島に握られてしまった。

こんな話になるなら会わねばよかったとメイヤー将軍は悔いていた。

「将軍」

藤島のトーンが急に柔らかくなった。

「アメリカとイスラエルの関係を悪化させるのは私の本意ではありません。私はただ佐川を今の危機から救いたいだけです。彼の祖国愛は利用されたのです。こんなことのために彼に命を懸けさせるのはゴラニの恥じゃないですか」

「君の言う通りだ。しかし今の私にできることはないんだ」

藤島が身を乗り出して将軍を見据えた。

「将軍、あなたはとんでもない何かを隠していますね」

将軍が藤島を見返した。

「一体何のことやらわからんね」

藤島は確信した。骨身に感じる直感である。かつてニューヨーク市場がＩＴブームに沸いたとき藤島は五億ドルを株に投資した。しかしあるとき直感的に何かを感じて売りに出た。その四日後、市場を襲ったのがブラック・チュウズデー。ＩＴブームは去り、何兆円ともいえる株が紙くずと消えた。だが藤島は五億ドルの投資分をキープしただけでなく、五億ドルの利益を得て勝ち逃げに成功した。あのとき感じた直感に似たものを今感じていた。

「私は隠していることなど何もない。何を根拠にそんなことを言うのだ」

藤島が立ち上がった。マーカスも従《つづ》いた。

「十億ドルの直感が私に言っているのです。グッディ、ジェネラル」


ワイゼッカー長官は壁にかかったスクリーンを食い入るように見つめていた。世界中のモサド支局の名前とステイタス《――現状――》が出ており赤、黄色、青のランプが並んでいるが、明かりがついているのは青と黄色だけだった。ということは佐川がまだスポットされていないということだ。ワイゼッカー長官は落ち着くよう自分自身に言い聞かせていた。セイフハウスを出て以来、佐川からは何の連絡もない。最後に彼ら一行の行動についての情報を得たのは、メキシコのモサド支局からで、ジャングルから逃げたという情報だけだった。

ビル・シュースターが入ってきた。ビル・シュースター、別名イーライ・ウォリアー、別名シェイ・デモノヴィッチ。杖をつきながら片足を引きずっている。

「何か佐川について新しい情報はあったか」

ワイゼッカーの問いにシュースターが首を振った。

「アジア諸国の支局からはゼロです。アフリカやヨーロッパの支局からもこれといった情報はありません」

「セイフ ハウスにいるとき、最終的にどこに行くかというような話は出なかったのか」

「それについては話しませんでした。佐川は用心深い人間です。話をそっちに向けようとしても食いついてこないんです」

「だがメキシコからどこかに行ったことは確実なんだ。もういちど世界中の支局にハッパをかけるんだ」

「やってみますが、多分佐川は網にはかからないと思いますよ。私は長官の命令で動いたと彼に言ってしまったのですから」

「だが君の言葉を佐川が信じたかどうかはわからないだろう」

そう言われればそうだとシュースターは思った。あのときの情景がシュースターの脳裏によみがえった。佐川はごく冷静に話していた。長官が自分を送り込んだと言っても、目の色ひとつ変えなかった。そして自分の言ったことを信用しないというようなニュアンスだった。

「ただひとつだけあのとき佐川が感情というものを表したのは〝ダッム ザ サンノブア ビッチ！〟と言ったときです。それでも何に対して言ったのかはわかりませんが」

「そうだろうな。彼は忠実な兵士だ。上官を徹底的に信じるようたたき込まれている。

君のひと言で心を変えるような男ではないと賭けているんだ」

長官の携帯が鳴った。発信先を見た長官の顔がかすかに紅潮した。

「佐川です」

押し殺した声だった。

「キャプテン佐川！　連絡を待っていたんだ。無事か！」

「何とか生き残っております」

「メモリーカードはどうした？」

「手元にあります」

「よかった。今どこだ？」

「イスラエル国内です」

「いつ会える？」

「明日の午後でいかがでしょう。場所はヨブス基地」

「ヨブス基地？」

「初めて長官にお会いしたところですし、チームの解散式にはいい場所だと思いますので。それにいろいろご報告せねばならないこともあります」

「チームといっても君と私だけだがね」

「作戦はあそこで始めたので、あそこで終わりたいのです」

「よかろう。今、国内のどこにいるんだ」

「ウエストバンク《ヨルダン川西岸》のさるところです。明日の午後までにはヨブスに着きます。それじゃ明日の午後お会いしましょう」

ワイゼッカーがシュースターに向かって親指と人差し指で丸を作って見せた。

「佐川は何の疑いも抱いていないようだ」

「まだわかりません。彼はいつもポーカー　フェイスです。語り口もモノトーンで感情を表しません。すべてを逆に考えていることだってあり得ます」

「彼は優秀な戦士だが所詮は兵士だ。そんな複雑な演技などできるわけがないよ」

「でも、もしもの場合を考えて、特別工作部の何人かを連れていったほうがいいですよ」

「それはまずい。この件に関してはモサドの中では私と君しか知らない。この極秘性は絶対に守りたいんだ」

長官はしばらく考えていた。

「クラウン・プラザに泊まっている二人を連行してくれ。もしもの場合のバーゲニングチップ《取引材料》に使えるだろう」

「これでモサドは僕らにタッチできませんね」

帰りの車の中でマーカスははしゃいでいた。しかし藤島はそんなムードにはなれなかった。メイヤー将軍が何かを隠しているのは確かだが、その何かがわからない。しかしそれは、佐川をはじめとする皆のこれからについて影響をおよぼすことになると確信していたからだ。それに将軍の話し振りから彼がワイゼッカーとそれほど親しい間柄には思えなかった。あえて言えばこの件に関して、彼は中立を保ちたいという印象を受けた。そして何かを隠している。

「あとは兄さんとコンタクトを取るだけですね。ひょっとしたらモサドが教えてくれるかもしれませんよ」

「君がオプティミスティックでよかったよ」

「僕の取り柄ですから。ピクニックと考えてれば楽しいじゃないですか」

結果的にはマーカスは正しかった。彼らを佐川のもとに連れていったのはモサドであったからだ。

ホテルに着いてフロントで鍵をもらおうとしたとき、係が鍵は連れの者に渡したという。名前を訊くとマイケル・ストールだと言う。藤島はほっとした。ストールがいれば少しは気が楽になる。マーカスも喜んだ。この頃になるとマーカスはストールに対して特別な友情を抱いていた。会ったばかりのときはばかにし合ったが、彼の素朴さと戦闘における勇敢さを見て、ある種の尊敬の念を持っていた。自分の持っていないものを持つ者に対する憧れだったのだろう。

ドアーをノックしたが中から返事はない。取っ手を回すとドアーが開いた。二人が入るとドアーが閉まった。ドアーの陰にいた男が銃をつきつけた。二人に居間に行くよう命じた。

居間のソファにマイク・ストールが座り、彼のまわりに三人の男が銃を手にして立っていた。

ストールは片手を首の後ろに当てながら、

「とんだ歓迎だったよ。入った途端に後ろから殴られたんだ。わけを聞かせてくれ」

「おれにもわからん」

藤島が言った。

「だが友達でないのは確かなようだな」

マーカスは真っ青になっていた。

「藤島さん、冗談言ってないで、さっき将軍に言ったことをこの人たちに言ってください」

「こいつらには何を言っても無駄だよ」

「じゃ僕らはどうなるんです」

「いよいよ本物のピクニックが始まるところだろうよ」

その日の晩、三人はヘリコプターでヨブス基地へと運ばれた。

じりじりと焼けるような太陽が少しずつ西に落ち始めた。佐川丈二は砂丘に腹ばいになって眼下にあるヨブス基地を観察していた。

ヨルダンのアンマンからタクシーでイスラエル国境近くまで来て、そこから獣道を使ってヨルダン川を越えてイスラエル領に入った。着ていた普段着を脱ぎ捨て、ゴラニの戦闘服に着替えて昼夜の行軍を始めた。厳しい行軍には慣れているが、今回はできるだけ人に見られてはならないため、ときには遠回りをしたり、カミソリのような岩が突き立った崖をのぼったりせねばならなかったため時間がかかった。

ここに着いたのは昨日の深夜だった。用心のため砂に穴を掘ってその中で寝た。気温が下がっても昼間の熱が残っているため多少は暖かい。だがいったん太陽が昇り始めると蒸し風呂に変わる。しかしそれが砂漠で生き残るひとつの手段であることは、ゴラニ部隊での経験から身についていた。

基地には人影がまばらで衛兵ぐらいしか目に入らない。兵舎のまわりにも人はいない。朝方早くから兵士たちがフル　ギアーを背負って出ていくのが見えたが、訓練に出たのだろう。とすると夕方まで彼らは戻ってこない。

基地のヘリポートには二機のＭＤカイユースが駐機していた。昨夜、自分が砂丘に着いてからヘリの音はしなかった。ということはその前に着いていた可能性が高い。二機とも陸軍のマークも国家のマークもない。ゴラニでは極秘作戦のときさえMDカイユースを使っていない。多分モサドのヘリだろうが、なぜ二機なのか。カイユースには乗員二名と乗客三人のキャパがある。やはりワイゼッカーはボディガードを連れてきたのか。それとも二機目はバックアップ機なのか。まあそんなことはどうでもいい。真実の瞬間は目前なのだ。

佐川が立ち上がって戦闘服から砂を払った。左手の袖の中に入れたワルサー№5ピストルを取り出して六発の弾を確認した。初速は秒速二百十五メートルと遅いが、銃の全長は十センチあまりと短く、重さも二百七十三グラムと軽い。アンマンの闇市で買ったものだが、果たして弾が真っすぐに発射されるのかどうかもわからない。本来ならゴラニで使うベレッタM1951がいいのだが、それは贅沢というものだ。ワルサーを丁寧に布で拭いて、袖の内側に細工したベルトに戻した。ブーツの内側にフリックナイフを留めた。これで準備は整った。佐川はゆっくりと砂丘を下り始めた。

ゲートに近付くと見慣れた顔の衛兵が敬礼した。

佐川が敬礼を返した。

「ミスター・ワイゼッカーが見えてるはずだが」

「はい、あなたをお待ちです。体をチェックさせていただきます」

佐川がうなずいて両手を高く上げた。衛兵が慣れた手つきで戦闘服の上から手をすべらせた。

「結構です。三号室へどうぞ」

佐川は真っすぐに建物に向かった。三号室は入り口からすぐ近くにあった。

ソファにワイゼッカーがひとり背広姿で座っていた。部屋の中には他に誰も見えない。

佐川が直立不動の姿勢で彼の前に立った。敬礼をした。

「佐川大尉、ただ今オペレーション・サンダーボルトから戻りました」

ワイゼッカーが立ち上がって手を伸ばした。佐川がそれを握った。

「よく帰ってきてくれた。まあ座ってくれ」

佐川が真っすぐに背筋を伸ばして座った。

「まず報告を致します」

フォーマルな口調で言った。

アンマンに入った日、三人の部下に会った日と場所、三人の名前と特徴、アメリカに発った日と最初にランディングした場所、セイフ　ハウスの状況、ゴースト・センターに侵入した日とその場所の状況、ターゲットであるベンジャミン博士の反応、セイフハウスの周囲の状況、ジム・イーグルバーガーのこと、セイフ　ハウスでの生活状況と隊員たちやベンジャミン、イーグルバーガーの様子、最初にFBIの指名手配リストに乗ったのはサム・ドッドと自分であったこと、そのあとはマイク・ストールのモンタージュが配布されたこと、当初は一カ月から二カ月が博士の尋問に必要だったがFBIによる捜査網がだんだんとクローズ　インしてきたので尋問を速めることにしたこと、FBIの野良猫部隊の監視がついたこと、尋問は終わっていなかったがセイフ　ハウスを引き払う決定を下したこと。

佐川が説明している間ワイゼッカーはあまり興味を持って聞いている感じではなかった。

「もう少し詳細にやりましょうか」

佐川が訊いた。

「その必要はないよ。それよりメモリー　カードはどこにあるんだ。持っているんだろうね」

「持っています。それについても説明致しますから、もうしばらく説明させてください」

セイフ　ハウスを逃げるとき監視している野良猫たちを眠らせる必要があった。その役をイーライ・ウォリアーにやってもらったが、彼はパーフェクトな仕事をした。しかしその後ウォリアーは自分に銃を向けたので、ストールが彼の膝を撃った。二発目を撃とうとしたときウォリアーは自分はモサドであると言った。

「そして長官、あなたの名前を出したのです。ベンジャミン博士を殺した私をそのあとで殺すはずだったとはっきり言ったのです」

ワイゼッカーはまったく表情を変えなかった。

「彼の言葉を君はどう受け止めたのだ」

「信じませんでした。作戦のブリーフィングを受けたとき、モサドやイスラエル大使館を名乗ってくる者もいるから気をつけるようあなたに忠告されていましたから」

「なぜ彼を始末しなかったのだ。本物なら生かしてもいいが、偽物なら消しておくべきではなかったのかね」

「傷を負わすだけで十分だと思いました。彼を殺してしまったら対ＦＢＩでももっと面倒なことになったでしょう。それまでひとりも殺さないで仕事をほとんど成功させたんですから」

「なるほど。よくやった。それではメモリー　カードを出してもらおうか」

佐川が戦闘服のポケットから封筒を取り出してワイゼッカーの前に置いた。ワイゼッカーが開封して中身を確認した。封筒を大事そうに背広の内ポケットに入れた。

「これでオペレーション・サンダーボルトはつつがなく終わったわけだ」

佐川がワイゼッカーを見据えた。その目は虎のように底知れぬ深みと獰猛さを秘めていた。これにはさすがのワイゼッカーも思わず目をそらした。

「自分は兵士としての任務をまっとうしました。そこで今度は個人としてお訊きしたい」


それまでとはトーンが変わった。

「エスター・グッドマンについて、あんたは今どう思っているんだ?」

「……!　か、彼女は君の母親だった人じゃないか」

「あんたの妻でもあった」

「……!」

「任務とはいえ彼女はあんたと結婚した。そしてアメリカに行った。しばらくしてあんたはイスラエルに戻ってきた。以後、彼女と会うことも話すこともなかった。彼女はその後、ＣＩＡに殺された。あんたは出世の梯子を上り詰めてモサドの長官になった。おれは知りたい。あんたが彼女との別れとその後の死をどう思っているのかを」


ワイゼッカーは本来の彼に戻っていた。胸を張って答えた。

「エスター・グッドマンは並外れたエージェントだった。彼女との結婚はあくまで便宜上のものだった。それだけのことだ」

「なるほど。期限が切れたあとは、彼女が死のうが生きようが関係なかったということか」

「お互い仕事ということは納得済みだった」

「便宜上の結婚とあんたは言ったが、そういう仲の二人が子供を作るかね」

「子供？　一体何のことだ？」

佐川がこうべを振った。今の質問がワイゼッカーのエスターに対する思いを雄弁に述べている。別れて以来、彼女は彼にとって何の関心もない女だったのだ。

「もうひとつだけ訊きたい。初めて会ったとき、あんたはおれに母について訊いたな。あのときなぜ言わなかったんだ。母とはかつて一緒に働いた仲だった、と」

「言ったら君は任務を受けないと知っていた。そうじゃないかね」

「違うな。見くびってもらっちゃ困る。おれはイスラエル国家に仕える兵士だ。国家のためなら私情を捨てる」

「それはどうかな。今だからそう言えるんだろう」

佐川が立ち上がってワイゼッカーを見下ろした。

「何か言い残したいことはないか？」

「……？」

「言いたいことはないかと訊いているんだ」

ワイゼッカーは平然として佐川を見上げていた。

「何をしようと言うんだ」

「おれたちをはめた礼をするのさ。おれははめられたなんて信じたくなかった」

ワイゼッカーが鼻で笑った。

「はめたなんて人聞きの悪いことを言うじゃないか」

「さっきあんたはおれの報告を聞きながら決定的な言葉を発してしまったんだよ」

「……？」

「〝なぜ彼を始末しなかったのだ〟と言ったろう。あの時点ではおれはウォリアーを殺したのかどうかも言ってなかった。ということはあんたは知ってたんだ。ウォリアーが生き残ったということを」

佐川が左手の袖の中から銃を取り出した。

「あんたのおかげでおれは大事な部下を失った。まず一発目はサム・ドッドからの挨拶だ」

ワイゼッカーの膝に狙いを定めた。ポイントブランク《至近》の距離であるから、当たれば彼の膝は木っ端微塵に砕ける。しかしワイゼッカーは笑っていた。

「こういうことになるというオプションも十分に織り込み済みだよ」

ワイゼッカーが落ち着き払った口調で言った。

「お前はいい戦士だが甘いな。私が何のカードも持たないで、お前とこうして会うと思ったのかね？」

ワイゼッカーが二度手を叩いた。

隣りの部屋とのコネクティング ドアーが開いた。マーカス、藤島、ストールが手錠をはめられた姿で入ってきた。三人の後ろに見覚えのある男が拳銃を手にしていた。

「彼はビル・シュースター、イーライ・ウォリアーと言ったほうがいいかな」

佐川は内心びっくりしていた。ウォリアーの存在にではなく、マカオで別れたはずの三人がここにいることにだった。

だがそんなことはおくびにも出さなかった。まだその銃はワイゼッカーに向けられていた。

「隊長、申し訳ありません」

情けない表情でストールが言った。

「ばか野郎。お前は故郷に帰ってるはずだぞ」

「グランド フィナーレが見たかったんです」

「ビル、そいつらをひとりずつ撃ち殺してもかまわんぞ」

ワイゼッカーはあくまで冷静だった。

「ビル、それともウォリアーと呼んだほうがいいかな。お前、このおっさんにそこにいるマーカス・ベンジャミンのことを話さなかったのか」

ウォリアーが怪訝な顔付きで佐川とマーカスを交互に見た。

「そうか。お前は知らなかったんだな。マーカスがこの男の実の息子だということを」

ワイゼッカーの表情が変わった。マーカスを見つめた。

「そうさ。彼はあんたとエスター・グッドマンの間に生まれたんだ。世界的天才科学者の父親はあんただったんだ」

ワイゼッカーはまだマーカスを見つめていた。

「マーカス、これがお前の親父だ。何とか言ってやれよ」

マーカスがワイゼッカーを一瞥して、床にツバを吐いた。ワイゼッカーが小さく首を横に振った。

「息子であるはずがない。エスターは何も言ってこなかった」

「あんたは彼女に何の連絡もしなかった」

「まあそんなことはどうでもいい。ビル、こいつにも手錠をかけろ。ここで殺すのはまずいからな」

ウォリアーが近付こうとしたとき、佐川の銃がワイゼッカーの膝に向けて発射された。ワイゼッカーが悲鳴を上げてソファの上に倒れた。ウォリアーが手にした銃をストールのこめかみにぴたりとつけた。

佐川の銃はソファの上で膝から血を流して、顔を歪めているワイゼッカーの胸に向けられていた。

「ウォリアー、悪いことは言わん。その三人の手錠をはずせ。そしてここから出ていくんだ」

ウォリアーが首を振った。

佐川がワイゼッカーに向けていた銃を突然ウォリアーに向けて彼のほうに歩み始めた。

「近付くな！　本当にこいつを殺すぞ」

佐川はかまわず彼に向かって歩いた。十メートルほどの距離がみるみる縮まった。そのときストールが手錠をはめられたまま、その巨体でウォリアーにタックルした。ウォリアーが床に倒れた。ストールがそのまま彼の上に馬乗りになろうとした。ウォリアーが引き金を引いた。ストールが吹っ飛び、後ろ向きに倒れた。

ウォリアーが佐川に向かって銃をかまえようとしたが、すでに佐川のワルサーが火を噴いていた。彼のポケットからカギを取り出して、藤島とマーカスの手錠をはずした。

「これまでだな」

その言葉に振り向くと、いつの間にかワイゼッカーが銃を片手に立っていた。佐川の顔に冷たい笑いが走った。

「地獄行きの船に一緒に乗ろうぜ」

銃を彼に向けたまま歩み始めた。銃声はほとんど同時だった。

そのとき入り口のドアーがヴァイオレントに開いて、メイヤー将軍と数人の兵士が飛び込んできた。

ワイゼッカーは目と口を大きく開いて、ソファの上に横たわっていた。兵士のひとりがかがみ込んでワイゼッカーの頸動脈に手を当てた。

「死んでおります」

「遅かったか」

佐川は息もきれぎれの状態で藤島の腕の中にあった。口から血を吐いている。そばでマーカスが泣きそうな顔でおろおろしている。佐川の唇はどす黒く、その目は宙をさまよっていた。

「藤島、お前には本当に世話になった。何のお返しもできずに逝かなきゃならん。許してくれ」

腹の底から絞り出すような声だった。藤島はあふれ出る涙を精一杯にこらえていた。

「ばかなこと言うな。お前らしくないぞ。お前は死なないよ。おれたちはこれからじゃないか。一緒に探検をしながら世界を闊歩《かっぽ》しよう。お前はおれの師匠じゃないか。師匠がいなくなったらおれはどうすればいいんだ」

佐川がはげしく咳《せ》き込んだ。大量の血がその口から流れ出た。藤島がそれを手で拭った。

「やけに寒いな。おれは寒いのは苦手なんだ」

マーカスが着ていたジャケットを脱いで彼の体にかけた。

「マーカス、マーカスはどこだ」

「ここにいるよ、兄さん」

泣きながらマーカスが佐川の手を握りしめた。

「お前に会えて本当によかった」

「兄さん、死んじゃだめだ。せっかく会えたんじゃないか。僕をまたひとりぼっちにしないでくれ」

佐川の表情が急に柔らかくなった。もはや苦しみはなかった。静かに笑っているようにさえ見えた。

「藤島、最後の願いを聞いてくれ。マーカスを、マーカスを頼む」

藤島は何度もうなずいた。その目からあふれ出た涙がポトポトと佐川の顔に落ちた。

「兄さん！　今死んだら一体今までの人生は何だったんです。これから幸せになるんじゃないですか」

「マーカス」

それまでにない優しいトーンだった。

「お母さんはな……おれたちのお母さんは美しくて優しくて……」

次の瞬間、佐川の体から力が抜けた。

いつの間にかメイヤー将軍がそばにかがみ込んでいた。

「佐川大尉、君はゴラニの鑑であり、真の戦士だった」

兵士たちが佐川たち四人の遺体を部屋から運び出した。

マーカス・ベンジャミンの嗚咽《おえつ》だけがいつまでも聞こえていた。

ポストスクリプト

マイケル・ストールの遺体は、彼の故郷のスコットランドに送られた。イスラエル軍からの勲章と政府からの感謝状が柩の中に納められた。

佐川丈二の葬儀はエルサレムのシナゴーグで行われ、メイヤー将軍自らが取り仕切った。すでに新聞社やテレビ局には陸軍のスポークスマンを通して、佐川が国家のために脱走兵を演じて、危機を救ったとの正式発表がなされていた。

開かれた柩の中には、ゴラニの制服に身を包んだ佐川が横たわっていた。彼の胸の上には愛読したぼろぼろの聖書が置かれた。

壇上の正面の壁には佐川が好きだった聖書の文が書かれていた。

《世は去り、世はきたる。

しかし地は永遠に変わらない。

日はいで、日は没し、
その出た所に急ぎ行く。

伝道の書：第一章四節から五節》

式を終えて出席者たちはヘルツル墓地に向かった。この墓地には歴代の首相やイスラエルを救った英雄たちが埋められている。すでに掘られていた四角い穴に柩が納められた。ラビの祈りとともに参列者たちが花を柩の上に投げた。

終わると人々は一人、二人と墓地から去っていった。藤島とマーカスが墓地のゲートに向かっていると、メイヤー将軍が近付いてきた。ちょうどよいと思った藤島は将軍に訊いてみた。

「将軍、あなたにお訊きしたいことが二つあります。ひとつは先日参謀本部で私はあなたが何かを隠していると言った。それは正しかったのでしょうか。もうひとつはもし私が正しかったとしたら、その隠していたこととは何だったのです」

将軍が少し考えた。

「最初の質問の答えはイエスだ。第二の質問は」

とまで言って言葉に詰まった。

「将軍、ことここにおよんで隠すことはないでしょう」

「隠しているわけではない。どう説明したらいいものか考えているのだ。結論から言うとわれわれ軍部と軍の情報部アマンは、最近モサドの中に東側から植え込まれたスリーパーがいることに気づいた。具体的に誰とはわからなかった。しかしかなりハイランキングな要員というのは確かだった。漏れていく情報がクラシフィケイションAのものばかりだったからだ」

将軍によると参謀本部とアマンはシンベットの協力も得て、三十年前までさかのぼって調べてみた。スリーパーは一年や二年では浮上してこないからだ。その頃からいた人間を何人かに絞ってみた。するとおもしろいパターンが浮かび上がった。

三十年前から二十年前までの十年間で、スキャンダルや自らの失策、ただの無能などでポストを降りざるを得なかったモサドの長官は五人いた。ということは一人平均二年という在任期間だ。ところがその後二十年間は安定してただ一人の長官が居座っている。それがワイゼッカーだった。しかし彼が長官となる十年前からのスキャンダルをチェックしてみたところ、彼が何らかの形で関わっていたことがわかった。また彼が何人かの長官の無能ぶりを政治家に内部告発していたこともわかった。自分が長官として取って代わるために競争相手を蹴落としていたのだ。

ワイゼッカーの成績はよかったという。他の要員がいくら努力しても得られない情報を彼はいとも簡単に手に入れてきた。

しかし最近になって、明らかにモサド内部から出たと思われる情報によって、何人かのエージェントが命を失った。たとえばエジプトのカイロでイスラム原理主義者のリーダーを消すためモサドの処刑部隊が送り込まれた。しかし彼らは待っていたエジプト官憲に捕まってしまった。エジプト官憲は彼らの動きを逐一知っていたのだ。

またかつてＰＬＯのナンバートゥだったアブ・ジハドをチュニスで消したときのメンバーの何人かが、シリアやモロッコで任務中に相手の防諜機関に消されてしまった。相手は彼らの本名だけでなくコード ネームまで知っていたという。

モサド内部はもちろんのこと、イスラエルの全情報機関がパニックに陥った。調査官たちはワイゼッカーに的を絞った。しかし怪しいことはあっても決定的な証拠はなかった。相手は現役のモサド長官である。逮捕して間違ったでは済まない。

ところが今回ワシントンの大使館駐在のアマンとモサド両機関が世紀の情報を手に入れた。アメリカのペンタゴンが新兵器を研究、開発しているというのだ。彼らはあらゆるロープを使って動いた。軍事産業の奥深くまで浸透しているエージェントもいた。

参謀本部やアマンはこれに賭けた。これだけの獲物ならワイゼッカーは絶対に動くと彼らは見ていた。

「そして私のところに佐川をぜひ貸してくれと頼んできた。私にとっては渡りに船だった。佐川ならあんなブレークイン作戦ぐらい朝飯前にできると思っていた。佐川が研究記録の入ったメモリーカードを持って帰ってきたとき、ワイゼッカーがそれをどうするかがわれわれの知りたい最大の点だった。にらんだ通り彼はカードを本国に売ろうとしていた。佐川と会う前日、彼のスイス銀行の口座に十億ドルが振り込まれていた。ついに足を出したのだ。国家反逆罪が成り立つ。だがそのための逮捕状を渡す前に彼は死んでしまった」

藤島は不思議に思った。普通ならスリーパーとして植え込まれたスパイは本国のために働いているわけである。彼のために本国は莫大な金と時間を投資してきたはずだ。金など要求できる立場にはないのではないか。

「通常ならそうだ。しかし彼の場合は特別だった。本国というのは旧ソ連邦だったのだ。彼の雇い主はKGB。君も知っている通りソ連は九一年に崩壊した。KGBもばらばらになった。それに取って代わったのがロシアのSVRだった。だがワイゼッカーは明らかに彼らに仕えるのを拒否したようだ。そしてフリーランスとなった。どんな情報でも最も高い値段をつける相手に売ることにしたのだ。今回はたまたまSVRが最高値をつけたのだろう」

しかしワイゼッカーが死んでよかったのではないかと言うと大将は黙ったままうなずいた。もし生きていられたら裁判をせねばならない。そうなるとモサドが二十年以上も外国のエージェントに牛耳《ぎゅうじ》られていたという事実が明るみに出てしまう。大スキャンダルだ。モサドの評判は地に堕ちる。そうなったら世界の諜報機関、中東諸国の機関はもはやモサドを恐れない。課報機関としてのモサドは機能できなくなってしまう。しかしワイゼッカーとウォリアーが死んだ今、彼らを病死として片付けられる。このメリットは限りなく大きい。

「佐川のおかげだよ」

しみじみとした口調で将軍が言った。藤島はたまらない思いに駆られた。イスラエル機関内部の裏切り者をあぶり出すための道具として佐川は使われたのだ。そのために三人の素晴らしい戦士が命を失ったのである。やるせなさに声も出なかった。

メモリー カードはペンタゴンに返すと将軍は言った。しかしそれだけでは何の役にも立たない。アメリカだってこれまでの研究記録は持っているとマーカスは言っていた。それを完全なものにするにはマーカスの協力なしではなし得ない。そのマーカスは決して協力はしない。

アメリカに返すよりもそんなものは破棄処分にして、佐川が捨ててしまったと伝えたほうがよいのではないかと藤島が言うと、将軍はしばし考えてから、

「そうしよう。それが佐川大尉へのせめてものはなむけだろうからね」

その日藤島とマーカスはテルアヴィヴには戻らず、エルサレムに泊まることにして東エルサレムのオリーヴの丘の上にあるセヴンアーチズ・ホテルに部屋を取った。

マーカスは全身の力が抜けたような表情で居間のチェアーに身を沈めていた。これまでのことが走馬灯のように彼の脳裏をよぎっていた。初めて佐川に会った日、自分はパンツを濡らしたほど恐怖に脅えていた。セイフ ハウスやチチェンイツァで過ごした日々。これまでの生涯で最高に楽しい時だった。その後のマカオへの逃避行もこれまた楽しかった。ドッドの壮烈な死。そしてあの心やさしき巨漢マイク・ストール。強いだけでなく愛を持たねば生きられないということを教えてくれた男たち。そして最愛の兄佐川丈二。幼いとき失った愛をひたすら自分に注いでくれた兄。男たちの美しさ、悲しさ、そしてはかなさを彼らは教えてくれた。自分は世界一の幸せ者と思わなければ彼らに申し訳ない。涙はこれ以上流すまい。悲しみをこれ以上感じるのはやめよう。そんなことは彼らに対して失礼だ。それぞれの人生を真っ向から見据えて生きた男たちに値するのは涙ではなく千秋の讃歌なのだ。

藤島は居間に備え付けられたバーでワイルド・ターキーを飲んでいた。いつも飲み慣れているターキーがやけに苦かった。

グラスを手にヴェランダに出た。眼下にエルサレムの街が広がっている。〝岩のドーム〟が旧市街のかなたに沈もうとしている真っ赤な太陽の光を受けてその黄金色をさらに輝かせている。しかし今の藤島にはその太陽も血のかたまりに見えた。

「兄さんはこの街で育ったんですね」

いつの間にかマーカスが横に立っていた。

「子供の頃、あの壁の内側を走り回って足腰を鍛えたと言ってました。あそこには石段が多いのです」

「イスラエルには来るべきではなかったかもしれない」

藤島はぽつりと言った。

マーカスが藤島を見据えた。

「何を言うのです」

マーカスの口からかつて発せられたこともないようなシャープなトーンだった。思わず藤島が彼を見つめた。

「あなたは親友の死を見届けたのです。そんな特権を与えられる人間がこの世に何人いますか。僕はたったひとりの兄の死を見つめることができた。心が張り裂けるほど悲しいけど、同時に幸せにも感じます」

藤島はまだまじまじとマーカスを見据えていた。変わったと思った。初めて会ったときはまだガキだった。しかし今は男の雰囲気を漂わせている。顔付きからして違う。

「アインシュタインが言ったことがあるんです。人間はマ―《物体》スであり死んでもエネルギーは残ると。エネルギーの強さは人それぞれ違うけれど、それが一般的に言われる霊なのではないかと思うんです。兄は人一倍強いエネルギーの持ち主でした。だからそのエネルギーはこの世から消えず、まだ残っていると僕は感じてます。ひょっとしたら僕の体内に入っているかも。いつかこれをテーマに研究してみようと思っているんです」

藤島の表情がほころんだ。

「おもしろいじゃないか。必要な研究費はおれが出すよ」

「本当ですか」

「将来性のある人間に投資するのは当然じゃないか」

太陽の半分が旧市街のかなたに沈もうとしていた。

「美しすぎて心が痛みますね」

「だが明日また昇ってくる」

生命力、情熱、包容力、そして無限のエネルギーを秘めた太陽。

藤島がマーカスの肩に手をやった。

「これからは精一杯生きていこうな、マーカス」

マーカスが大きくうなずいた。

「そうです。そうすれば太陽は必ず僕らに向かって輝き続けてくれます」

本書は二〇〇六年六月、集英社より刊行された『千秋の讃歌』を改題したものです。

落合信彦の本

集英社文庫

騙《だま》し人《にん》

某国のミサイルが日本を狙う。平和ボケの政治家に代わって国を救うため秘策を練る四人の天才詐欺師たち。その武器は恐るべき知能のみ！　抱腹絶倒、痛快無比の近未来ピカレスク。

ザ・ラスト・ウォー

米中二大国が一触即発の危機に！ロシア、朝鮮半島が不穏な動きを見せる中、日本が選択した道は——。驚愕のクライシス・ノヴェル。

ザ・ファイナル・オプション　騙し人II

激突間近の米中両大国と、アラブの富豪を手玉にとる天才詐欺師たち。小国を救うため彼らが仕掛けた、巨大な騙しのゲームとは？さらにスケールアップのシリーズ第二弾！

虎を鎖でつなげ

ついに中国が台湾侵攻を決断！
それは政権存続の危機に直面した中国共産党の最終選択肢だった——。
圧倒的なリアリズムで描く超一級エンターテインメント。

名もなき勇者たちよ

両親をテロで失い、心を凍らせたままモサドに入局したレイチェル。
わずか数年で暗殺者〈カリプソ〉へと変貌を遂げるが……。
実在の女性情報機関員をモデルに描く、情報界の冷酷な真実！

小説サブプライム　世界を破滅させた人間たち

巨大なカジノと化したウォール街。うごめく欲と権力の亡者たち。
一方で、真実の愛を育む男と女——。
世界金融危機の裏の裏を暴く究極のエンターテインメント。

集英社文庫

愛《あい》と惜別《せきべつ》の果《は》てに

2012年4月25日　第1刷　　定価はカバーに表示してあります。

著　者　落合信彦《おちあいのぶひこ》

発行者　加藤　潤

発行所　株式会社　集英社
東京都千代田区一ツ橋2-5-10　〒101-8050
電話　03-3230-6095（編集）
03-3230-6393（販売）
03-3230-6080（読者係）

印　刷　中央精版印刷株式会社　株式会社美松堂

製　本　中央精版印刷株式会社

フォーマットデザイン　アリヤマデザインストア　　マークデザイン　居山浩二

ISBN978-4-08-746824-3 C0193